21世纪高职高专规划教材 电气、自动化、应用电子技术系列

单片机原理与工程应用

杨居义 马宁 靳光明 易永红 编著

清华大学出版社
北京

内 容 简 介

本书系统介绍了80C51系列单片机的基本原理与工程应用，从工程应用的角度出发，较为全面地介绍了单片机工程应用设计中的技术和技巧。全书共12章，内容分别是单片微型计算机概述，80C51单片机的结构及原理，80C51的指令系统和程序设计，80C51定时器/计数器与中断系统，80C51单片机的串行接口技术，80C51单片机的系统扩展，80C51单片机接口技术，80C51单片机的C51程序设计，单片机工程应用技术，单片机应用系统工程设计与实例，Proteus ISIS和Keil μVision2的使用与实例，80C51单片机实验与工程应用实例。为了解决学生在学习单片机原理与工程应用中的重点和难点问题，书中对重点内容进行详细描述，个别内容进行归纳和总结，力求理论和实践相结合，同时注重对学生工程应用的设计方法和能力的培养。

本书可作为高职高专院校机电、自动化、电子信息、计算机、仪器仪表、通信工程等相关专业单片机原理、接口与工程应用课程的教材，也可以作为工程技术人员和单片机爱好者的参考资料。

图书在版编目(CIP)数据

单片机原理与工程应用/杨居义等编著. —北京：清华大学出版社，2010.1
21世纪高职高专规划教材. 电气、自动化、应用电子技术系列
ISBN 978-7-302-20930-0

Ⅰ. 单…　Ⅱ. 杨…　Ⅲ. 单片微型计算机—高等学校：技术学校—教材　Ⅳ. TP368.1

中国版本图书馆CIP数据核字(2009)第163713号

责任编辑：刘　青
责任校对：袁　芳
责任印制：王秀菊
出版发行：清华大学出版社　　**地　　址**：北京清华大学学研大厦A座
http://www.tup.com.cn　　**邮　　编**：100084
社　总　机：010-62770175　　**邮　　购**：010-62786544
投稿与读者服务：010-62776969，c-service@tup.tsinghua.edu.cn
质 量 反 馈：010-62772015，zhiliang@tup.tsinghua.edu.cn
印 刷 者：北京市人民文学印刷厂
装 订 者：三河市李旗庄少明装订厂
经　　销：全国新华书店
开　　本：185×260　**印　张**：18.5　**字　数**：426千字
版　　次：2010年1月第1版　**印　次**：2010年1月第1次印刷
印　　数：1～4000
定　　价：29.00元

本书如存在文字不清、漏印、缺页、倒页、脱页等印装质量问题，请与清华大学出版社出版部联系调换。联系电话：(010)62770177转3103　　产品编号：030362-01

出版说明

高职高专教育是我国高等教育的重要组成部分，担负着为国家培养并输送生产、建设、管理、服务第一线高素质技术应用型人才的重任。

进入21世纪后，高职高专教育的改革和发展呈现出前所未有的发展势头，学生规模已占我国高等教育的半壁江山，成为我国高等教育的一支重要的生力军；办学理念上，“以就业为导向”成为高等职业教育改革与发展的主旋律。近两年来，教育部召开了三次产学研交流会，并启动四个专业的“国家技能型紧缺人才培养项目”，同时成立了35所示范性软件职业技术学院，进行两年制教学改革试点。这些举措都表明国家正在推动高职高专教育进行深层次的重大改革，向培养生产、服务第一线真正需要的应用型人才的方向发展。

为了顺应当前我国高职高专教育的发展形势，配合高职高专院校的教学改革和教材建设，进一步提高我国高职高专教育教材质量，在教育部的指导下，清华大学出版社组织出版了“21世纪高职高专规划教材”。

为推动规划教材的建设，清华大学出版社组织并成立了“高职高专教育教材编审委员会”，旨在对清华版的全国性高职高专教材及教材选题进行评审，并向清华大学出版社推荐各院校办学特色鲜明、内容质量优秀的教材选题。教材选题由个人或各院校推荐，经编审委员会认真评审，最后由清华大学出版社出版。编审委员会的成员皆来自教改成效大、办学特色鲜明、师资实力强的高职高专院校、普通高校以及著名企业，教材的编写者和审定者都是从事高职高专教育第一线的骨干教师和专家。

编审委员会根据教育部最新文件和政策，规划教材体系，比如部分专业的两年制教材；“以就业为导向”，以“专业技能体系”为主，突出人才培养的实践性、应用性的原则，重新组织系列课程的教材结构，整合课程体系；按照教育部制定的“高职高专教育基础课程教学基本要求”，教材的基础理论以“必要、够用”为度，突出基础理论的应用和实践技能的培养。

本套规划教材的编写原则如下：

(1) 根据岗位群设置教材系列，并成立系列教材编审委员会；

(2) 由编审委员会规划教材、评审教材；

(3) 重点课程进行立体化建设，突出案例式教学体系，加强实训教材的出版，完善教学服务体系；

(4) 教材编写者由具有丰富的教学经验和多年实践经历的教师共同组成，建立“双师型”编者体系。

本套规划教材涵盖了公共基础课、计算机、电子信息、机械、经济管理以及服务等大类的主要课程，包括专业基础课和专业主干课。目前已经规划的教材系列名称如下：

• 公共基础课

公共基础课系列

• 计算机类

计算机基础教育系列
计算机专业基础系列
计算机应用系列
网络专业系列
软件专业系列
电子商务专业系列

• 电子信息类

电子信息基础系列
微电子技术系列
通信技术系列
电气、自动化、应用电子技术系列

• 机械类

机械基础系列
机械设计与制造专业系列
数控技术系列
模具设计与制造系列

• 经济管理类

经济管理基础系列
市场营销系列
财务会计系列
企业管理系列
物流管理系列
财政金融系列
国际商务系列

• 服务类

艺术设计系列

本套规划教材的系列名称根据学科基础和岗位群方向设置，为各高职高专院校提供“自助餐”形式的教材。各院校在选择课程需要的教材时，专业课程可以根据岗位群选择系列；专业基础课程可以根据学科方向选择各类的基础课系列。例如，数控技术方向的专业课程可以在“数控技术系列”选择；数控技术专业需要的基础课程，属于计算机类课程的可以在“计算机基础教育系列”和“计算机应用系列”选择，属于机械类课程的可以在“机械基础系列”选择，属于电子信息类课程的可以在“电子信息基础系列”选择。依此类推。

为方便教师授课和学生学习，清华大学出版社正在建设本套教材的教学服务体系。本套教材先期选择重点课程和专业主干课程，进行立体化教材建设：加强多媒体教学课件或电子教案、素材库、学习盘、学习指导书等形式的制作和出版，开发网络课程。学校在选用教材时，可通过邮件或电话与我们联系获取相关服务，并通过与各院校的密切交流，使其日臻完善。

高职高专教育正处于新一轮改革时期，从专业设置、课程体系建设到教材编写，依然是新课题。希望各高职高专院校在教学实践中积极提出意见和建议，并向我们推荐优秀选题。反馈意见请发送到 E-mail：gzgz@tup. tsinghua. edu. cn。清华大学出版社将对已出版的教材不断地修订、完善，提高教材质量，完善教材服务体系，为我国的高职高专教育出版优秀的高质量的教材。

高职高专教育教材编审委员会

前 言

单片机技术是一门工程应用性很强的专业课，其理论与实践是高职高专院校电气自动化、机电一体化、通信、计算机等专业的学生们应当掌握的不可缺少的知识和技能。本书根据高职高专院校培养人才的指导思想，严格按照高职高专院校教学大纲而编写，具有以下特点。

1. 采用经典机型

本书以当今最流行、应用最普遍的80C51系列单片机为主线，系统介绍了80C51系列单片机的基本原理与工程应用。全书结构清晰、内容新颖、文字简练。

2. 强化三基、精选实例

在编写过程中，作者认真总结多年教学经验，同时博采众长，吸取了其他书籍的精华，强调基本概念、基本原理、基本分析方法的论述，采用教、学、做相结合的教学模式，既能使学生掌握好基础知识，又能启发学生思考问题，培养学生动手能力。同时，本书精选实例(书中实例大部分提供Proteus ISIS软件仿真，详见教学资源)，将知识点融入实例中，增强了实用性、操作性和可读性。

3. 注重工程应用

单片机在工程上的应用非常广泛，本书从工程应用的角度出发，采用汇编语言和C语言，系统地介绍了单片机在工程设计中的应用技术、方法、步骤和技巧。书中采用实际应用项目的例子，力求理论和实践相结合，培养学生解决工程实际问题和综合应用的能力。本书最后一章为实验实训与工程实例(提供了Proteus ISIS软件仿真，详见教学资源)，配有上机操作指导，有助于学生动手能力的培养和锻炼。

4. 体现新技术发展

在新技术发展方面，本书紧跟世界潮流，介绍了一些新机型、新技术和新手段，反映了当今单片机的发展趋势，为学生学习嵌入式系统打下基础。

5. 适合作教材

为了配合理论教学，本书在内容的编排上力求循序渐进、由浅入深、重点突出，使教材具有理论性、实践性、工程应用性和先进性，做到理论知识够用、注重工程应用的原则，着重培养学生解决工程实际问题和综合应用的能力。为了便于学习，每章增加了学习目的、学习重点和难点、本章小结、思考题与习题，通过典型项目分析，使学生容易抓住知识点和重点内容，掌握基本原理和分析方法，达到举一反三的目的。本书课堂讲授与实验总学时约60～90学时。

本书由杨居义、马宁、靳光明和易永红编著。杨居义编写第1、2、4、6、9、10章以及附录A和B,马宁编写第3、5和12章,靳光明编写第7、8和11章,易永红进行了资料整理和文字校对工作。全书由杨居义统稿和审稿。作者在编写过程中参考了书后所列的文献资料,在此谨向其作者表示感谢。

由于作者水平有限,书中难免有不妥之处,恳请读者批评指正。选用本书作为教材的老师可向清华大学出版社(http://www.tup.com.cn)索取授课电子课件和书中的例题仿真(教学资源)。

编　者

2009年7月

目录

第1章

单片微型计算机概述

学习目的

(1) 了解单片机的发展过程及产品近况。

(2) 了解单片机的特点及应用领域。

(3) 掌握微型计算机的组成及应用形态。

(4) 掌握80C51单片机性能指标。

学习重点和难点

(1) 微型计算机的组成及应用形态。

(2) 80C51单片机性能指标。

1.1 微型计算机概述

1.1.1 微型计算机的组成及应用形态

1. 微型计算机系统的组成

微型计算机系统由硬件(Hardware)和软件(Software)组成。

(1) 硬件是指组成计算机的物理实体,是看得见、摸得着的部分,如图1-1所示。它由微处理器CPU、存储器(RAM、ROM)、基本输入/输出(I/O)接口电路和总线接口等组成。

(2) 软件简单地说就是程序,指专业软件开发者开发的系统软件和应用软件等。

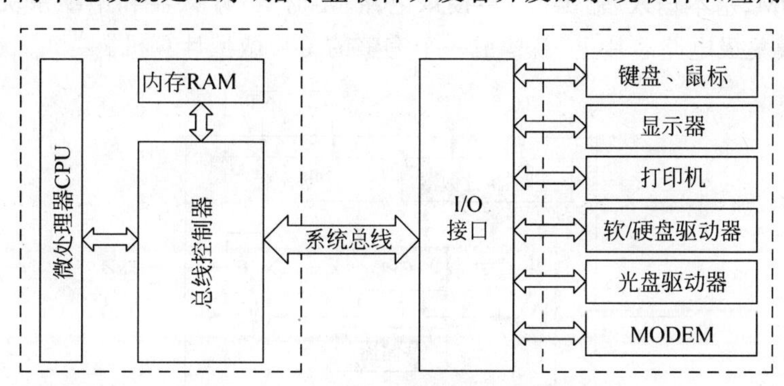

图1-1 微型计算机的硬件组成框图

2. 微型计算机的应用形态

(1) 微型计算机。将微处理器 CPU、存储器(RAM、ROM)、基本输入/输出(I/O)接口电路和总线接口等组装在一块主机板(即微机主板)上，将各种适配板(卡)插在主机板的扩展槽上，并与电源、软/硬盘驱动器和光驱等装在同一机箱内，再配上系统软件，就构成了一台完整的微型计算机系统。微型计算机硬件组成如图 1-2 所示。

(2) 单板微型计算机。将 CPU 芯片、存储器芯片、I/O 接口芯片和简单的 I/O 设备(小键盘、LED 显示器)等装配在一块印刷电路板上，再配上监控程序(固化在 ROM 中)，就构成了一台单板微型计算机(简称单板机)。单板微型计算机组成如图 1-3 所示，它主要应用于工业控制器、家用电器等。

图 1-2 微机主板

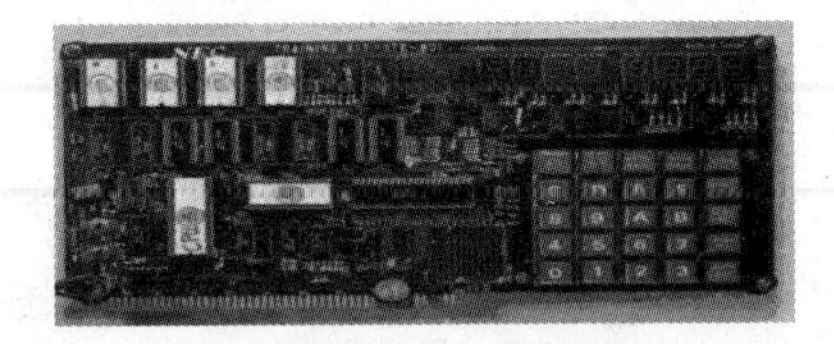

图 1-3 单板微型计算机

(3) 单片微型计算机。在一片大规模集成电路芯片上集成微处理器(CPU)、存储器(RAM、ROM)、I/O 接口电路，就构成了单芯片微型计算机，简称单片机。AT89C5X 单片机如图 1-4 所示。单片机主要应用于智能仪表、智能传感器、智能家电、智能办公设备、汽车及军事电子设备等应用系统。

单片机体积小、价格低、可靠性高，其非凡的嵌入式应用形态对于满足嵌入式应用需求具有独特的优势。

DTP

PLCC

图 1-4 AT89C5X 单片机

1.1.2 单片机内部结构及单片机应用系统组成

1. 单片机内部结构

单片机内部结构示意图如图 1-5 所示。将微处理器 CPU、随机存取存储器 RAM、只读存储器 ROM、基本输入/输出(I/O)接口电路、定时器/计数器和中断系统等部件制作在一块大规模集成电路芯片上，就构成一个完整的单片微型计算机。

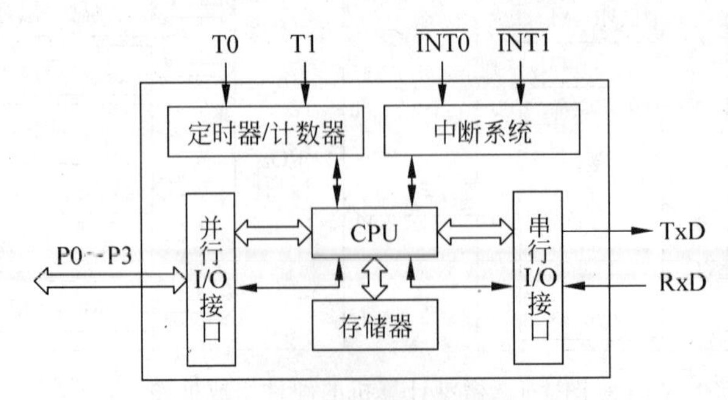

图 1-5 单片机内部结构示意图

2. 单片机应用系统的组成

单片机应用系统的组成如图 1-6 所示。单片机应用系统是以单片机为核心，再加上接口电路及外设等硬件电路和软件构成的。因此，设计人员必须分别从硬件和软件的角度来研究单片机，才能开发出单片机应用系统和产品。

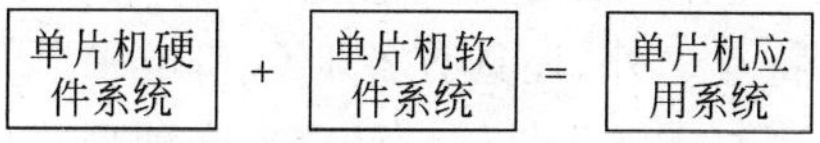

单片机硬件系统 + 单片机软件系统 = 单片机应用系统

图 1-6 单片机应用系统的组成

1.1.3 80C51 单片机系列

Intel 公司生产的 MCS 系列单片机，尽管型号很多，但从目前来看，使用最为广泛的是 MCS-51 单片机。本书主要研究 MCS-51 系列 8 位单片机 80C51。

80C51 系列单片机的分类如表 1-1 所示。表 1-1 中列出了 80C51 单片机系列的芯片型号及主要技术指标，读者由此可对 80C51 单片机系列有一个全面的了解。下面将在表 1-1 的基础上进一步对 80C51 系列单片机做一些说明。

表 1-1 80C51 系列单片机分类表

分类		芯片型号	存储器类型及字节数		片内其他功能单元数量/个			
			ROM/KB	RAM/B	并口	串口	定时器/计数器	中断源
总线型	基本型	80C31	—	128	4	1	2	5
		80C51	4(掩膜)	128	4	1	2	5
		87C51	4	128	4	1	2	5
		★89C51	4(Flash)	128	4	1	2	5
		89S51	4(ISP)	128	4	1	2	5
	增强型	80C32	—	256	4	1	3	6
		80C52	8(掩膜)	256	4	1	3	6
		87C52	8	256	4	1	3	6
		★89C52	8	256	4	1	3	6
		89S52	8(ISP)	256	4	1	3	6
非总线型		89C2051	2(Flash)	128	2	1	2	5
		★89C4051	4(Flash)		2	1	2	5

注：① 表中加★的被 ATMEL 公司的 AT89S51/89S52 新产品所取代，新产品具有 ISP(在系统编程)功能，使用非常方便，实际应用时应首选。

② 89C51 已停产。

1. 基本型和增强型

80C51 系列又分为基本型(51 子系列)和增强型(52 子系列)两个子系列，以芯片型号的最末位数字是 1 还是 2 来区别。从表 1-1 所列内容中可以看出，增强型的增强功能如下所述。

(1) 片内 ROM 从 4KB 增加到 8KB；

(2) 片内 RAM 从 128B 增加到 256B；

(3) 定时器/计数器从 2 个增加到 3 个；

(4) 中断源从 5 个增加到 6 个。

2. 芯片中"C"和"S"的含义

MCS-51 系列单片机采用两种半导体工艺生产，一种是高速度、高密度和短沟道 HMOS

工艺，另外一种是高速度、高密度和低功耗的互补金属氧化物的 CHMOS 工艺。在表 1-1 中，芯片型号中带有字母“C”的是 CHMOS 芯片，不带“C”的为一般的 HMOS 芯片。

带“C”的芯片具有低功耗（例如，8051 的功耗为 630mW，80C51 的功耗只有 120mW）的特点之外，还具有各 I/O 口电平既与 TTL 电平兼容，也与 CMOS 电平兼容的特点。

对于 AT89S51/89S52 这种型号中带“S”的系列产品，其最大的特点是具有在系统可编程功能。用户只要连接好下载电路，就可以在不拔下 51 芯片的情况下，直接在系统中编程。在编程期间，系统是不能运行程序的。

3. 片内 ROM 程序存储器配置形式

80C51 单片机的片内程序存储器有 4 种配置形式，即掩膜 ROM、EPROM、Flash ROM 和没有（无 ROM）。这 4 种配置形式对应 4 种不同的单片机芯片，它们各有特点，也各有其适用场合，在使用时应根据需要来选择，具体说明如下：

(1) 无 ROM（即 ROMLess），即 80C31 单片机片内无程序存储器，应用时要在片外扩展程序存储器。

(2) 掩膜 ROM（即 MaskROM）型，只能一次性由芯片生产厂商写入，用户无法写入。

(3) EPROM 型，通过紫外光照射擦除，用户通过写入装置写入程序。

(4) Flash ROM 型，程序可以用电写入或电擦除（当前常用方式）。

4. 单片机的环境温度问题

单片机应用中的环境温度问题，是指单片机应用中的抗干扰特性和温度特性。由于单片机的应用是面向工业现场的，因此，它应具有很强的抗干扰能力，这是其他计算机无法相比的。单片机的温度特性与其他集成电路芯片一样，按所能适应的环境温度分为如下 3 个等级：民用级（0～+70℃）、工业级（−40～+85℃）和军用级（−65～+125℃）。在工业应用中，应根据现场环境温度来选择单片机芯片。

5. 80C51 与 AT89C51 的区别

Intel 公司在 1980 年推出 80C51 系列单片机。由于 80C51 单片机应用早，影响面很大，已经成为工业标准。后来，很多著名厂商如 Atmel、Philips 等公司申请了版权，生产了各种与 80C51 兼容的单片机系列。虽然其制造工艺在不断地改进，但内核没有变化，指令系统完全兼容，而且大多数管脚也兼容。因此，我们称这些与 80C51 内核相同的单片机为 80C51 系列单片机或 51 系列单片机。

由于 80C51 单片机是早期产品，用户无法将自己编写的应用程序烧写到单片机内的存储器，只能将程序交由芯片厂商代为烧写，并且是一次性的。8751 单片机的内部存储器有了改进，用户可以将自己编写的程序写入单片机的内部存储器，但需要用紫外线灯照射 25 分钟以上再烧写，烧写次数和电压也是有一定限制的。

AT89C51 单片机是 Atmel 公司 1989 年生产的产品。Atmel 公司率先把 80C51 内核与 Flash 技术相结合，推出了轰动业界的 AT89 系列单片机。AT89C51 单片机的指令系统、管脚完全与 80C51 兼容。

6. AT89C51 与 AT89S51 的区别

AT89S51 单片机对 AT89C51 单片机进行了很多改进，新增加了很多功能，性能有了较大提升，价格基本不变，甚至比AT89C51更低，使用上与80C51单片机完全兼容。

AT89S51相对于AT89C51增加的新功能主要有：ISP在线编程功能、最高工作频率提升为33MHz、具有双工UART串行通道、内部集成看门狗计时器、双数据指示器、电源关闭标识、全新的加密算法、程序的保密性大大加强等。

向AT89C51单片机写入程序与向AT89S51单片机写入程序的方法有所不同，所以，购买的编程器必须具有写入AT89S51单片机的功能，以适应产品的更新。Atmel公司现已停止生产AT89C51型号的单片机，被其AT89S51型号的单片机所代替。

1.2 单片机的发展过程及产品近况

1. 单片机的发展过程

单片机技术发展过程可分为如下三个主要阶段。

第一阶段(1947—1978年)为初级单片机形成阶段，其典型产品是Intel公司推出的MCS-48系列单片机。该单片机具有8位CPU、1KB ROM、64B RAM、27根I/O线和1个8位定时器/计数器。这一阶段的单片机特点是存储器容量较小，寻址范围小(不大于4KB)，无串行接口，指令系统功能不强。

第二阶段(1978—1983年)为高性能单片机阶段，其典型产品是Intel公司推出的MCS-51系列单片机。该单片机具有8位CPU、4KB ROM、128B RAM、4个8位并行口、1个全双工串行口、2个16位定时器/计数器，其寻址范围是64KB，并有控制功能较强的布尔处理器。这一阶段的单片机特点是结构体系完善，性能已大大提高，面向控制的特点进一步突出。现在，MCS-51已成为公认的单片机经典机种。

第三阶段(1983年以后)是微控制器化阶段，其典型产品是Intel公司推出的MCS-96系列单片机。该单片机具有16位CPU、8KB ROM、232B RAM、5个8位并行口、1个全双工串行口、2个16位定时器/计数器，其寻址范围是64KB，片上还有8路10位ADC、1路PWM输出及高速I/O部件等。这一阶段的单片机特点是片内面向测控系统的外围电路增强，使单片机可以方便、灵活地用于复杂的自动测控系统及设备。

2. 单片机产品近况

目前，单片机产品已达60多个系列，600多个品种。近年来各厂商推出的与80C51兼容的主要产品如下：

(1) Atmel公司生产的E^2PROM、Flash存储器技术的AT89S51/89S52系列单片机。

(2) Philips公司生产的80C51、80C550、80C552系列单片机。

(3) Motorola公司生产的M68HC05系列单片机。

(4) Microchip公司生产的PIC系列单片机。

(5) SST公司生产的ST89××××系列单片机。

(6) ADI公司生产的ADμC8××高精度ADC系列单片机。

(7) LG公司生产的GMS90/97低压高速系列单片机。

(8) Maxim公司生产的DS89C420高速(50MIPS)系列单片机。

(9) Cygnal公司生产的C8051F系列高速SOC单片机。

(10) Siemens 公司生产的 SAB80 系列单片机。

其中，SST 公司的 ST89××××系列单片机具有 IAP(在应用编程)功能。在应用可编程 IAP 比在系统可编程 ISP 更进了一步。IAP 型的单片机允许应用程序在运行时通过自己的程序代码对自己进行编程，一般是达到更新程序的目的。

Cygnal 公司的 C8051F 系列高速 SOC 单片机具有 JTAG 功能。JTAG 技术是先进的调试和编程技术。

1.3 单片机的特点及应用领域

1. 单片机的特点

单片机芯片的集成度非常高，它将微型计算机的主要部件都集成在一块芯片上，因此具有如下特点：

(1) 单片机体积小、重量轻、价格低、耗电少、易于产品化。

(2) 控制性能。单片机实时控制功能强、运行速度快。因为 CPU 可以对 I/O 端口直接进行指令操作，而且位指令操作能力是其他计算机无法比拟的。

(3) 可靠性高。由于 CPU、存储器及 I/O 接口集成在同一块芯片内，各部件间的连接紧凑，数据在传送时受干扰的影响较小，且不易受环境条件的影响，所以单片机的可靠性非常高。

2. 单片机的应用领域

单片机应用技术已经渗透到人们生活的各个方面，特别是嵌入式应用已经成为计算机应用的主流。据统计，全世界的大规模集成电路有 80%用于嵌入式应用。预测到 2010 年，平均每人每天会接触到多达 351 片单片机，甚至更多。目前，单片机的主要应用领域如下：

(1) 家用电器。家用电器是单片机的重要应用领域之一，其前景广阔，如用于微波炉、电视机、电饭煲、空调器、电冰箱、洗衣机等。

(2) 交通领域。如交通灯、汽车、火车、飞机等，均有单片机的广泛应用。

(3) 智能仪器仪表，如各种智能电气测量仪表、智能传感器等。

(4) 机电一体化产品，如医疗设备(B 超)、机器人、数控机床、自动包装机、打印机、复印机等。

(5) 实时工业控制，如温度控制、电机转速控制、生产线控制等。

1.4 单片机的发展趋势

20 世纪 80 年代以来，单片机有了新的发展，各半导体器件厂商纷纷推出自己的产品系列。根据市场的需求，未来单片机的发展趋势有如下几个方面：

(1) 单片机的字长由 4 位、8 位、16 位，发展到 32 位，甚至 64 位。目前，8 位的单片机仍然占主流地位，只有在精度要求特别高的场合，如图像处理等，才采用 16 位或 32 位，甚至 64 位的单片机。用户可以根据需要进行字长的选择。

(2) 运行速度不断提高。单片机的使用最高频率由 6MHz、12MHz、24MHz、33MHz 发展到 40MHz 甚至更高。用户可以根据产品的需要进行速度的选择。

(3) 单片机内的 RAM 和 ROM 存储容量越来越大。单片机内的 RAM 和 ROM 存储容量由 1KB、2KB、4KB、8KB、16KB、32KB、64KB 发展到 128KB。用户可以根据程序和数据量的大小进行选择。

(4) 单片机程序存储器 ROM 的编程越来越方便。单片机程序存储器有 ROM 型(掩膜型)、OTP 型(一次性编程)、EPROM(紫外线擦除编程)、EPROM(电擦除编程)及 Flash(闪速编程)。编程方式越来越方便,目前有脱机编程、在系统编程(ISP)、在应用编程(IAP)等供用户进行选择。

(5) 输入/输出端口多功能化。单片机内除集成有并行接口、串行接口外,还集成有 A/D、D/A、LED/LCD 显示驱动、DMA 控制、PWM(脉宽调制输出)、PLC(锁相环控制)、PCA(逻辑阵列)、WDT(看门狗)等。用户可以根据需要进行选择。

(6) 功耗低、电压范围宽。单片机采用 CHMOS 制作工艺,使单片机的功耗降低,并设立空闲和掉电两种工作方式;其电压范围为 2.6～6V,变得更宽,供用户选择的范围更广。

(7) 嵌入式的处理器。单片机结合专用集成电路 ASIC、精简指令集(RISC)技术,发展成为嵌入式的处理器,深入到数字信号处理、图像处理、人工智能、机器人等领域。

(8) 工作温度范围宽、可靠性高、抗干扰能力强、内部资源丰富。

本章小结

(1) 微型计算机由硬件系统和软件系统两大部分组成。硬件主要由 CPU、存储器、I/O 接口和 I/O 设备组成,采用总线结构形式。软件包括系统软件和应用软件两大类,程序设计语言分为三级,分别是机器语言、汇编语言和高级语言。

(2) 单片机将 CPU、RAM、ROM、基本输入/输出接口电路、定时器/计数器和中断系统等部件制作在一块大规模集成电路芯片上。

(3) 单片机应用系统是由单片机、接口电路及外设等硬件电路和软件构成的。

(4) 80C51 单片机技术指标为:4KB ROM、128B RAM、4 个并行口、1 个串行口、2 个定时器/计数器和 5 个中断源。

思考题与习题

1. 什么是单片机?其主要特点有哪些?
2. 微型计算机有哪些应用形式?各适用于什么场合?
3. 80C51 单片机的主要技术指标有哪些?
4. 简述单片机应用系统。
5. 单片机的发展趋势有哪几个方面?
6. 80C51 与 AT89C51 的区别是什么?
7. AT89C51 与 AT89S51 的区别是什么?

第 2 章

80C51 单片机的结构及原理

学习目的

(1) 了解 80C51 的内部结构。

(2) 掌握 80C51 引脚信号功能定义。

(3) 掌握 80C51 的存储器空间分配及各 I/O 口的特点。

(4) 掌握 80C51 的复位电路、时钟电路及指令时序。

学习重点和难点

(1) 80C51 的结构特点。

(2) 80C51 存储器配置与空间的分布。

(3) 80C51 程序状态寄存器(PSW)。

(4) 80C51 的指令时序。

2.1 80C51 单片机的结构与原理

2.1.1 80C51 单片机的结构

80C51 单片机的结构框图如图 2-1 所示，可以看出，在一块芯片上集成了一个微型计算机的主要部件，它包括以下几部分。

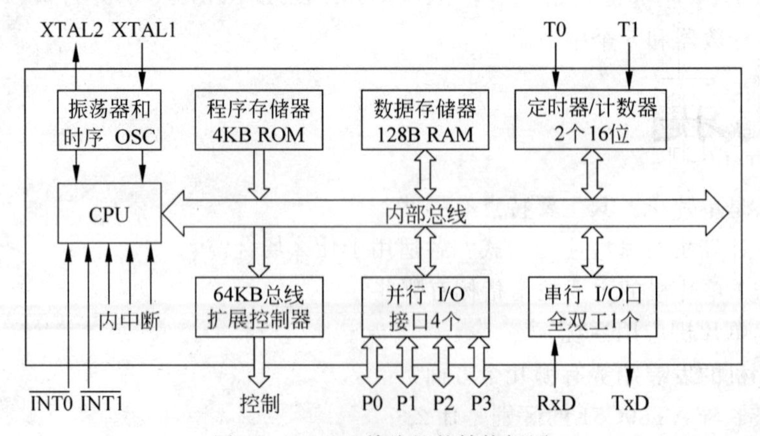

图 2-1 80C51 单片机的结构框图

(1) 1 个 8 位 CPU；

(2) 时钟电路(振荡电路和时序 OSC)；

(3) 4KB 程序存储器(ROM/EPROM/Flash),可外扩展到 64KB；

(4) 128B 数据存储器 RAM,可外扩展到 64KB；

(5) 2 个 16 位定时器/计数器；

(6) 64KB 总线扩展控制电路；

(7) 4 个 8 位并行 I/O 接口 P0～P3；

(8) 1 个全双工异步串行 I/O 接口；

(9) 中断系统：5 个中断源,其中包括两个优先级嵌套中断。

2.1.2　80C51 单片机的内部结构

80C51 单片机的内部结构如图 2-2 所示,它由 CPU、存储器、I/O 口及 SFR(特殊功能寄存器)等组成,具体说明如下所示。

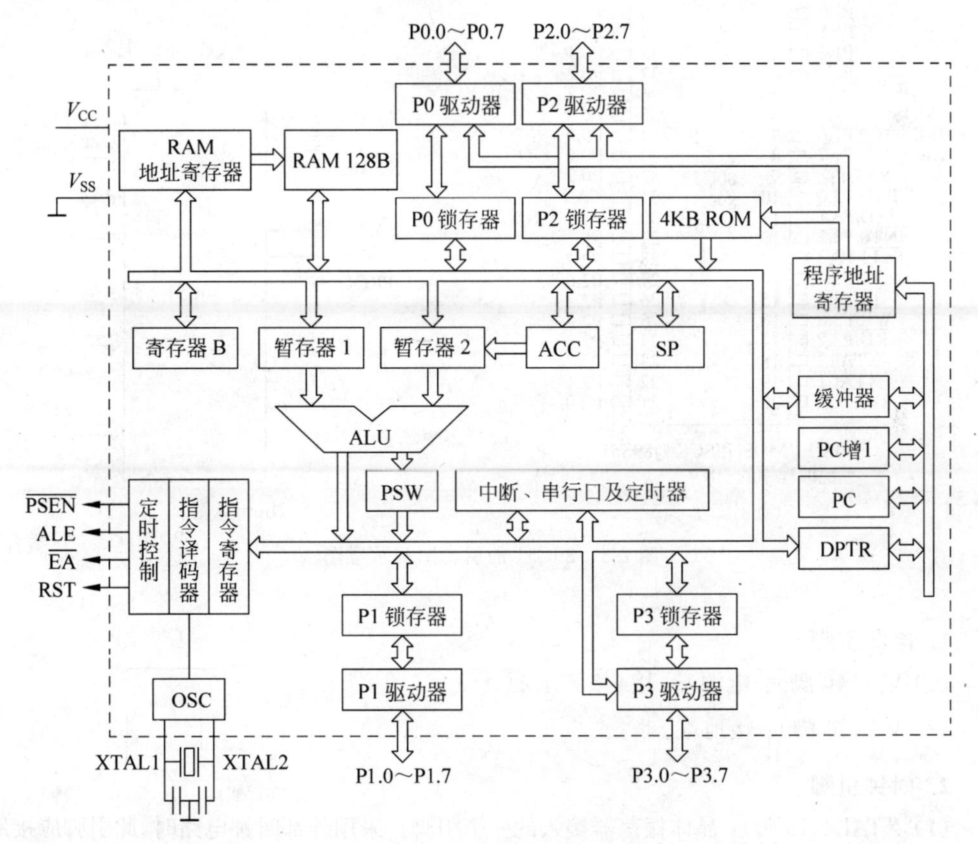

图 2-2　80C51 单片机的内部结构

(1) 80C51 CPU。这是一个 8 位 CPU,是单片机的核心部件,是计算机的控制指挥中心。同微型计算机 CPU 类似,80C51 内部 CPU 由运算器和控制器两部分组成。

① 运算器。它由算术运算/逻辑运算单元 ALU(Arithmetic Logic Unit)为核心,由暂存器 1、暂存器 2、累加器 ACC(Accumulator)、寄存器 B 及程序状态寄存器 PSW

(Program Status Word)组成,其主要任务是完成算术运算、逻辑运算、位运算和数据传送等操作,运算结果的状态由程序状态寄存器(PSW)保存。

② 控制器。它由程序计数器(PC)、PC 增 1 寄存器、指令寄存器(IR)、指令译码器(ID)、数据指针(DPTR)、堆栈指针(SP)、缓冲器及定时控制电路等组成,其主要任务是完成指挥、控制工作,协调单片机各部分正常工作。

(2) 80C51 的片内存储器。80C51 的片内存储器与一般微机存储器的配置不同。一般微机的 ROM 和 RAM 安排在同一空间的不同范围(称为普林斯顿结构),而 80C51 单片机的存储器在物理上设计成程序存储器和数据存储器两个独立的空间(称为哈佛结构)。

2.1.3 80C51 单片机的引脚及功能

80C51 单片机采用双列直插式(DIP)封装,引脚图如图 2-3(a)所示,示意图如图 2-3(b)所示。80C51 的 40 个引脚及功能描述如下所示。

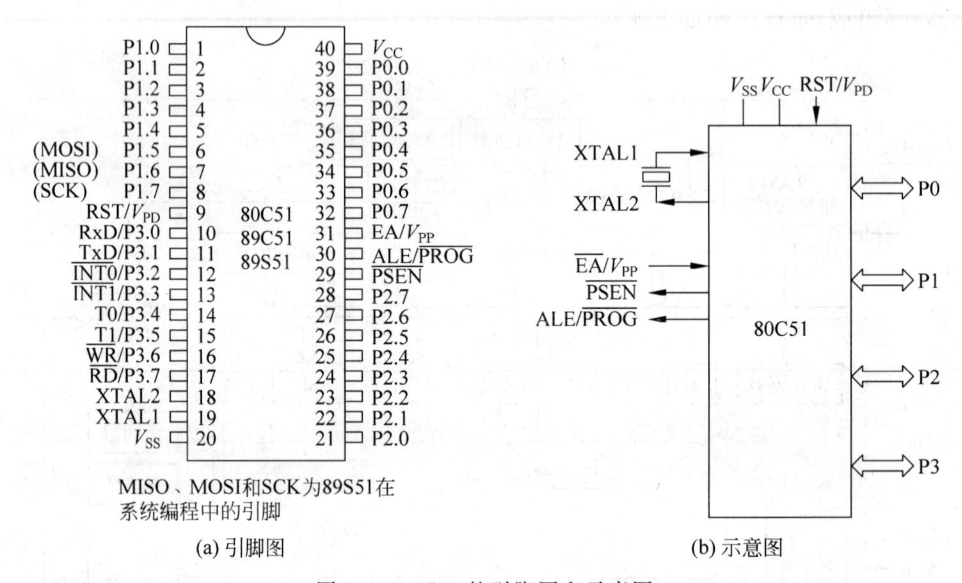

(a) 引脚图　　(b) 示意图

图 2-3 80C51 的引脚图和示意图

1. 电源引脚

(1) V_{CC}(40 脚):电源端,接+5V 电源。

(2) V_{SS}(20 脚):接地端。

2. 时钟引脚

(1) XTAL1(19 脚):晶体振荡器接入的一个引脚。采用外部时钟电路时,此引脚应接地。

(2) XTAL2(18 脚):晶体振荡器接入的另一个引脚。使用外部时钟时,此引脚应接外部时钟的输入端。

3. 控制引脚

(1) RST/V_{PD}(9 脚):复位信号输入引脚/备用电源输入引脚。当 RST 引脚保持两个机器周期的高电平后,就可以使 80C51 完成复位操作。该引脚的第二功能是 V_{PD},即备用电源的输入端，具有掉电保护功能。若在该引脚接＋5V 备用电源，在使用中若主电源 V_{CC} 掉电，可保护片内 RAM 中的信息不丢失。

(2) ALE/$\overline{PROG}$(30 脚)：地址锁存允许信号输出引脚/编程脉冲输入引脚。在系统扩展时，ALE 用于控制把 P0 口输出的低 8 位地址锁存起来，以实现低位地址和数据的隔离。此外，由于 ALE 是以晶振 $f_{osc}/6$ 的固定频率输出的正脉冲(f_{osc} 代表振荡器的频率)，因此，它可作为外部时钟或外部定时脉冲使用。

该引脚的第二功能 $\overline{PROG}$ 是指在对 8751 内部 4KB EPROM 编程写入时，作为编程脉冲的输入端。

(3) $\overline{EA}/V_{PP}$(31 脚)：外部程序存储器地址允许输入信号引脚/编程电压输入信号引脚。当 $\overline{EA}$ 接高电平时，CPU 执行片内 ROM 指令，当 PC 值超过 0FFFH 时，将自动转去执行片外 ROM 指令；当 $\overline{EA}$ 接低电平时，CPU 只执行片外 ROM 指令。

该引脚的第二功能 V_{PP} 是指在对 8751 片内 EPROM 编程写入时，作为 21V 编程电压的输入端。

(4) $\overline{PSEN}$(29 脚)：片外 ROM 读选通信号。在读片外 ROM 时，$\overline{PSEN}$ 为低电平(有效)，以实现对片外 ROM 的读操作。

4. 并行 I/O 引脚

(1) P0.0～P0.7(39～32 脚)：一般的 8 位双向 I/O 口引脚或数据/地址总线低 8 位复用引脚。P0 口即可作为数据/地址总线使用，又可作为一般的 I/O 口使用。当 CPU 访问片外存储器时，P0 口分时先作为低 8 位地址总线，后用作双向数据总线，此时，P0 口就不能再作为一般 I/O 口使用。

(2) P1.0～P1.7(1～8 脚)：P1 口作为一般的 8 位准双向 I/O 口使用。

(3) P2.0～P2.7(21～28 脚)：一般的 8 位准双向 I/O 口引脚或高 8 位地址总线引脚。P2 口即可作为一般的 I/O 口使用，也可作为片外存储器的高 8 位地址总线，与 P0 口配合，组成 16 位片外存储器单元地址，可访问 $2^{16}=64$(KB)存储空间。

(4) P3.0～P3.7(10～17 脚)：一般的 8 位准双向 I/O 口引脚或第二功能引脚。P3 口除了作为一般的 I/O 口使用之外，每个引脚还具有第二功能。P3 的 8 条口线都定义有第二功能，详见表 2-1。

表 2-1　P3 口各引脚与第二功能表

引脚	第二功能	信号名称
P3.0	RxD	串行数据接收
P3.1	TxD	串行数据发送
P3.2	$\overline{INT0}$	外部中断 0 申请
P3.3	$\overline{INT1}$	外部中断 1 申请
P3.4	T0	定时器/计数器 0 的外部输入
P3.5	T1	定时器/计数器 1 的外部输入
P3.6	$\overline{WR}$	外部 RAM 写选通
P3.7	$\overline{RD}$	外部 RAM 读选通

2.2 80C51单片机的存储器组织

80C51存储器的物理结构为哈佛结构，它将程序存储器和数据存储器分开。从物理地址空间看，80C51单片机有4个存储器地址空间，即片内数据存储器（简称片内RAM）、片内程序存储器（片内ROM）、片外数据存储器（片外RAM）和片外程序存储器（片外ROM）。从使用的角度来看，80C51的存储器分为三个逻辑空间，如图2-4所示。

(1) 片内、外统一寻址的64KB程序存储器空间，地址范围为0000H～FFFFH（访问用指令MOVC）。

(2) 80C51的片内数据存储器RAM只有128B，地址范围为00H～7FH；80C52的片内数据存储器RAM为256B，地址范围为00H～FFH（访问用指令MOV）。

(3) 64KB的片外数据存储器空间，地址范围也为0000H～FFFFH（访问用指令MOVX）。

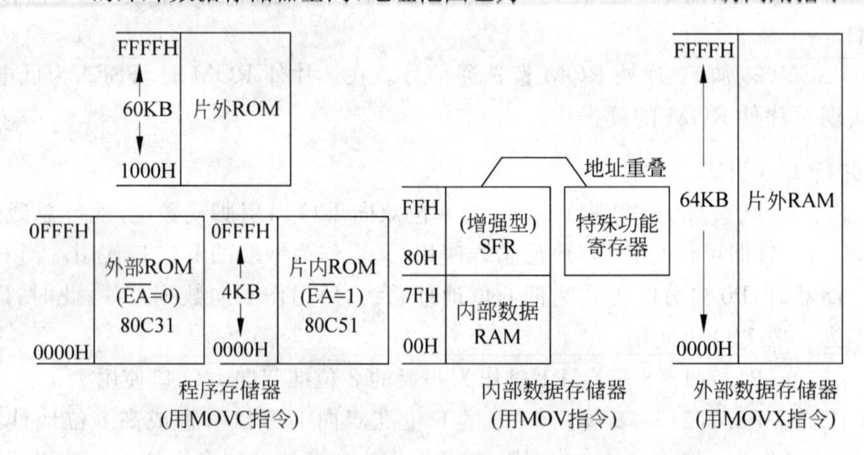

图2-4 80C51存储器逻辑结构

2.2.1 80C51单片机的程序存储器ROM

80C51程序存储器ROM主要用来存放程序、常数或表格等。80C51内部有4KB的掩膜ROM；87C51内部有4KB的EPROM；AT89S51内部有4KB的Flash E^2ROM，并具有ISP功能；而80C31内部没有程序存储器。80C51的片外最多能扩展64KB程序存储器，片内、外的ROM是统一编址的。

80C51程序存储器ROM空间地址分布图如图2-5(a)所示。80C51的$\overline{EA}$引脚为选择内部或外部ROM控制端。当$\overline{EA}$接高电平时，80C51的程序计数器PC在0000H～0FFFH地址范围内（即前4KB地址）执行片内ROM中的程序，当PC值超过0FFFH时，PC将自动转去执行片外1000H～FFFFH地址范围ROM中的程序；当$\overline{EA}$接低电平时，只能寻址外部ROM程序存储器，片外存储器可以从0000H开始编址。对于如图2-5(a)所示的ROM空间地址分布图作如下说明：

- 80C51片内有4KB的ROM存储单元，地址为0000H～0FFFH；
- 80C51片外最多可扩展60KB的ROM，地址为1000H～FFFFH。

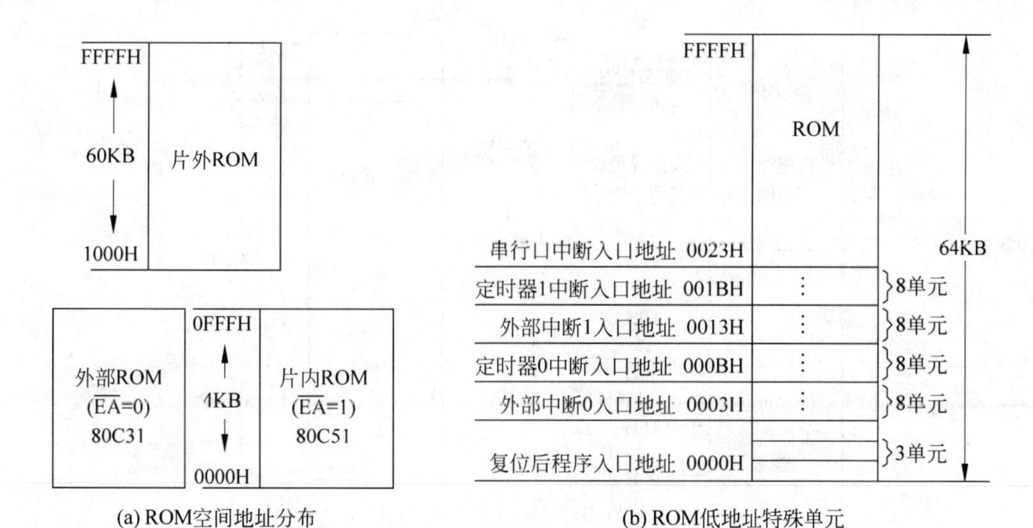

(a) ROM空间地址分布　(b) ROM低地址特殊单元

图 2-5　80C51 程序存储器 ROM 空间地址分布

2.2.2　80C51 ROM 低地址特殊单元

80C51 的程序存储器低地址单元中有 6 个单元具有特殊功能，如图 2-5(b)所示，使用时应注意其含义，具体说明如下：

(1) 0000H～0002H：单片机复位后的程序入口地址(3 个单元)。

(2) 0003H～000AH：外部中断 0($\overline{INT0}$)的中断服务程序入口地址(8 个单元)。

(3) 000BH～0012H：定时器 0(T0)的中断服务程序入口地址(8 个单元)。

(4) 0013H～001AH：外部中断 1($\overline{INT1}$)的中断服务程序入口地址(8 个单元)。

(5) 001BH～0022H：定时器 1(T1)的中断服务程序入口地址(8 个单元)。

(6) 0023H～002AH：串行口的中断服务程序入口地址(8 个单元)。

第一组特殊单元是 0000H～0002H，3 个单元不可能安排长程序，因此，系统复位后，(PC)＝0000H，80C51 单片机从 0000H 单元开始取指令执行程序。如果程序不从 0000H 单元开始，应在这 3 个单元中存放一条无条件转移指令(LJMP)，以便直接转去执行指定的程序。第二组特殊单元是 0003H～002AH，共 40 个单元。这 40 个单元被均匀地分为 5 段，作为 5 个中断源的中断地址区。中断响应后，按中断种类，自动转到各中断区的首地址去执行程序，因此在中断地址区中应存放中断服务程序。但通常情况下，8 个单元难以存下一个完整的中断服务程序，因此通常也是从中断地址区首地址开始存放一条无条件转移指令，以便中断响应后，通过中断地址区转到中断服务程序的实际入口地址。

2.2.3　80C51 单片机的数据存储器 RAM

80C51 数据存储器 RAM 主要用来存放运算的中间结果和数据等。80C51 单片机数据存储器 RAM 分为片内 RAM 和片外 RAM 两大部分，如图 2-6 所示。80C51 的片内数据存储器 RAM 只有 128B，地址范围为 00H～7FH；80C52 的片内数据存储器 RAM 为 256B，地址范围为 00H～FFH。片外数据存储器 RAM 最多可扩至 64KB 存储单元，地址范围为 0000H～FFFFH。

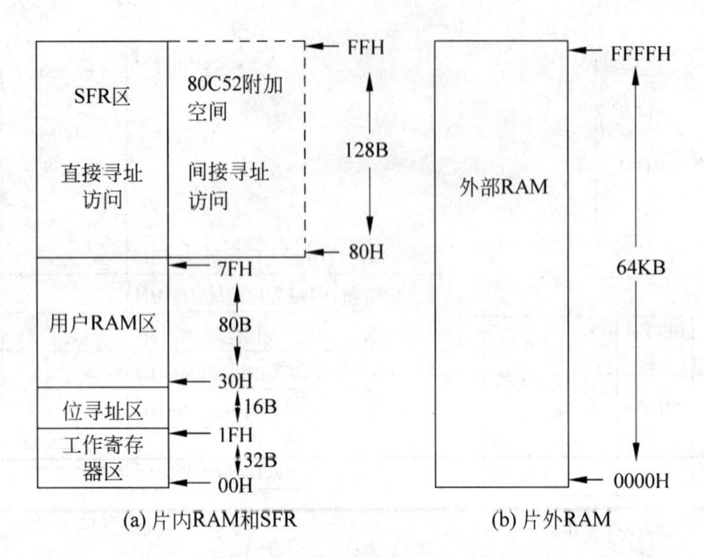

图 2-6 80C51 数据存储器 RAM 空间分布

如图 2-6 所示,80C52 的片内 RAM 地址空间共有 256B,又分为两个部分:低 128B(00H～7FH) RAM 区与 80C51 的 RAM 区相同(访问时采用直接或间接寻址方式均可);高 128B(80H～FFH)RAM 区,在访问这个区时,只能用寄存器间接寻址。需要注意的是,高 128B RAM 区的地址与特殊功能寄存器(SFR)区相重叠,区别是访问特殊功能寄存器区采用直接寻址方式。

在 80C51 单片机中,尽管片内 RAM 的容量不大,但它的功能多,使用灵活。下面分别对低 128B RAM 区和高 128B 特殊功能寄存器(SFR)区进行讨论。

1. 内部数据存储器低 128 单元

内部数据存储器低 128 单元是指地址为 00H～7FH 的单元,如表 2-2 所示。低 128 单元是单片机的真正 RAM 存储器,按其用途划分为工作寄存器区、位寻址区和用户 RAM 区三个区域。

表 2-2 80C51 片内 RAM 的配置

30H～7FH	用户 RAM	10H～17H	工作寄存器 2 区(R0～R7)
20H～2FH	位寻址区(00H～7FH)	08H～0FH	工作寄存器 1 区(R0～R7)
18H～1FH	工作寄存器 3 区(R0～R7)	00H～07H	工作寄存器 0 区(R0～R7)

(1) 工作寄存器区

80C51 单片机内部 RAM 的 00H～1FH 地址单元共 32B,分成 4 组工作寄存器,每组 8 个工作寄存单元。

- 寄存器 0 组:地址 00H～07H(R0～R7);
- 寄存器 1 组:地址 08H～0FH(R0～R7);
- 寄存器 2 组:地址 10H～17H(R0～R7);
- 寄存器 3 组:地址 18H～1FH(R0～R7)。

各组都以 R0～R7 作为工作寄存器单元编号。由于它们的功能及使用不作预先规定，因此称为通用寄存器。对于这 4 组通用寄存器，在任一时刻，CPU 只能使用其中的一组，并且把正在使用的那组寄存器称为当前寄存器组。到底是哪一组，由程序状态字寄存器 PSW 中 RS1 和 RS0 位的状态组合来决定。

(2) 位寻址区

内部 RAM 的 20H～2FH 地址单元既可作为一般 RAM 单元使用，进行字节操作，也可以对单元中的每一位进行位操作，因此该区称为位寻址区。位寻址区共有 16 个 RAM 单元，计 128 位，地址为 00H～7FH，如表 2-3 所示。在程序设计时，常将程序状态标志、位控制变量设在位寻址区内。这种位寻址能力是 80C51 的一个重要特点。

表 2-3　片内 RAM 及位寻址区的位地址表

BYTE	(MSB)							(LSB)		
7FH										通用存储区
2FH	7F	7E	7D	7C	7B	7A	79	78	可寻址区	通用存储区
2EH	77	76	75	74	73	72	71	70	可寻址区	通用存储区
2DH	6F	6E	6D	6C	6B	6A	69	68	可寻址区	通用存储区
2CH	67	66	65	64	63	62	61	60	可寻址区	通用存储区
2BH	5F	5E	5D	5C	5B	5A	59	58	可寻址区	通用存储区
2AH	57	56	55	54	53	52	51	50	可寻址区	通用存储区
29H	4F	4E	4D	4C	4B	4A	49	48	可寻址区	通用存储区
28H	47	46	45	44	43	42	41	40	可寻址区	通用存储区
27H	3F	3E	3D	3C	3B	3A	39	38	可寻址区	通用存储区
26H	37	36	35	34	33	32	31	30	可寻址区	通用存储区
25H	2F	2E	2D	2C	2B	2A	29	28	可寻址区	通用存储区
24H	27	26	25	24	23	22	21	20	可寻址区	通用存储区
23H	1F	1E	1D	1C	1B	1A	19	18	可寻址区	通用存储区
22H	17	16	15	14	13	12	11	10	可寻址区	通用存储区
21H	0F	0E	0D	0C	0B	0A	09	08	可寻址区	通用存储区
20H	07	06	05	04	03	02	01	00	可寻址区	通用存储区
1FH～18H	寄存器 3 组								通用寄存器	
17H～10H	寄存器 2 组								通用寄存器	
0FH～08H	寄存器 1 组								通用寄存器	
07H～00H	寄存器 0 组								通用寄存器	

(3) 用户 RAM 区

地址为 30H～7FH，共计 80 个字节，这就是供用户使用的一般 RAM 区。这个区域的操作指令非常丰富，数据处理方便、灵活。对用户 RAM 区的使用没有任何规定或限制，但在一般应用中常把堆栈设置在此区中。

2. 内部数据存储器高 128 单元

80C51 内部 RAM 的高 128 单元是供给专用寄存器使用的，它们分布在单元地址为

80H～FFH 的空间。因为这些寄存器的功能已作专门规定，故称为专用寄存器(Special Function Register)，也可称为特殊功能寄存器(简称为 SFR 寄存器)。访问 SFR 寄存器，只允许使用直接寻址方式。

2.2.4 特殊功能寄存器(SFR)简介

RAM 的高 128 单元是特殊功能寄存器(SFR)区。80C51 共有 21 个特殊功能寄存器(SFR)，其中的 11 个 SFR 还具有位寻址功能，它们的字节地址能被 8 整除，即十六进制的地址码尾数为 0 或 8，如表 2-4 中用"＊"表示的。

表 2-4 80C51 SFR 中的位地址分布表

D7			位 地 址				D0	字节地址	SFR	寄存器名
P0.7	P0.6	P0.5	P0.4	P0.3	P0.2	P0.1	P0.0	80	P0	＊P0 端口
87	86	85	84	83	82	81	80			
								81	SP	堆栈指针
								82	DPL	数据指针
								83	DPH	
SMOD								87	PCON	电源控制
TF1	TR1	TF0	TR0	IE1	IT1	IE0	IT0	88	TCON	＊定时器控制
8F	8E	8D	8C	8B	8A	89	88			
GATE	C/$\overline{T}$	M1	M0	GATE	C/$\overline{T}$	M1	M0	86	TMOD	定时器模式
								8A	TL0	T0 低字节
								8B	TL1	T1 低字节
								8C	TL0	T0 高字节
								8D	TL1	T1 高字节
P1.7	P1.6	P1.5	P1.4	P1.3	P1.2	P1.1	P1.0	90	P1	＊P1 端口
97	96	95	94	93	92	91	90			
SM0	SM1	SM2	REN	TB8	RB8	TI	RI	98	SCON	＊串行口控制
9F	9E	9D	9C	9B	9A	99	98			
								99	SBUF	串行口数据
P2.7	P2.6	P2.5	P2.4	P2.3	P2.2	P2.1	P2.0	A0	P2	＊P2 端口
A7	A6	A5	A4	A3	A2	A1	A0			
EA			ES	ET1	EX1	ET0	EX0	A8	IE	＊中断允许
AF	—	—	AC	AB	AA	A9	A8			
P3.7	P3.6	P3.5	P3.4	P3.3	P3.2	P3.1	P3.0	B0	P3	＊P3 端口
B7	B6	B5	B4	B3	B2	B1	B0			
			PS	PT1	PX1	PT0	PX0	B8	IP	＊中断优先权
—	—	—	BC	BB	BA	B9	B8			
CY	AC	F0	RS1	RS0	OV	—	P	D0	PSW	＊程序状态字
D7	D6	D5	D4	D3	D2	D1	D0			
								E0	A	＊A 累加器
E7	E6	E5	E4	E3	E2	E1	E0			
								F0	B	＊寄存器
F7	F6	F5	F4	F3	F2	F1	F0			

1. 运算器有关的特殊功能寄存器

(1) 累加器 ACC(Accumulator)。累加器为 8 位寄存器,是最常用的专用寄存器,用于向 ALU 提供操作,因此,其功能较多,地位重要。它既可用于存放操作数,也可用来存放运算的中间结果。80C51 单片机中大部分的单操作数指令的操作数就取自累加器,许多双操作数指令中的一个操作数也取自累加器。

(2) 寄存器 B。B 寄存器是一个 8 位寄存器,主要用于乘、除运算,也可以作为 RAM 的一个单元使用。

(3) 程序状态字 PSW(Program Status Word)。程序状态字是一个 8 位寄存器,用于存放程序运行中的各种状态信息,作为程序查询或判断的条件。PSW 有些位的状态是根据程序执行结果,由硬件自动设置的,而有些位的状态使用软件方法设定。PSW 的各位状态可以用专门指令进行测试,也可以用指令读出。PSW 的定义如表 2-5 所示,各位的定义及使用说明如下。

表 2-5 80C51 PSW 的各位定义表

PSW 位地址	PSW.7	PSW.6	PSW.5	PSW.4	PSW.3	PSW.2	PSW.1	PSW.0
位标志	CY	AC	F0	RS1	RS0	OV	F1	P

① 进位(借位)标志位:CY(PSW.7)。其功能有两方面:一是存放算术运算的进位(借位)标志,在作加法(减法)运算时,如果操作结果的最高位有进位(借位),CY 由硬件置"1",否则清"0";二是在进行位操作时,CY 作为累加器 C 使用,可进行位传送、位与位的逻辑运算等位操作,会影响该标志位。

② 辅助进位标志位:AC(PSW.6)。在进行加法(减法)运算中,当低 4 位向高 4 位进位(借位)时,AC 由硬件置"1",否则 AC 位被清"0"。AC 位常用于调整 BCD 码运算结果。

③ 用户标志位:F0(PSW.5)。这是一个留给用户自己定义的标志位,可以根据需要通过软件方法置位或复位,用以控制程序的转向。

④ 工作寄存器组选择位:RS1(PSW.4)和 RS0(PSW.3)。工作寄存器共有 4 组,其对应关系如表 2-6 所示。RS1 和 RS0 这两位的状态是由软件置"1"或清"0"来设置的,被选中的工作寄存器组即为当前工作寄存器组。

当单片机上电或复位后,RS1 RS0=00,选中第 0 组。

表 2-6 工作寄存器组选择表

RS1 RS0	寄存器组	片内 RAM 地址
0 0	第 0 组	00H~07H
0 1	第 1 组	08H~0FH
1 0	第 2 组	10H~17H
1 1	第 3 组	18H~1FH

⑤ 溢出标志位:OV(PSW.2)。在进行带符号数的算术运算时,如果运算结果超出了 8 位二进制数所能表示的符号数有效范围(−128~+127),就产生了溢出,OV=1,表

示运算结果是错误的；否则，OV=0，即无溢出产生，表示运算结果正确。

⑥ 保留未用：F1(PSW.1)。

⑦ 奇偶标志位：P(PSW.0)。表明运算结果累加器A中内容的奇偶性。如果A中有奇数个"1"，则P置"1"，否则置"0"。凡是改变累加器A中内容的指令，均会影响P标志位。P标志位对串行通信中的数据传输有重要的意义。在串行通信中，常采用奇偶校验的办法来校验数据传输的可靠性。

2. 指针有关的特殊功能寄存器

(1) 数据指针DPTR。数据指针为16位寄存器，用来存放16位地址。DPTR既可以按16位寄存器使用，也可以按两个8位寄存器分开使用，即

- DPH：DPTR高8位字节；
- DPL：DPTR低8位字节。

DPTR通常在访问片外RAM或ROM存储器时作为地址指针使用，采用间接寻址或变址寻址可对片外的64KB范围的RAM或ROM数据进行操作。

(2) 堆栈指针SP(Stack Pointer)。SP是一个8位寄存器，它总是指向栈顶。80C51单片机在编程序时常将堆栈设在内部RAM 30H～7FH中。堆栈是一个特殊的存储区，用来暂存数据和地址，它是按"先进后出"的原则存取数据的。堆栈共有两种操作：进栈和出栈。80C51单片机系统复位后，SP的内容为07H，复位后的堆栈实际上是从08H单元开始的。但08H～1FH单元分别属于工作寄存器1～3组，如程序要用到这些区，最好把SP值改为1FH或更大的值。一般在内部RAM的30H～7FH单元中开辟堆栈。SP的内容一经确定，堆栈的位置也就确定下来。由于SP可设置为不同值，因此堆栈位置是浮动的。

(3) 程序计数器PC(Program Counter)。PC是一个16位的计数器，它的作用是控制程序的执行顺序。其内容为将要执行指令的地址，寻址范围达64KB。PC有自动加1功能，从而实现程序的顺序执行。PC没有地址，是不可寻址的，因此用户无法对它进行读写，但可以通过转移、调用、返回等指令改变其内容，以实现程序的转移。因其地址不在SFR(专用寄存器)之内，一般不计作专用寄存器。

3. 接口有关的特殊功能寄存器

(1) 并行I/O口P0、P1、P2、P3(4个)，均为8位，可实现数据在接口输入/输出。

(2) 串行口数据缓冲器SBUF(详见5.2.1小节)。

(3) 串行口控制寄存器SCON(详见5.2.2小节)。

(4) 电源及波特率选择寄存器PCON(详见5.2.2小节)。

4. 中断相关的寄存器

(1) 中断允许寄存器IE(详见4.4.3小节)。

(2) 中断优先级寄存器IP(详见4.4.3小节)。

5. 定时器/计数器相关的寄存器

(1) 定时器/计数器T0的两个8位计数初值寄存器TH0和TL0可以构成16位计数器，TH0存放高8位，TL0存放低8位(详见4.3节)。

(2) 定时器/计数器 T1 的两个 8 位计数初值寄存器 TH1 和 TL1 可以构成 16 位计数器,TH1 存放高 8 位,TL1 存放低 8 位(详见 4.3 节)。

(3) 定时器/计数器方式寄存器 TMOD(详见 4.2.1 小节)。

(4) 定时器/计数器控制寄存器 TCON(详见 4.2.2 小节)。

2.3　80C51 的并行输入/输出端口结构与操作

80C51 单片机有 4 个 8 位并行 I/O 端口,称为 P0、P1、P2 和 P3 口,每个端口都各有 8 条 I/O 口线,每条 I/O 口线都能独立地用作输入或输出。每个口都包含一个锁存器、一个输出驱动器和输入缓冲器。实际上,它们已被归入专用寄存器之列,并且具有字节寻址和位寻址功能。

1. P0 口

P0 口某一位的结构图如图 2-7 所示。由图中可见,电路是由一个输出锁存器(D 触发器)、两个三态输入缓冲器(1 和 2)、一个转换开关 MUX、一个输出驱动电路(T1 和 T2)、一个与门及一个反相器组成。

(1) P0 口用作通用 I/O 口

- 当系统不扩展片外的 ROM 和 RAM 时,P0 用作通用 I/O 口。
- CPU 发出控制电平"0"封锁与门,使上拉场效应管 T1 处于截止状态。因此,输出驱动级工作在需外接上拉电阻的漏极开路方式。
- 同时使 MUX 开关同下面的触点接通,使锁存器的 $\overline{\mathrm{Q}}$ 端与 T2 栅极接通。

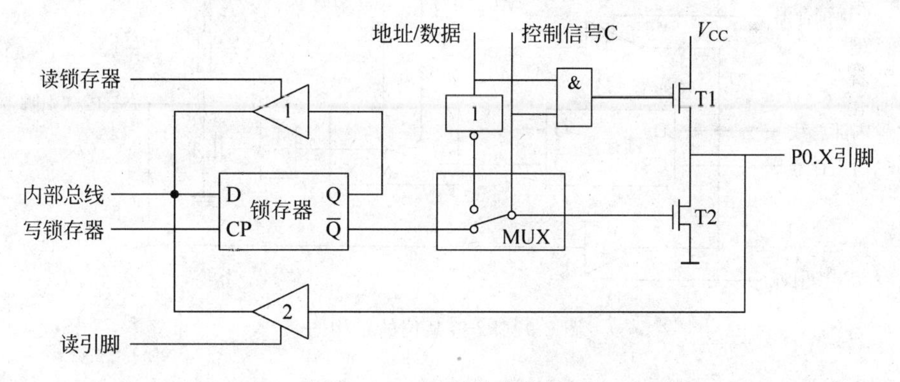

图 2-7　P0 口某位的结构图

(2) P0 口用作地址/数据总线

当系统需要扩展片外的 ROM 或 RAM 时,P0 口就作为地址/数据总线使用。

CPU 及内部控制信号为"1",使转换开关 MUX 拨向上面的触点,使反相器的输出端和 T2 管栅极接通。若地址/数据线为 1,则 T1 导通,T2 截止,P0 口输出为 1;反之,T1 截止,T2 导通,P0 口输出为 0。当数据从 P0 口输入时,读引脚使三态缓冲器 2 打开,端口上的数据经缓冲器 2 送到内部总线。

P0 口作为地址/数据总线使用时是一个真正的双向口。

2. P1 口

P1 口某一位的结构图如图 2-8 所示。由图中可见，电路是由一个输出锁存器（D 触发器）、两个三态输入缓冲器（1 和 2）、一个输出驱动电路（T 和上拉电阻）组成。

当 P1 口作为通用 I/O 口使用时，由于在其输出端接有上拉电阻，故可以直接输出而无须外接上拉电阻。当 P1 口作为输入口时，必须先向锁存器写“1”，使场效应管 T 截止。

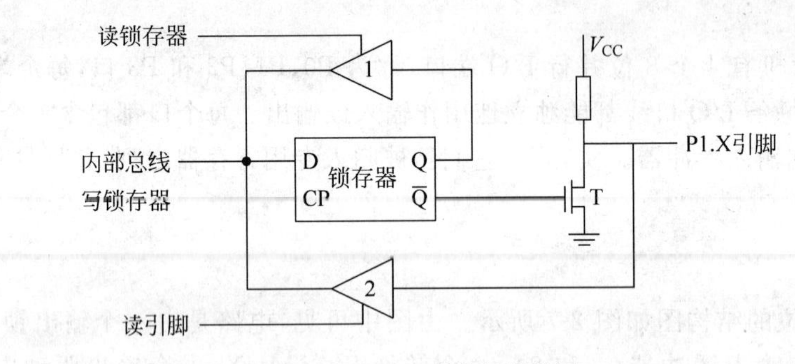

图 2-8 P1 口某位的结构图

3. P2 口

P2 口某一位的结构图如图 2-9 所示。由图中可见，电路是由一个输出锁存器（D 触发器）、两个三态输入缓冲器（1 和 2）、一个转换开关 MUX、一个反相器、一个输出驱动电路（T 和上拉电阻）组成。

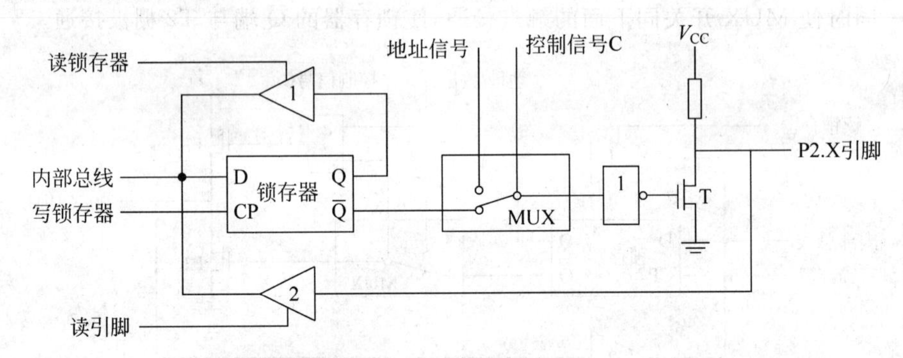

图 2-9 P2 口某位的结构图

（1）P2 用作通用 I/O 口

当系统不在片外扩展程序存储器 ROM，只扩展 256B 的片外 RAM 时，仅用到了地址线的低 8 位，P2 口仍可以作为通用 I/O 口使用。图 2-9 中的控制信号 C 决定转换开关 MUX 的位置：当 C=0 时，MUX 拨向下方，P0 口为通用 I/O 口。

P2 口在作为通用 I/O 口时，属于准双向口。

（2）P2 用作地址总线

当系统需要在片外扩展程序存储器 ROM，或扩展 RAM 的容量超过 256B 时，单片机内的硬件自动使控制信号 C=1，MUX 开关接向地址线，这时 P2. X 引脚的状态正好与地址线的信息相同。

在实际应用中，P2 口通常作为高 8 位地址总线使用。

4. P3 口

P3 口某一位的结构图如图 2-10 所示，电路是由一个输出锁存器(D 触发器)、3 个三态输入缓冲器(1、2 和 3)、一个与非门和一个输出驱动电路(T 和上拉电阻)组成。

(1) P3 用作第一功能(通用 I/O 口)

P3 口用作通用 I/O 口时，第二输出功能信号 W＝1，P3 口的每一位都可定义为输入或输出，其工作原理与 P1 口类似。P3 口作为通用 I/O 口时，属于准双向口。

(2) P3 用作第二功能

当 CPU 不对 P3 口进行字节或位寻址时，内部硬件自动将锁存器的 Q 端置 1。这时，P3 口作为第二功能使用。在真正的应用电路中，P3 口的第二功能显得更为重要。

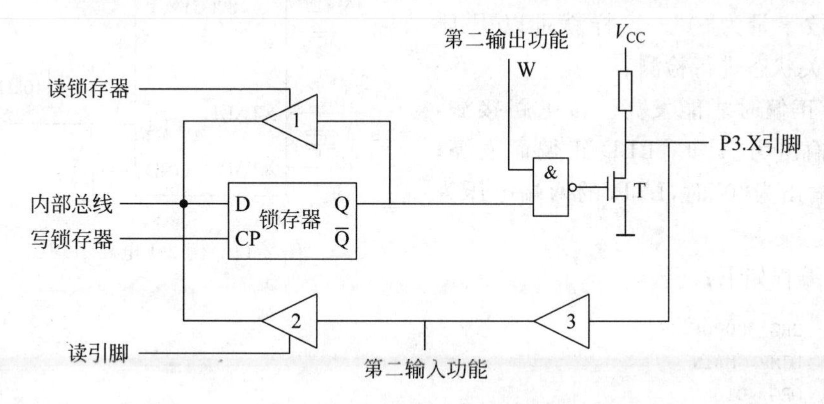

图 2-10　P3 口某位的结构图

5. P 口带负载能力及注意事项

(1) P 口带负载能力

① P0、P1、P2 和 P3 口的电平与 CMOS 和 TTL 电平兼容。

② P0 口的每一位能驱动 8 个 LSTTL 负载。在作为通用 I/O 口使用时，输出驱动电路是开漏的，所以，驱动集电极开路(OC 门)电路或漏极开路电路需外接上拉电阻。当作为地址/数据总线使用时(T1 可以提供上拉电平)，口线不是开漏的，无须外接上拉电阻。

③ P1～P3 口的每一位能驱动 4 个 LSTTL 负载。它们的输出驱动电路有上拉电阻，可以方便地由集电极开路(OC 门)电路或漏极开路电路驱动，而无须外接上拉电阻。

④ 对于 80C51 单片机(CHMOS)，端口只能提供几毫安的输出电流，故在当作输出口去驱动一个普通晶体管的基极时，应在端口与晶体管基极间串联一个电阻，以限制高电平输出时的电流。

(2) P0～P3 口使用时的注意事项

① 如果 80C51 单片机内部程序存储器 ROM 够用，不需要扩展外部存储器和 I/O 接口，80C51 的 4 个口均可作为 I/O 口使用。

② 4 个口在作为输入口使用时，均应先对其写“1”，以避免误读。

③ P0 口作为 I/O 口使用时，应外接 10kΩ 上拉电阻，其他口则可不必。

④ P2 口的某几根线作为地址线使用时，剩下的线不能作为 I/O 口线使用。

⑤ P3 口的某些口线作为第二功能时，剩下的口线可以单独作为 I/O 口线使用。

6. P 口应用实例

【例 2-1】 设计一个电路，监视某开关 K，用发光二极管 LED 显示开关状态。如果开关合上，LED 亮；开关打开，LED 熄灭。

解 根据题意，设计电路如图 2-11 所示。

开关接在 P1.1 口线，LED 接 P1.0 口线。当开关断开时，P1.1 为＋5V，对应数字量为“1”，当开关合上时，P1.1 电平为 0V，对应数字量为“0”。这样就可以用 JB 指令对开关状态进行检测。

LED 正偏时才能发亮。按电路接法，当 P1.0 输出为“1”时，LED 正偏而发亮；当 P1.0 输出为“0”时，LED 的两端电压为 0 而熄灭。

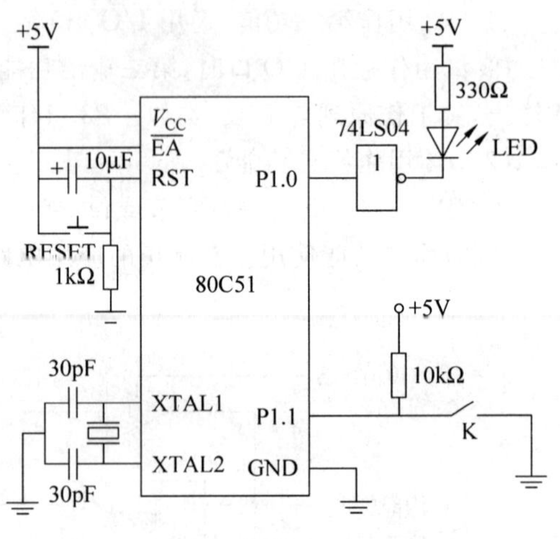

图 2-11 例 2-1 电路原理图

参考编程如下：

```
        ORG   0000H
        LJMP  MAIN
        ORG   0100H
MAIN:   CLR   P1.0        ;使发光二极管灭
LOOP:   SETB  P1.1        ;先对 P1 口写入“1”
        JB    P1.1,L1     ;开关开，转 L1
        SETB  P1.0        ;开关合上，二极管亮
        SJMP  LOOP
  L1:   CLR   P1.0        ;开关断开，二极管灭
        SJMP  LOOP
        END
```

2.4 80C51 时钟电路与时序

2.4.1 时钟电路

80C51 单片机的时钟信号用来提供单片机内的各种微操作时间基准。80C51 单片机的时钟信号通常有两种电路形式，即内部振荡方式和外部振荡方式。

1. 内部振荡方式

内部振荡方式指在引脚 XTAL1 和 XTAL2 外接晶体振荡器（简称晶振），如图 2-12 所示。电容器 C_1 和 C_2 起稳定振荡频率、快速起振的作用。电容值一般为 5～30pF（常用 30pF）。晶振的振荡频率范围在 1.2～12MHz（一般取 12MHz 或 6MHz）。由于单片机

内部有一个高增益运算放大器，当外接晶振后，就构成了自激振荡器并产生振荡时钟脉冲。

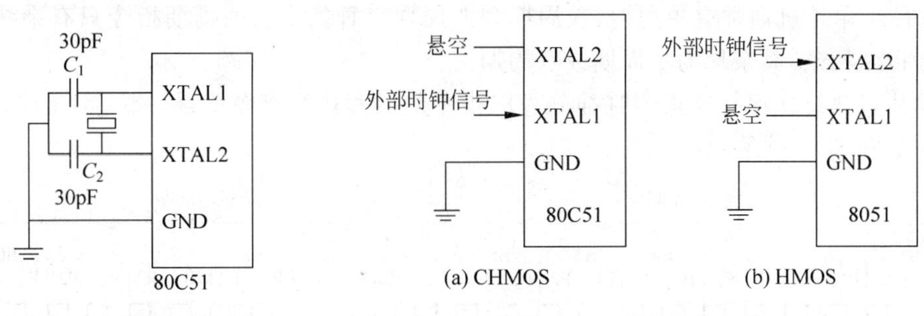

图 2-12 内部振荡方式　　图 2-13 外部振荡方式

2. 外部振荡方式

外部振荡方式指把已有的时钟信号引入单片机。这种方式适宜用于使单片机的时钟与外部信号保持一致。外部振荡方式如图 2-13(a)和(b)所示。对于 CHMOS 的单片机(80C51)，外部时钟由 XTAL1 引入；对于 HMOS 的单片机(8051)，外部时钟信号由 XTAL2 引入。外部时钟信号为高电平持续时间大于 20ns，且频率低于 12MHz 的方波。

2.4.2 时序

80C51 的时序就是 80C51 在执行指令时所需控制信号的时间顺序。80C51 单片机的时序定时单位从小到大依次为：时钟周期、状态周期、机器周期和指令周期。

1. 时钟周期

把晶振周期定义为节拍(用 P 表示)。晶振脉冲经过二分频后，就是单片机的时钟周期(即一个时钟周期是晶振周期的 2 倍)。时钟周期也称为状态(用 S 表示)。

这样，一个状态就包含两个节拍，前半周期对应的节拍叫节拍 1(P1)，后半周期对应的节拍叫节拍 2(P2)。

2. 状态周期

状态周期(或状态 S)是晶振周期的 2 倍，它分为 P1 节拍和 P2 节拍。

3. 机器周期

80C51 采用定时控制方式，因此它有固定的机器周期。规定一个机器周期的宽度为 6 个状态，并依次表示为 S1～S6。由于一个状态又包括两个节拍，因此，一个机器周期总共有 12 个节拍，分别记作 S1P1，S1P2，…，S6P2。由于一个机器周期共有 12 个晶振周期，因此机器周期就是晶振脉冲的十二分频。当晶振脉冲频率为 12MHz 时，一个机器周期为 1μs；当晶振脉冲频率为 6MHz 时，一个机器周期为 2μs。

4. 指令周期

指令周期是最大的时序定时单位。执行一条指令所需要的时间称为指令周期，它一般由若干个机器周期组成。不同的指令所需要的机器周期数也不相同。通常，包含一个机器周期的指令称为单周期指令，包含两个机器周期的指令称为双周期指令。

指令的运算速度与指令所包含的机器周期有关，机器周期数越少的指令执行速度越快。80C51 单片机通常有单周期、双周期和四周期三种指令。四周期指令只有乘法指令和除法指令两条，其余均为单周期或双周期指令。

单片机执行任何一条指令时都分为取指令阶段和执行指令阶段。80C51 的取指/执行时序如图 2-14 所示。

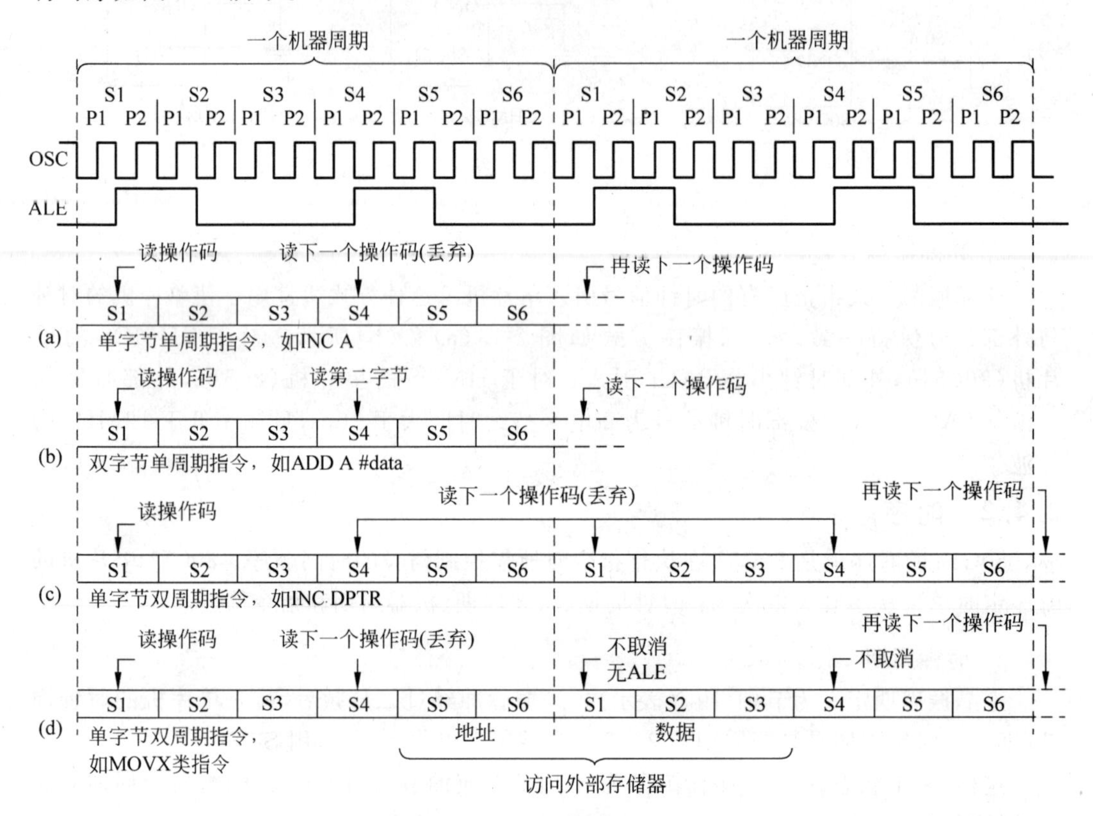

图 2-14　80C51 的典型时序

由图 2-14 可见，ALE 引脚上出现的信号是周期性的，在每个机器周期内出现两次高电平。第一次出现在 S1P2 和 S2P1 期间，第二次出现在 S4P2 和 S5P1 期间。ALE 信号每出现一次，CPU 就执行一次取指操作，但由于不同指令的字节数和机器周期数不同，取指令操作随指令不同而有小的差异。

按照指令字节数和机器周期数，80C51 的 111 条指令可分为 6 类，分别是单字节单周期指令、单字节双周期指令、单字节四周期指令、双字节单周期指令、双字节双周期指令和三字节双周期指令，参见附录 A。

图 2-14(a)和(b)分别给出了单字节单周期和双字节单周期指令的时序。单周期指令的执行始于 S1P2，这时操作码被锁存到指令寄存器内。若是双字节，则在同一机器周期的 S4 读第二字节。若是单字节指令，则在 S4 仍有读操作，但被读入的字节无效，且程序计数器 PC 不增量。

图 2-14(c)给出了单字节双周期指令的时序,在两个机器周期内执行 4 次读操作码操作。因为是单字节指令,所以后 3 次读操作都是无效的。

例如,单片机外接晶振频率 12MHz 时的各种时序换算如下所示:

晶振周期 $=1/f_{osc}=1/12\text{MHz}=0.0833\mu s$

状态周期 $=2/f_{osc}=2/12\text{MHz}=0.167\mu s$

机器周期 $=12/f_{osc}=12/12\text{MHz}=1\mu s$

指令周期 =(1～4)机器周期 $=1\sim4\mu s$

2.5　80C51 复位电路

1. 复位电路

80C51 单片机复位的目的是使 CPU 和系统中的其他功能部件都处在一个确定的初始状态,并从这个状态开始工作。例如,复位后 PC＝0000H,使单片机从第一个单元取指令。

80C51 单片机复位的条件是:必须使 RST 端(9 脚)加上持续两个机器周期(即 24 个晶振周期)的高电平。例如,若时钟频率为 12MHz,每机器周期为 $1\mu s$,则只需 $2\mu s$ 以上时间的高电平,在 RST 引脚出现高电平后的第二个机器周期执行复位。单片机常见的复位电路如图 2-15(a)和(b)所示。

图 2-15(a)所示为上电复位电路,它是利用电容充电来实现的。在接电瞬间,RST 端的电位与 V_{CC} 相同;随着充电电流的减少,RST 的电位逐渐下降。只要保证 RST 为高电平的时间大于两个机器周期,便能正常复位。

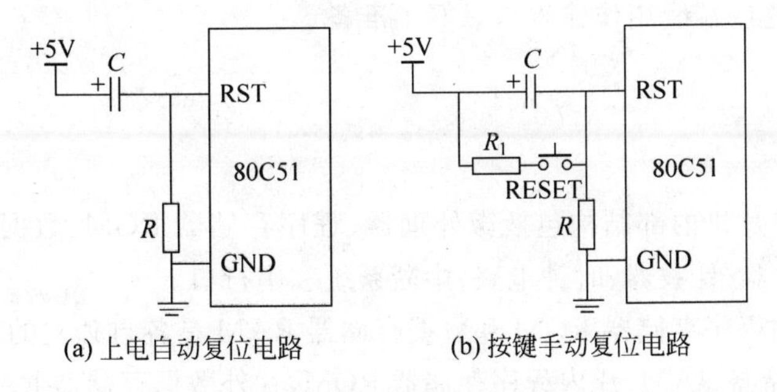

(a) 上电自动复位电路　(b) 按键手动复位电路

图 2-15　复位电路

图 2-15(b)所示为按键复位电路。该电路除具有上电复位功能外,若要复位,只需按图中的 RESET 键,此时电源＋5V 经电阻 R_1 和 R_2 分压,在 RESET 端产生一个复位高电平。电路中通常选择 $C=10\mu F$,$R=10k\Omega$,$R_1=200\Omega$。

2. 80C51 单片机复位后的状态

80C51 单片机的复位功能是把 PC 初始化为 0000H,使 CPU 从 0000H 单元开始执行程序。复位操作同时使 SFR 寄存器进入初始化,但内部 RAM 的数据是不变的。几个主要特殊功能寄存器的复位状态如表 2-7 所示。

表 2-7 主要特殊功能寄存器复位状态

SFR 寄存器	复位状态	SFR 寄存器	复位状态
A	00H	TMOD	00H
B	00H	TCON	00H
PSW	00H	TL0	00H
SP	07H	TH0	00H
DPL	00H	TL1	00H
DPH	00H	TH1	00H
P0～P3	FFH	SUBF	不定
IP	×××00000B	SCON	00H
IE	0××00000B	PCON	0×××0000B

注："×"表示无关位。

记住一些特殊功能寄存器复位后的主要状态，对于熟悉单片机操作，缩短应用程序中的初始化部分是十分必要的。下面对个别特殊功能寄存器作如下说明。

① 程序计数器 PC＝0000H，表明单片机复位后，程序从 0000H 地址单元开始执行。

② PSW＝00H，表明选寄存器 0 组为工作寄存器组。

③ SP＝07H，表明堆栈指针指向片内 RAM 07H 单元。当 80C51 单片机复位后，实际上第一个被压入的数据写入 08H 单元。但 08H～1FH 单元分别属于工作寄存器 1～3 组，如果程序要用到这些区，最好把 SP 值改为 1FH 或更大的值。一般在内部 RAM 的 30H～7FH 单元中开辟堆栈。

④ P0～P3 口用作输入口时，必须先写入"1"。单片机在复位后，已使 P0～P3 口的每一端线为"1"，为这些端线用作输入口做好了准备。

本章小结

(1) 80C51 单片机内部结构包括微处理器、程序存储器 ROM、数据存储器 RAM、并行 I/O 接口、定时器/计数器、时钟电路、中断系统和串行口。

(2) 80C51 的程序存储器 ROM 和数据存储器 RAM 是各自独立的，在物理结构上可分为片内数据存储器 RAM、片内程序存储器 ROM、片外数据存储器 RAM 和片外程序存储器 ROM 4 个存储空间。

(3) 片内 RAM 共 256B，分为两大功能区：低 128B 为真正的 RAM 区；高 128B 为特殊功能寄存器(SFR)区。低 128B RAM 又分为工作寄存器区、位寻址区和用户 RAM 区。

(4) 80C51 单片机有 P0、P1、P2 和 P3 四个 8 位并行 I/O 端口，每个端口各有 8 条 I/O 口线，每条 I/O 口线都能独立地用作输入或输出。

(5) 时序就是 CPU 在执行指令时所需控制信号的时间顺序，其单位有振荡周期、时钟周期、机器周期和指令周期。时钟信号的产生方式有内部振荡方式和外部时钟方式两种。

(6) 复位是单片机的初始化操作。复位操作对 PC 和部分特殊功能寄存器有影响，但对内部 RAM 没有影响。

思考题与习题

1. 80C51 单片机各引脚的作用是什么？

2. 80C51 程序计数器的符号是什么？程序计数器有几位？

3. 什么是程序状态字？它的符号是什么？它各位的含义是什么？

4. 什么是振荡周期、时钟周期、机器周期和指令周期？如采用 12MHz 晶振，它们的周期各是多少？

5. 80C51 在功能、工艺、程序存储器的配置上有哪些种类？

6. 80C51 的存储器组织采用何种结构？存储器地址空间如何划分？各地址空间的地址范围和容量如何？在使用上有何特点？

7. 80C51 的 P0～P3 口在结构上有何不同？在使用上有何特点？

8. 80C51 复位后，单片机的状态如何？复位方法有几种？

9. 80C51 的片内、片外存储器如何选择？

10. 80C51 的当前工作寄存器组如何选择？

11. 80C51 的控制总线信号有哪些？各信号的作用是什么？

12. 80C51 的程序存储器低端的几个特殊单元的用途是什么？

第 3 章

80C51 的指令系统和程序设计

学习目的

(1) 了解机器语言、汇编语言和高级语言的特点,以及汇编语言程序的设计步骤。

(2) 理解 80C51 的寻址方式及相应的寻址空间。

(3) 熟练掌握 80C51 的 111 条指令的应用方法和功能。

(4) 掌握汇编语言指令的基本格式,熟悉机器语言指令的格式。

(5) 掌握汇编语言程序的设计思想和设计方法。

(6) 理解子程序的特点和设计中应注意的问题。

学习重点和难点

(1) 80C51 的寻址方式及相应的寻址空间。

(2) 80C51 的指令系统。

(3) 汇编语言程序的设计思想和设计方法。

(4) 子程序设计。

3.1 指令概述

指令是 CPU 完成某种操作的命令,指令系统是指计算机能够完成各种功能的指令的集合。总体来说,计算机的指令越丰富、寻址方式越多,则其总体功能就越强。80C51 的指令系统共有 111 条指令。从指令的字节数来说,单字节指令 49 条,双字节指令 45 条,三字节指令 17 条;从指令的执行时间来说,单周期指令 64 条,双周期指令 45 条,四周期指令 2 条;从指令中所含操作数的多少来说,无操作数指令 3 条,单操作数指令 35 条,双操作数指令 69 条,三操作数指令 4 条。

1. 指令分类

80C51 的指令系统按照功能的不同可分为如下五大类:数据传送和交换类指令(29 条)、算术运算类指令(24 条)、逻辑运算类指令(24 条)、控制转移类指令(17 条)和位操作类指令(17 条)。

2. 指令的格式

对于 80C51 系统,汇编语言的指令格式如下所示:

[标号：]　操作码　　操作数或操作数地址　　　[;注释]

指令格式中各项的说明如下：

(1) 标号

标号是程序员根据编程需要给指令设定的符号地址,可有可无；标号由 1～8 个字符组成,第一个字符必须是英文字母,而不能是数字或其他符号；标号后必须用冒号；在程序中,不可以重复使用标号。

(2) 操作码

操作码表示指令的操作种类,规定了指令的具体操作。例如,ADD(加法操作),MOV(数据传送操作)。

(3) 操作数或操作数地址

操作数或操作数地址表示参加运算的数据或数据的存放地址。如果操作数是以其地址的形式给出,就要先找到这个地址,才能找到需要的操作数。操作数和操作数之间必须用逗号分开。操作数一般有以下几种形式：

① 没有操作数项,操作数隐含在操作码中,如“RET”指令。

② 只有一个操作数,如“RL A”指令。

③ 有两个操作数,如“MOV A,#0FFH”指令,操作数之间以逗号相隔。其中,0FFH 项称为源操作数,累加器 A 项称为目的操作数。

④ 有三个操作数,如“CJNE A,#00H,NEXT”指令,操作数之间也以逗号相隔。

(4) 注释

注释是对指令的解释和说明,用以提高程序的可读性。注释前必须以“;”和指令分开,注释可有可无。

3. 指令中的符号意义说明

在描述 80C51 指令系统的功能时,约定了一些用于说明操作数及操作数存放方式的符号,其意义如表 3-1 所示。

表 3-1　80C51 指令中的符号意义说明

符　号	意　义
Rn	表示当前选定寄存器组的工作寄存器 R0～R7
Ri	表示作为间接寻址的地址指针 R0～R1
data	表示 8 位立即数,即 00H～FFH
data16	表示 16 位立即数,即 0000H～FFFFH
addr16	表示 16 位地址,用于 64KB 范围内寻址
addr11	表示 11 位地址,用于 2KB 范围内寻址
direct	8 位直接地址,可以是内部 RAM 区的某一单元或某一专用功能寄存器的地址
rel	带符号的 8 位偏移量(－128～＋127)
bit	位寻址区的直接寻址位
(x)	x 地址单元中的内容,或 x 作为间接寻址寄存器时所指单元的内容
@	间接地址符号
/	在位操作指令中,表示取反运算
←	将 ← 后面的内容传送到前面去

3.2 寻址方式

从指令格式可以发现,一条指令最关键的就是操作数部分,特别是当操作数不是直接给出,而是间接给出时,CPU 要先寻找操作数。由于操作数可以用不同的方法给出来,所以寻找操作数地址的方式也就不同。寻找操作数地址的方式称为寻址方式。在 80C51 单片机中有 7 种寻址方式。

1. 立即寻址

立即寻址是指在指令中直接给出参与操作的数据(立即数)的寻址方式,立即数前加"#"。这种寻址方式主要用于对特殊功能寄存器和指定存储单元赋予初始值。

例如:

```
MOV A,#30H
```

其功能是将 30H 这个立即数传送给累加器 ACC。指令的机器代码为 74H 和 30H,这是双字节指令。指令的执行过程如图 3-1(a)所示。

在 80C51 单片机中,当要对片外的 RAM 和 I/O 端口进行访问,或进行查表操作时,通常要对 DPTR 赋值。

例如:

```
MOV DPTR,#3456H
```

其功能是将 3456H 这个立即数传送给数据指针 DPTR。其中,高字节 34H 送给 DPH,低字节 56H 送给 DPL。指令的机器代码为 90H,34H 和 56H,这是条三字节指令。指令的执行过程如图 3-1(b)所示。

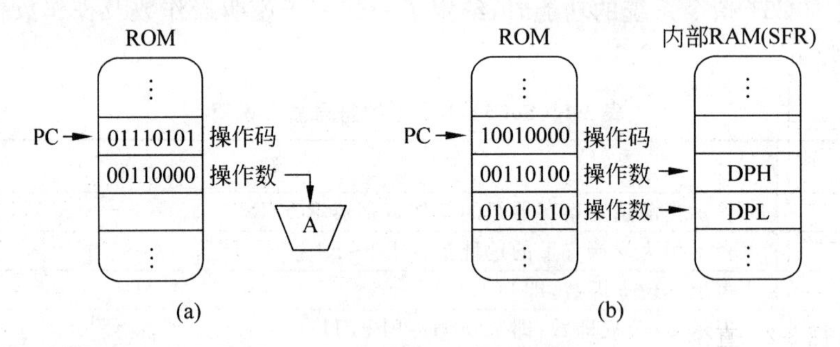

图 3-1 立即寻址示意图

此外,在 80C51 单片机的立即寻址中允许使用符号地址。假设程序中有表格如下所示:

```
TABLE: DB 00H,01H,02H,…,0FFH
```

则可以用

```
MOV DPTR,#TABLE
```

指令获得表格的首地址。

2. 直接寻址

直接寻址是在指令中直接给出操作数所在存储单元的地址号，该地址指示了参与操作的数据所在的字节地址或位地址。这种寻址方式主要用于对特殊功能寄存器和内部 RAM(低 128B)的访问。

例如：

```
MOV A,30H
```

其功能是将内部 RAM 30H 单元的内容送到累加器 A 中。指令的机器代码为 E5H 和 30H，这是双字节指令。指令的执行过程如图 3-2 所示。

在直接寻址方式中，可以直接用符号地址代替。例如：

```
MOV A,P1
```

表示将 P1 口(地址为 90H)的数据送入累加器 A。

3. 寄存器寻址

寄存器寻址是指在指令中给出存放操作数的寄存器名称(Rn、A、B 或 DPTR 等)，被寻址寄存器中的内容就是操作数。由于这种寻址是在 CPU 内部的访问，所以运算速度最快。

例如：

```
MOV A,R1
```

其功能是将 R1(默认为内部 RAM 01H 单元)的内容送到累加器 A 中。指令的机器代码为 E9H，这是单字节指令。指令的执行过程如图 3-3 所示。

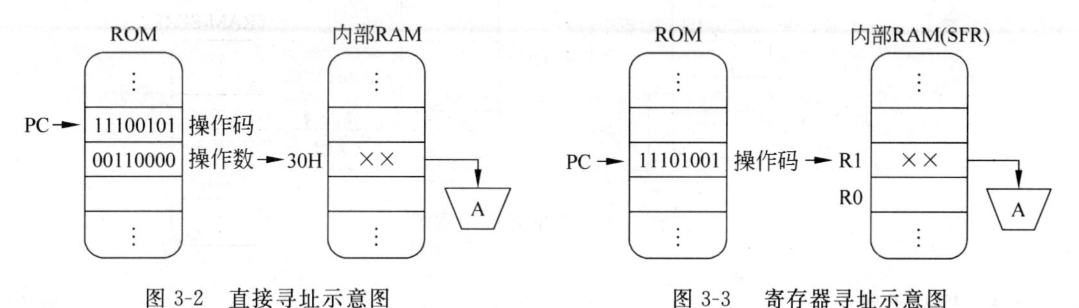

图 3-2　直接寻址示意图　　图 3-3　寄存器寻址示意图

对于指令

```
MOV A,Rn
```

其机器代码为 11101××B，其中××与 n 的取值(0～7)对应。

4. 寄存器间接寻址

寄存器间接寻址是以指令中指定寄存器(R0、R1 或 DPTR)的内容作为操作数的地址，再以该地址对应单元中的内容作为操作数的寻址方式。为了区别于寄存器寻址，在寄存器间接寻址中的寄存器名称前加地址符号“@”。在寄存器间接寻址中，当访问内部 RAM 低 128B 空间，或者访问外部 RAM 的页内 256B 空间时，用当前组工作寄存器 R0 或 R1 作为地址指针；而当访问外部 RAM 的整个 64KB 空间时，用 DPTR 作为地址指针。

例如：

```
MOV A,@R1
```

其功能是以当前组工作寄存器 R1 的内容(设为 40H)作为操作数的地址，然后将内部 RAM 40H 单元的内容送到累加器 A 中。指令的机器代码为 E7H，这是单字节指令。指令的执行过程如图 3-4 所示。

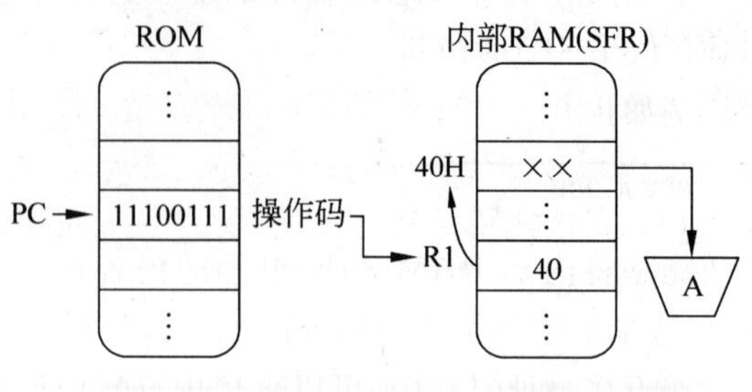

图 3-4　寄存器间接寻址示意图

5. 变址寻址

变址寻址是指将基址寄存器(DPTR 或 PC)与变址寄存器(A)的内容相加，形成一个 16 位结果，作为操作数的地址，实现对程序存储器的访问。

例如：

```
MOVC A,@A + DPTR
```

其功能是把 DPTR 中的内容作为基地址，把累加器 A 中的内容作为地址偏移量，两者相加后得到一个 16 位地址，然后把与该地址对应的 ROM 单元中的内容送入累加器 A。指令的机器代码为 93H，这是单字节指令。指令的执行过程如图 3-5 所示。

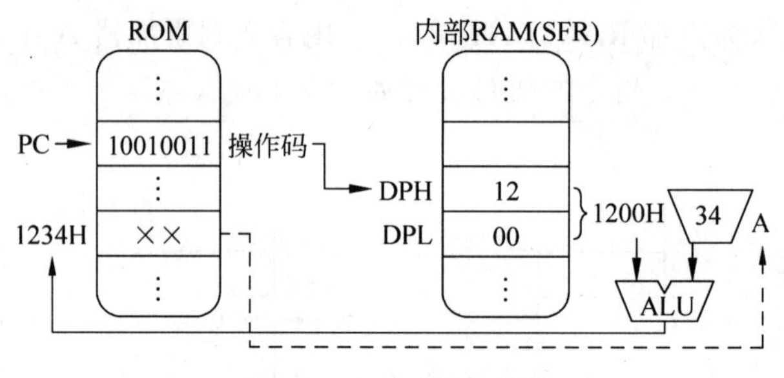

图 3-5　变址寻址示意图

6. 相对寻址

相对寻址是以程序计数器 PC 的当前值与指令中给定的 8 位偏移量相加，其结果作为跳转指令的目的地址的寻址方式。这种寻址方式常用于相对转移指令中。如指令“SJMP rel”，其含义为当程序执行到这条语句时，在当前位置的基础上向前或向后跳转 rel 中指定的位移量。

例如：

```
SJMP 25H
```

其功能是当程序执行到该语句时，在当前位置的基础上向前跳转 25H 的位移量后，继续执行程序。指令的机器代码为 80H 和 25H，这是双字节指令。指令的执行过程如图 3-6 所示。

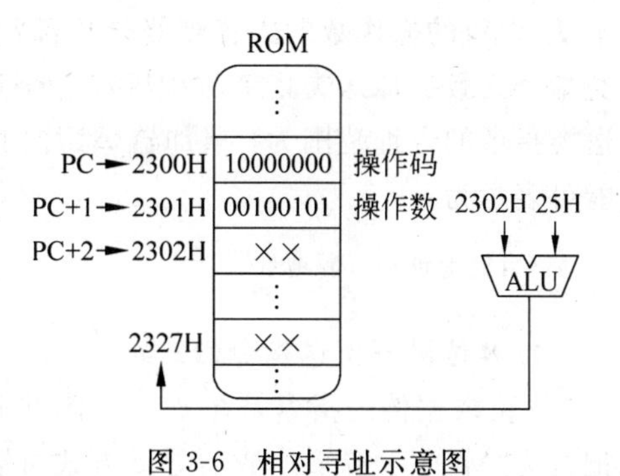

图 3-6　相对寻址示意图

7. 位寻址

位寻址是指按二进制位(bit)进行寻址，可寻址位包括片内 RAM 的 20H～2FH 共 16 字节区域的 128 位和部分特殊功能寄存器的相关位。

可位寻址的位地址表示形式如下所示：

(1) 直接使用位地址形式

```
MOV   00H, C                    ;(00H)←(CY)
```

00H 是片内 RAM 中 20H 地址单元的第 0 位。

(2) 字节地址加位序号的形式

```
MOV   20H.0, C                  ;(20H.0)←(CY)
```

20H.0 是片内 RAM 中 20H 地址单元的第 0 位。

(3) 位的符号地址(位名称)的形式

对于部分特殊功能寄存器，其各位均有一个特定的名字，所以可以用它们的位名称来访问该位。

```
ANL   C, P                      ;(C)←(C)∧(P)
```

P 是 PSW 的第 0 位，C 是 PSW 的第 7 位。

(4) 字节符号地址(字节名称)加位序号的形式

对于部分特殊功能寄存器(如状态标志寄存器 PSW)，还可以用其字节名称加位序号形式来访问某一位。

```
CPL   PSW.6                     ;(AC)←( / PSW.6 )
```

PSW.6 表示该位是 PSW 的第 6 位。

例如：

```
SETB   C                        ;将专用寄存器 PSW 中的 CY 位置“1”
CLR    P1.0                     ;将单片机的 P1.0 清“0”
SETB   3CH                      ;将内部 RAM 27H 的第 4 位置“1”
```

3.3　80C51 的指令系统

指令系统是计算机所固有的，是表征计算机性能特性的重要指标；同时，它也是汇编语言程序设计的基础。80C51 的指令系统按照功能的不同可分为 5 大类：数据传送类、算术运算类、逻辑操作类、控制转移类和位操作类。

3.3.1　数据传送类指令

数据传送类指令把源操作数传送到指定目的操作数。指令执行后，源操作数的内容不变,而目的操作数的内容被修改。若要求在传送时不丢失目的操作数,应采用交换传送类指令。数据传送类指令对程序状态字 PSW 的 CY、AC 和 OV 位不产生影响。数据传送类指令的寻址范围为:累加器 A、片内 RAM、SFR、片外 RAM。数据传送类指令的功能可表示为:

(目的地址)←(源地址)

1. 8 位数据传送指令(15 条)

8 位数据传送指令是在 80C51 内部 RAM 和特殊功能寄存器 SFR 间的传送,指令助记符为"MOV",源操作数的寻址方式可以是立即寻址、直接寻址、寄存器寻址和寄存器间接寻址。

(1) 以累加器 A 为目的地址的传送指令

格式:

```
MOV   A,#data        ;A ← data
MOV   A,direct       ;A ←(direct)
MOV   A,Rn           ;A←(Rn)
MOV   A,@Ri          ;A←((Ri))
```

将源操作数的内容送入累加器 A。

【例 3-1】 以累加器 A 为目的地址的传送指令应用,设(R1)=50H,(45H)=20H,(50H)=10H。

```
MOV A,#45H           ;立即寻址,将 8 位立即数 45H 送入累加器,即(A) = 45H
MOV A,45H            ;直接寻址,将 RAM 中 45H 单元的内容送入累加器,即(A) = 20H
MOV A,R1             ;寄存器寻址,将 R1 的内容送入累加器,即(A) = 50H
MOV A,@R1            ;寄存器间接寻址,将 R1 指示的内存单元 50H 中的内容送入累加器,即(A) = 10
```

(2) 以直接地址为目的地址的传送指令

格式:

```
MOV direct,#data     ;direct ← data
MOV direct1,direct2  ;direct1 ←(direct2)
MOV direct,A         ;direct ←(A)
MOV direct,@Ri       ;direct ←((Ri))
MOV direct,Rn        ;direct ←(Rn)
```

将源操作数的内容送入片内 RAM 存储单元。

【例 3-2】 以直接地址为目的地址的传送指令应用,设(13H)=15H,(30H)=11H,(A)=12H,(R2)=13H。

```
MOV 20H,#23H         ;立即寻址,将 8 位立即数 23H 送入内部 RAM 20H 单元,即(20H) = 23H
MOV 20H,30H          ;直接寻址,将内部 30H 单元的内容送入内部 RAM 20H 单元,即(20H) = 11H
MOV 20H,A            ;寄存器寻址,将累加器 A 的内容送入内部 RAM 20H 单元,即(20H) = 12H
MOV 20H,R2           ;寄存器寻址,将 R2 的内容送入内部 RAM 20H 单元,即(20H) = 13H
```

(3) 以通用寄存器 Rn 为目的地址的传送指令

格式:

```
MOV   Rn,A          ;Rn ←(A)
MOV   Rn,direct     ;Rn←(direct)
MOV   Rn,#data      ;Rn← data
```

将源操作数的内容送入当前工作寄存器区 R0～R7 中的某一个寄存器。

【例 3-3】 以通用寄存器 Rn 为目的地址的传送指令应用，设(A)＝26H，(30H)35H。

```
MOV R1,A            ;寄存器寻址，将累加器 A 的内容送入 R1，即(R1) = 26H
MOV R2,30H          ;直接寻址，将内部 30H 单元的内容送入 R2，即(R2) = 35H
MOV R5,#30H         ;立即寻址，将 8 位立即数 30H 送入 R5，即(R5) = 30H
```

(4) 以通用寄存器间接地址为目的操作数的传送指令

格式：

```
MOV   @Ri,A         ;(Ri) ←(A)
MOV   @Ri,direct    ;(Ri) ←(direct)
MOV   @Ri,#data     ;(Ri) ← data
```

将源操作数的内容送入以 R0 或 R1 为地址指针的内部 RAM 单元。

【例 3-4】 以通用寄存器间接地址为目的操作数的传送指令应用，设(R0)＝30H，(R1)＝50H，(40H)＝22H，(A)＝66H。

```
MOV @R0,A           ;寄存器寻址，将累加器 A 的内容送入 R0 指示的内存单元，即(30H) = 66H
MOV @R1,40H         ;直接寻址，将内部 40H 单元的内容送入 R1 指示的内存单元，即(50H) = 22H
MOV @R1,#40H        ;立即寻址，将 8 位立即数 40H 送入 R1 指示的内存单元，即(50H) = 40H
```

综合上述内容可以看出，内部数据传送指令的传送关系可表示为如图 3-7 所示。

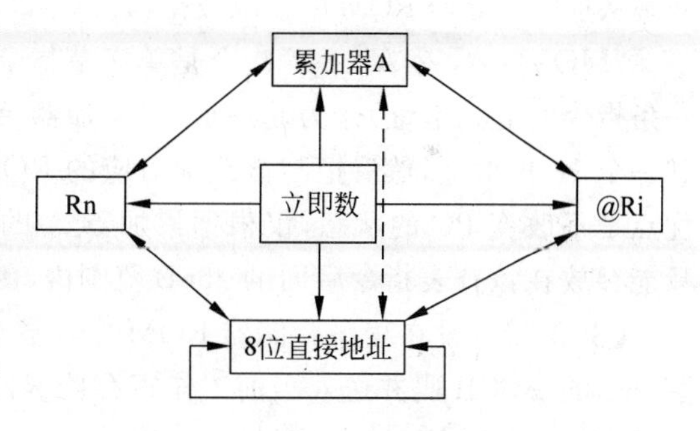

图 3-7　MOV 指令应用关系图

2. 16 位数据传送指令(1 条)

当需要对片外的 RAM 单元或 I/O 端口进行访问，或进行查表操作时，必须将 16 位地址赋给地址指针 DPTR，此时需要使用 16 位数据传送指令，这也是 80C51 指令系统中唯一的一条 16 位数据传送指令。

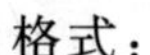
格式：

```
MOV   DPTR,#data16  ;属于立即寻址方式
```

例如：

```
MOV   DPTR,#2345H   ;将 16 位立即数 2345H 送入地址指针 DPTR，(DPH) = 23H，(DPL) = 45H
```

3. 外部数据传送指令(4 条)

当 80C51 CPU 与外部数据存储器或 I/O 端口之间进行数据传送时，只能通过累加器 A 完成，其指令助记符为 MOVX，其中的 X 表示外部(External)。

格式：

```
MOVX   A,@DPTR      ;A ←((DPTR))
```

```
MOVX   @DPTR,A     ;(DPTR)←(A)
MOVX   A,@Ri       ;A ←((Ri))
MOVX   @Ri,A       ;(Ri)←(A)
```

使用 Ri 时，只能访问低 8 位地址为 00H～FFH 的地址段；使用 DPTR 时，能访问 0000H～FFFFH 的地址段。

【例 3-5】 将外部 RAM 的 4000H 单元初始化设置为 0。

```
MOV A,#0
MOV DPTR,#4000H
MOVX @DPTR,A
```

【例 3-6】 从外部设备的 3000H 端口读入数据，并将该数据送当前工作寄存器 R3。

```
MOV DPTR,#3000H
MOVX A,@DPTR
MOV R3,A
```

4. 查表指令(2 条)

查表指令也称为 ROM 数据传送指令。

格式：

```
MOVC  A, @A+PC      ;A ←((A)+(PC))
MOVC  A, @A+DPTR    ;A ←((A)+(DPTR))
```

实现从程序存储器 ROM 中读取数据，其指令助记符为 MOVC，其中的 C 表示代码(Code)。

"MOVC A, @A+PC"指令是单字节指令，其功能是以程序计数器 PC 的当前值(下一条指令的起始地址)作为基地址，以累加器 A 中的内容作为偏移地址量，两者相加后得到一个 16 位地址，然后把与该地址对应的 ROM 单元中的内容送到累加器 A。该指令的优点是不改变 PC 的状态，仅根据累加器 A 的内容即可读取表格中的内容；缺点是表格只能存放在该查表指令后面的 256B 范围内，因此表格只能被一段程序所用。

【例 3-7】 设在程序存储器 ROM 中存放了字符 0～4 的 ASCII 码表，通过查表找出字符 3 的 ASCII 码并送入当前工作寄存器 R1。

```
ORG 1000H
MOV A,#3             ;机器码 74H 和 03H,占 2B
ADD A,#1             ;偏移量修整,机器码 24H 和 01H,占 2B
MOVC A,@A+PC         ;查表,机器码 83H,占 1B
MOV R1,A             ;机器码 F9H,占 1B
ASC:   DB 30h,31h,32h,33h,34h
```

上述程序段的存放起点在 1000H，由于从查表指令到数据表的首地址之间的距离为 1B，所以在执行查表指令前必须有偏移量修整。ASCII 码表的起点地址为 1006H。

从例 3-7 可以看出，"MOVC A,@A+PC"指令执行后，PC 的值不发生变化，仍指向下一条指令。该指令的执行过程可分为如下步骤：

(1) 将所查表格数据的位置号(即数据在表格中的位号，如上例中 33H 的位置号是 3)送到累加器 A 中。

(2) 计算偏移量(rel)：查表指令到数据表首地址之间的距离。

(3) 偏移量(rel)＝表格首地址－PC 指针的当前值＝表格首地址－(MOVC 指令所在的地址＋1)，再将 rel 作为修整量，加入到累加器 A 中。

(4) 执行查表指令“MOVC A,@A＋PC”，将查表的结果送回到累加器 A 中。

“MOVC A, @A＋DPTR”指令也是单字节指令，其功能是以 DPTR 作为基址寄存器(存放表格的首地址)，以累加器 A 中的内容作为偏移地址量，两者相加后得到一个 16 位地址，然后把与该地址对应的 ROM 单元中的内容送到累加器 A。该指令的优点是执行结果只和地址指令 DPTR 及累加器 A 的内容有关，与该指令在程序中的位置和表格的存放位置无关，因此表格的大小和位置可以在 64KB 程序存储器中任意安排，且同一个表格可供多个程序块使用。

【例 3-8】 用“MOVC A, @A＋DPTR”指令解例 3-7。

```
MOV A,#3            ;机器码 74H 和 03H,占 2B
MOV DPTR,#ASC       ;或取表格首地址,占 3B
MOVC A,@A + DPTR    ;查表,机器码 83H,占 1B
MOV R1,A            ;机器码 F9H,占 1B
 ⋮
ASC:   DB 30h,31h,32h,33h,34h
```

从例 3-8 可以看出，“MOVC A,@A＋DPTR”指令执行后，DPTR 的值不发生变化，其执行过程分为如下步骤：

(1) 将所查表格数据的位置号(即数据在表格中的位号，如上例中 33H 的位置号是 3)送到累加器 A 中。

(2) 表格首地址送到 DPTR。

(3) 执行查表指令“MOVC A,@A＋DPTR”，将查表的结果送回到累加器 A 中。

5. 堆栈指令(2 条)

在 80C51 系统之中设计了一个先进后出(FILO)或后进先出(LIFO)区域，用于临时保护数据以及在子程序调用、中断调用时保护现场和恢复现场。该区域称为堆栈。在 SFR 中有一个堆栈指针 SP，用以指出栈顶位置。堆栈操作指令的实质是以栈指针 SP 为间址寄存器的间址寻址方式。堆栈区应避开使用的工作寄存器区和其他需要使用的数据区，系统复位后，SP 的初始值为 07H。为了避免重叠，一般初始化时要重新设置 SP。

格式：

```
PUSH    direct /Acc   ;SP←(SP) + 1,((SP))←(direct/Acc)
POP     direct /Acc   ;(direct/Acc)←((SP)), SP←(SP) - 1
```

【例 3-9】 交换片内 RAM 中 40H 单元与 60H 单元的内容。

设 SP 的值是 4FH。其实，SP 的值具体是多少并没有多大关系，这里给出一个具体的数值是便于对程序执行的过程进行分析。

程序及执行进程如下所示：

```
PUSH    40H         ;(SP) + 1 = 50H,(50H) = (40H)
PUSH    60H         ;(SP) + 1 = 51H,(51H) = (60H)
```

```
POP    40H          ;(40H) = (51H),(SP) - 1 = 50H
POP    60H          ;(60H) = (50H),(SP) - 1 = 4FH
```

6. 其他数据传送指令(5 条)

若进行数据传送时,要求保存目的操作数,可采用数据交换指令。指令的表现形式如下所示:

(1) 整字节交换指令

格式:

```
XCH  A,  Rn         ;(A)↔(Rn)
XCH  A,  direct     ;(A)↔(direct)
XCH  A,  @Ri        ;(A) ↔((Ri))
```

实现累加器和寄存器或存储单元字节数据的交换。

(2) 半字节交换指令

格式:

```
XCHD  A, @Ri        ;(A) 3～0 ↔((Ri))3～0
```

实现累加器的低 4 位与存储单元字节内容低 4 位的交换。

(3) 累加器 A 高、低半字节的交换指令

格式:

```
SWAP  A             ;(A)3～0↔(A)7～4
```

实现累加器高、低 4 位的交换。

【例 3-10】 交换片内 RAM 中 40H 单元与 60H 单元的内容。

```
MOV A,40H           ;A←(40H)
XCH A,60H           ;(A)↔(60H)
MOV 40H,A           ;(40H)←(A)
```

3.3.2 算术运算类指令

算术运算类指令有加法、减法、乘法和除法四类。对于加、减运算的两个操作数,一个存放在累加器 A 中(此操作数也是目的操作数);另一个存放在 R0～R7 或@Ri(片内 RAM)中,或是 # data(立即数)。除加 1 和减 1 指令外,其他所有的指令都将影响程序状态字 PSW 的标志位。指令的表现形式如下所示。

1. 不带进位的加法指令(4 条)

格式:

```
ADD   A,Rn          ;(A)←(A) + (Rn)
ADD   A,direct      ;(A)←(A) + (direct)
ADD   A,@Ri         ;(A)←(A) + ((Ri))
ADD   A,# data      ;(A)←(A) + data
```

加法运算影响 PSW 的标志位。如果 D3 位有进位,则辅助进位标志 AC 置位;否则,AC 为 0(不管 AC 原来是什么值)。如果 D7 位有进位,则进位标志 CY 置位;否则,CY

为 0(不管 CY 原来是什么值)。如果 D6 位和 D7 位中一个有进位而另一个无进位,则 OV=1,溢出。

【例 3-11】 将内部 RAM 中 40H 和 41H 单元的数相加,再把和送到 42H 单元。

```
MOV  A, 40H
ADD  A,  41H
MOV  42H,  A
```

2. 带进位的加法指令(4 条)

格式:

```
ADDC  A,Rn          ;A←(A) + (Rn) + (CY)
ADDC  A,direct      ;A ←(A) + (direct) + (CY)
ADDC  A, @Ri        ;A ←(A) + ((Ri)) + (CY)
ADDC  A, #data      ;A ←(A) + data + (CY)
```

该类指令主要用于多字节的加法运算。

【例 3-12】 加数存放在内部 RAM 的 41H(高位)和 40H(低位),被加数存放在 43H(高位)和 42H(低位),将它们相加,和存放在 46H～44H 中。

```
CLR     C
MOV     A,   40H
ADD     A,   42H             ;低字节相加
MOV     44H,A
MOV     A,   41H
ADDC    A,   43H             ;高字节相加
MOV     45H,A
CLR     A
ADDC    A,     #00H          ;处理进位
MOV     46H,A
```

3. 加 1 指令(5 条)

加 1 指令又称为增量指令,使操作数所指定的单元的内容加 1。

格式:

```
INC  A                  ;A ←(A) + 1
INC  Rn                 ;Rn ←(Rn) + 1
INC  direct             ;direct ←(direct) + 1
INC  @Ri                ;(Ri) ←((Ri)) + 1
INC  DPTR               ;DPTR ←(DPTR) + 1
```

以上指令仅影响 PSW 中的奇偶标志位。

【例 3-13】 设(A)=FFH,(R0)=25H,(26H)=3AH,(DPTR)=2000H。

执行程序段:

```
INC  A
INC  R0
INC  @R0
INC  DPTR
```

结果为：(A)＝00H，(R0)＝26H，(26H)＝3BH，(DPTR)＝2001H。

4. 减1指令(4条)

减1指令又称为减量指令，使操作数所指定的单元的内容减1。

格式：

```
DEC  A                    ;A←(A) - 1
DEC  Rn                   ;Rn ←(Rn) - 1
DEC  direct               ;direct ←(direct) - 1
DEC  @Ri                  ;(Ri) ←((Ri)) - 1
```

以上指令仅影响PSW中的奇偶标志位。

【例3-14】 设(A)＝FFH，(R0)＝27H，(26H)＝3BH

执行程序段：

```
DEC  A
DEC  R0
DEC  @R0
```

结果为：(A)＝FEH，(R0)＝26H，(26H)＝3AH。

5. 减法指令(4条)

减法运算只有带借位的减法指令，而没有不带借位的减法指令。

格式：

```
SUBB  A, Rn               ;A ←(A) - (Rn) - (CY)
SUBB  A, direct           ;A ←(A) - (direct) - (CY)
SUBB  A, @Ri              ;A ←(A) - ((Ri)) - (CY)
SUBB  A, #data            ;A ←(A) - data - (CY)
```

从累加器中减去不同寻址方式的减数以及进位位CY的状态，其差仍存放在累加器A中。如果需要实现不带借位的减法计算，应预先置CY＝0(利用“CLR C”指令)，然后用减法指令SUBB实现计算。SUBB对PSW中的所有标志位均产生影响。

【例3-15】 设(A)＝C9H，(R2)＝54H，(CY)＝1，执行指令“SUBB A,R2”后的结果为：(A)＝74H，CY＝0，AC＝0，OV＝1，P＝0。

6. 无符号数乘法指令(1条)

格式：

```
MUL AB                    ;(B)(A)←(A) × (B)
```

无符号数乘法指令完成A与B中两个8位无符号数相乘，16位乘积的低位字节放在累加器A中，高位字节放在B中。无符号数乘法指令对PSW标志位的影响为：CY位总是被清“0”，P是由累加器A中1的个数的奇偶性决定的。在乘法运算中，若乘积大于FFH，则OV标志位置“1”，否则清“0”。在除法运算中，若除数为0，则OV标志位置“1”，否则清“0”。

【例3-16】 若(A)＝80H＝128，(B)＝32H＝50，执行指令“MUL AB”后的结果为：(B)＝19H，(A)＝00H，表示乘积为(BA)＝1900H＝6400，且OV＝1，CY＝0。

7. 无符号数除法指令(1 条)

格式：

```
DIV  AB      ;(A)←(A)/(B)…(B)
```

无符号数除法指令完成 A 与 B 中两个 8 位无符号数相除，商放入累加器 A，余数放入寄存器 B。无符号数乘法指令对 PSW 标志位的影响为：CY 位总是被清“0”，P 是由累加器 A 中 1 的个数的奇偶性决定的。若除数为 0，则 OV 标志位置“1”，否则清“0”。

【例 3-17】 设(A)＝0BFH，(B)＝32H，执行指令 “DIV AB”后，结果为：(A)＝03H，(B)＝29H，CY＝0，OV＝0。

8. 十进制调整指令(1 条)

格式：

```
DA  A
```

十进制调整指令也称为 BCD 码修正指令。这是一条专用指令，跟在加法指令 ADD 或 ADDC 后面，对运算结果的十进制数进行 BCD 码修正，使它调整为压缩的 BCD 码数，以完成十进制加法运算功能。源操作数只能在累加器 A 中，结果存入 A 中。其调整原则是：若 AC＝1 或 A3～A0＞9，则 A←A＋06H；若 CY＝1 或 A7～A4＞9，则 A←A＋60H。

【例 3-18】 计算 93＋38，其相应的程序为：

```
MOV   A,#93H
MOV   R2,#38H
ADD   A, R2
DA    A
```

执行结果为：(A)＝31，CY＝1，OV＝0。

3.3.3　逻辑操作类指令

逻辑操作类指令用于对两个操作数按位进行逻辑操作，结果送到 A 或直接寻址单元。常用的逻辑运算和移位类指令有逻辑与、逻辑或、逻辑异或、清 0、求反(非)、循环移位等 24 条指令，它们的操作数都是 8 位。

1. 逻辑与指令(6 条)

逻辑与指令的运算符号是∧，其运算规则是：0∧0＝0，0∧1＝0，1∧0＝0，1∧1＝1。该指令常用于屏蔽字节中的某些位，或者使指定位为“0”。

格式：

```
ANL   A,Rn                 ;A←(A)∧(Rn)
ANL   A,direct             ;A←(A)∧(direct)
ANL   A,@Ri                ;A←(A)∧((Ri))
ANL   A,#data              ;A←(A)∧ data
ANL   direct,A             ;direct←(direct)∧(A)
ANL   direct,#data         ;direct←(direct)∧data
```

【例 3-19】 读入 P1 口的数据，将其低 4 位清“0”，高 4 位保留，再把结果放到内部 RAM 的 40H 单元中。

```
MOV  A,P1               ;读入 P1 口的数据
ANL  A,#0F0H            ;屏蔽低 4 位
MOV  40H,A              ;保存数据
```

2. 逻辑或指令(6 条)

逻辑或指令的运算符号是∨，其运算规则是：0∨0=0，0∨1=1，1∨0=1，1∨1=1。该指令常用于置位字节中的某些指定位，或者使指定位为“1”。

格式：

```
ORL   A,Rn              ;A←(A)∨(Rn)
ORL   A,direct          ;A←(A)∨(direct)
ORL   A,@Ri             ;A←(A)∨((Ri))
ORL   A,#data           ;A←(A)∨data
ORL   direct,A          ;direct←(direct)∨(A)
ORL   direct,#data      ;direct←(direct)∨data
```

【例 3-20】 将串口缓冲区 SBUF 中的数据送到内部 RAM 40H 单元，再将其低 7 位(D6～D0)全部变成 1。

```
MOV     40H,SBUF
ORL     40H,#7FH
```

3. 逻辑异或指令(6 条)

逻辑异或指令的运算符号为⊕，其运算规则是：0⊕0=0，1⊕1=0，0⊕1=1，1⊕0=1。该指令常用于使字节中的某些指定位取反，或者用于判断两个字节中的数据是否相等。

格式：

```
XRL   A,Rn              ;A← (A)⊕(Rn)
XRL   A,direct          ;A←(A)⊕(direct)
XRL   A,@Ri             ;A←(A)⊕((Ri))
XRL   A,#data           ;A←(A)⊕data
XRL   direct,A          ;direct←(direct)⊕(A)
XRL   direct,#data      ;direct←(direct)⊕data
```

【例 3-21】 如果(40H)=(60H)，将 PSW 中的 F0 位置“1”。

```
    CLR     F0
    MOV     A,40H
    XRL     A,60H
    JNZ     OUT             ;(A)≠0 转移到 OUT 标号
    SETB    F0
OUT:…
```

【例 3-22】 将 5CH 的高位取反，低位保留。

```
   01011101 B
⊕  11110000 B
   ----------
   10101101 B
```

4. 累加器 A 清"0"和取反指令(2 条)

格式:

```
CLR A                    ;(A)←00H
CPL A                    ;(A)←(/A)
```

【例 3-23】 对某个双字节数求补码。若其高 8 位存于 R1,低 8 位存于 R0,补码的结果是高 8 位仍存于 R1,低 8 位存于 R0。

```
MOV   A,R0               ;低 8 位数送到 A
CPL   A                  ;取反
ADD   A,#01H             ;加 1 得低 8 位数补码
MOV   R0,A               ;低 8 位补码存于 R0
MOV   A, R1              ;高 8 位数送到 A
CPL   A                  ;取反
ADDC A,#00H              ;加低 8 位进位
MOV   R1,A               ;高 8 位补码存于 R1
```

5. 循环移位指令(4 条)

80C51 的循环移位指令只能对累加器 A 进行循环移位。可分为不带进位的循环左、右移位(RL、RR)和带进位的循环左、右移位(RLC、RRC)两类。

不带进位的循环左、右移位指令如图 3-8 所示。

循环左移指令:

```
RL A ;Ai+1←Ai,A0←A7
```

循环右移指令:

```
RR A ;Ai←Ai+1,A7←A0
```

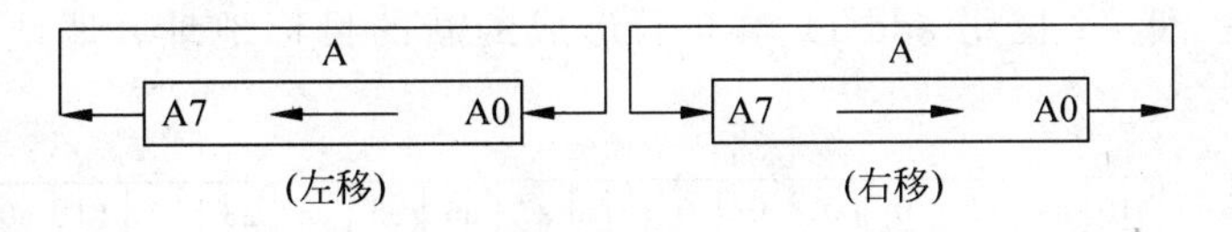

图 3-8 循环移位示意图

带进位的循环左、右移位指令如图 3-9 所示。

循环左移指令:

```
RLC A ;Ai+1←Ai,CY←A7,A0←CY
```

循环右移指令:

```
RRC A ;Ai←Ai+1,CY←A0,A7←CY
```

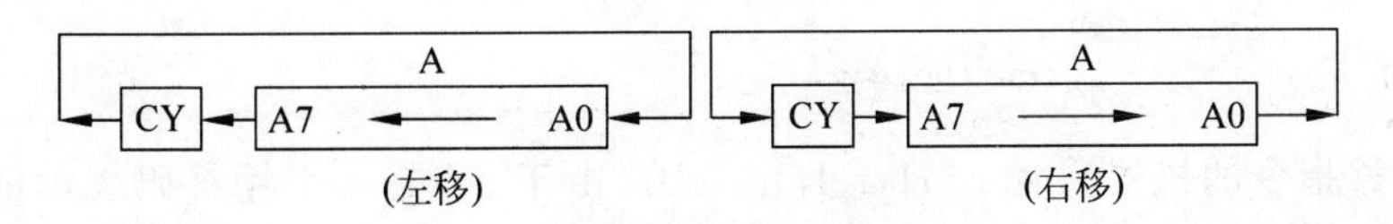

图 3-9 带进位循环移位示意图

3.3.4 控制转移类指令

为了控制程序的执行方向，80C51 提供了 17 条控制转移指令，分为无条件转移指令、条件转移指令、子程序调用及返回指令。除了 CJNE 影响 PSW 的进位标志位 CY 外，其余均不影响 PSW 的标志位。

1. 无条件转移指令(4 条)

无条件转移指令是指当执行到转移指令时，就直接转移到该指令所提供的地址。在程序设计中使用转移指令时，指令中的地址或偏移量均可直接采用标号，因为在执行程序前进行汇编时，编译系统会给每一个标号赋予一个实际的二进制地址。指令的表现形式如下所示。

(1) 长转移指令

格式：

```
LJMP   addr16              ;PC←addr16
```

LJMP 称为长转移指令，其机器码为：02H，a15～a8，a7～a0，占 3B。执行这条指令时，将 addr16 的内容赋给 PC，程序无条件地转移到程序存储器 PC 中与 addr16 对应的地址单元执行，跳转范围为 64KB。

(2) 绝对转移指令

格式：

```
AJMP    addr11             ;PC←(PC) + 2, PC10～PC0←addr11
```

AJMP 称为绝对转移指令，其机器码为：a10a9a800001B，a7a6a5a4a3a2a1a0B，占 2B。指令中包含 11 位(2^{11}=2KB)转移地址码 addr11(a10～a0)，转移目标地址必须和 AJMP 指令的下一条指令的首字节处于同一个 2KB 区域内，且转移目标地址为由 PC 当前值的高 5 位保持不变，低 11 位用 addr11 填充而形成的新的目标地址。地址形成示意图如图 3-10 所示。

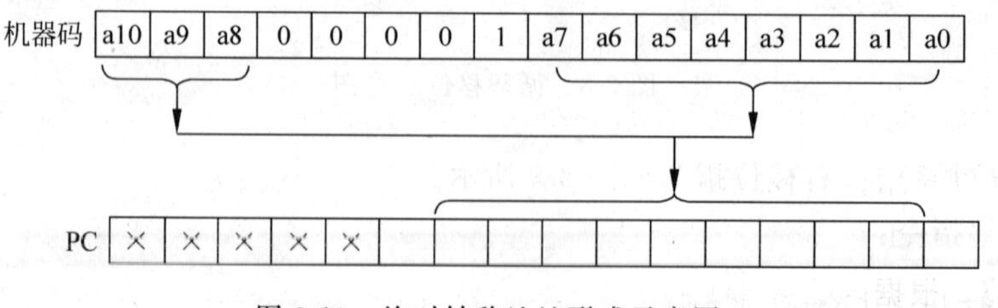

图 3-10 绝对转移地址形成示意图

(3) 相对转移指令

格式：

```
SJMP rel                   ;PC←(PC) + 2 + rel
```

相对转移指令的机器码为 80H，rel，占 2B。由于 rel 是一个用补码表示的带符号的 8 位二进制数，所以其相对转移范围为－128～＋127，共 256B 区域。转移目标地址为源地址＋2＋rel＝ PC。若偏移量 rel 为 FEH(－2 的补码)，则转移目标地址就等于源地址，即程序始终运行 SJMP 指令，相当于动态停机，这弥补了 80C51 没有专用停机指令的遗憾。动态停机的软件实现如下所示：

```
HERE：SJMP HERE
```

或者写为

```
SJMP  $                  ;"$"表示该指令首字节所在的地址，此时可省略标号
```

(4) 间接(散)转移指令

格式：

```
JMP   @A + DPTR          ;PC ←(DPTR) + (A)
```

JMP 为单字节指令，指令的机器码为 73H，转移目标地址由(A)＋(DPTR)形成，并直接送入 PC。指令对 A、DPTR 和标志位均无影响。本指令可代替众多的判别跳转指令，又称为散转指令，多用于多分支程序结构中。

2. 条件转移指令(8 条)

条件转移指令是依据某种特定条件而实现转移的指令。当条件满足时，发生转移；当条件不满足时，顺序执行下一条指令。判定条件的方法主要有三种情况：判断累加器的内容是否为 0、判断两个数是否相等和判断减 1 是否为 0。

在执行条件转移指令时，PC 指针已经指向下一条指令的首地址(PC 当前值)。

若条件满足：转移目标地址＝PC 当前值＋偏移量 rel

若条件不满足：目标地址＝PC 当前值

(1) 累加器 A 为零(非零)转移

```
JZ   rel                 ;若(A) = 0,则转移 PC ←(PC) + 2 + rel
                         ;若(A)≠0,则顺序执行 PC ←(PC) + 2
JNZ  rel                 ;若(A)≠0,则转移 PC ←(PC) + 2 + rel
                         ;若(A) = 0,则顺序执行 PC ←(PC) + 2
```

rel 的取值范围是在执行当前转移指令后的 PC 值基础上的－128～＋127(用补码表示)范围内，可以采用符号地址表示。偏移量 rel 的计算方法如下所示：

rel ＝ 转移目标地址－转移指令地址(当前 PC 值)－2

【例 3-24】 根据内部 RAM 30H 单元的内容对寄存器 R2 赋值。若(30H)＝0，则 R2＝40H，否则 R2＝30H。

```
        ⋮
         MOV   A,30H
         JZ    OUT                  ；若(30H) = 0,则转移
         MOV   R2,＃30H
           ⋮
OUT：   MOV  R2,＃40H
           ⋮
```

【例 3-25】 将外部数据存储器中 ADDR1 开始的一个数据块传送到内部数据存储器 ADDR2 开始的单元中，当遇到传送的数据为零时停止。

分析：对外部 RAM 单元的访问必须使用 MOVX 指令，其目的操作数为累加器 A，即必须首先将外部 RAM 单元的值读到累加器 A 中，然后再写入片内 RAM。根据题意，将外部 RAM 的值读入累加器 A 后，需要利用判零条件决定是否要继续读片外 RAM 的值。参考源程序如下所示：

```
        MOV    DPTR, #ADDR1        ;外部数据块首地址送 DPTR
        MOV    R1, #ADDR2          ;内部数据块首地址送 R1
NEXT:   MOVX   A, @DPTR            ;读外部 RAM 数据
HERE:   JZ     HERE                ;(A) = 0,动态停机
        MOV    @R1, A              ;数据传送至内部 RAM 单元
        INC    DPTR                ;修改地址指针, 指向下一地址单元
        INC    R1
        SJMP   NEXT                ;取下一个数
```

从“HERE: JZ HERE”看出，当 A=0 时，程序转移到标号为 HERE 的地址，但是 HERE 还是本条语句，实现“数据为零停止”。

(2) 减 1 非零转移

```
DJNZ  Rn,rel          ;Rn←(Rn) - 1
                      ;若(Rn)≠0,则转移 PC←(PC) + 2 + rel
                      ;若(Rn) = 0,则程序顺序执行 PC←(PC) + 2
DJNZ  direct,rel      ;direct← (direct) - 1
                      ;若(direct) = 0,则程序顺序执行 PC ←(PC) + 3
                      ;若(direct)≠0,则转移 PC ←(PC) + 3 + rel
```

【例 3-26】 将内部 RAM 中 30H～3FH 的数依次送到 70H～7FH 单元中。

```
      MOV   R0,#30H          ;数据源首地址
      MOV   R1,#70H          ;数据存放目标首地址
      MOV   R2,#10H          ;数据个数
LOOP: MOV   A,@R0            ;取一个数
      MOV   @R1,A            ;传送一个数
      INC   R0               ;修改源地址指针
      INC   R1               ;修改目的地址指针
      DJNZ  R2,LOOP          ;传送完?
```

(3) 比较(不相等)转移指令

```
CJNE  <目的操作数>,<源操作数>,rel
```

比较转移指令的比较实质是减法运算，影响 CY 标志位，但不保存最后的差值，并且两个操作数的内容不变。比较(不相等)转移指令的机器码占 3B。指令的表现形式如下所示：

```
CJNE  A,#data,rel
CJNE  A,direct,rel
CJNE  Rn,#data,rel
CJNE  @Ri,#data,rel
```

- 若<目的操作数>=<源操作数>,则程序顺序执行：PC←(PC)+3，CY=0；
- 若<目的操作数>><源操作数>,则程序转移：PC←(PC)+3+rel，CY=0；
- 若<目的操作数><<源操作数>,则程序转移：PC←(PC)+3+rel，CY=1。

【例 3-27】 如果(A)=00H,执行 SUB1 程序段；如果(A)=10H,执行 SUB2 程序段；如果(A)=20H,执行 SUB3 程序段。其程序段如下所示：

```
                ⋮
         CJNE  A,#00H,NEXT1
         SJMP  SUB1
NEXT1:   CJNE  A,#10H,NEXT2
         SJMP  SUB2
NEXT2:   CJNE  A,#20H,NEXT3
    SUB3:       …
                ⋮
    SUB2:       …
                ⋮
    SUB1:       …
                ⋮
NEXT3:          …
                ⋮
```

3. 子程序调用和返回指令(4 条)

在程序设计中,为了简化程序结构、减少程序所占的存储空间,往往将需要反复执行的某段程序编写成子程序,供主程序在需要时调用。一个子程序可以在程序中反复多次调用。为了实现主程序对子程序的一次完整调用,必须有子程序调用指令和子程序返回指令。当执行调用指令时,自动把程序计数器 PC 中的断点地址压入到堆栈中,并自动将子程序入口地址送入程序计数器 PC；当执行返回指令时,自动把堆栈中的断点地址恢复到程序计数器 PC 中。

(1) 绝对调用指令

```
ACALL  addr11       ;PC←(PC)+2
                    ;SP←(SP)+1,(SP)←(PC)7～0
                    ;SP←(SP)+1,(SP)←(PC)15～8,(PC)10～0←addr11
```

指令中的 addr11 为 11 位地址,实际编程时可以用符号地址,并且只能在 2KB 范围以内调用子程序。

(2) 长调用指令

```
LCALL  addr16       ;PC←(PC)+3
                    ;SP←(SP)+1,((SP))←(PC)7～0
                    ;SP←(SP)+1,((SP))←(PC)15～8,(PC)15～0←addr16
```

指令中的 addr16 为 16 位地址,实际编程时可以用符号地址。可以在 64KB 范围以内调用子程序。

(3) 子程序返回指令

```
RET            ;(PC)15～8←((SP)), SP←(SP) - 1
               ;(PC)7～0←((SP)), SP ←(SP) - 1
```

(4) 中断返回指令

```
RETI           ;(PC)15～8←((SP)), SP←(SP) - 1
               ;(PC)7～0←((SP)), SP ←(SP) - 1
```

中断服务程序是一种特殊的子程序。在计算机响应中断时,由硬件完成调用而进入相应的中断服务程序。RETI 指令与 RET 指令相仿,区别在于 RET 是从子程序返回,RETI 是从中断服务程序返回。无论是 RET 还是 RETI,都是子程序执行的最后一条指令。

4. 空操作指令(1 条)

```
NOP            ;PC ←(PC) + 1
```

CPU 不执行任何操作,消耗了一个机器周期,常用于软件延时,或在程序可靠性设计中用来稳定程序。

3.3.5 位操作指令

位操作又称为布尔变量操作,它是以位为单位进行运算和操作的。80C51 系统内设置了一个位处理器(布尔处理机),它有自己的累加器(借用进位标志 CY)、存储器(位寻址区中的各位),也有完成位操作的运算器等,有一套位变量处理的指令集。

1. 位传送指令(2 条)

```
MOV  C, bit    ;CY ←(bit)
MOV  bit, C    ;(bit) ←(CY)
```

【例 3-28】 将位地址为 20H 的内容传送到 P1.0。

```
MOV     C, 20H       ;CY←(24H.0)
MOV     P1.0, C      ;P1.0←(CY)
```

2. 位置位和位复位指令(4 条)

对进位标志 CY 以及位地址所规定的各位进行置位(置“1”)或复位(置“0”)操作。

```
SETB  C        ;使 CY = 1(置位)
SETB  bit      ;使指定的位地址等于 1(置位)
CLR  C         ;使 CY = 0(复位)
CLR  bit       ;使指令的位地址等于 0(复位)
```

3. 位运算指令(6 条)

在位运算指令中,只有位逻辑与、位逻辑或和位取反运算。对于其他位逻辑运算,可以参照布尔代数的运算规则。

```
ANL C,bit      ;位与,CY← CY∧bit
```

```
ANL C,/bit          ;位与,CY← CY∧/bit
ORL C,bit           ;位或,CY← CY∨bit
ORL C,/bit          ;位或,CY← CY∨/bit
CPL C               ;位取反,CY←/CY
CPL bit             ;位取反,bit←/bit
```

【例 3-29】 设 X、Y 和 Z 表示位地址,请完成 $Z=X\oplus Y$ 异或运算。

分析:异或运算可表示为

$$Z=X\oplus Y=X\bar{Y}+\bar{X}Y$$

```
MOV   C,X                 ;CY←(X)
ANL   C,/Y                ;CY←(X)∧(/Y)
MOV   Z,C                 ;暂存结果于 Z 中
MOV   C,Y                 ;CY←(Y)
ANL   C,/X                ;CY←(/X)∧(Y)
ORL   C,Z                 ;CY←(X)(/Y)∨(/X)(Y)
MOV   Z,C                 ;保存异或结果于 Z 中
```

4. 位转移指令(3 条)

```
JB bit, rel ; 若(bit) = 1,则转移(PC)← (PC) + 3 + rel,否则顺序执行
JNB bit, rel ; 若(bit) = 0,则转移(PC)← (PC) + 3 + rel,否则顺序执行
JBC bit, rel ; 若(bit) = 1,则转移(PC)← (PC) + 3 + rel,且(bit)←0,否则顺序执行
```

【例 3-30】 假设 80C51 P2 口连接 8 只发光二极管。若 P3.4 为"1",8 只二极管全亮,否则全灭。

```
      ORG 0000H
START:
      JB   P3.4, LED8       ;若 P3.4 = 1,全亮
      MOV A, #0             ;若 P3.4 = 0,全灭
      MOV P2,A
      SJMP START
LED8:
      MOV A, #0ffh          ;全亮
      MOV P2,A
      SJMP START
      END
```

5. 判 CY 标志指令(2 条)

```
JC rel              ;若(CY) = 1,则转移(PC)←(PC) + 2 + rel, 否则顺序执行
JNC rel             ;若(CY) = 0,则转移(PC)←(PC) + 2 + rel, 否则顺序执行
```

3.3.6 常用伪指令

在 80C51 单片机的 111 条汇编指令中,未涉及变量、常量和数组的定义,也未涉及存储空间分配的定义,为了解决这些问题,80C51 单片机提供了伪指令。伪指令不是真正的指令,没有对应的机器码,在汇编时不产生供 CPU 直接执行的机器码(即目标程序),只是用来对汇编过程进行某种控制。常用伪指令如下所示。

1. 定位伪指令 ORG

ORG 常用于汇编语言源程序或数据块开头，用于规定程序块或数据块存放的起始位置。

格式：

[标号：] ORG <地址表达式>

例如：

```
ORG   1000H
MOV   A,#20H
```

表示指令“MOV A,#20H”所对应的机器码 74H 和 20H 存放于 1000H 开始的 ROM 存储单元。

2. 定义字节数据伪指令 DB

格式：

[标号：] DB <字节数据表>

从标号地址开始在程序存储器中定义字节数据。字节数据表可以是多个字节数据、字符串(单引号定界)或表达式，它表示将字节数据表中的数据从左到右依次存放在指定地址单元。

例如：

```
ORG 1000H
TAB: DB  2BH, 0A0H, 'A', 2*4
```

表示从 1000H 单元开始的地方存放数据 2BH，0A0H，41H(字母 A 的 ASCII 码)和 08H。

3. 定义字数据伪指令 DW

格式：

[标号：] DW <字数据表>

DW 定义的数据项为字，包括两个字节，存放时高位在前，低位在后。

例如：

```
ORG 1000H
DATA: DW  324AH, 3CH
```

表示从 1000H 单元开始的地方存放数据 32H，4AH，00H 和 3CH(3CH 以字的形式表示为 003CH)。

4. 定义空间伪指令 DS

格式：

[标号：] DS <表达式>

从指定的地址开始，保留＜表达式＞值个存储单元作为备用的空间。

例如：

```
ORG  1000H
BUF:  DS  50
TAB:  DB  22H                ;22H 存放在 1032H 单元
```

表示从 1000H 开始的地方预留 50(1000H～1031H)个存储字节空间。

5. 符号定义伪指令 EQU 或"＝"

格式：

```
符号名  EQU  <表达式>      或      符号名 = <表达式>
```

将表达式的值或某个特定汇编符号定义为一个指定的符号名，只能定义单字节数据，并且必须遵循先定义后使用的原则。因此，该语句通常放在源程序的开头部分。

例如：

```
LEN = 10
SUM  EQU  21H
⋮
MOV  A,#LEN                  ;执行指令后，累加器 A 中的值为 0AH
⋮
```

6. 数据赋值伪指令 DATA

格式：

```
符号名  DATA <表达式>
```

将表达式的值或某个特定汇编符号定义为一个指定的符号名，只能定义单字节数据，但可以先使用后定义。因此，用它定义数据时，可以放在程序末尾。

例如：

```
      ⋮
MOV A,#LEN
      ⋮
LEN  DATA  10
```

尽管 LEN 的引用在定义之前，汇编语言系统仍可以知道 A 的值是 0AH。

7. 数据地址赋值伪指令 XDATA

格式：

```
符号名  XDATA  <表达式>
```

将表达式的值或某个特定汇编符号定义为一个指定的符号名，可以先使用后定义，并且用于双字节数据定义。

例如：

```
DELAY  XDATA  0356H
             ⋮
LCALL  DELAY               ;执行指令后，程序转到 0356H 单元执行
```

8. 位地址符号定义伪指令 BIT

格式：

```
字符名  BIT  位地址
```

把 BIT 后面的位地址值赋给字符名。其中，字符名不是标号，其后没有冒号。

例如：

```
LED1    BIT    P1.0
FLAG    BIT    02H
```

经汇编后，P1 口第 0 位的位地址 90H 赋给了 LED1，位寻址空间 02H 定义为 FLAG。

9. 汇编结束伪指令 END

格式：

```
[标号：] END
```

汇编语言源程序结束标志，用于整个汇编语言程序的末尾处。

3.4 80C51 汇编程序设计

程序设计就是应用计算机所能识别、接受的语言符号把要解决的问题和步骤有序地描述出来，即编制计算机的程序。汇编语言程序设计是指根据任务要求，采用汇编语言的指令编制程序的过程。汇编语言程序设计的步骤如下所示。

(1) 分析问题，抽象出描述问题的数学模型。

(2) 确定解决问题的算法或解题思想。算法就是如何将实际问题转化为程序模块来处理。要对不同的算法进行分析、比较，找出最适宜的算法。程序的设计、编写和测试都采用一种规定的组织形式进行，而不是想怎么写就怎么写。这样，可使编制的程序结构清晰，易于读懂，易于调试和修改，充分显示出模块化程序设计的优点。模块化程序设计是 20 世纪 70 年代初，由 Boehm 和 Jacobi 提出并证明的结构定理，即任何程序都可以由 3 种基本结构程序构成结构化程序，这 3 种结构是顺序结构、分支(条件选择)结构和循环结构。3 种结构的任意组合和嵌套就构成了结构化的程序。

① 顺序结构。顺序结构是指按照语句实现的先后次序执行一系列的操作。

② 分支结构(选择结构)。分支结构是指根据不同情况做出判断和选择，以便执行不同的程序段。它分为双分支结构和多分支结构。

③ 循环结构。循环结构是指重复执行一系列操作，直到某个条件出现为止。循环结构实际上是分支结构的一种扩展，循环是否继续是依靠条件判断语句来决定的。

(3) 绘制流程图。流程图是由特定的几何图形、指向线、文字说明来表示数据处理的步骤，形象描述逻辑控制结构以及数据流程的示意图。流程图具有简洁、明了、直观的特点。几何图形符号如图 3-11 所示，符号意义说明如下。

- 椭圆框：开始和结束框，在程序的开始和结束时使用。
- 矩形框：处理框，表示要进行的各种操作。

图 3-11　流程图元素符号

- 菱形框：判断框，表示条件判断，以决定程序的流向。
- 流向线：流程线，表示程序执行的流向。

(4) 分配存储空间和工作单元。分配存储空间和工作单元，实质是确定程序与数据的存放地址。

(5) 编制程序。应按照尽可能使程序简短和缩短运行时间两个原则编写程序。应用程序一般都由一个主程序(包括若干个功能模块)和多个子程序构成，即采用模块化的程序设计方法。每一个功能模块或子程序都能完成一个明确的任务，实现某个具体功能，如检测输入信号、码制转换、输出控制信号、发送数据、接收数据、延时、显示、打印等。

(6) 程序调试和程序优化。把汇编语言源程序翻译成目标代码(机器码)的过程称为编译。现在工程设计应用的程序大多采用机器汇编语言来实现。

通用的 MCS-51 编译程序是 MCS-51. EXE，它能实现对汇编源程序(FILE. ASM)的编译、链接，生成打印文件 FILE. PRT、列表文件 FILE. LST、目标文件 FILE. OBJ 和可执行文件 FILE. EXE。程序的调试和程序优化过程如图 3-12 所示。

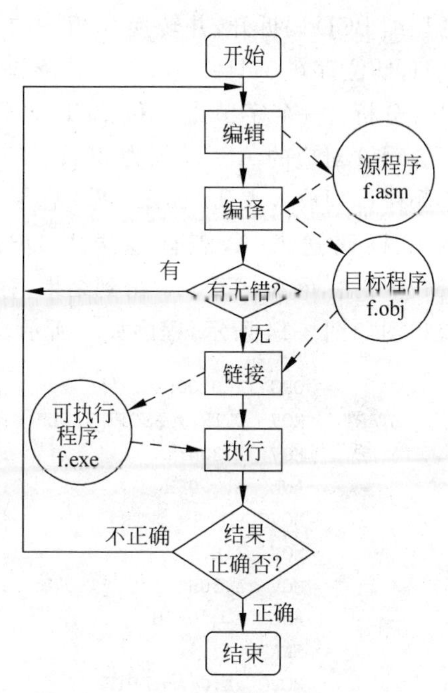

图 3-12　程序的调试、优化过程

3.4.1　顺序结构程序设计

顺序结构程序是最简单、最基本的程序。程序按编写的顺序依次往下执行每一条指令，直到最后一条。它能够解决某些实际问题。顺序结构程序往往是分支程序和循环程序的组成部分。

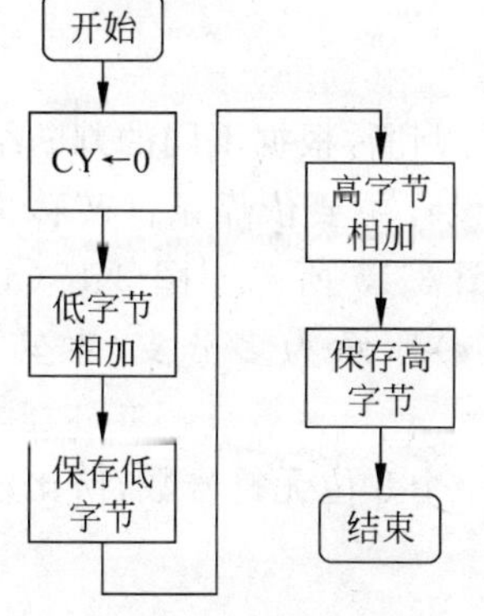

图 3-13　例 3-31 流程图

【例 3-31】　试编制双字节加法程序。设被加数的高字节放在 30H 中，低字节放在 31H 中，加数的高字节放在 32H 中，低字节放在 33H 中；加法结果的高字节放在 34H 中，低字节放在 35H 中。

分析：由于 80C51 单片机的加法指令只能处理 8 位二进制数，所以双字节加法程序的算法应首先从低字节开始相加，然后依次将次低字节和来自低字节相加的进位进行加法运算。程序流程图如图 3-13 所示，程序如下所示。

```
        ORG   0000H
START:  CLR   C                 ;CY 复位
        MOV   A,31H             ;取被加数的低字节
        ADD   A,33H             ;低字节相加
        MOV   35H,A             ;保存和数低字节于 35H 单元
        MOV   A,30H             ;取被加数的高字节
        ADDC  A,32H             ;高字节相加
        MOV   34H,A             ;保存和数高字节于 34H 单元
        END
```

【例 3-32】 利用查表的方法将内部 RAM 中 30H 单元的压缩 BCD 码拆开，并转换为相应的 ASCII 码存入 31H 和 32H，低位存在 31H。

分析：一个字节由 2 位 BCD 码数组成，称为压缩 BCD 码。0～9 对应的 ASCII 码为 30H～39H，将 30H～39H 按大小顺序排列放入表 TABLE 中。先将 BCD 码拆分，将拆分后的 BCD 码送入 A，表首址送入 DPTR，然后用查表指令“MOVC A,@A+DPTR”得到结果，存入 31H 和 32H。程序流程图如图 3-14 所示，程序如下所示。

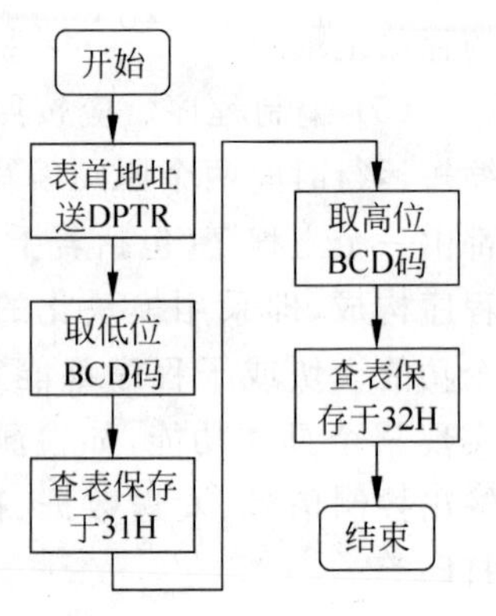

图 3-14　例 3-32 流程图

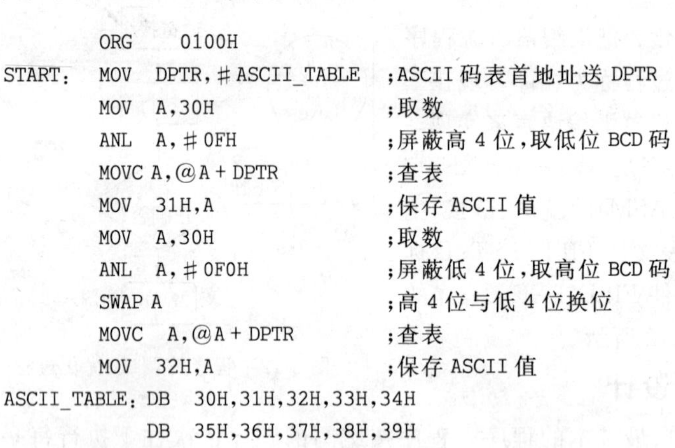

```
        ORG    0100H
START:  MOV  DPTR,#ASCII_TABLE  ;ASCII 码表首地址送 DPTR
        MOV  A,30H              ;取数
        ANL  A,#0FH             ;屏蔽高 4 位，取低位 BCD 码
        MOVC A,@A+DPTR          ;查表
        MOV  31H,A              ;保存 ASCII 值
        MOV  A,30H              ;取数
        ANL  A,#0F0H            ;屏蔽低 4 位，取高位 BCD 码
        SWAP A                  ;高 4 位与低 4 位换位
        MOVC  A,@A+DPTR         ;查表
        MOV  32H,A              ;保存 ASCII 值
ASCII_TABLE: DB  30H,31H,32H,33H,34H
             DB  35H,36H,37H,38H,39H
        END
```

3.4.2　分支结构程序设计

在实际问题的编程处理中，通常会遇到根据不同的条件进行判断，根据不同的判断结果程序作出不同处理的情况，这种结构称为分支。分支程序的设计主要依靠条件转移指令、比较转移指令和位转移指令来实现。分支程序的结构如图 3-15 所示。图 3-15(a)所示为单分支结构，图 3-15(b)所示为双分支结构，图 3-15(c)所示为多分支(散转)结构。

【例 3-33】 内部 RAM 的 30H 单元和 40H 单元各存放了一个 8 位无符号数，请比较这两个数的大小，比较结果用发光二极管显示(LED 为共阴型)。

- 若(30H)≥(40H)，则 P1.0 管脚连接的 LED_1 发光。
- 若(30H)<(40H)，则 P1.1 管脚连接的 LED_2 发光。

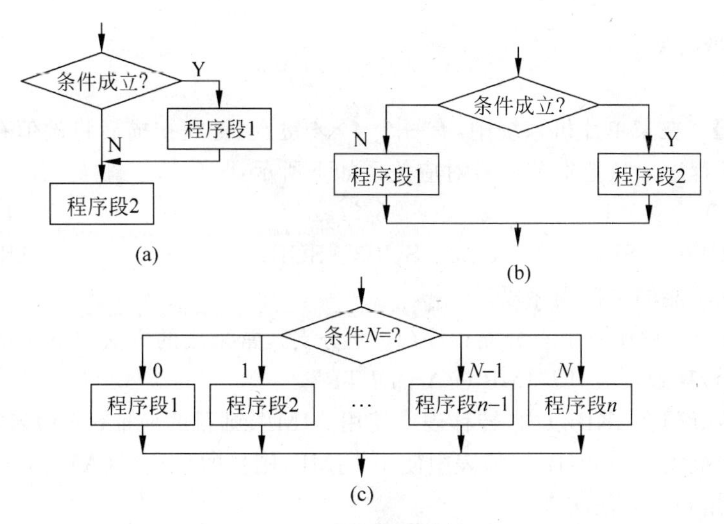

(c)

图 3-15　分支程序结构图

分析：比较两个无符号数常用的方法是：将 X 和 Y 两个数相减，然后判断是否借位 CY。

- 若 CY=0，无借位，则 $X \geqslant Y$；
- 若 CY=1，有借位，则 $X < Y$。

程序的流程图如图 3-16 所示，程序如下所示。

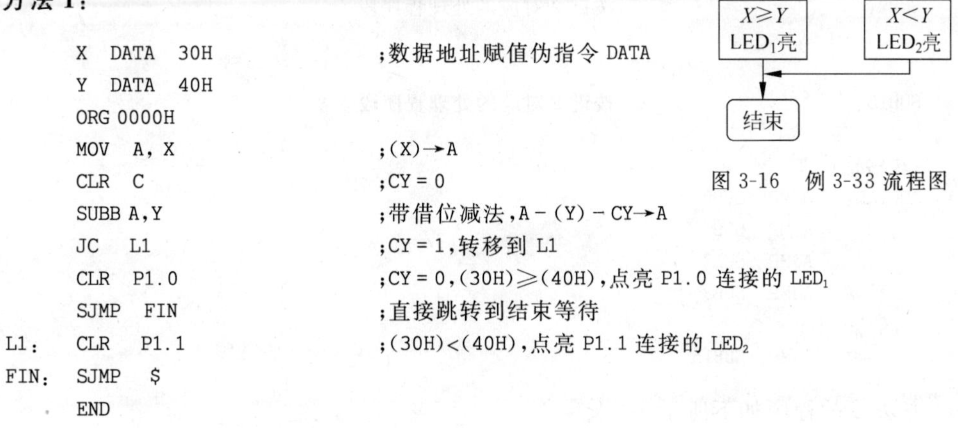

图 3-16　例 3-33 流程图

方法 1：

```
        X  DATA   30H                  ;数据地址赋值伪指令 DATA
        Y  DATA   40H
        ORG 0000H
        MOV   A, X                     ;(X)→A
        CLR   C                        ;CY = 0
        SUBB A,Y                       ;带借位减法,A - (Y) - CY→A
        JC    L1                       ;CY = 1,转移到 L1
        CLR   P1.0                     ;CY = 0,(30H)≥(40H),点亮 P1.0 连接的 LED1
        SJMP  FIN                      ;直接跳转到结束等待
L1:     CLR   P1.1                     ;(30H)<(40H),点亮 P1.1 连接的 LED2
FIN:    SJMP  $
        END
```

方法 2：

```
        X     EQU   30H
        Y     EQU   40H
        ORG   0000H
        MOV   A,X
        CJNE  A,Y,$ + 3
        JC   L1                        ;CY = 1,转移到 L1
        CLR   P1.0                     ;(30H)≥(40H),点亮 P1.0 连接的 LED1
        SJMP  FIN
L1:     CLR   P1.1                     ;(30H)<(40H),点亮 P1.1 连接的 LED2
```

```
FIN:  SJMP   $
      END
```

【例 3-34】 在某单片机系统中，有一个 4×4 键盘，键盘扫描后将键值存放在 R0 中，键值与处理子程序入口地址的标号对应关系如下所示：

键值： 0 1 2 3 4 … F

地址：SUB0 SUB1 SUB2 SUB3 SUB4 … SUB15

试设计实现该功能的主控程序段。

分析：该处理程序属于多分支程序(16 个分支)，常采用的方法如下所示。

方法 1：转移地址表，即"JMP @A+DPTR"。

如果散转范围在 2KB 以内，转移表中使用 AJMP，则目的地址=(A)×2+表首地址。

如果散转范围大于 2KB，转移表中使用 LJMP，则目的地址=(A)×3+表首地址。

方法 2：用查表方法实现。

方法 1 的程序如下所示：

```
MOV  DPTR,#ADDTAB          ;转移地址表首地址送数据指针
MOV  A,R0                  ;取键值
RL   A                     ;修正变址值
JMP  @A+DPTR               ;转向形成的散转地址入口
⋮
SUB0:                      ;按键 0 对应的处理程序段
      …
SUB2:                      ;按键 2 对应的处理程序段
      …
⋮
SUB15:                     ;按键 F 对应的处理程序段
      ⋮
;转移地址表
ADDTAB:   AJMP  SUB0
          AJMP  SUB1
          AJMP  SUB2
          AJMP  SUB3
           ⋮
          AJMP  SUB15
```

方法 2 的程序如下所示：

```
START:    MOV DPTR,#ADDTAB
          MOV A,R0                ;取键值
          RL  A                   ;修正变址值
          MOV R2,A
          MOVC  A,@A+DPTR         ;取入口地址高 8 位
          PUSH  A
          MOV   A,R2
          INC   A
          MOVC  A,@A+DPTR         ;取入口地址低 8 位
          MOV   DPL,A
          POP   DPH
```

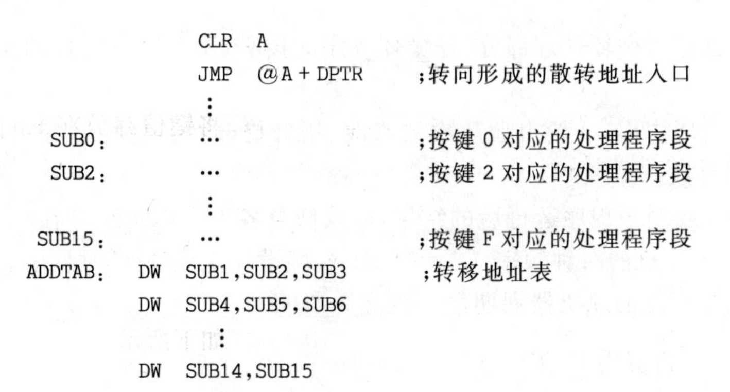

```
                CLR  A
                JMP  @A+DPTR        ;转向形成的散转地址入口
                 ⋮
  SUB0:          …                  ;按键 0 对应的处理程序段
  SUB2:          …                  ;按键 2 对应的处理程序段
                 ⋮
  SUB15:         …                  ;按键 F 对应的处理程序段
ADDTAB:    DW   SUB1,SUB2,SUB3       ;转移地址表
           DW   SUB4,SUB5,SUB6
                 ⋮
           DW   SUB14,SUB15
```

3.4.3　循环结构程序设计

在汇编程序设计中，对于含有可重复执行的程序段(循环体)，大多采用循环程序结构，这样可以有效地缩短程序，减少程序占用的内存空间，提高程序紧凑性和可读性。循环程序的结构如图 3-17 所示。

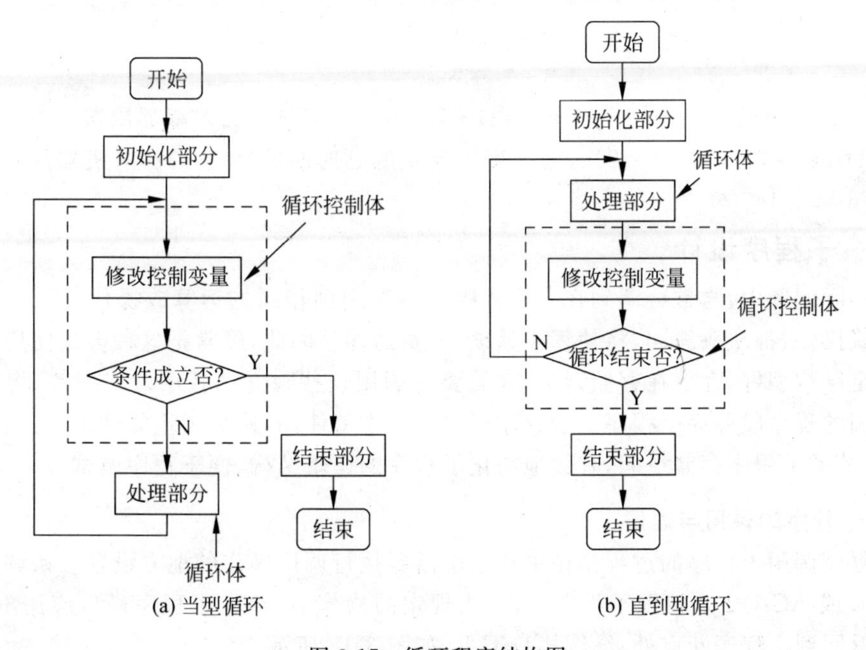

图 3-17　循环程序结构图

图 3-17(a)所示是一种先判断后执行的结构，称为当型循环；图 3-17(b)所示是一种先执行后判断的结构，称为直到型循环。在循环程序设计中，由于受 80C51 寄存器容量的限制(0～255)，当循环次数大于 255 时，必须采用多重循环——循环嵌套结构，方可满足循环控制的要求。在多重循环结构中，只允许外重循环嵌套内重循环程序，而不允许循环体互相交叉，另外，也不允许从循环程序的外部跳入循环程序的内部。循环程序的组成大致包括以下内容：

(1) 循环初始化。位于循环程序开始，用于设置各工作单元的初始值，设定循环次数等。

(2) 循环体。循环体也称为循环处理部分，是循环程序的核心，用于完成实际的操作处理，是重复执行的部分。

(3) 循环控制。位于循环体内，一般由循环次数修改、指针修改和条件控制等组成，用于控制循环次数和循环参数。

(4) 循环结束。用于存放循环程序运行后的结果，以及恢复各工作单元的初值。

【例 3-35】 设 80C51 单片机的时钟频率 $f_{osc}=12\text{MHz}$，试设计 0.1s 的延时程序。

解 延时时间＝该程序指令的总机器周期数×机器周期(T)

$$\text{机器周期}(T)=12\times\frac{1}{f_{osc}}=1\mu\text{s}$$

程序如下所示：

```
DELAY:    MOV R3, #Data1     ;1 个机器周期(T)
DEL2:     MOV R4, #Data2     ;1 个机器周期(T)
DEL1:     NOP                ;1 个机器周期(T)
          NOP                ;1 个机器周期(T)
          DJNZ R4,DEL1       ;2 个机器周期(T)
          DJNZ R3,DEL2       ;2 个机器周期(T)
          RET
```

$$\text{延时时间}=\{1+[1+(1+1+2)\times\text{Data2}+2]\times\text{Data1}\}\times\text{机器周期}(T)$$

若 Data1＝125，Data2＝200，则该程序产生的延时时间为 100376×机器周期(T)＝0.100376s≈0.1s。

3.4.4 子程序设计

在实际问题中，常常会遇到在一个程序中多次用到相同的运算或操作。若每遇到这些运算或操作，都从头编起，将使程序繁琐，浪费内存。因此，经常把这种多次使用的程序段按一定结构编好，存放在存储器中，在需要时调用这些独立的程序段。通常，将这种可以被调用的程序段称为子程序。子程序可以多次重复使用，避免了重复性工作，缩短了整个程序，节省了程序存储空间，有效地简化了程序的逻辑结构，便于程序调试。

1. 子程序的调用与返回

主程序调用子程序的过程是在主程序中需要执行调用操作的地方设置一条调用指令(LCALL 或 ACALL)，转到子程序，当完成规定的操作后，再在子程序最后应用 RET 返回指令返回到主程序断点处，继续执行下去，如图 3-18 所示。

子程序的入口地址是子程序的第一条指令地址，称为子程序的入口地址，常用标号表示。在程序的调用过程中，当 80C51 CPU 收到 ACALL 或 LCALL 指令后，首先将当前的 PC 值(调用指令的下一条指令的首地址)压入堆栈保存(低 8 位先进栈，高 8 位后进栈)，然后将子程序的入口地址送入 PC，转去执行子程序；当子程序执行到 RET 指令后，将压入堆栈的断点地址弹回给 PC (先弹回 PC 的高 8 位，后弹回 PC 的低 8 位)，使程序回到原先被中断的主程序地址(断点地址)去继续执行。

中断服务程序是一种特殊的子程序，在计算机响应中断时，由硬件完成调用而进入相应的中断服务程序。RETI 指令与 RET 指令相似，区别在于 RET 是从子程序返回，RETI 是从中断服务程序返回。在子程序中若再调用子程序，称为子程序的嵌套，如图 3-19 所示。

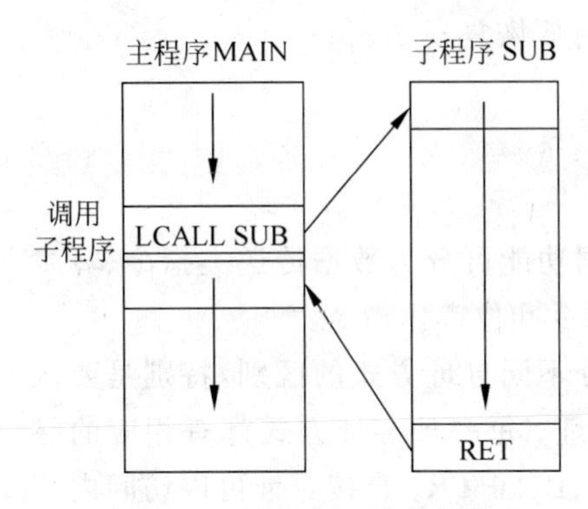

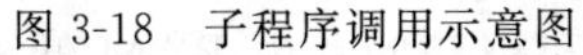

图 3-18　子程序调用示意图

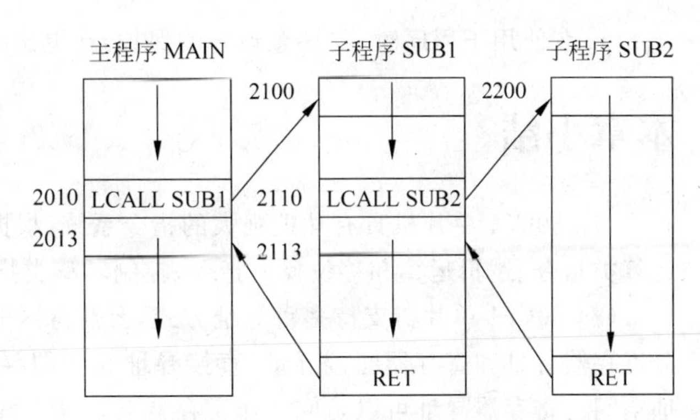

图 3-19　子程序嵌套调用示意图

2. 保存与恢复寄存器内容

主程序转入子程序后，保护主程序的信息不会在运行子程序时丢失的过程称为保护现场。保护现场通常在进入子程序的开始时由堆栈完成，如下所示：

```
PUSH  PSW
PUSH  ACC
⋮
```

从子程序返回时，将保存在堆栈中主程序的信息还原的过程称为恢复现场。恢复现场通常在从子程序返回之前，将堆栈中保存的内容弹回各自的寄存器，如下所示：

```
⋮
POP  ACC
POP  PSW
```

3. 子程序的参数传递

主程序在调用子程序时传送给子程序的参数，以及子程序结束后送回主程序的参数统称为参数传递。

- 入口参数：子程序运行时所需要的原始参数。在调用子程序前，必须将所需参数送到指定的存储单元（或寄存器）中，然后子程序从约定的存储单元（或寄存器）中获得这些入口参数。
- 出口参数：子程序根据入口参数执行程序后所得的结果。子程序运行结束（返回）前，必须将出口参数送到指定的存储单元（或寄存器）中，以便主程序从指定的存储单元（或寄存器）中获得运行结果。

4. 编写子程序时应注意的问题

- 简要说明子程序的功能、入口参数、出口参数和占用资源。
- 子程序的第一条指令必须有标号，以明确子程序的入口地址。
- 主程序调用子程序用 LCALL 和 ACALL 指令，返回时使用 RET 指令。
- 为增强子程序的通用性，应尽量避免使用具体的内存单元。
- 在子程序的内部有转移指令时，最好使用相对转移指令。

• 在使用子程序时，要注意现场的保护，在退出时要恢复现场。

本章小结

(1) 80C51 单片机具有功能强大的指令系统，根据功能可分为数据传送类指令、算术运算类指令、逻辑运算和移位操作指令、控制转移类指令和位操作指令。

(2) 80C51 单片机支持多种寻址方式，要注意区分不同寻址方式的区别，特别是要区分寄存器寻址和寄存器间接寻址、直接寻址和立即寻址。每一种寻址方式都有相应的寻址空间。寄存器寻址可以访问工作寄存器 R0～R7、A、B、DPTR；直接寻址可以访问内部 RAM 低 128B 和特殊功能寄存器(SFR)；寄存器间接寻址可以访问片内 RAM 低 128B 和片外 RAM 64KB；变址寻址可以访问程序存储器。要注意，特殊功能寄存器(SFR)只能采用直接寻址，片外 RAM 只能采用寄存器间接寻址。

(3) 变址寻址一般用于查表指令中，用来查找存放在程序存储器中的常数表格。

(4) 数据传送类指令把源地址单元的内容传送到目的地址单元中去，而源地址单元内容不变。外部 RAM 数据传送指令只能通过累加器 A 执行。堆栈操作指令可以将某一直接寻址单元内容入栈，也可以把栈顶单元弹出到某一直接寻址单元，入栈和出栈要遵循“后入先出”的存储原则。

(5) 算术运算指令中，加、减、乘、除指令要影响 PSW 中的标志位 CY、AC、OV。乘、除运算只能通过累加器 A 和 B 寄存器执行。

(6) 逻辑运算是将对应的存储单元按位进行逻辑操作，将结果保存在累加器 A 或者某一个直接寻址存储单元中。

(7) 控制转移指令的特点是修改 PC 的内容，80C51 单片机是通过修改 PC 的内容来控制程序流程的。在使用转移指令和调用指令时要注意转移范围和调用范围。

(8) 位操作指令又称为布尔操作指令，采用的是位寻址方式。

(9) 程序设计语言按语言结构可分为三大类，即机器语言、汇编语言和高级语言。在目前单片机的开发应用中，经常采用 C 语言和汇编语言共同编写程序。

(10) 汇编语言是面向机器的程序设计语言，对于 CPU 不同的单片机，其汇编语言一般是不同的。在进行汇编语言源程序设计时，必须严格遵循汇编语言的格式和语法规则。

(11) 汇编语言源程序是由汇编语句构成的。汇编语句可分为两大类：指令性语句和指示性语句。

(12) 汇编语言程序具有顺序结构、循环结构、分支结构和子程序结构四种结构形式。实际的应用程序一般都由一个主程序和多个子程序构成，即采用模块化的程序设计方法。

思考题与习题

1. 在 MCS-51 系列单片机指令系统中有哪些寻址方式？相应的寻址空间在何处？请举例说明。

2. 什么是源操作数？什么是目的操作数？通常在指令中如何区分？

3. 专用寄存器 PSW 起什么作用？它能反映哪些指令的运行状态？

4. 片内 RAM 20H～2FH 中的 128 个位地址与直接地址 00H～7FH 的形式完全相同，如何在指令中区分出位寻址操作和直接寻址操作？

5. 将片内 RAM 60H 单元的内容传送到片内 70H 单元，试用不同的方法实现。

6. 写出下列指令中源操作数的寻址方式。

```
MOV A,40H
MOV P1,#0F0H
MOV A,@R0
MOVX A,@DPTR
MOVC A,@A+DPTR
```

7. 已知(A)＝7AH，(R0)＝30H，(30H)＝A5H，(PSW)＝80H，写出下列各条指令执行后 A 和 PSW 的内容。

① XCH A,R0　　② XCH A,30H

③ XCH A,@R0　　④ XCHD A,@R0

⑤ SWAP A　　⑥ ADD A,R0

⑦ ADD A,30H　　⑧ ADD A,#30H

⑨ ADDC A,30H　　⑩ SUBB A,#30H

8. 试写出完成以下每种操作的指令序列。

① 将 R0 的内容传送到 R1。

② 将内部 RAM 单元 50H 的内容传送到寄存器 R2。

③ 将外部 RAM 单元 1000H 的内容传送到外部 RAM 单元 2000H。

9. 试编写程序，完成两个 16 位数的减法：7F4DH－2B4EH，结果存入内部 RAM 的 30H 和 31H 单元。31H 单元存差的高 8 位，30H 单元存差的低 8 位。

10. 试编写程序，将 R1 中的低 4 位数与 R2 中的高 4 位数合并成一个 8 位数，并将其存放在 R1 中。

11. 试编写程序，将内部 RAM 的 20H 和 21H 单元的两个无符号数相乘，结果存放在 R2 和 R3 中。R2 中存放高 8 位，R3 中存放低 8 位。

12. 编写程序完成将片外数据存储器地址为 1000H～1030H 的数据块传送到片内 RAM 30H～60H 中，并将原数据块区域全部清“0”。

13. 某温室内的温度要求在 15～30℃之间，采集的温度值 T 放在累加器 A 中。若采集到的温度 $T>30$℃，程序转向降温处理程序；若 $T<15$℃，则程序转向升温处理程序；若 $15^{\circ}\leqslant T\leqslant 30$℃，则程序转向返回主程序。

第4章

80C51的定时器/计数器与中断系统

学习目的

(1) 了解80C51定时器/计数器的结构与工作原理。

(2) 了解中断的概念和中断的功能。

(3) 掌握80C51定时器/计数器工作方式的特点及应用。

(4) 掌握80C51中断系统的结构、处理过程和使用方法。

学习重点和难点

(1) 定时器/计数器的初始化。

(2) 中断系统的结构、处理过程和使用方法。

(3) 定时器/计数器与中断的综合应用。

(4) 外部中断源的扩展方法。

4.1 80C51定时器/计数器的结构与原理

在计算机控制系统中,经常要求有一些实时时钟,以实现定时控制、定时测量,有时也要求对外部事件进行计数,所以我们会遇到定时/计数的问题。要实现定时/计数,有3种主要方法:软件定时、硬件定时和可编程定时器/计数器。本节介绍80C51可编程定时器/计数器。

1. 定时器/计数器的结构

80C51定时器/计数器由定时器0、定时器1、定时器方式寄存器TMOD和定时器控制寄存器TCON四部分组成。定时器/计数器的结构如图4-1所示,各部分的功能说明如下所示。

(1) 定时器0(T0)和定时器1(T1)

① 80C51单片机内部有两个16位的可编程定时器/计数器,称为定时器0(简称T0)和定时器1(简称T1),通过编程来选择作为定时器用或作为计数器用。

② 16位的定时器/计数器分别由两个8位寄存器组成,即T0由TH0和TL0构成,T1由TH1和TL1构成,TL0、TL1、TH0和TH1的访问地址依次为8AH、8BH、8CH和8DH。每个寄存器均可单独访问,这些寄存器是用于存放定时初值或计数初值的。

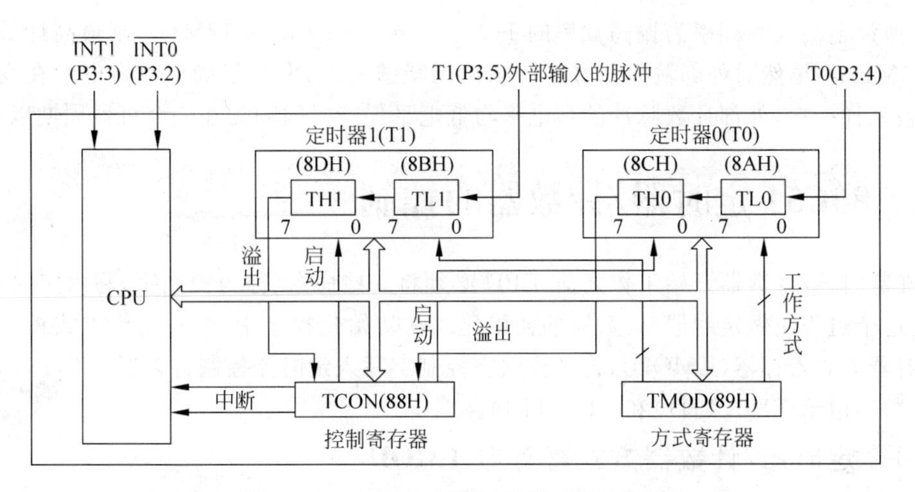

图 4-1　80C51 定时器/计数器逻辑结构图

③ 定时器 0 或定时器 1 用作计数器时，对于芯片引脚 T0(P3.4)或 T1(P3.5)上输入的脉冲计数，每输入一个脉冲，加法计数器加 1；用作定时器时，对内部机器周期脉冲计数，由于机器周期是定值，故计数值确定时，时间随之确定。

(2) 方式寄存器 TMOD 和控制寄存器 TCON

TMOD、TCON 与定时器 0、定时器 1 间通过内部总线及逻辑电路连接。TMOD 用于设置定时器的工作方式，TCON 用于控制定时器的启动与停止，并保存 T0 和 T1 的溢出和中断标志。

2. 80C51 定时器/计数器的原理

16 位的定时器/计数器实质上是一个加 1 计数器，可实现定时和计数两种功能，其功能由软件设置和控制。

(1) 定时功能

当定时器/计数器设置为定时工作方式时，计数器的加 1 信号由振荡器的 12 分频信号产生，即每过一个机器周期，计数器加 1，直至计满溢出。定时器的定时时间与系统的时钟频率有关。因为一个机器周期等于 12 个时钟周期，所以计数频率 f_c 应为系统时钟频率 f_{osc} 的 $\frac{1}{12}$，即 $f_c=\frac{1}{12}f_{osc}$。例如，单片机的晶振频率为 $f_{osc}=12\text{MHz}$，则计数周期为 $f_c=\frac{1}{12}\times 12\text{MHz}=1\mu\text{s}$。这是最短的定时周期。通过改变定时器的定时初值，并适当选择定时器的长度(8 位、13 位或 16 位)，可以调整定时时间。

(2) 计数功能

当定时器/计数器设置为计数工作方式时，计数器对来自外部输入引脚 T0(P3.4)和 T1(P3.5)的信号进行计数，外部脉冲的下降沿将触发计数。在每个机器周期的 S5P2 期间采样外部引脚输入电平，若前一个机器周期采样值为 1，后一个机器周期采样值为 0，则计数器加 1。新的计数值是在检测到外部输入引脚电平发生 1 到 0 的负跳变后，于下一个机器周期的 S3P1 期间装入计数器的。可见，检测一个由 1 到 0 的负跳变需要两个机器周期，所以最高检测频率为振荡频率的 1/24。如果晶振频率为 12MHz，则最高计数频率为 0.5MHz。虽然对外部输入信号的占空比无特殊要求，但为了确保给定电平在变化前至少被采样一次，外部计数脉冲的高电平与低电平保持时间均需在一个机器周期以上。

4.2 80C51 定时器/计数器的控制

在定时器/计数器开始工作之前，CPU 必须将一些命令(称为控制字)写入定时器/计数器，这个过程叫做定时器/计数器的初始化。在初始化程序中，要将工作方式控制字写入定时器方式寄存器(TMOD)，将工作状态控制字写入定时器控制寄存器(TCON)，赋定时/计数初值给 TH0(TH1)和 TL0(TL1)。

4.2.1 定时器/计数器方式寄存器 TMOD

定时器/计数器方式寄存器 TMOD 的作用是设置 T0 和 T1 的工作方式。TMOD 的格式如下所示：

	D7	D6	D5	D4	D3	D2	D1	D0
TMOD (89H)	GATE	$C/\overline{T}$	M1	M0	GATE	$C/\overline{T}$	M1	M0
	定时器1(T1)				定时器0(T0)			

TMOD 的低 4 位为定时器 0 的方式字段，高 4 位为定时器 1 的方式字段，它们的含义完全相同，各位的功能含义如下所示。

(1) M1 和 M0 的功能。M1 和 M0 的功能如表 4-1 所示。

表 4-1 M1 和 M0 的功能

M1	M0	工作方式	功能说明
0	0	方式 0	13 位计数器
0	1	方式 1	16 位计数器
1	0	方式 2	自动重装入初值 8 位计数器
1	1	方式 3	定时器 0：分为两个独立的 8 位计数器；定时器 1：停止计数

(2) $C/\overline{T}$：功能选择位。当 $C/\overline{T}=0$ 时，以定时器方式工作；当 $C/\overline{T}=1$ 时，以计数器方式工作。

(3) GATE：门控位。当 GATE＝0 时，软件启动定时器，用指令“SETB TR1”使 TCON 中的 TR1(TR0)置“1”，即可启动定时器 1(定时器 0)。

当 GATE＝1 时，软件和硬件共同启动定时器，用指令使 TCON 中的 TR1(TR0)置“1”时，还需要外部中断 $\overline{INT0}$(P3.2)或 $\overline{INT1}$(P3.3)引脚输入高电平方可启动定时器 1(定时器 0)。TMOD 不能位寻址，只能用字节指令设置高 4 位定义定时器 1，低 4 位定义定时器 0。复位时，TMOD＝00H，即所有位均置“0”。

4.2.2 定时器/计数器控制寄存器 TCON

定时器/计数器控制寄存器 TCON 的作用是控制定时器的启动与停止，并保存 T0 和 T1 的溢出和中断标志。TCON 的格式如下所示：

TCON (88H)	8FH	8EH	8DH	8CH	8BH	8AH	89H	88H
	TF1	TR1	TF0	TR0	IE1	IT1	IE0	IT0
	控制定时器/计数器的启停和中断请求				控制外部中断与定时器/计数器无关			

TCON 中的高 4 位用于控制定时器/计数器的启停和中断请求，各位的功能含义如下所示。

(1) TF1(TCON.7 位)：定时器 1 溢出标志位。当定时器 1 计满数产生溢出时，由硬件自动置 TF1=1。在中断允许时，向 CPU 发出定时器 1 的中断请求；进入中断服务程序后，由硬件自动清"0"。在中断屏蔽(以查询方式工作)时，TF1 可作溢出查询测试用(判断该位是否为 1)，此时只能由软件清"0"(用指令"JBC TF1，rel")。

(2) TR1(TCON.6 位)：定时器 1 启停控制位。当 GATE=0 时，用指令使 TR1 置"1"，即启动定时器 1 工作；若用指令使 TR1 清"0"，则停止定时器 1 工作。当 GATE=1 时，用指令使 TR1 置"1"的同时，外部中断$\overline{\text{INT1}}$(P3.3)的引脚输入高电平，才能启动定时器 1 工作。

(3) TF0(TCON.5 位)：定时器 0 溢出标志位，其功能及操作情况同 TF1。

(4) TR0(TCON.4 位)：定时器 0 启停控制位，其功能及操作情况同 TR1。

TCON 中的低 4 位用于控制外部中断，与定时器/计数器无关，将在 4.4.4 小节详细介绍。

(5) IE1(TCON.3 位)：外部中断 1($\overline{\text{INT1}}$)请求标志位。

(6) IT1(TCON.2 位)：外部中断 1($\overline{\text{INT1}}$)触发方式选择位。

(7) IE0(TCON.1 位)：外部中断 0($\overline{\text{INT0}}$)请求标志位。

(8) IT0(TCON.0 位)：外部中断 0($\overline{\text{INT0}}$)触发方式选择位。

当系统复位时，TCON 的所有位均清"0"。TCON 的字节地址为 88H，可以位寻址，清溢出标志位或启动定时器都可以用位操作指令(如"SETB TR1"、"JBC TF1，LOOP")。

4.2.3　定时器/计数器的初始化

1. 定时器/计数器的初始化步骤

由于定时器/计数器的功能是由软件编程确定的，所以，一般在使用定时器/计数器前都要对其进行初始化。初始化步骤如下所示：

(1) 确定定时器/计数器的工作方式，确定方式控制字，并写入 TMOD。

(2) 预置定时初值或计数初值，根据定时时间或计数次数，计算定时初值或计数初值，并写入 TH0、TL0 或 TH1、TL1。

(3) 根据需要开启定时器/计数器的中断，直接对 IE 寄存器中的相应位(EA、EX0、EX1、ET0、ET1)赋值。

(4) 启动定时器/计数器工作，将 TCON 中的 TR1 或 TR0 置"1"。

2. 定时或计数初值的计算

定时器/计数器的初值是由工作方式确定的，其定时或计数初值的计算如表 4-2 所示。

表 4-2 定时或计数初值的计算方法

工作方式	计数位数	最大计数值为 M 个脉冲 $f_{osc}=12\text{MHz}$	最大定时时间 T $f_{osc}=12\text{MHz}$	最大定时时间 T $f_{osc}=6\text{MHz}$	定时初值 X	计数初值 X
方式 0	13	$M=2^{13}=8192$ $=2000\text{H}$	$T=2^{13}\times T_{机}$ $=8.19\text{ms}$	$T=2^{13}\times T_{机}$ $=16.384\text{ms}$	$X=2^{13}-\dfrac{T}{T_{机}}$	$X=2^{13}-$计数值
方式 1	16	$M=2^{16}=65536$ $=10000\text{H}$	$T=2^{16}\times T_{机}$ $=65.5\text{ms}$	$T=2^{16}\times T_{机}$ $=131.072\text{ms}$	$X=2^{16}-\dfrac{T}{T_{机}}$	$X=2^{16}-$计数值
方式 2	8	$M=2^{8}=256$ $=100\text{H}$	$T=2^{8}\times T_{机}$ $=256\mu\text{s}$	$T=2^{8}\times T_{机}$ $=0.512\text{ms}$	$X=2^{8}-\dfrac{T}{T_{机}}$	$X=2^{8}-$计数值
方式 3 (T0)	TL0 8	$M=2^{8}=256$ $=100\text{H}$	$T=2^{8}\times T_{机}$ $=0.256\text{ms}$	$T=2^{8}\times T_{机}$ $=0.512\text{ms}$	$X=2^{8}-\dfrac{T}{T_{机}}$	$X=2^{8}-$计数值
	TH0 8	$M=2^{8}=256$ $=100\text{H}$	$T=2^{8}\times T_{机}$ $=0.256\text{ms}$	$T=2^{8}\times T_{机}$ $=0.512\text{ms}$	$X=2^{8}-\dfrac{T}{T_{机}}$	

注：

- 表中 T 表示定时时间，$T_{机}$ 表示机器周期$\left(T_{机}=12\times\dfrac{1}{f_{osc}}\right)$。
- 计数初值公式中的计数值为脉冲个数。
- 在方式 3 中只讨论 T0。T0 被分为两个独立的 8 位计数器 TL0 和 TH0。TL0 可定时，亦可计数；TH0 只能用作简单的内部定时，不能用作对外部脉冲进行计数。

【例 4-1】 定时器 1(T1)采用方式 1 来定时，要求每 50ms 溢出一次，如采用 12MHz 晶振，则计数周期 $T_{机}=1\mu\text{s}$，求定时初值 X。

解 根据定时初值 X 的计算公式可得：

$$X=2^{16}-\frac{T}{T_{机}}=65536-\frac{50\times1000}{1}=65536-50000=15536=3\text{CB0H}$$

【例 4-2】 求定时器 1(T1)采用方式 0、方式 1 和方式 2 来计 100 个脉冲的计数初值 X。

解 根据计数初值 X 的计算公式可得：

方式 0：$X=2^{13}-$计数值$=8192-100=8092=$1F9CH

方式 1：$X=2^{16}-$计数值$=65536-100=65436=$FF9CH

方式 2：$X=2^{8}-$计数值$=256-100=156=$9CH

3. 定时或计数初值的装入

现以例 4-2 的计数初值 X 为例，介绍定时器/计数器在不同工作方式下初值的装入方法。

① 方式 0 是 13 位定时器/计数器。若采用定时器/计数器 T1，则计数初值 X 的高 8 位装入 TH1，低 5 位装入 TL1 的低 5 位(TL1 的高 3 位无效，可填补 0)。所以，要装入 1F9CH 初值，应按照如下方法进行：

```
1F9CH = 0001 1111 1001 1100B
```

把 13 位中的高 8 位 11111100B 装入 TH1，把 13 位中的低 5 位×××11100B 装入 TL1(×××用“0”填入)。用指令来装入计数初值如下所示：

```
MOV TH1,#0FCH                ;#FCH→TH1
MOV TL1,#1CH                 ;#1CH→TL1
```

② 方式 1 是 16 位定时器/计数器。若采用定时器/计数器 T1，则计数初值 X 的高 8 位装入 TH1，低 8 位装入 TL1，用指令来装入计数初值如下所示：

```
MOV TH1,#0FFH                    ;#0FFH→TH1
MOV TL1,#9CH                     ;#9CH→TL1
```

③ 方式 2 是自动重装入初值 8 位定时器/计数器，只要装入一次，以后就自动装入初值。若采用定时器/计数器 T1，则计数初值 X 既要装入 TH1，也要装入 TL1。用指令来装入计数初值如下所示：

```
MOV TH1,#9CH                     ;#9CH→TH1
MOV TL1,#9CH                     ;#9CH→TL1
```

4.3　80C51 定时器/计数器的工作方式及应用

通过对方式寄存器 TMOD 中 M0 和 M1 位进行设置，可选择四种工作方式，即方式 0、方式 1、方式 2 和方式 3，下面逐一进行介绍。

1. 方式 0

方式 0 构成一个 13 位定时器/计数器，以定时器 0 为例。图 4-2 所示是方式 0 的逻辑结构，定时器 1 的结构和操作与定时器 0 完全相同。

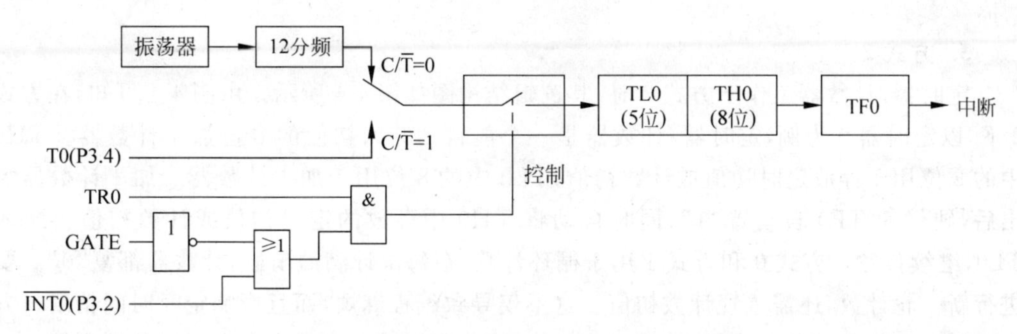

图 4-2　定时器 0 在方式 0 时的逻辑结构图

由图 4-2 可知，定时器/计数器是由 TL0 中的低 5 位和 TH0 中的高 8 位组成一个 13 位加 1 计数器(TL0 中的高 3 位不用)；若 TL0 中的第 5 位有进位，直接进到 TH0 中的最低位。TH0 溢出时，向中断位 TF0 进位(硬件自动置位)，并申请中断。

当 $C/\overline{T}=0$ 时，多路开关连接 12 分频器输出，定时器 0 对机器周期进行计数。此时，定时器 0 为定时器。

当 $C/\overline{T}=1$ 时，多路开关与 T0(P3.4)相连，外部计数脉冲由 T0 脚输入。当外部信号电平发生由 0 到 1 的负跳变时，计数器加 1。此时，定时器 0 为计数器。

当门控位 GATE=0 时，或门输出始终为 1，与门被打开，与门的输出电平始终与 TR0 的电平一致，实现由 TR0 控制定时器/计数器的启动和停止。若软件使 TR0 置“1”，接通控制开关，启动定时器 0，13 位加 1 计数器在定时初值或计数初值的基础上进行加 1 计数；溢出时，13 位加 1 计数器为 0，TF0 由硬件自动置“1”，并申请中断。如要循环计数，则定时器 0 需重置初值，且需用软件将 TF0 复位，可采用重置初值语句和 JBC 指令。若软件使 TR0 清“0”，关断控制开关，停止定时器 0，加 1 计数器停止计数。

当 GATE = 1 时，与门的输出由输入电平和 TR0 位的状态来确定。若 TR0 = 1，则与门打开，外部信号 $\overline{\text{INT0}}$ 电平通过引脚直接开启或关断定时器 0，当为高电平时，允许计数，否则停止计数；若 TR0 = 0，则与门被封锁，控制开关被关断，停止计数。

2. 方式 1

定时器工作于方式 1 时，其逻辑结构图如图 4-3 所示。在方式 1 下，以定时器 0 为例，定时器/计数器是由 TL0 中的 8 位和 TH0 中的 8 位组成一个 16 位加 1 计数器。方式 1 的结构与操作几乎完全与方式 0 相同，最大的区别是方式 1 的加 1 计数器是 16 位的。

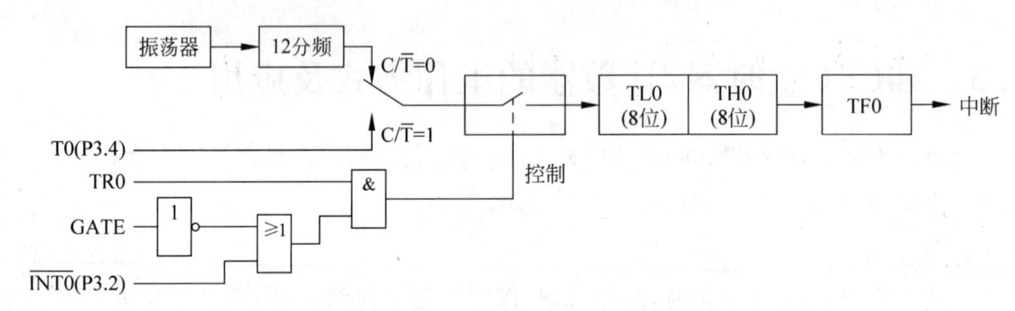

图 4-3 定时器 0 在方式 1 时的逻辑结构图

3. 方式 2

定时器/计数器工作于方式 2 时，其逻辑结构图如图 4-4 所示。由图 4-4 可知，在方式 2 下，以定时器 0 为例，定时器/计数器是一个能自动装入初值的 8 位加 1 计数器。TH0 中的 8 位用于存放定时初值或计数初值，TL0 中的 8 位用于加 1 计数器。加 1 计数器溢出后，硬件使 TF0 自动置“1”，同时自动将 TH0 中存放的定时初值或计数初值再装入 TL0，继续计数。方式 0 和方式 1 用于循环计数，在每次计满溢出后，计数器都复“0”。要进行新一轮计数，还需重置计数初值。这不仅导致编程麻烦，而且影响定时时间精度。方式 2 具有初值自动装入功能，避免了上述缺陷，适合用于较高精度的定时信号发生器。

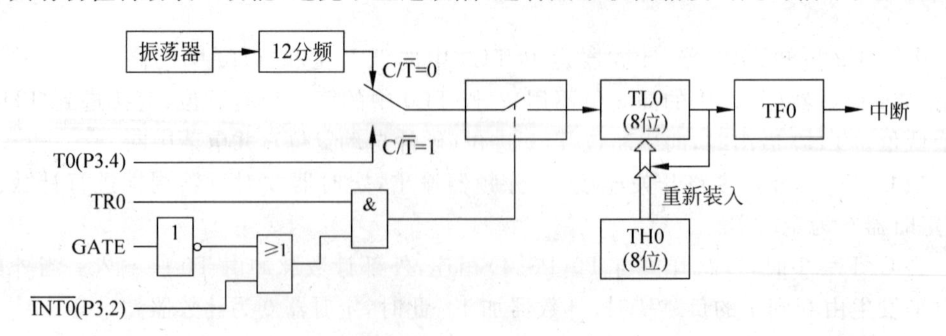

图 4-4 定时器 0 在方式 2 时的逻辑结构图

4. 方式 3

定时器/计数器 0 工作于方式 3 时，其逻辑结构图如图 4-5 所示。由图可知，定时器/

计数器 0 工作于方式 3 时，定时器 0 分为两个独立的 8 位加 1 计数器 TH0 和 TL0。其中，TL0 既可用于定时，也能用于计数；TH0 只能用于定时。

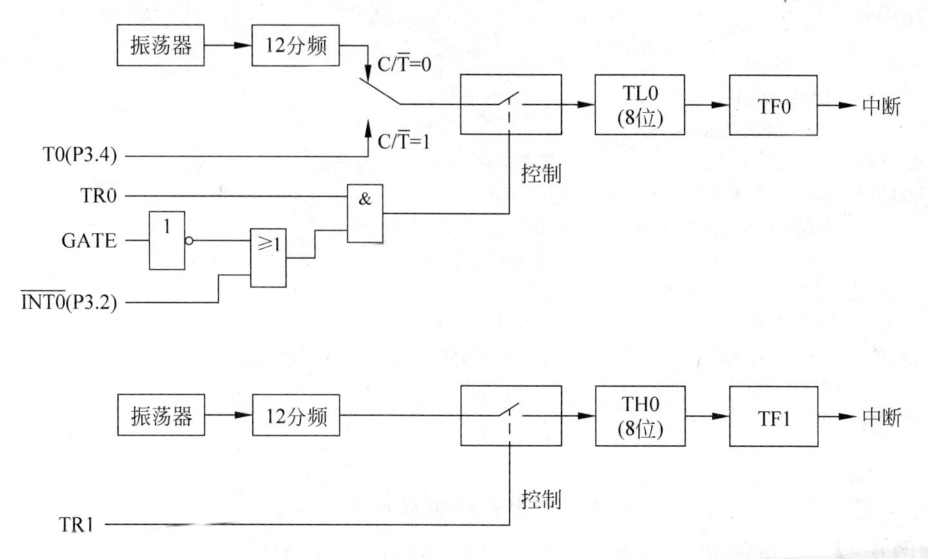

图 4-5　定时器 0 在方式 3 时的逻辑结构图

在方式 3 下，TL0 占用原 T0 的各控制位、引脚和中断源，即 C/$\overline{T}$、GATE、TR0、TF0 和 T0(P3.4)引脚、$\overline{INT0}$(P3.2)引脚；而 TH0 占用原定时器 1 的控制位 TF1 和 TR1，同时占用定时器 1 的中断源，其启动和关闭仅受 TR1 置“1”或清“0”控制。TH0 只能对机器周期进行计数，因此 TH0 只能用作简单的内部定时，不能用作对外部脉冲进行计数，是定时器 0 附加的一个 8 位定时器。

5. 定时器/计数器的编程应用

定时器/计数器是单片机应用系统中的重要部件，通过下面的实例可以看出，灵活应用定时器/计数器可提高编程技巧，减轻 CPU 的负担，简化外围电路。

【例 4-3】　如图 4-6 所示，P1 口中接有 8 个发光二极管，编程使 8 个管轮流点亮，每个管亮 100ms，采用定时器 T0 方式 1，设晶振为 6MHz。

分析：利用 T0 完成 100ms 的定时，当 P1 口线输出高电平“1”时，发光二极管亮。每隔 100ms，“1”左移一次。采用定时方式 1，先计算定时初值。

因为

$$T_{机}=12\times\frac{1}{f_{osc}}=12\times\frac{1}{6}=2\mu s$$

$$\frac{T}{T_{机}}=\frac{100ms}{2\mu s}=50000=C350H$$

所以定时初值为：

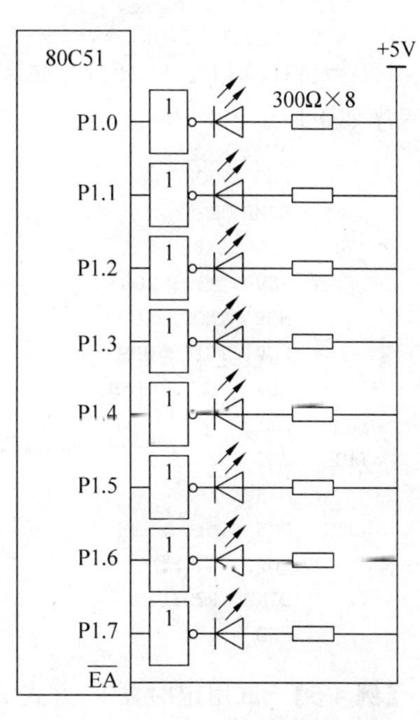

图 4-6　例 4-3 电路图

$$X=2^{16}-\frac{T}{T_{机}}=10000H-C350H=3CB0H$$

程序如下：

```
          ORG 0000H
          LJMP MAIN
          ORG  0100H
MAIN :    MOV  A,＃01H          ;置第一个 LED 亮
LOOP0:    MOV  P1,A
          MOV  TMOD,＃01H       ;T0 工作于方式 1
          MOV  TH0,＃3CH        ;置定时器初值
          MOV  TL0,＃0B0H       ;定时 100ms
          SETB TR0              ;启动 T0
LOOP1:    JBC TF0,LOOP2         ;100ms 到,转 LOOP2,并清 TF0
          SJMP LOOP1
LOOP2:    RL A
          SJMP LOOP0
```

思考题：若例 4-3 采用定时 T1，以上程序怎样修改？

【例 4-4】 用定时器 1、方式 0 实现 1s 的延时，$f_{osc}=12MHz$。

解 因方式 0 采用 13 位计数器，其最大定时时间为 $8192\times1\mu s=8.192ms$，可选择定时时间为 5ms，再循环 200 次，则定时器 1 的初值为：

$$X=M-\frac{T}{T_{机}}=8192-\frac{5ms}{1\mu s}=3192=0C78H=0000110001111000B$$

因 13 位计数器中 TL1 的高 3 位未用，应填写"0"；TH1 占高 8 位，所以 X 的实际填写值如下所示：

$$X=0110001100011000B=6318H$$

即 TH1 = 63H，TL1 = 18H。又因采用方式 0 定时，故 TMOD = 00H。可编得 1s 延时子程序如下所示：

```
          ORG 0000H
          LJMP DELAY
          ORG  0100H
DELAY:    MOV   R3,＃200        ;置 5ms 计数循环初值
          MOV  TMOD,＃00H       ;设定时器 1 为方式 0
          MOV  TH1,＃63H        ;置定时器初值
          MOV   TL1,＃18H
          SETB  TR1             ;启动 T1
  LP1:    JBC  TF1,LP2          ;查询计数溢出
          SJMP  LP1             ;未到 5ms,继续计数
  LP2:    MOV  TH1,＃63H        ;重新置定时器初值
          MOV   TL1,＃18H
          DJNZ  R3,LP1          ;未到 1s,继续循环
          END
```

【例 4-5】 试用定时器 0、方式 2 实现 1s 的延时，$f_{osc}=12MHz$。

解 因方式 2 是 8 位计数器，其最大定时时间为 $256\times1=256\mu s$，为实现 1s 延时，可

选择定时时间为250μs,再循环4000次。定时时间选定后,可确定计数值为250,则定时器0的初值为:

$$X = M - \text{计数值} = 256 - 250 = 6 = 6\text{H}$$

采用定时器0、方式2工作,因此TMOD =02H。

可编得1s延时子程序如下所示:

```
        ORG 0000H
        LJMP DELAY
        ORG 0100H
DELAY:  MOV   R5,#28H          ;置25ms计数循环初值
        MOV   R6,#64H          ;置250μs计数循环初值
        MOV   TMOD,#02H        ;置定时器0为方式2
        MOV   TH0,#06H         ;置定时器初值
        MOV   TL0,#06H
        SETB  TR0              ;启动定时器
LOOP1:  JBC   TF0,LOOP2        ;查询计数溢出
        SJMP  LOOP1            ;无溢出,则继续计数
LOOP2:  DJNZ  R6,LOOP1         ;未到25ms,继续循环
        MOV   R6,#64H
        DJNZ  R5,LOOP1         ;未到1s,继续循环
        END
```

【例4-6】 试用定时器0、方式3实现1s的延时,f_{osc}=12MHz。

解 根据题意,定时器0中的TH0只能为定时器,定时时间可设为250μs;TL0设置为计数器,计数值可设为200。TH0计满溢出后,用软件复位的方法使T0(P3.4)引脚产生负跳变,TH0每溢出一次,T0引脚产生一个负跳变,TL0便计数一次。TL0计满溢出时,延时时间应为50ms,循环20次便可得到1s的延时。

由上述分析可知,TH0计数初值如下所示:

$$X = 256 - 250 = 6 = 06\text{H}$$

TL0计数初值为:

$$X = 256 - 200 = 56 = 38\text{H}$$

$$\text{TMOD} = 00000111\text{B} = 07\text{H}$$

可编得1s延时子程序如下所示:

```
        ORG 0000H
        LJMP DELAY
        ORG 0100H
DELAY:  MOV R3,#14H            ;置100ms计数循环初值
        MOV   TMOD,#07H        ;置定时器0为方式3计数
        MOV TH0,#06H           ;置TH0初值
        MOV   TL0,#38H         ;置TL0初值
        SETB TR0               ;启动TL0
        SETB   TR1             ;启动TH0
LOOP1:  JBC   TF1,LOOP2        ;查询TH0计数溢出
        SJMP  LOOP1            ;未到500μs,继续计数
LOOP2:  MOV   TH0,#06H         ;重置TH0初值
```

```
        CLR   P3.4           ;T0引脚产生负跳变
        NOP                  ;负跳变持续
        NOP
        SETB   P3.4          ;T0引脚恢复高电平
        JBC  TF0,LOOP3       ;查询TH0计数溢出
        SJMP     LOOP1       ;100ms未到,继续计数
LOOP3:  MOV     TL0,#38H     ;重置TL0初值
        DJNZ R3,LOOP1        ;未到1s,继续循环
        END
```

4.4 80C51的中断系统

中断是通过硬件来改变CPU的运行方向的。当CPU在执行程序时,由内部或外部的原因引起的随机事件要求CPU暂时停止正在执行的程序,而转向执行一个用于处理该随机事件的程序,处理完后又返回被中止的程序断点处继续执行,这一过程就称为中断。

中断之后所执行的相应的处理程序通常称为中断服务或中断处理子程序,原来正常运行的程序称为主程序。主程序被断开的位置(或地址)称为断点。引起中断的原因,或能发出中断申请的来源,称为中断源。中断源要求服务的请求称为中断请求(或中断申请)。

4.4.1 中断的特点及功能

1. 中断的特点

(1) 提高CPU的效率

中断可以解决高速的CPU与低速的外设之间的矛盾,使CPU和外设并行工作。CPU在启动外设工作后继续执行主程序,同时外设也在工作。每当外设做完一件事,就发出中断申请,请求CPU中断它正在执行的程序,转去执行中断服务程序。中断处理完之后,CPU恢复执行主程序,外设也继续工作。这样,CPU可启动多个外设同时工作,大大地提高了CPU的效率。

(2) 实时处理

在实时控制系统中,工业现场的各种参数和信息都会随时间而变化。这些外界变量可根据要求随时向CPU发出中断申请,请求CPU及时处理中断请求。如果满足中断条件,CPU会立刻响应,转入中断处理,从而实现实时处理。

(3) 故障处理

控制系统的故障和紧急情况是难以预料的,如掉电、设备运行出错等,可通过中断系统由故障源向CPU发出中断请求,再由CPU转到相应的故障处理程序进行处理。

2. 中断的功能

(1) 实现中断响应和中断返回

当CPU收到中断请求后,CPU要根据相关条件(如中断优先级、是否允许中断)进行判断,决定是否响应这个中断请求。若响应,则在执行完当前指令后立刻响应这一中断请求。

CPU 的中断过程为：第一步，将断点处的 PC 值(即下一条应执行指令的地址)压入堆栈保留下来(这称为保护断点，由硬件自动执行)。第二步，将有关的寄存器内容和标志 PSW 状态压入堆栈保留下来(这称为保护现场，由用户自己编程完成)。第三步，执行中断服务程序。第四步，中断返回，CPU 将继续执行原主程序。

中断返回过程为：首先恢复原保留寄存器的内容和标志位的状态，这称为恢复现场，由用户编程完成。然后，加返回指令 RETI，RETI 指令的功能是恢复 PC 值，使 CPU 返回断点，这称为恢复断点。

(2) 实现优先权排队

中断优先权也称为中断优先级。在中断系统中存在着多个中断源，在同一时刻可能会有不止一个中断源提出中断请求，因此需要给所有中断源安排不同的优先级别。CPU 可通过中断优先级排队电路首先响应中断优先级高的中断请求，等到处理完优先级高的中断请求后，再来响应优先级低的中断请求。

(3) 实现中断嵌套

当 CPU 响应某一中断时，若有中断优先级更高的中断源发出中断请求，CPU 会暂停正在执行的中断服务程序，并保留这个程序的断点，转向执行中断优先级更高的中断源的中断服务程序，等处理完这个高优先级的中断请求后，再返回继续执行被暂停的中断服务程序，这个过程称为中断嵌套。

80C51 中断可实现两级中断嵌套。高优先级中断源可中断正在执行的低优先级中断服务程序，除非执行了低优先级中断服务程序的 CPU 关中断指令。同级或低优先级的中断不能中断正在执行的中断服务程序。

4.4.2　80C51 中断系统的结构及中断源

1. 80C51 中断系统的结构

80C51 的中断系统有 5 个中断源，2 个优先级，可实现二级中断嵌套。中断系统结构如图 4-7 所示。由图可知，与中断有关的有：①4 个寄存器，分别为中断源寄存器 TCON 和 SCON、中断允许控制寄存器 IE 和中断优先级控制寄存器 IP。②5 个中断源，分别为外部中断 0 请求($\overline{\text{INT0}}$)、外部中断 1 请求($\overline{\text{INT1}}$)、定时器 0 溢出中断请求 TF0、定时器 1 溢出中断请求 TF1 和串行中断请求 RI 或 TI。③中断优先级控制寄存器 IP 和顺序查询逻辑电路，共同决定 5 个中断源的排列顺序。5 个中断源分别对应 5 个固定的中断入口地址。

2. 80C51 的中断源

80C51 有以下 5 个中断源。

(1) $\overline{\text{INT0}}$：外部中断 0 请求，由 80C51 的 P3.2 脚输入，可由 IT0(TCON.0 位)选择其为低电平有效还是下降沿有效。当 CPU 检测到 P3.2 引脚上出现有效的中断信号时，中断标志 IE0(TCON.1 位)置“1”，向 CPU 申请中断。中断服务程序入口地址为 0003H。

(2) $\overline{\text{INT1}}$：外部中断 1 请求，由 80C51 的 P3.3 脚输入，可由 IT1(TCON.2 位)选择其为低电平有效还是下降沿有效。当 CPU 检测到 P3.3 引脚上出现有效的中断信号时，中断标志 IE1(TCON.3 位)置“1”，向 CPU 申请中断。中断服务程序入口地址为 0013H。

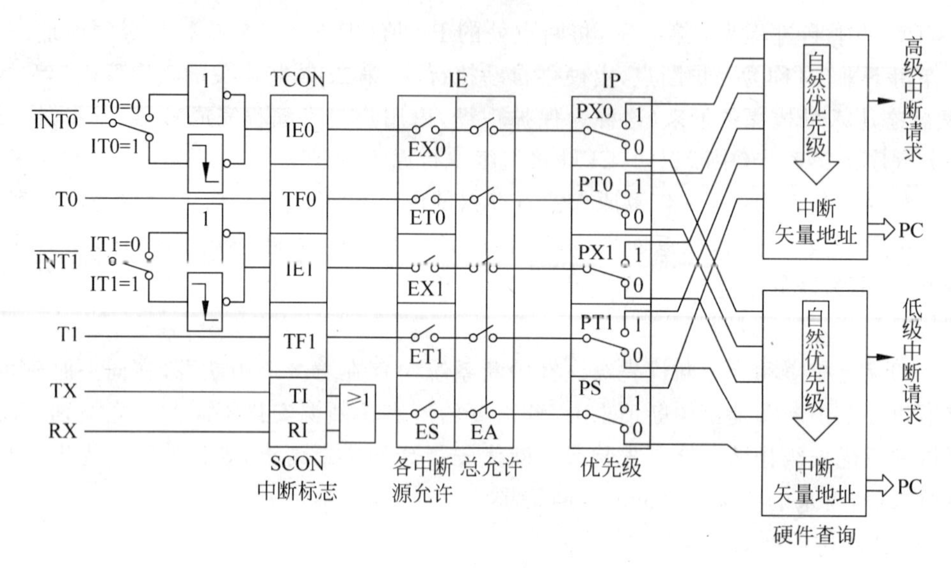

图 4-7 80C51 中断系统结构图

(3) TF0：定时器 T0 溢出中断请求。当定时器 T0 产生溢出时，定时器 T0 中断请求标志位（TCON.5 位）置“1”（由硬件自动执行），向 CPU 申请中断。中断服务程序入口地址为 000BH。

(4) TF1：定时器 T1 溢出中断请求。当定时器 T1 产生溢出时，定时器 T1 中断请求标志位（TCON.7 位）置“1”（由硬件自动执行），向 CPU 申请中断。中断服务程序入口地址为 001BH。

(5) RI 或 TI：串行中断请求。当串行口接收完一帧串行数据时置位 RI（SCON.0 位）（由硬件自动执行），或当串行口发送完一帧串行数据时置位 TI（SCON.1 位），向 CPU 申请中断。中断服务程序入口地址为 0023H。

4.4.3 80C51 中断的控制

1. 定时器控制寄存器 TCON

定时器控制寄存器 TCON 的作用是控制定时器的启动与停止，并保存 T0、T1 的溢出中断标志和外部中断$\overline{INT0}$、$\overline{INT1}$的中断标志。

TCON 寄存器的格式和各位定义如下所示：

	8FH	8EH	8DH	8CH	8BH	8AH	89H	88H
TCON (88H)	TF1	TR1	TF0	TR0	IE1	IT1	IE0	IT0
	控制定时器/计数器的启停和中断请求				控制外部中断与定时器/计数器无关			

其中，TF1、TR1、TF0 和 TR0 这 4 位是控制定时器的启动与停止的，在 4.2.2 小节中已经详细讨论过，下面只作简单介绍。

(1) TF1（TCON.7 位）：定时器 1 溢出标志位。定时器 1 被启动计数后，从初值开始做加 1 计数，计满溢出后由硬件自动使 TF1 置“1”，并申请中断。此标志一直保持到 CPU 响应中断后，才由硬件自动清“0”；也可用软件查询该标志，并由软件清“0”。

(2) TR1(TCON.6 位)：定时器 1 启停控制位。

(3) TF0(TCON.5 位)：定时器 0 溢出标志位，其功能同 TF1。

(4) TR0(TCON.4 位)：定时器 0 启停控制位，其功能同 TR1。

以下这 4 位直接与中断有关，需详细讨论。

(5) IT1(TCON.2 位)：外部中断 1($\overline{\text{INT1}}$)触发方式选择位。

当 IT1＝0 时，外部中断 1 为电平触发方式。在这种方式下，CPU 在每个机器周期的 S5P2 期间对 $\overline{\text{INT1}}$(P3.3)引脚采样。若为低电平，则认为有中断申请，硬件自动使 IE1 标志置“1”；若为高电平，则认为无中断申请或中断申请已撤销，硬件自动使 IE1 标志清“0”。在电平触发方式中，CPU 响应中断后不能由硬件自动使 IE1 清“0”，也不能由软件使 IE1 清“0”，所以在中断返回前必须撤销$\overline{\text{INT1}}$引脚上的低电平，否则将再次中断，导致出错。

当 IT1＝1 时，外部中断 1 为边沿触发方式。CPU 在每个机器周期的 S5P2 期间采样$\overline{\text{INT1}}$(P3.3)引脚。若在连续两个机器周期内采样到先高电平后低电平，则认为有中断申请，硬件自动使 IE1 置“1”。此标志一直保持到 CPU 响应中断时，才由硬件自动清“0”。在边沿触发方式下，为保证 CPU 在两个机器周期内检测到先高后低的负跳变，输入高、低电平的持续时间至少要保持 12 个时钟周期。

(6) IE1(TCON.3 位)：外部中断 1($\overline{\text{INT1}}$)请求标志位。IE1＝1 表示外部中断 1 向 CPU 申请中断。当 CPU 响应外部中断 1 的中断请求时，由硬件自动使 IE1 清“0”(边沿触发方式)。

(7) IE0(TCON.1 位)：外部中断 0($\overline{\text{INT0}}$)请求标志位，其功能同 IE1。

(8) IT0(TCON.0 位)：外部中断 0 触发方式选择位，其功能同 IT1。

80C51 系统复位后，TCON 初值均清“0”，应用时要注意各位的初始状态。

2. 串行口控制寄存器 SCON

串行口控制寄存器 SCON 的低 2 位 TI 和 RI 保存串行口的发送中断和接收中断标志。SCON 寄存器的格式和各位定义如下所示：

							99H	98H
SCON (98H)	—	—	—	—	—	—	TI	RI

(1) TI (SCON.1 位)：串行发送中断请求标志。CPU 将一个字节数据写入发送缓冲器 SBUF 后，就启动发送，每发送完一个串行帧数据，硬件自动使 TI 置“1”。但 CPU 响应中断后，硬件并不能自动使 TI 清“0”，必须由软件使 TI 清“0”。

(2) RI (SCON.0 位)：串行接收中断请求标志。在串行口允许接收时，每接收完一个串行帧数据，硬件自动使 RI 置“1”。但 CPU 响应中断后，硬件并不能自动使 RI 清“0”，必须由软件使 RI 清“0”。

80C51 系统复位后，SCON 初值均清“0”，应用时要注意各位的初始状态。

3. 中断允许寄存器 IE

80C51 单片机有 5 个中断源都是可屏蔽中断，其中断系统内部设有一个专用寄存器 IE，用于控制 CPU 对各中断源的开放或屏蔽。IE 寄存器的格式和各位定义如下所示：

IE (A8H)				ACH	ABH	AAH	A9H	A8H
	EA	—	—	ES	ET1	EX1	ET0	EX0

(1) EA(IE.7位)：CPU中断总允许控制位。当EA=1时，CPU开放所有中断。各中断源的允许还是禁止，分别由各中断源的中断允许位单独加以控制；当EA=0时，CPU禁止所有的中断，称为关中断。

(2) ES(IE.4位)：串行口中断允许位。当ES=1时，允许串行口中断；当ES=0时，禁止串行口中断。

(3) ET1(IE.3位)：定时器1中断允许位。当ET1=1时，允许定时器1中断；当ET1=0时，禁止定时器1中断。

(4) EX1(IE.2位)：外部中断1($\overline{INT1}$)中断允许位。当EX1=1时，允许外部中断1中断；当EX1=0时，禁止外部中断1中断。

(5) ET0(IE.1位)：定时器0中断允许位。当ET0=1时，允许定时器0中断；当ET0=0时，禁止定时器0中断。

(6) EX0(IE.0位)：外部中断0($\overline{INT0}$)中断允许位。当EX0=1时，允许外部中断0中断；当EX0=0时，禁止外部中断0中断。

80C51单片机系统复位后，IE中的各中断允许位均被清"0"，即禁止所有中断。

开中断的过程是：首先开总中断"SETB EA"，然后开T1中断"SETB ET1"，这两条位操作指令也可合并为一条字节指令"MOV IE,#88H"。

4. 中断优先级寄存器IP

80C51单片机有两个中断优先级，每个中断源都可以通过编程确定为高优先级中断或低优先级中断，因此可实现二级嵌套。同一优先级别中的中断源可能不止一个，也有中断优先权排队的问题。专用寄存器IP为中断优先级寄存器，用于锁存各中断源优先级控制位，IP中的每一位均可由软件来置"1"或清"0"，且"1"表示高优先级，"0"表示低优先级。IP寄存器的格式和各位定义如下所示：

IP (B8H)				BCH	BBH	BAH	B9H	B8H
	—	—	—	PS	PT1	PX1	PT0	PX0

(1) PS(IP.4位)：串行口中断优先级控制位。当PS=1时，串行口为高优先级中断；当PS=0时，串行口为低优先级中断。

(2) PT1(IP.3位)：定时器1中断优先级控制位。当PT1=1时，定时器1为高优先级中断；当PT1=0时，定时器1为低优先级中断。

(3) PX1(IP.2)：外部中断1($\overline{INT1}$)中断优先级控制位。当PX1=1时，外部中断1为高优先级中断；当PX1=0时，外部中断1为低优先级中断。

(4) PT0(IP.1)：定时器0中断优先级控制位。当PT0=1时，定时器T0为高优先级中断；当PT0=0时，定时器0为低优先级中断。

(5) PX0(IP.0)：外部中断0($\overline{INT0}$)中断优先级控制位。当PX0=1时，外部中断0为高优先级中断；当PX0=0时，外部中断0为低优先级中断。

当80C51系统复位后，IP低5位全部清"0"，所有中断源均设定为低优先级中断。

如果几个同一优先级的中断源同时向 CPU 申请中断,CPU 通过内部硬件查询逻辑,按自然优先级顺序确定先响应哪个中断请求。自然优先级由硬件形成,排列如下所示:

中断源	自然优先级
外部中断 0	最高级
定时器 T0 中断	↓
外部中断 1	↓
定时器 T1 中断	↓
串行口中断	最低级

4.5　80C51 中断处理过程

中断处理过程可分为三个阶段,即中断响应、中断处理和中断返回。不同的计算机因其中断系统的硬件结构不同,中断响应的方式也有所不同。这里,仅以 80C51 单片机为例进行介绍。

4.5.1　中断响应与中断响应时间

1. 中断响应

中断响应是 CPU 对中断源中断请求的响应,包括保护断点和将程序转向中断服务程序的入口地址。CPU 并不是任何时刻都响应中断请求,而是在中断响应条件满足之后才会响应。CPU 响应中断必须首先满足以下三个基本条件:

(1) 中断源要有中断请求;

(2) 中断总允许位 EA=1;

(3) 中断源的中断允许位为 1。

在满足以上条件的基础上,CPU 一般会响应中断,但若有下列任何一种情况存在,中断响应都会受到阻断:

(1) CPU 正在响应同级或高优先级的中断服务程序;

(2) 当前执行的指令尚未执行完;

(3) 正在执行指令 RET、RETI 或任何对专用寄存器 IE、IP 进行读/写的指令。CPU 在执行完上述指令之后,要再执行一条指令,才能响应中断请求。

若由于上述条件的阻碍,中断未能得到响应;当条件消失时,该中断标志已不再有效,那么该中断将不被响应。

2. 中断响应时间

在控制系统中,为了满足控制精度和时间要求,需要弄清 CPU 响应中断所需的时间。响应中断的时间分为最短时间(3 个机器周期)和最长时间(8 个机器周期)。

4.5.2　中断响应过程

在满足中断响应条件后,CPU 响应中断。中断响应过程包括保护断点和将程序转向中断服务程序的入口地址。首先,将相应的优先级状态触发器置"1",以屏蔽同级别中断源的中断请求;其次,硬件自动生成长调用指令(LCALL),把断点地址压入堆栈保护(不保护状态寄存器 PSW 及其他寄存器内容)；然后，将中断源对应的中断入口地址装入程序计数器 PC 中(由硬件自动执行)，使程序转向该中断入口地址，并执行中断服务程序。中断响应过程的前两步是由中断系统内部自动完成的，中断服务程序要由用户编写程序来完成。

80C51 单片机各中断源的入口地址(称为中断矢量)由硬件事先设定，分配如表 4-3 所示。使用时，通常在这些中断入口地址处存放一条绝对跳转指令，使程序跳转到用户安排的中断服务程序的起始地址上去。

表 4-3　80C51 单片机各中断源的入口地址

中　断　源	中断入口地址	中　断　源	中断入口地址
外部中断 0	0003H	定时器 T1 中断	001BH
定时器 T0 中断	000BH	串行口中断	0023H
外部中断 1	0013H		

例如，采用定时器 T1 中断，其中断入口地址为 001BH，中断服务程序名为 CTT1，指令形式如下所示：

```
ORG  001BH                 ;T1 中断入口
AJMP  CTT1                 ;转向中断服务程序
```

4.5.3　中断处理

中断处理就是执行中断服务程序，中断服务程序从中断入口地址开始执行，到返回指令 RETI 为止。此过程一般包括三部分内容，一是保护现场，二是处理中断源的请求，三是恢复现场。通常，主程序和中断服务程序都会用到累加器 A、状态寄存器 PSW 及其他一些寄存器。在执行中断服务程序时，CPU 若用到上述寄存器，就会破坏原先存在这些寄存器中的内容，一旦中断返回，将会造成主程序的混乱。因此，在进入中断服务程序后，一般要先保护现场，然后再执行中断处理程序；在中断返回主程序之前，要恢复现场。在编写中断服务程序时要注意以下几点：

(1) 各中断源的中断入口地址之间只相隔 8 个字节，安排不下中断服务程序，因此在中断入口地址单元通常存放一条无条件转移指令 LJMP，用于将中断服务程序转至存储器的任何空间。

(2) 若要求禁止更高优先级中断源的中断请求，应先用软件关闭 CPU 中断或屏蔽更高级中断源的中断，在中断返回前再开放被关闭或被屏蔽的中断。

(3) 在保护现场和恢复现场时，为了不使现场数据受到破坏或造成混乱，一般规定此时 CPU 不再响应新的中断请求。因此，在编写中断服务程序时，在保护现场之前要关中断，在保护现场之后再开中断；在恢复现场之前关中断，在恢复现场之后再开中断。

4.5.4　中断返回

1. 中断返回

中断返回是指中断服务完成后，CPU 返回到原程序断开的位置(即断点)，继续执行原来的程序。中断返回通过执行中断返回指令 RETI 来实现。该指令的功能是首先将相应的优先级状态触发器置“0”，以开放同级别中断源的中断请求；其次，从堆栈区把断点地址取出，送回到程序计数器 PC 中。因此，不能用 RET 指令代替 RETI 指令。

综上所述，中断处理过程的流程图如图 4-8 所示。

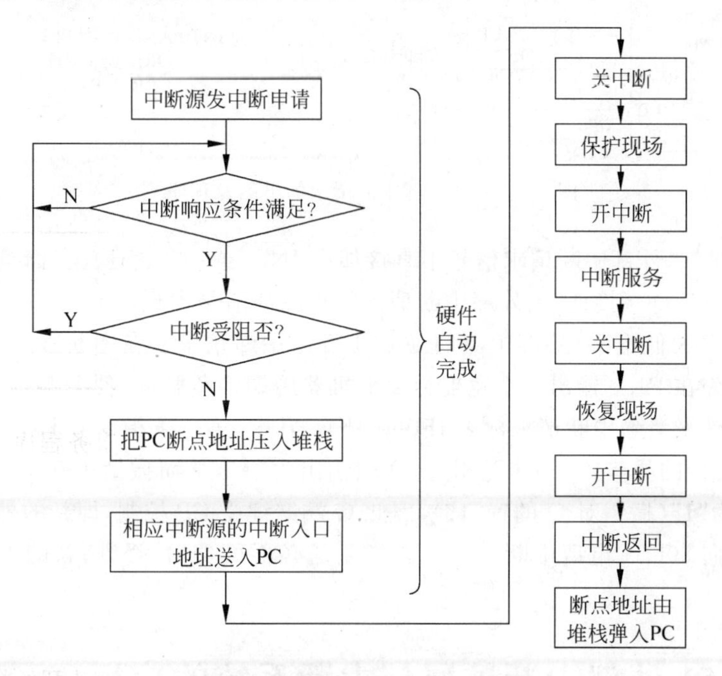

图 4-8　中断处理过程流程图

2. 中断请求的撤销

CPU 响应中断请求后即进入中断服务程序。在中断返回前，应撤销该中断请求，否则会引起另一次中断。不同中断源中断请求的撤销方法是不一样的。

(1) 定时器中断请求的撤销

对于定时器 0 或定时器 1 溢出中断，CPU 在响应中断后即由硬件自动清除其中断标志位 TF0 或 TF1，无须采取其他措施。

(2) 串行口中断的撤销

对于串行口中断，在 CPU 响应中断后，硬件不能清除中断请求标志 TI 和 RI，必须在中断服务程序中由软件来清除相应的标志。

(3) 外部中断的撤销

外部中断分为边沿触发和电平触发两种方式。

① 对于边沿触发的外部中断 0($\overline{\text{INT0}}$)或外部中断 1($\overline{\text{INT1}}$)，CPU 在响应中断后由硬件自动清除其中断标志位 IE0 或 IE1，无需采取其他措施。

② 对于电平触发的外部中断 0($\overline{\text{INT0}}$)或外部中断 1($\overline{\text{INT1}}$)，其中断请求撤销方法较复杂。因为 CPU 响应中断后，硬件会自动清除中断请求标志 IE0 或 IE1，但由于加到$\overline{\text{INT0}}$或$\overline{\text{INT1}}$引脚的外部中断请求信号并未撤销，中断请求标志 IE0 或 IE1 会再次被置“1”，所以在 CPU 响应中断后应立即撤销$\overline{\text{INT0}}$或$\overline{\text{INT1}}$引脚上的低电平。一般采用加一

个D触发器和几条指令的方法来解决这个问题，如图4-9所示。

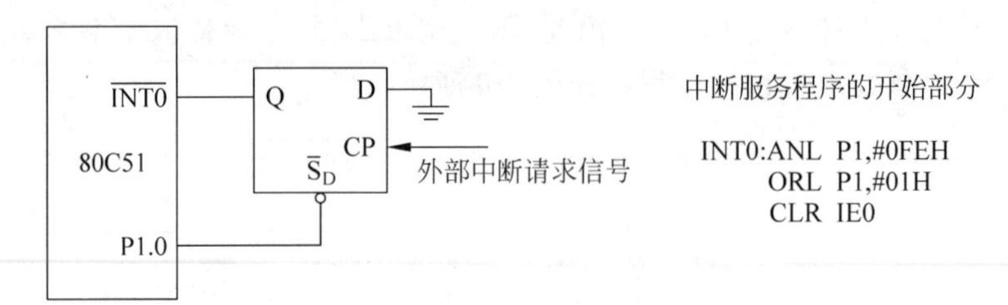

图4-9 撤销外部中断请求的电路及程序

由图4-9可知，外部中断请求信号不直接加在$\overline{INT0}$或$\overline{INT1}$引脚上，而是加在D触发器的CP端。由于D端接地，当外部中断请求的正脉冲信号出现在CP端时，Q端输出为0，$\overline{INT0}$或$\overline{INT1}$为低电平，外部中断向80C51发出中断请求。在中断服务程序中，开始的3条指令可先在P1.0输出一个宽度为2个机器周期的负脉冲，使D触发器的Q端置"1"，然后由软件来清除中断请求标志IE0或IE1。其中，第一条指令使P1.0为"0"，因为P1.0与D触发器的异步置"1"端$\overline{S_D}$相连，Q端输出为"1"，从而撤销中断请求；第二条指令使P1.0变为"1"(撤销对Q的置"1")，因此Q端继续受CP控制，即新的外部中断请求信号再来也能向80C51申请中断。第二条指令是必不可少的，否则，新的外部中断将无法产生。

4.6 80C51外部中断扩展与中断系统的应用

80C51单片机只有两个外部中断请求输入端$\overline{INT0}$和$\overline{INT1}$，在实际应用中，若外部中断源超过两个就不够用了，因此需要扩充外部中断源。这里介绍两种简单的方法，即定时器扩展法和中断加查询扩展法。定时器扩展法用于外部中断源的个数不太多，并且定时器有空余的场合。中断加查询扩展法用于外部中断源个数较多的场合，但因查询时间较长，在实时控制中要注意能否满足实时控制要求。

1. 用定时器作外部中断源

80C51单片机有两个定时器，具有两个内中断标志和外计数引脚，如在某些应用中不被使用，则它们的中断可作为外部中断请求使用。此时，可将定时器设置成计数方式，计数初值可设为满量程，通过外部输入端T0(P3.4)或T1(P3.5)发生负跳变时，计数器加1便产生溢出，向CPU发出中断请求。利用此特性，可把T0脚或T1脚作为外部中断请求输入线，将计数器的溢出中断作为外部中断请求标志。

【例4-7】 将定时器T1扩展为外部中断源。

解 将定时器T1设定为方式2(自动恢复计数初值)，TL1和TH1的初值均设置为FFH，允许T1中断，CPU开放中断，源程序如下所示：

```
MOV  TMOD,#60H
MOV  TH1,#0FFH
MOV  TL1,#0FFH
```

```
SETB  TR1
SETB  ET1
SETB  EA
  ⋮
```

当 T1(P3.5)引脚的外部中断请求输入线发生负跳变时，TL1 加 1 溢出使 TF1 置“1”，向 CPU 发出中断申请。同时，TH1 的内容自动送给 TL1，使 TL1 恢复初值。这样，T1 引脚每输入一个负跳变，TF1 都会置“1”，向 CPU 请求中断。此时，T1 脚相当于边沿触发的外部中断源输入线。同理，可使定时器 T0 扩展为外部中断源。

2. 中断和查询相结合

对于多个外部中断源，可采用一个外中断$\overline{\text{INT0}}$或$\overline{\text{INT1}}$，利用中断和查询相结合的方法来解决多个外部中断源的响应问题，其电路原理图如图 4-10 所示。

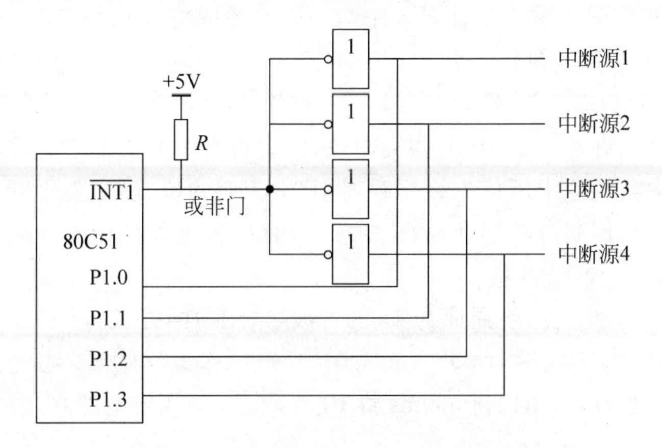

图 4-10　利用 $\overline{\text{INT1}}$扩展成多个中断源的原理图

由图 4-11 可知，4 个外部扩展中断源通过 4 个 OC 非门电路组成或非后再与$\overline{\text{INT1}}$(P3.3)相连，4 个外部扩展中断源 1～中断源 4 中有一个或几个出现高电平时，则输出为 0，使$\overline{\text{INT1}}$脚为低电平，从而发出中断请求。在中断服务程序中，依次查询 P1.0～P1.3 口的中断源输入状态，就可以确定究竟是哪个中断源提出中断请求，然后转入到相应的中断服务程序。4 个扩展中断源的优先级顺序由软件查询顺序决定，即最先查询的优先级最高，最后查询的优先级最低。

【例 4-8】 设计一个利用$\overline{\text{INT1}}$扩展 4 个外中断的中断服务。

解　根据图 4-10，编程如下所示：

```
        ORG   0013H          ;外部中断 1 入口
        AJMP INT1            ;转向中断服务程序入口
          ⋮
INT1:   PUSH   PSW           ;保护现场
        PUSH   ACC
        JNB   P1.0,EXT0      ;中断源查询并转到相应的中断服务程序
        JNB  P1.1,EXT1
        JNB  P1.2,EXT2
```

```
        JNB  P1.3,EXT3
EXIT:   POP  ACC              ;恢复现场
        POP  PSW
        RETI
          ⋮
EXT0:     …                   ;中断源 1 中断服务程序
        AJMP  EXIT
EXT1:     …                   ;中断源 2 中断服务程序
        AJMP  EXIT
EXT2:     …                   ;中断源 3 中断服务程序
        AJMP  EXIT
```

思考题：设计一个利用外部中断 0($\overline{INT0}$)扩展 5 个中断源的电路原理图和程序。

3. 中断系统的应用

中断系统的初始化实质上是针对 4 个与中断有关的特殊功能寄存器 TCON、SCON、IE 和 IP 进行控制和管理，具体步骤如下所示：

(1) 开 CPU 中断总开关(EA)；

(2) 设置中断允许寄存器 IE 中相应的位，确定各个中断源是否允许中断；

(3) 对多级中断设置中断优先级寄存器 IP 中相应的位，确定各中断源的优先级别；

(4) 设置定时器控制寄存器 TCON 中相应的位，确定外部中断是边沿触发还是电平触发的触发方式。

【例 4-9】 在 P1.0 上产生周期为 1s 的方波，采用中断方式，设 $f_{osc}=12MHz$，试编写程序。

分析：由于周期为 1s，所以每 500ms 将 P1.0 取反。选用定时器 0、方式 1，则 TMOD = ××××0001B。由于 $T_{机}=12T=12\times\frac{1}{f_{osc}}=1\mu s$，而方式 1 的最大定时时间为 65.536ms，所以可选择 50ms，再循环 10 次。

由于计数值$=\frac{50ms}{1\mu s}=50000$，所以初始值$=2^{16}-$计数值$=15536=$3CB0H，则 TH0=3CH，TL0=0B0H。

程序如下所示：

```
        ORG 0000H
        AJMP MAIN
        ORG 000BH             ;T0 中断入口地址
        AJMP INTT0
MAIN:   MOV  R0, #10
        MOV  TMOD,#01H        ;定时器 T0,方式 1
        MOV  TH0,#3CH         ;置初始值
        MOV  TL0,#0B0H
        MOV  IE,   #82H       ;开中断,EA = 1, ET0 = 1
        SETB  TR0             ;启动 T0
WAIT:   SJMP   WAIT
INTT0:  MOV  TH0,#3CH         ;置初始值
        MOV  TL0,#0B0H
        DJNZ  R0,   NEXT      ;500ms 没有到,转 NEXT
```

```
        CPL P1.0            ;到了,P1.0 取反
NEXT:   RETI                ;中断返回
        END
```

本章小结

(1) 80C51 单片机定时器/计数器有定时和计数两种功能,由定时器方式寄存器 TMOD 中的 C/$\overline{T}$ 位确定。当定时器/计数器工作在定时功能时,通过对单片机内部的时钟脉冲计数来实现可编程定时;当定时器/计数器工作在计数功能时,通过对单片机外部的脉冲计数来实现可编程计数。

(2) 当定时器/计数器的加 1 计数器计满溢出时,溢出标志位 TF1(TF0)由硬件自动置"1"。对该标志位有两种处理方法:一种是以中断方式工作,即 TF1(TF0)置"1"并申请中断,响应中断后,执行中断服务程序,并由硬件自动使 TF1(TF0)清"0";另一种以查询方式工作,即通过查询该位是否为 1 来判断是否溢出,TF1(TF0)置"1"后必须用软件使 TF1 清"0"。

(3) 定时器/计数器的初始化实际上就是由对 TMOD、TH0(TH1)、TL0(TL1)、IE 或 TCON 专用寄存器中相关位的设置来实现的,其中 IE 和 TCON 专用寄存器可进行位寻址。

(4) 80C51 中断系统主要由定时器控制寄存器 TCON、串行口控制寄存器 SCON、中断允许寄存器 IE、中断优先级寄存器 IP 和硬件查询电路等组成。

(5) 中断处理过程包括中断响应、中断处理和中断返回三个阶段。

(6) 中断系统初始化的内容包括开放中断允许、确定中断源的优先级别和外部中断的触发方式。

(7) 扩展外部中断源的方法有定时器扩展法和中断加查询扩展法两种。

思考题与习题

1. 80C51 单片机的定时器/计数器的定时和计数两种功能各有什么特点?

2. 当定时器/计数器的加 1 计数器计满溢出时,溢出标志位 TF1 由硬件自动置"1"。简述对该标志位的两种处理方法。

3. 当定时器/计数器工作于方式 0 时,晶振频率为 12MHz。请计算最小定时时间、最大定时时间、最小计数值和最大计数值。

4. 80C51 单片机的定时器/计数器的四种工作方式各有什么特点?

5. 当定时器/计数器 T0 用作方式 3 时,定时器/计数器 T1 可以工作在何种方式下?如何控制 T1 的开启和关闭?

6. 硬件定时与软件定时的最大区别是什么?

7. 根据定时器/计数器 0 方式 1 的逻辑结构图,分析门控位 GATE 取不同值时,启动定时器的工作过程。

8. 用方式0设计两个不同频率的方波，P1.0输出频率为200Hz，P1.1输出频率为100Hz，晶振频率为12MHz。请编程实现。

9. P1.0输出脉冲宽度调制(PWM)信号，即脉冲频率为2kHz、占空比为7∶10的矩形波，晶振频率为12MHz。请编程实现。

10. 两只开关分别接入P3.0和P3.1，在开关信号4种不同的组合逻辑状态下，使P1.0分别输出频率为0.5kHz、1kHz、2kHz和4kHz的方波，晶振频率为12MHz。请编程实现。

11. 有一组高电平脉冲的宽度在50～100ms之间，利用定时器0测量脉冲的宽度，结果存放到片内RAM区以50H单元为首地址的单元中，晶振频率为12MHz。请编程实现。

12. 什么是中断？中断系统的功能和特点有哪些？

13. 80C51单片机的中断源有几个？自然优先级是如何排列的？

14. 外部中断触发方式有几种？它们的特点是什么？

15. 中断处理过程包括几个阶段？

16. 请简述中断响应的过程。

17. 外部中断请求撤销时要注意哪些事项？

18. 中断系统的初始化一般包括哪些内容？

19. 扩展外部中断源的方法有几种？

20. 利用定时器/计数器T0，从P1.0输出周期为1s，脉宽为20ms的正脉冲信号，晶振频率为12MHz。试设计程序。

第5章

80C51单片机的串行接口技术

学习目的

(1) 了解通信的概念,熟悉串行通信和并行通信原理。

(2) 理解串行通信的3种制式。

(3) 掌握串行通信的标准。

(4) 掌握80C51串行口的通信原理和通信方法。

(5) 熟悉新型串行通信总线标准。

学习重点和难点

(1) 串行通信的原理和数据帧格式。

(2) RS-232C的接口标准及电气标准。

(3) 80C51串行口的通信方式设置及波特率设置方法。

(4) 80C51单片机间的通信和单片机与PC的通信程序设计方法。

(5) I^2C总线和SPI总线的应用编程。

5.1 串行通信概述

计算机与计算机之间,计算机与外设之间的数据交换称为通信。计算机与外部设备的通信有两种基本方式:并行通信和串行通信。信息的各位数据被同时传送的通信方法称为并行通信。在并行通信中,数据有多少位就需要多少条信号传输线。这种通信方式的速度快,但由于传输线数较多,成本高,仅适合近距离通信,通常信息传送距离小于30m。当信息传送距离大于30m时,多采用串行通信方式。串行通信是指信息的各位数据被逐位顺序传输的通信方式,这种通信方式较之并行通信而言,具有如下优点:

(1) 传输距离长,可达到数千千米。

(2) 在长距离内,串行数据传送速率会比并行数据传送速率快;串行通信的通信时钟频率较并行通信更容易提高。

(3) 抗干扰能力强,串行通信信号间的相互干扰完全可以忽略。

(4) 通信成本低。

(5) 传输线既传数据,又传联络信息。

5.1.1 串行通信的分类

通常情况下，在串行通信中根据信息传送的格式分为异步串行通信和同步串行通信。同步串行通信是按软件识别同步字符来实现数据的传送；异步串行通信是一种利用字符的再同步技术的通信方式。在80C51单片机中主要使用异步串行通信方式。

同步通信方式是以数据块的方式传送信息的，数据传输率高，适合高速率、大容量的数据通信。同步通信在数据开始处用1或2个同步字符来指示。在同步通信中，由同一频率的时钟脉冲来实现发送和接收的同步。在发送时要插入同步字符；接收端在检测到同步字符后，就开始接收任意位的串行数据，如图5-1所示。可见，同步通信具有较高的传输速率，通常是几十至几百千波特，但对硬件要求较高。

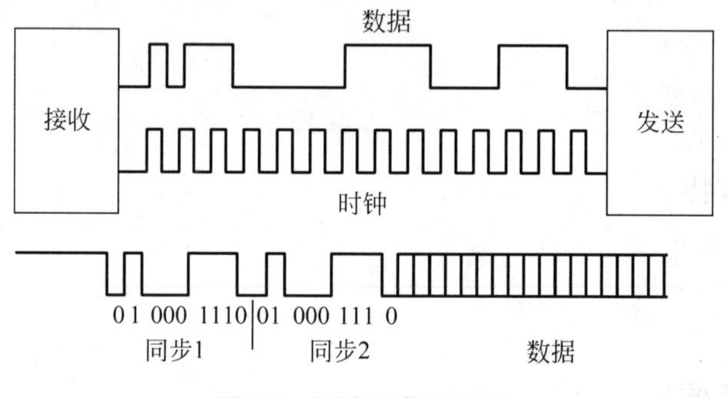

图5-1 同步通信原理图

在异步通信中，是以字符为单位传送信息的，数据传送可靠性高，适合低速通信的场合。异步通信用起始位“0”表示字符的开始，然后从低位到高位逐位传送数据，最后用停止位“1”表示字符的结束。一个字符又称为一帧信息。

在异步通信中，对字符的编码形式规定为：每个串行字符由4个部分，即起始位、数据位、奇偶校验位和停止位组成。在帧格式中，一个字符由起始位“0”开始，到停止位结束，两个相邻字符帧之间可以无空闲位，也可以有若干空闲位，这由用户根据需要决定，如图5-2所示。

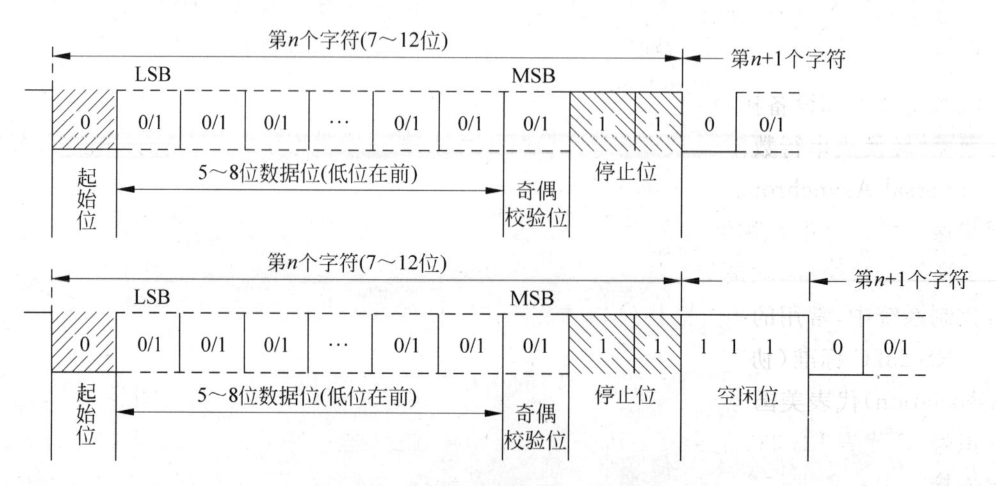

图5-2 异步通信字符帧格式

- 起始位：逻辑"0"信号，占1位，用以通知接收端有一个新的字符数据到达，应准备接收。当信道上没有数据传送时，保持为高电平"1"，也就是空闲信号。对于接收端，不断地检测线路状态，若连续为"1"后检测到一个"0"，则立即准备接收数据。
- 数据位：逻辑"0"或"1"信号，占5～8位，在数据发送时，总是低位在先，高位在后。
- 奇偶校验位：逻辑"0"或"1"信号，占1位，用于在数据传送时作正确性检查，通常有奇校验、偶校验和无校验三种情况。当该位不用于校验时，可作为控制位，用于判定该字符所代表的信息（"1"代表地址，"0"代表数据）。
- 停止位：逻辑"1"信号，用于表征字符的结束，表示一帧字符信息发送结束。该位可以是1、1.5或2个比特位，在实际应用中由用户根据需要设定。

在异步通信中，发送方和接收方必须保持相同的波特率(Baud Rate)才能实现正确的数据传送。波特率是指单位时间内传送的信息量，即每秒钟传送的二进制位数(亦称比特数)，单位是bit/s，即位/秒。字符的传输速率是指每秒内所传送的字符帧数，和字符帧格式有关。常用的标准波特率是110波特、300波特、600波特、1200波特、1800波特、2400波持、4800波特、9600波特和19200波特。

例如，在异步通信中使用1位起始位，8位数据位，无校验位，1位停止位，即1帧数据长度为10bit。如果要求数据传送的速率是1秒传送120帧字符，则传送波特率为1200波特。

5.1.2 串行通信制式

在串行通信中，数据通常在发送器和接收器(如A和B)之间进行双向传送。这种传送根据需要又可分为单工通信、半双工通信和全双工通信。在80C51单片机中使用全双工异步串行通信方式。单工通信是指从A设备向B设备发送；半双工通信是指既能从A设备发送到B设备，也能从B设备发送到A设备，但在任何时候，不能同时在两个方向上传送；全双工通信是指允许通信双方同时进行发送和接收。全双工方式相当于把两个方向相反的单工方式组合在一起，因此它需要两条数据传输线。

5.1.3 串行通信接口标准

从本质上说，通信就是CPU与外部设备间交换信息。所有的串行通信接口电路都是以并行方式与CPU连接，而以串行数据形式与外部设备进行数据传送。它们的基本功能都是从外部设备接收串行数据，转换为并行数据后传送给CPU；或从CPU接收并行数据，转换成串行数据后输出给外部设备。能够实现异步通信的硬件电路称为UART(Universal Asynchronous Receiver/Transmitter)，即通用异步接收器/发送器；能够实现同步通信的硬件电路称为USRT(Universal Synchronous Receiver/Transmitter)。

所谓接口标准，就是明确地定义若干条信号线，使接口电路标准化、通用化。在单片机控制系统中，常用的串行通信接口标准有RS-232C、I^2C及SPI等总线接口标准。

RS-232C标准(协议)的全称是EIA-RS-232C标准，其中EIA(Electronic Industry Association)代表美国电子工业协会，RS(Recommended Standard)代表推荐标准，232是标识号，C代表RS-232的最新一次修改(1969)。在这之前，有RS-232B、RS-232A。它规定连接电缆和机械特性、电气特性、信号功能及传送过程。目前，在IBM PC上的COM1、

COM2 接口就是 RS-232C 接口。

1. RS-232C 的机械特性

RS-232C 标准规定使用符合 ISO 2110 标准的 25 芯 D 型(DB-25)连接器。该标准还规定：在具有一定的数据处理能力和数据收发能力的数据终端设备 DTE(Data Terminal Equipment)上使用插座，在 DTE 和传输线路之间提供信号变换和编码功能，并在负责建立、保持和释放链路的连接器(称为数据通信设备 DCE(Data Communication Equipment))上使用插头，如 Modem。DCE 设备通常是与 DTE 对接的，因此针脚的分配相反。RS-232C 总线标准设有 25 条信号线，其中有 4 条数据线、11 条控制线、3 条定时线、7 条备用和未定义线，常用的只有 9 条。因此，串行口连接器分为 9 芯 D 型(DB-9)连接器和 25 芯 D 型(DB-25)连接器两种，如图 5-3 所示。两种连接器引脚的对应关系如表 5-1 所示。

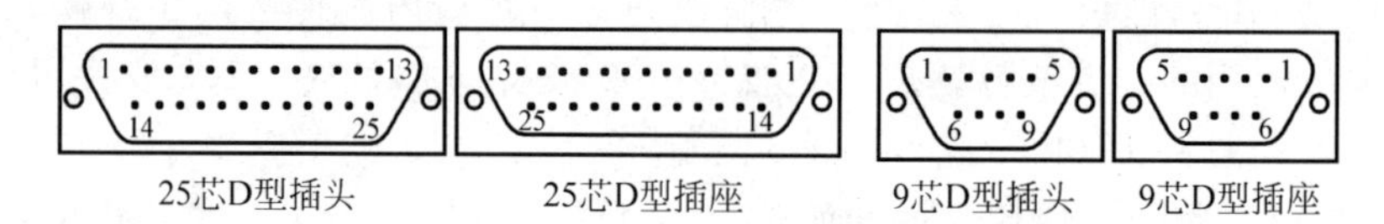

图 5-3 RS-232C 连接器示意图

表 5-1 DB-25 与 DB-9 引脚对应关系

DB-25	DB-9	信号名称	信号传送方向	含 义
2	3	TxD	输出	数据发送端
3	2	RxD	输入	数据接收端
4	7	RTS	输出	请求发送(计算机要求发送数据)
5	8	CTS	输入	清除发送(Modem 准备接收数据)
6	6	DSR	输入	数据设备准备就绪
7	5	SG		信号地
8	1	DCD	输入	数据载波检测
20	4	DTR	输出	数据终端准备就绪(计算机)
22	9	RI	输入	响铃指示

尽管 RS-232C 使用 20 条信号线，在大多数情况下，微型计算机、计算机终端和一些外部设备都配有 RS-232C 串行接口。在近距离通信时，可以通过 RS-232C 直接将通信双方连接，这种方式称为零调制解调，只需三条连接线，即“发送数据”、“接收数据”和“信号地”。发送方和接收方的“发送数据(TxD)”与“接收数据(RxD)”端交叉连接，传输线采用屏蔽双绞线，如图 5-4 所示；当使用 RS-232C 进行远距离传送数据时，必须配合调制解调器(Modem)和电话线进行通信，其连接及通信原理如图 5-5 所示。

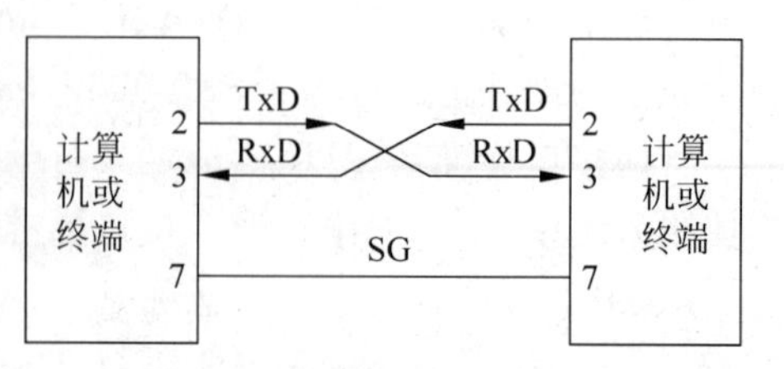

图 5-4 三线制连接原理图

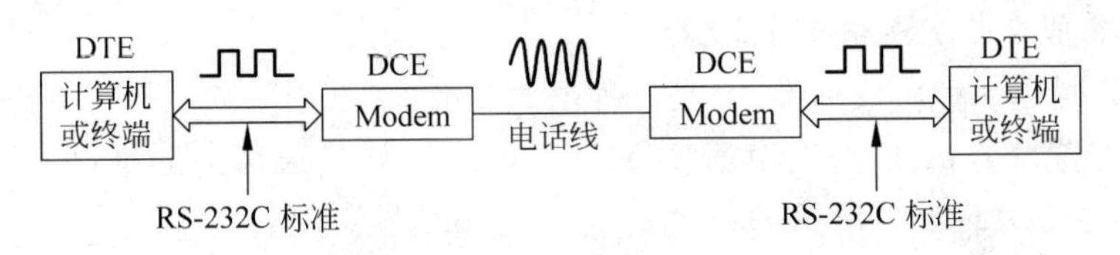

图 5-5　远程串行通信原理图

2. RS-232C 的电气特性

由于 RS-232C 是在 TTL 集成电路之前制定的，所以 RS-232C 标准规定了数据和控制信号的电压范围。它使用负逻辑约束，其低电平“0”在＋3～＋15V 之间，高电平“1”在－3～－15V 之间，而单片机的逻辑“1”是以＋5V 来表示的，因此 RS-232C 不能和 TTL 电平直接相连。为了保证数据正确地传送，设备控制能准确地完成，必须使所用的信号电平保持一致，因此把单片机的信号电平(TTL 电平)转换成计算机的 RS-232C 电平，或者把计算机的 RS-232C 电平转换成单片机的 TTL 电平。所以，使用时必须加上适当的电平转换电路。常用的电平转换器有 MC1488、MC1489、MAX232 等。MAX232 是单电源双 RS-232 发送/接收芯片，如图 5-6 所示。

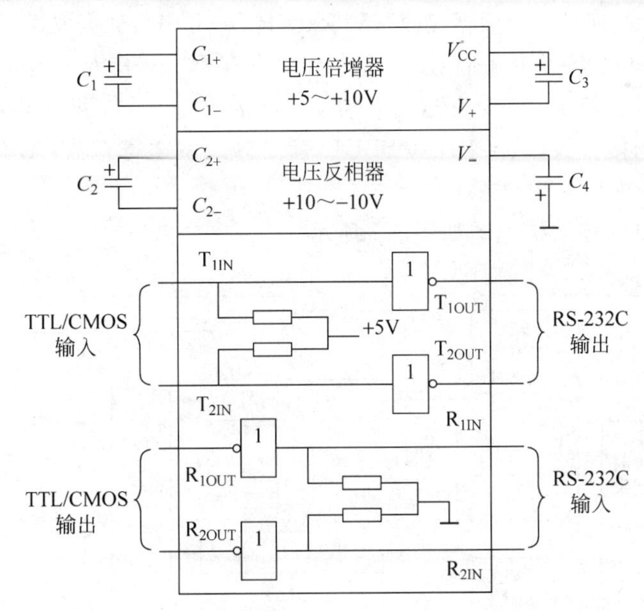

图 5-6　MAX232 实现 TTL 电平与 RS-232 电平转换

采用单一＋5V 电源供电，只需外接 4 个电容，便可以构成标准的 RS-232 通信接口，硬件接口简单，所以被广泛采用。其主要特性如下所示：

① 符合所有的 RS-232C 技术规范。

② 只要单一的＋5V 电源供电。

③ 具有升压、电压极性反转能力，能够产生 ＋10V 和 －10V 电压 V_+ 和 V_-。

④ 低功耗，典型供电电流 5mA。

⑤ 内部集成 2 个 RS-232C 驱动器。

⑥ 内部集成 2 个 RS-232C 接收器。

RS-232C 既是一种协议标准,又是一种电气标准,它采用单端、双极性电源供电电路,可用于最远距离为 15m、最高速率达 20Kbit/s 的串行异步通信。但是,RS-232C 仍有一些不足之处,主要表现如下所示:

① 传输速率不够快。RS-232C 标准规定最高速率为 20Kbit/s,尽管能满足异步通信要求,但不能适应高速的同步通信。

② 传输距离不够远。RS-232C 标准规定各装置之间的电缆长度不超过 50 英尺(约 15m)。实际上,RS-232C 能够实现 100 英尺或 200 英尺的传输,但在使用前,一定要先测试信号的质量,以保证数据的正确传输。

③ RS-232C 接口采用不平衡的发送器和接收器,每个信号只分配有一根导线,两个传输方向仅有一根信号线地线,因而电气性能不佳,容易在信号间产生串扰。

5.2 80C51 的串行接口及工作方式

5.2.1 80C51 串行接口的结构

MCS-51 单片机通过串行数据接收引脚 RxD(P3.0)和串行数据发送引脚 TxD(P3.1)与外界通信。串行口内有一个可直接寻址的专用寄存器——串行口缓冲寄存器 SBUF。SBUF 由两个寄存器组成,一个发送寄存器,一个接收寄存器,两者共用一个物理地址 99H,可同时发送、接收数据。CPU 写 SBUF,就是修改发送寄存器;读 SBUF,就是读接收寄存器。

80C51 串行口内部结构框图如图 5-7 所示。

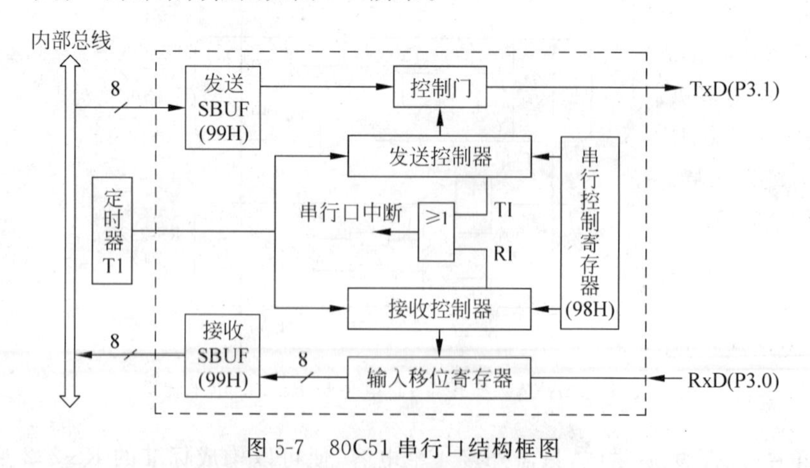

图 5-7 80C51 串行口结构框图

5.2.2 80C51 的串行接口的控制寄存器

单片机串行接口是可编程的接口。在使用串行接口时,必须先对串行口控制寄存器(SCON)和电源及波特率选择寄存器(PCON)进行初始化。

1. SCON——串行口控制寄存器

SCON 是一个特殊功能寄存器,用于设定串行接口的工作方式,字节地址为 98H,具有位寻址能力。各位的功能如下所示：

SCON (98H)	9FH	9EH	9DH	9CH	9BH	9AH	99H	98H
	SM0	SM1	SM2	REN	TB8	RB8	TI	RI

SM0 和 SM1 为工作方式选择位。80C51 串行有四种工作方式，如表 5-2 所示。

表 5-2　串行接口工作方式、功能对照表

SM0	SM1	方式	功　能	说　明	波 特 率
0	0	0	8 位同步移位寄存器	常用于扩展 I/O 口	$f_{osc}/12$
0	1	1	10 位异步收发器(8 位数据)	8 位数据、1 位起始位、1 位停止位	可变(取决于定时器 1 的溢出率)
1	0	2	11 位异步收发器(9 位数据)	8 位数据、1 位起始位、1 位停止位和 1 位奇偶校验位	$f_{osc}/32$ 或 $f_{osc}/64$
1	1	3	11 位异步收发器(9 位数据)	8 位数据、1 位起始位、1 位停止位和 1 位奇偶校验位	可变(取决于定时器 1 的溢出率)

RI 为接收中断标志位。在方式 0 下，当接收到第 8 位数据，或在其他 3 种方式下接收停止位的一半(与 SM2 的设置有关)时，由硬件置位。RI＝1 时，表示一帧数据接收完成。RI 被置位后，可向 CPU 产生中断请求，也可供软件查询。RI 必须用 CLR 指令复位。

TI 为发送中断标志位。在方式 0 下，当发送第 8 位数据结束，或在其他 3 种方式下发送停止位时，由硬件置位。TI＝1 时，表示一帧数据发送完成。TI 被置位后，可向 CPU 产生中断请求，也可供软件查询。TI 必须用 CLR 指令复位。

RB8 为帧接收标志位。在方式 2 和方式 3 下为接收数据的第 9 位，它可以是奇偶校验位，也可以作为多机通信控制位，用于判定该字符所代表的信息(地址或数据等)。在方式 1 下，若 SM2＝0，RB8 位为接收到的停止位。在方式 0 下，该位不用。

TB8 为帧发送标志位。在方式 2 和方式 3 下为要发送数据的第 9 位，由软件置位或复位，表示奇偶校验位，也可以作为多机通信控制位，用于判定该字符所代表的信息(地址或数据等)。在方式 0 和方式 1 下，该位不用。

REN 为串行口接收允许控制位。由软件置位或复位。REN＝1，表示允许接收；REN＝0，表示禁止接收。

SM2 为串行口多机通信控制位(作为方式 2 和方式 3 的附加控制位)。在方式 2 或方式 3 下，若 SM2＝0，则不允许多机通信，即不管接收到的第 9 位数据为 0 或 1，前 8 位数据都送入 SBUF，并使 RI＝1；若 SM2＝1，则允许多机通信。多机通信协议规定：若接收到的第 9 位数据 RB8＝1，说明本帧数据为地址数据；若接收到的第 9 位数据 RB8＝0，说明本帧为数据帧。在方式 1 下，若 SM2＝1，则只有当接收到有效的停止位时，才能置位 RI。在方式 0 下，SM2 必须为 0。

例如，设串行口工作在方式 1，允许接收，则指令为

```
MOV  SCON,＃01010000B
```

2. PCON——电源及波特率选择寄存器

PCON 寄存器主要是为 CHMOS 型单片机的电源控制设置的专用寄存器，其单元地址为 87H，不能位寻址。各位的功能如下所示：

PCON (87H)	SMOD	×	×	×	GF1	GF0	PD	IDL

SMOD 为串行口波特率的倍增位。在 HMOS 单片机中，该寄存器中除最高位之外，其他位都是虚设的。在单片机工作在方式 1、方式 2 和方式 3 时，SMOD=1，串行口波特率提高 1 倍；SMOD=0，则波特率不加倍。系统复位时，SMOD=0。

GF1 和 GF0 是通用标志位，由软件置位、复位。

PD 为掉电方式控制位。若 PD=1，则进入掉电方式。

IDL 为待机方式控制位。若 IDL=1，则进入待机方式。

5.3 80C51 串行口的工作方式及波特率

根据 SCON 寄存器 SM0 和 SM1 位设置的不同，80C51 串行口有 4 种工作方式。其中，方式 0 和方式 2 的波特率相同；方式 1 和方式 3 的波特率可变，取决于定时器 T1 的溢出率。

1. 方式 0

在方式 0 下，串行口作为同步移位寄存器用，其波特率固定为 $f_{osc}/12$。串行数据从 RxD(P3.0)端输入或输出，同步移位脉冲由 TxD(P3.1)送出。这种方式常用于扩展 I/O 口。

(1) 移位输出

方式 0 的发送数据的原理图和工作时序如图 5-8 所示，采用 74LS164 串入并出移位寄存器实现，P1.0 线提供片选信号(高电平有效)。

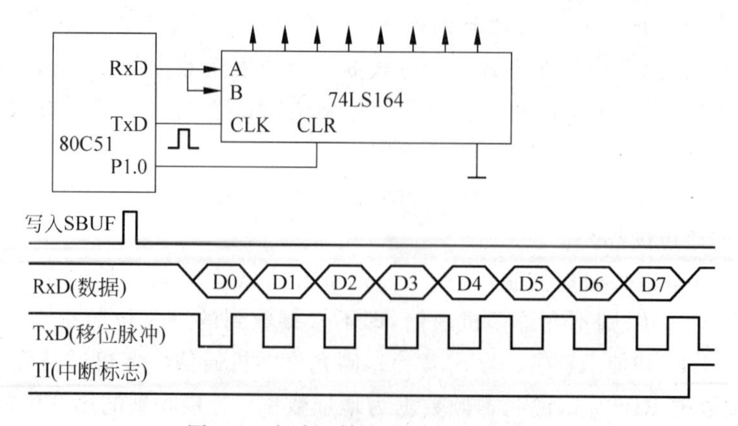

图 5-8 方式 0 输出原理图和时序图

当一个数据写入串行口发送缓冲器时，串行口将 8 位数据以 $f_{osc}/12$ 的固定波特率从 RxD 引脚输出，从低位到高位。发送完成后，置中断标志 TI 为“1”，请求中断。在再次发送数据之前，必须用软件将 TI 清“0”。

（2）移位输入

方式 0 接收数据的原理图和工作时序如图 5-9 所示，采用 74LS165 并入串出移位寄存器实现，P1.0 线提供控制信号。当 S/$\overline{L}$=0 时，允许置入并行数据；当 S/$\overline{L}$=1 时，允许数据串行移位输出。在 REN=1 和 RI=0 的条件下，接收器以 $f_{osc}/12$ 的波特率对 RxD 引脚输入的数据信息采样。当接收器接收完 8 位数据后，置中断标志 RI=1，请求中断。在再次接收之前，必须用软件将 RI 清“0”。

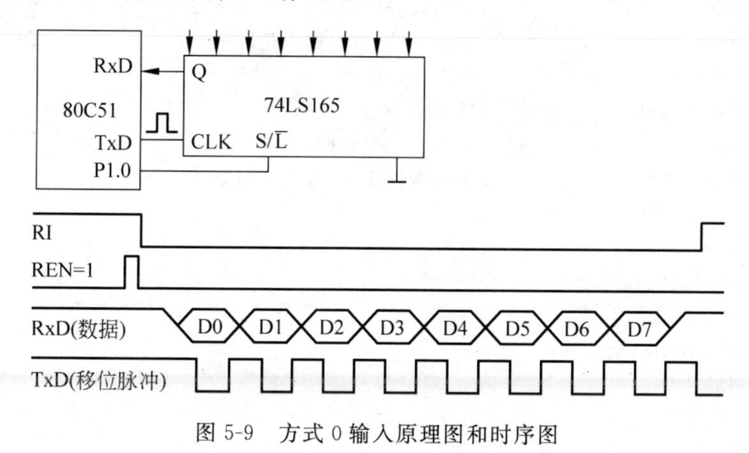

图 5-9　方式 0 输入原理图和时序图

【例 5-1】　用 89C51 串行口外接 4094 扩展 8 位并行输出口，驱动所连接的 8 只 LED 管循环点亮。接口扩展如图 5-10 所示。

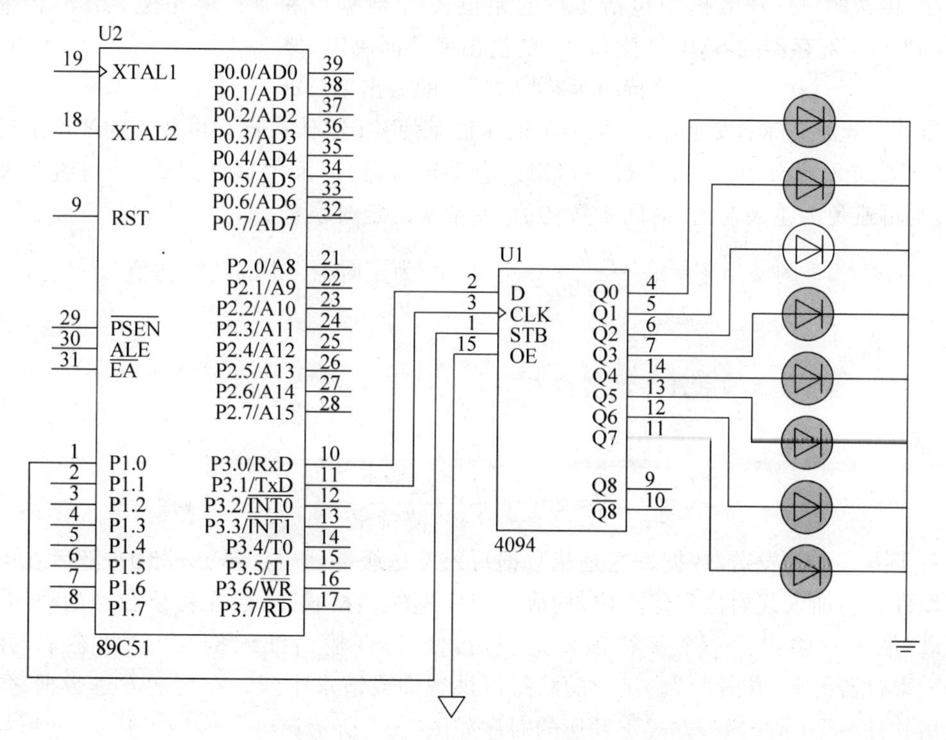

图 5-10　方式 0 扩展应用仿真实例

采用查询方式,程序如下所示:

```
        ORG  00H
START:  MOV  SCON,#00H         ;设置串行口工作方式0
        MOV  A,#80H            ;初始值
        CLR  P1.0              ;允许串行输入,禁止并行输出
NEXT:   MOV  SBUF,A            ;启动串行发送
LOOP:   JNB  TI,LOOP           ;一帧数据发送完?
        CLR  TI                ;发送完成,清除标志位
        SETB P1.0              ;允许并行输出
        ACALL DELAY            ;延时
        RR   A                 ;准备下一个数据
        CPL  P1.0              ;允许串行输入,禁止并行输出
        SJMP NEXT
        DELAY:MOV R3,#8        ;延时
        DELAY1:MOV R4,#70
        DJNZ R4,$
        DJNZ R3,DELAY1
        RET
        END
```

2. 方式1

方式1是10位数据的异步通信,多用于双机通信。TxD为数据发送端,RxD为数据接收端,传送的每一帧数据中包括1位起始位、8位数据位和1位停止位。其波特率可变,由PCON寄存器的SMOD位和T1的溢出率共同决定,即

$$波特率=2^{SMOD}\times T1的溢出率/32$$

当T1作为波特率发生器时,最典型的用法是使T1工作在自动再装入的8位定时器方式(即方式2,且TCON的TR1=1,用以启动定时器)。采用这种方式,使得编程操作方便,也可避免因重装初值(时间常数初值)而带来的定时误差。

$$T1的溢出率=\frac{f_{osc}}{12\times(256-N)},\quad N为定时器T1的计数初值$$

所以

$$方式1下的波特率=\frac{2^{SMOD}}{32}\times\frac{f_{osc}}{12\times(256-N)}$$

或者

$$N=256-\frac{f_{osc}\times 2^{SMOD}}{384\times 波特率}$$

对于方式1的发送,数据发送是从数据写入发送缓冲器(SBUF)开始的,随后在串行口由硬件自动加入起始位和停止位,构成一个完整的帧格式,然后在移位脉冲的作用下,由TxD端串行输出。一个字符帧发送完后,使TxD输出线维持在“1”状态下,并将SCON寄存器的TI位置“1”。该位的状态可供查询或请求中断。在再次发送数据之前,必须用软件将TI清“0”。方式1发送的时序如图5-11所示。

对于方式1的接收,其接收时序如图5-12所示。

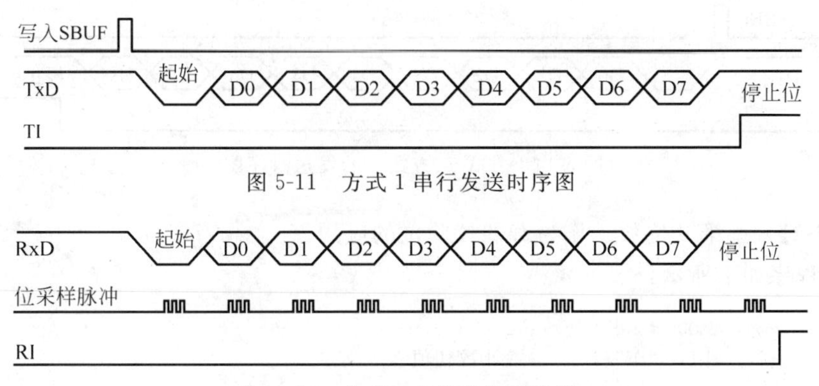

图 5-11　方式 1 串行发送时序图

图 5-12　方式 1 串行接收时序图

在 REN 为 1 时，接收器以所选择波特率的 16 倍速率采样 RxD 引脚电平，当检测到 RxD 引脚输入电平产生负跳变时，说明起始位有效，将其移入移位寄存器，并开始接收这一帧信息的其余位。在接收过程中，数据从输入移位寄存器右边移入，起始位移至输入移位寄存器最左边时，控制电路进行最后一次移位。当 RI＝0，且 SM2＝0（或接收到的停止位为 1）时，将接收到的 9 位数据的前 8 位装入接收 SBUF，第 9 位（停止位）进入 RB8，并将 SCON 寄存器的 RI 位置“1”。该位的状态可供查询或请求中断。在再次发送数据之前，必须用软件将 RI 清“0”。

3. 方式 2 和方式 3

方式 2 和方式 3 是 11 位数据的异步通信，多用于多机通信。TxD 为数据发送端，RxD 为数据接收端，传送的每一帧数据中包括 1 位起始位、9 位数据位（含 1 位附加的第 9 位，发送时为 SCON 中的 TB8，接收时为 RB8）和 1 位停止位。方式 2 的波特率为晶振频率的 64 分频或 32 分频，方式 3 的波特率设置方法与方式 1 相同。

接收时，数据从右边移入输入移位寄存器，在起始位 0 移到最左边，接收器接收到第 9 位数据，RI＝0，且 SM2＝0（或接收到的第 9 位数据为 1）时，接收到的数据装入接收缓冲器 SBUF 和 RB8（接收数据的第 9 位），并置位 RI，供查询或向 CPU 请求中断。如果条件不满足，则数据丢失，且不置位 RI，继续搜索 RxD 引脚的负跳变。方式 2、方式 3 的接收时序如图 5-13 所示。

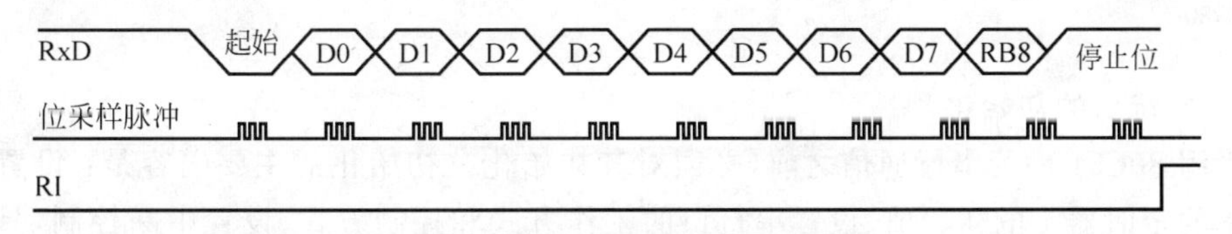

图 5-13　方式 2、方式 3 的接收时序图

发送数据由 TxD 端输出，一帧信息中的 9 位数据包括 8 位数据位（先低位，后高位）、1 位附加可控位（“1”或“0”）。附加的第 9 位数据为 SCON 中的 TB8 的状态，它由软件置位或复位，可作为多机通信中地址/数据信息的标志位，也可作为数据的奇偶校验位。一个字符帧发送完毕后，自动将 TI 位置“1”，供查询或向 CPU 请求中断。方式 2、方式 3 的发送时序如图 5-14 所示。

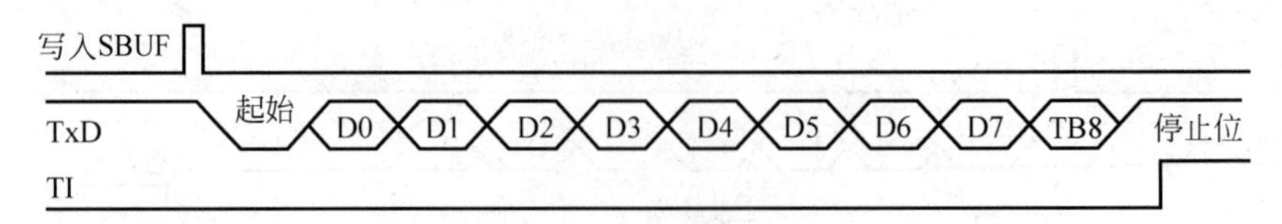

图 5-14 方式 2、方式 3 的发送时序图

【例 5-2】 用第 9 位数据作为奇偶校验位的应用。

发送程序如下所示：

```
        MOV  TMOD,#20H        ;T1 方式 2,定时
        MOV  TL1, #DATA1      ;置计数初值
        MOV  TH1, #DATA2
        SETB  TR1             ;启动 T1
        MOV   SCON, #90H      ;串行口为方式 2,允许接收,SM2 = 0
        MOV   PCON, #80H      ;置 SMOD = 1
SEND:   MOV A,#DATA           ;取待发送数据
        MOV C,PSW.0           ;奇偶位送 CY
        MOV TB8,C             ;奇偶标准位送 TB8
        MOV SBUF,A
WAIT:   JBC TI,NEXT
        SJMP WAIT
NEXT:   …
```

接收程序如下所示：

```
        MOV  TMOD,#20H        ;T1 方式 2,定时
        MOV  TL1, #DATA1      ;置计数初值
        MOV  TH1, #DATA2
        SETB  TR1             ;启动 T1
        MOV   SCON, #90H      ;串行口为方式 2,允许接收,SM2 = 0
        MOV   PCON, #80H      ;置 SMOD = 1
WAIT:   JBC RI, RECEIVE
        SJMP WAIT
RECEIVE:MOV A, SBUF
        JB PSW.0, COMPER      ;接收数据为奇,转移
        JB RB8, ERROR         ;接收错误,转移(第 9 位数据在 RB8 中)
        SJMP  RIGHT
COMPER: JNB  RB8,ERROR        ;接收错误,转移
RIGHT:  …
ERROR:  …
```

4. 串行口的初始化

采用 80C51 进行串行通信之前，必须对其初始化。初始化的主要内容是：设置产生波特率的定时器 1 的初始值、设置串行口的工作方式和控制方式、设置中断控制，具体步骤如下所示。

① 确定 T1 的工作方式(TMOD 寄存器编程)。

② 计算 T1 的初值，装载 TH1 和 TL1。

③ 确定 SMOD 值(PCON 寄存器编程)。

④ 启动 T1(TCON 中的 TR1 位置位)。

⑤ 确定串行口通信方式(SCON 寄存器编程)。

⑥ 若串行口在中断方式工作，进行中断设置(IE 和 IP 寄存器编程)。

5. 串行口的应用编程方法

串行口的应用编程，可依据串行发送/接收标志位(TI/RI)的状态完成。串行发送控制编程方法如图 5-15 所示，图 5-15(a)为查询方式发送流程图，图 5-15(b)为中断方式发送流程图。

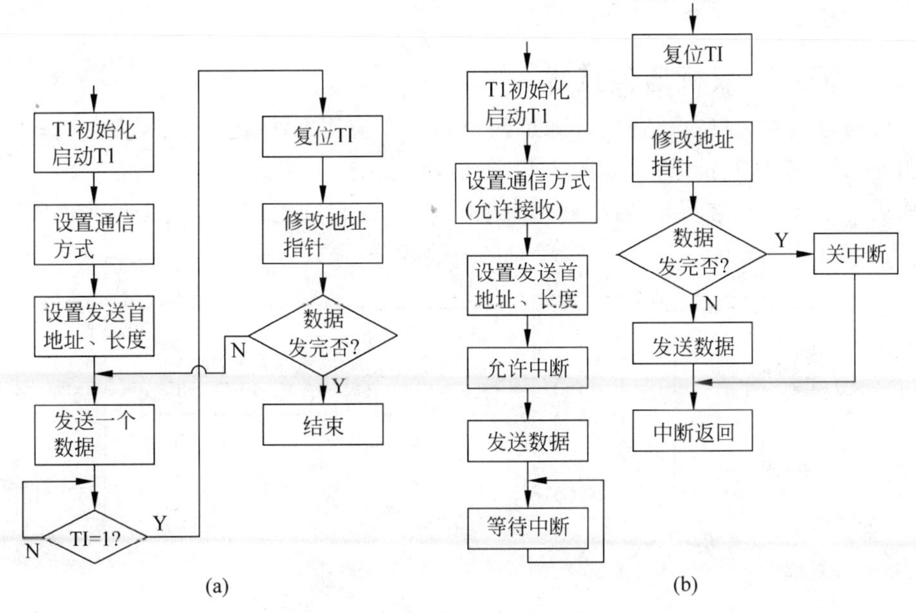

图 5-15　串行发送控制编程流程

串行接收控制编程方法如图 5-16 所示，图 5-16(a)为查询方式接收流程图，图 5-16(b)为中断方式接收流程图。

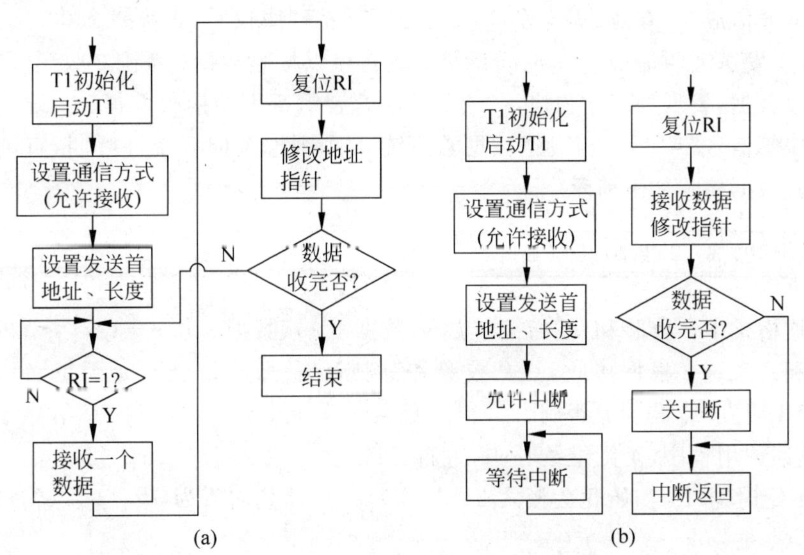

图 5-16　串行接收控制编程流程

5.4 80C51之间的通信

在计算机分布式测控系统中,经常要利用串行通信方式进行数据传输。80C51 单片机的串行口为计算机间的通信提供了极为便利的条件。利用单片机的串行口,还可以方便地扩展键盘和显示器。下面介绍利用 80C51 单片机进行双机通信和多机通信的应用方法。

5.4.1 MCS-51 双机通信技术

双机通信也称为点对点通信。如果两个 80C51 应用系统相距很近,将它们的串行口直接相连,即可实现双机通信,如图 5-17(a)所示。

如果为了增加通信距离,减少通道及电源干扰,可以在通信线路上采取光电隔离的方法,利用 RS-232C 或 RS-422 标准实现双机通信,如图 5-17(b)所示。

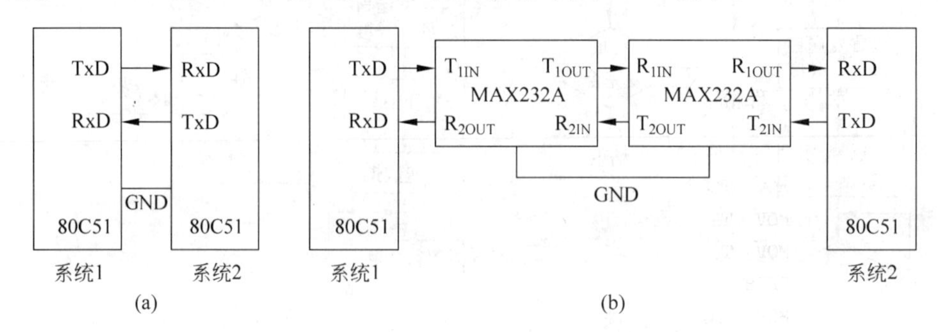

图 5-17 MCS-51 双机通信原理图

【例 5-3】 将系统 1 片内 RAM 中以 SOURCE 开始、长度为 LEN 的数据块发送到系统 2,并存放在片内 RAM 中以 TARGET 开始的单元(系统 1 发送、系统 2 接收)。

为保证通信成功、有效,规定发/收双方遵守如下"协议":波特率 2400bit/s;通信开始时,系统 1 发送呼叫信号"C",询问系统 2 是否可以接收数据;系统 2 收到呼叫信号后,若同意接收数据,发回"A"作为应答,否则发"D"表示暂不能接收数据;系统 1 只有收到系统 2 的应答信号"A"后方可发送数据给系统 2,否则继续向系统 2 呼叫,直到系统 2 同意接收。其数据格式如下所示:

字节数 n	数据 1	数据 2	数据 3	…	数据 n	校验和

在数据格式中,"校验和"是指字节数 n、数据 1、…、数据 n 这 $n+1$ 个字节内容的简单算术累加和。系统 2 根据接收到的"校验和"判断已接收到的数据是否正确。若接收正确,向系统 1 回发"R"信号;否则,回发"E"信号。系统 1 只有接收到"R"信号才算完成发送任务,返回调用程序,否则继续呼叫,重新发送。

分析:定时器 T1 初始化为模式 2,SMOD = 1,计数初值为(设 $f_{osc}=6\text{MHz}$):

$$N=256-\frac{f_{osc}\times 2^{SMOD}}{384\times 波特率}=256-\frac{6\times 10^6\times 2}{384\times 2400}=243=0F3H$$

使用串行口方式 1,允许接收。根据通信协议及控制要求,可绘制系统 1 发送控制流程图,如图 5-18 所示。

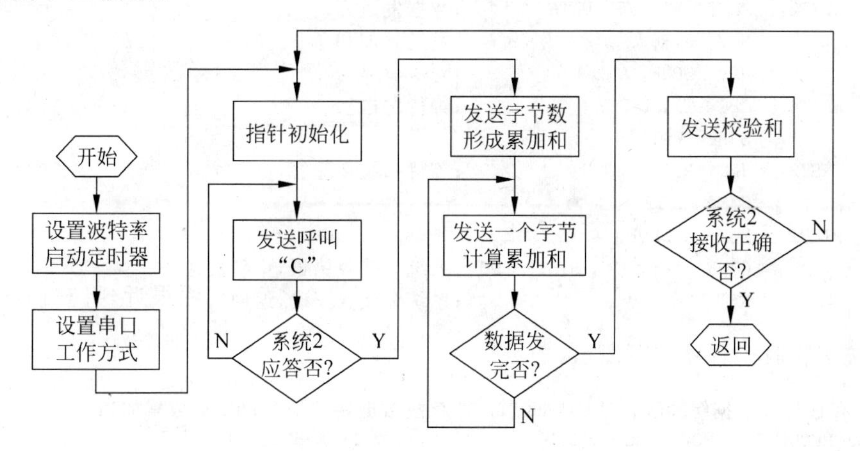

图 5-18　系统 1 发送控制流程图

系统 1 发送子程序如下所示:

```
;R0 存放数据块首地址; R7 存放发送数据块的长度; R6 存放累加和
            MOV  TMOD,#20H          ;T1 方式 2,定时
            MOV  TL1, #0F3H         ;置计数初值
            MOV  TH1,  #0F3H
            SETB  TR1               ;启动 T1
            MOV   SCON, #50H        ;串行口为方式 1,允许接收
            MOV   PCON, #80H        ;置 SMOD=1
 SYS1_SEND: MOV   R0, #SOURCE       ;置数据块首地址
            MOV   R7, #LEN          ;数据块长度
            MOV   R6, #00H          ;清累加和寄存器
 SYS1_CALL: MOV   A, #'C'           ;发送呼叫信号“C”
            MOV  SBUF, A
     WAIT1: JBC  TI,  SYS2_AGREE    ;等待发送
            SJMP  WAIT1
SYS2_AGREE: JBC   RI, TEST1
            SJMP  SYS2_AGREE
     TEST1: MOV  A, SBUF            ;接收系统 2 应答
            CJNE  A,#'A',SYS1_CALL  ;若系统 2 不同意,继续呼叫
            MOV  A, R7              ;发送字节长数
            MOV  SBUF,  A
            ADD   A, R6             ;形成累加和送 R6
            MOV  R6,  A             ;存累加和
     WAIT2: JBC   TI, SYS1_DATA     ;等待发送
            SJMP  WAIT2
 SYS1_DATA: MOVX   A, @R0           ;发送数据
            MOV  SBUF, A
            ADD  A, R6              ;形成累加和送 R6
            MOV  R6,A
            INC  R0                 ;修改地址指针
```

```
WAIT3:  JBC  TI,NEXT2              ;等待发送
        SJMP  WAIT3
NEXT2:  DJNZ  R7,SYS1_DATA         ;数据发送完?
        MOV  A,R6                  ;发送累加和
        MOV  SBUF, A
WAIT4:  JBC  TI, TEST2             ;等待发送
        SJMP  WAIT4
TEST2:  JBC  RI,RIGHT              ;等待系统 2 应答
        SJMP TEST2
RIGHT:  MOV  A,SBUF
        CJNE  A, #'R', SYS1_SEND   ;系统 2 接收错误,重新发送
        RET                        ;系统 2 接收正确,返回
```

系统 2 接收子程序如下所示:

```
;R1 存放接收数据缓冲区首地址 TARGET; R7 存放数据块的长度; R6 存放累加和
SYS2_RECEIVE:  MOV  TMOD,#20H          ;定时器 T1 方式 2,定时
               MOV  TL1, #0F3H         ;置计数初值
               MOV  TH1, #0F3H
               SETB  TR1               ;启动 T1
               MOV  SCON,#50H          ;串行口方式 1,允许接收
               MOV  PCON,#80H          ;SMOD=1,波特率加倍
      AGREE:   MOV  R1,#TARGET         ;置目的地址指针
               MOV  R6,#00H            ;校验和寄存器清零
               JBC  RI,ACK             ;等待接收呼叫信号
               SJMP  AGREE
        ACK:   MOV  A, SBUF
               CJNE  A, #'C',ACK_D     ;是呼叫信号"C"?
               MOV  A,#'A'             ;向系统 1 回送同意接收信号"A"
               MOV  SBUF, A
      WAIT1:   JBC  TI,REC_DATA        ;等待接收数据
               SJMP  WAIT1
      ACK_D:   MOV  A, #'D'            ;向系统 1 回送不同意信号"D"
               MOV  SBUF, A
      WAIT2:   JBC  TI, AGREE          ;重新接收呼叫
               SJMP  WAIT2
   REC_DATA:   JBC  RI,BYTE_DATA       ;接收数据块长度
               SJMP  REC_DATA
  BYTE_DATA:   MOV  A,SBUF             ;给长度寄存器赋值
               MOV  R7, A
               MOV  R6, A              ;形成累加和
       NEXT:   JBC  RI, SAVE_DATA      ;接收数据
               SJMP  NEXT
  SAVE_DATA:   MOV  A, SBUF            ;接收数据并保存
               MOV  @R1, A
               INC  R1                 ;修改地址指针
               ADD  A,R6               ;形成累加和
               MOV  R6, A
               DJNZ  R7, NEXT          ;数据接收完否?
      WAIT3:   JBC  RI, REC_TATAL      ;接收校验和
               SJMP  WAIT3
  REC_TATAL:   MOV  A,SUBF
```

```
            CJNE   A,R6, REC_ERROR     ;接收正确?
            MOV A,#'R'                 ;向系统1应答传送正确信号“R”
            MOV   SBUF, A
WAIT4:      JBC   TI,RETURN            ;正确,返回
            SJMP  WAIT4
REC_ERROR:  MOV   A, #'E'              ;向系统1应答传送错误信号“E”
            MOV   SBUF, A
WAIT5:      JBC   TI,AGREE
            SJMP  WAIT5
RETURN:     RET
```

根据通信协议及控制要求,可绘制系统2接收控制流程图,如图5-19所示。

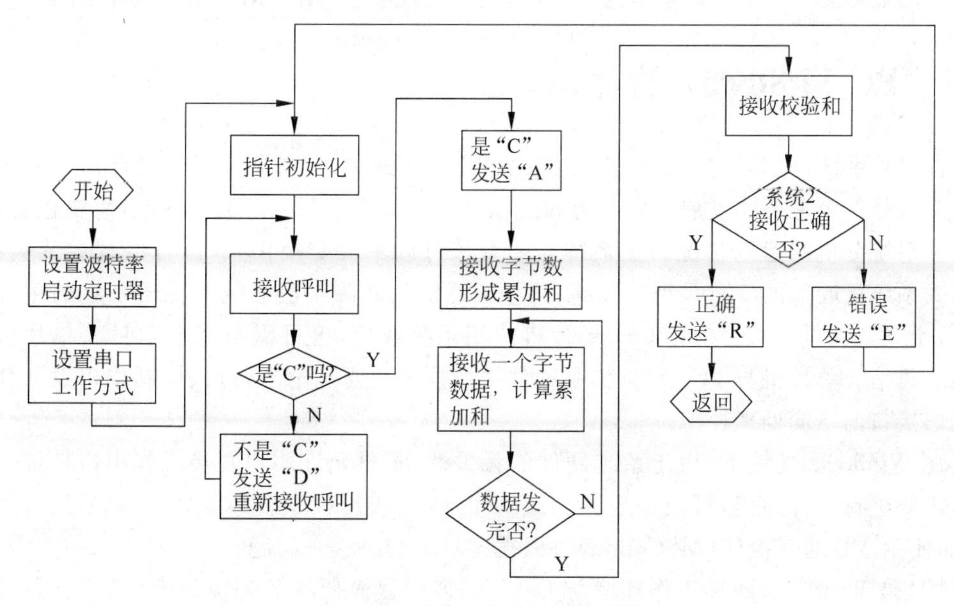

图5-19　系统2接收控制流程图

5.4.2　MCS-51多机通信技术

计算机与计算机的通信不仅限于点对点的通信,还体现在一对多或多对多之间的通信,以此构成计算机网络控制系统。MCS-51单片机构成的多机系统常采用总线型主从式结构。所谓主从式,即在数个单片机中,有一个是主机,其余的是从机,从机服从主机的调度、支配。在实际的多机应用系统中,常采用RS-485串行标准总线进行数据传输,如图5-20所示。

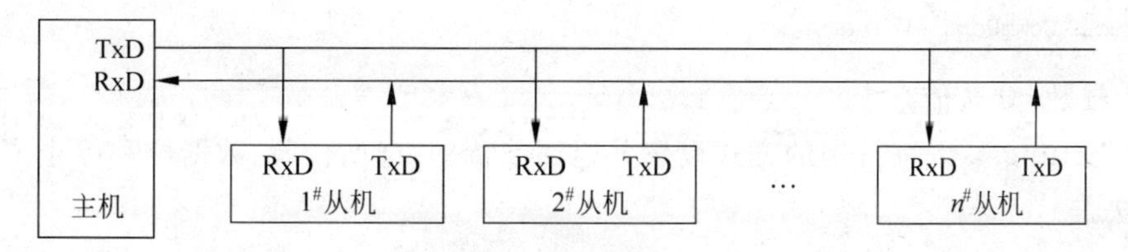

图5-20　多机通信原理图

要保证主机与所选择的从机实现可靠的通信，必须保证通信接口具有识别功能。MCS-51串行控制寄存器中的SM2就是为了满足这一要求而设置的多机控制位。

若SM2=1(在串行口以方式2或方式3接收时)，表示多机通信功能，这时出现如下两种情况：

- 接收到的第9位数据为“1”，数据装入SBUF，并置RI=1，向CPU发出中断请求；
- 接收到的第9位数据为“0”，不产生中断，信息将被丢失。

若SM2=0，则接收到的第9位信息无论是“0”还是“1”，都产生RI=1的中断标志，接收到的数据装入SBUF。根据这个功能，便可实现多个MCS-51系统的串行通信。

5.5 PC与80C51的通信

在工控系统(尤其是多点现场工控系统)设计实践中，单片机与PC组合构成分布式控制系统是一个重要的发展方向。分布式系统主从管理，层层控制。主控计算机监督、管理各子系统分机的运行状况。子系统与子系统可以平等交换信息，也可以有主从关系。分布式系统最明显的特点是可靠性高，某个子系统的故障不会影响其他子系统的正常工作。1台PC既可以与1个80C51单片机应用系统通信，也可以与多个80C51单片机应用系统通信。单片机与PC通信时，其硬件接口技术主要是电平转换、控制接口设计和远程通信接口的不同处理技术。

在Windows环境下，由于系统硬件的无关性，不再允许用户直接操作串口地址。如果用户要进行串行通信，可以调用Windows的API应用程序接口函数，但其使用较为复杂，而使用VB通信控件(MSComm)可以很容易地解决这一问题。

VB是Windows图形工作环境与Basic语言编程简便性的完美结合。它简明易用，实用性强。VB提供一个名为MSComm32.OCX的通信控件，它具备基本的串行通信能力，即通过串行口发送和接收数据，为应用程序提供串行通信功能。执行“工程”|“部件”菜单，添加Microsoft Comm Control控件后即可实现串行通信控制。

5.5.1 MSComm控件的属性

MSComm控件有许多属性，主要的几个如下所示。

(1) CommPort：设置并返回通信端口号。

语法是

```
object. CommPort = Value
```

Value为整数，默认值是1。

(2) Settings：以字符串的方式设置并返回波特率、奇偶校验、数据位和停止位。

语法是

```
object.Settings = "BBBB,P,D,S"
```

BBBB为波特率，P为奇偶校验，D为数据位数，S为停止位数，默认值是“9600,N,8,1”。

(3) PortOpen：设置并返回端口的状态，也可以打开和关闭端口。

语法是

```
object. PortOpen = Value
```

Value 为布尔值，值为“True”时打开端口，值为“False”时关闭端口。在打开端口之前，应确定 CommPort 属性已设置为一个合法的端口。

(4) Input：从接收缓冲区返回字符和删除字符。

语法是

```
object. Input
```

(5) InputLen：设置一次从接收缓冲区读取的字节数。

语法是

```
object. InputLen = Value
```

Value 为整数，默认值是 0。设置 InputLen 为 0 时，读取接收缓冲区中的全部内容。

(6) InputMode：设置 Input 属性返回的数据类型。

语法是

```
object. InputMode = Value
```

Value 为 0 或 1。设置为“0”(comInputModeBinary)，则 Input 属性通过一个变量返回二进制数据；设置为“1”(comInputModeText)，则 Input 属性通过一个变量返回文本数据。

(7) InBufferSize：设置并返回接收缓冲区的大小，以字节数为单位。

语法是

```
object. InBufferSize = Value
```

Value 为整数，默认值是 1024。

(8) Output：向发送缓冲区写字符。

语法是

```
object.Output
```

(9) OutBufferSize：设置并返回发送缓冲区的大小，以字节数为单位。

语法是

```
object. OutBufferSize = Value
```

Value 为整数，默认值是 512。

(10) RThreshold：设置 CommEvent 属性为 comEvReceive 并产生 OnComm 之前要接收的字符数。

语法是

```
object.RThreshold = Value
```

Value 为整数，默认值是 0(不产生 OnComm 事件)。

(11) SThreshold：设置 CommEvent 属性为 comEvSend 并产生 OnComm 事件之前，传输缓冲区中允许的最小字符数。

语法是

```
object.SThreshold = Value
```

Value 为整数，默认值是 0(不产生 OnComm 事件)。若设置 SThreshold 属性为 1，当传输缓冲区完全空时，MSComm 控件产生 OnComm 事件。例如，如果 SThreshold 等于 5，仅当在输出队列中字符数从 5 降到 4 时，comEvSend 才发生。如果在输出队列中从没有比 SThreshold 多的字符，comEvSend 事件将绝不会发生。

5.5.2 MSComm 控件的通信处理方法

MSComm 控件提供两种处理通信的方式，即事件驱动方式和查询方式。

1. 事件驱动方式

事件驱动通信是处理串行端口交互作用的一种非常有效的方法。在许多情况下，在事件发生时需要得到通知。例如，在串口接收缓冲区中有字符，或者 Carrier Detect(CD)或 Request To Send(RTS) 线上一个字符到达或一个变化发生时，可以利用 MSComm 控件的 OnComm 事件捕获并处理这些通信事件。OnComm 事件还可以检查和处理通信错误。所有通信事件和通信错误的列表，参阅 CommEvent 属性。在编程过程中，就可以在 OnComm 事件处理函数中加入自己的处理代码。这种方法的优点是程序响应及时，可靠性高。每个 MSComm 控件对应着一个串行端口。如果应用程序需要访问多个串行端口，必须使用多个 MSComm 控件。

2. 查询方式

查询方式实质上还是事件驱动，但在有些情况下，这种方式显得更为便捷。在程序的每个关键功能之后，可以通过检查 CommEvent 属性的值来查询事件和错误。如果应用程序较小，并且是自保持的，这种方法可能是更可取的。

5.6 I^2C 串行扩展总线

I^2C(Inter-Integrated Circuit)总线是由 Philips 公司开发的一种简单、双向、二线制、同步串行总线。它只需两根信号线(串行数据线和串行时钟线)来实现连接于总线上的器件之间的通信。由于 I^2C 总线连线少、结构简单，因此被广泛应用于消费类电子产品、通信产品、仪器仪表及工业控制系统中。目前有很多半导体集成电路上都集成了 I^2C 总线接口。带有 I^2C 总线接口的单片机有 Cygnal 公司的 C8051F0××系列、Philips 公司的 P87LPC7××系列、Microchip 公司的 PIC16C6××系列等。很多外围器件，如存储器、监控芯片等也提供 I^2C 总线接口。

I^2C 总线最主要的优点是其简单性和有效性。由于接口直接在组件之上，因此 I^2C 总线占用的空间非常小，减少了电路板的空间和芯片管脚的数量，降低了互连成本。总线的长度可高达 25 英尺，并且能够以 10Kbit/s 的最大传输速率支持 40 个组件。I^2C 总线的另一个优点是支持多主控(multimastering)，其中任何能够进行发送和接收的设备都可以成为主控器件。一个主控器件能够控制信号的传输和时钟频率。当然，在任何时间点上只能有一个主控器件。

5.6.1　I^2C 总线的结构原理

I^2C 总线是由数据线 SDA 和时钟 SCL 构成的串行总线，可发送和接收数据。在 CPU 与被控器件之间、器件与器件之间进行双向传送，最高传送速率 100Kbit/s。各种被控制电路均并联在这条总线上，但就像电话机一样只有拨通各自的号码才能工作，所以每个电路和模块都有唯一的地址。在信息的传输过程中，I^2C 总线上并接的每一个模块电路既是主控器(或被控器)，又是发送器(或接收器)，这取决于它所要完成的功能。CPU 发出的控制信号分为地址码和控制信息两部分。地址码用来选址，即接通需要控制的器件电路，确定控制的种类；控制信息决定该调整的类别(如对比度、亮度等)及需要调整的量。这样，各控制电路虽然挂在同一条总线上，却彼此独立，互不相关。I^2C 总线的结构原理如图 5-21 所示。

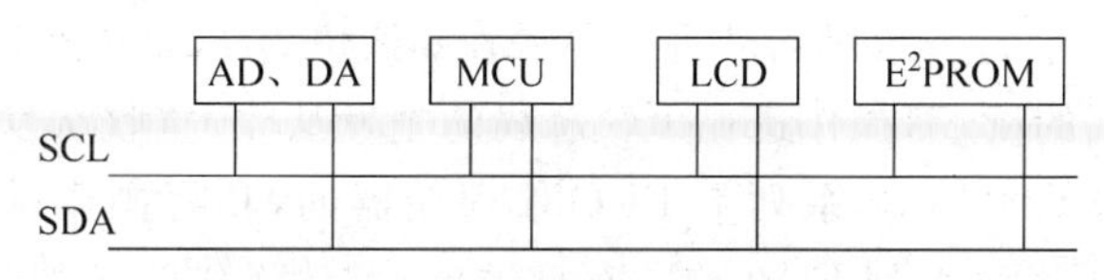

图 5-21　I^2C 总线的结构

I^2C 总线在传送数据前，主控器应发送起始信号，通知从控器做好接收准备；在传送结束时，主控器应发送停止信号，通知从控器停止接收。这两个信号是启动和关闭 I^2C 总线器件的关键信号。

- 起始信号：SCL 为高电平时，SDA 由高电平向低电平跳变，开始传送数据。
- 停止信号：SCL 为低电平时，SDA 由低电平向高电平跳变，结束传送数据。
- 应答信号：接收数据的从控器在接收到 8 位数据后，向发送数据的主控器发出特定的低电平脉冲，表示已收到数据。CPU 向从控器发出一个信号后，等待从控器发出一个应答信号。CPU 接收到应答信号后，根据实际情况作出是否继续传递信号的判断。若未收到应答信号，判断为受控单元出现故障。
- 信号传送：在 I^2C 总线上进行数据传送时，若 SCL 线上的数据为高电平，SDA 线的数据必须稳定。只有在 SCL 线为低电平时，SDA 线上的高、低状态方可发生变化，并且 SDA 线上传送的数据位数必须是 8 的整倍数。每传送一个字节后必须有一个确认(应答：ACK)信号。I^2C 总线的时序如图 5-22 所示。

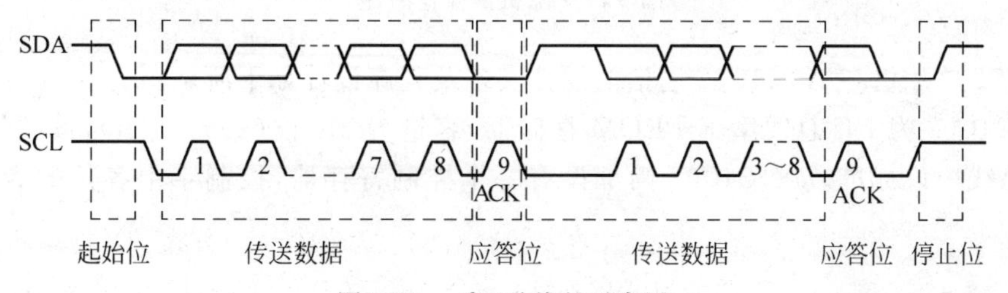

图 5-22　I^2C 总线的时序图

5.6.2 I^2C串行扩展应用实例

I^2C总线实际上已经成为一个国际标准，在超过100种不同的IC上实现，而且得到超过50家公司的许可。如今，利用I^2C总线接口的芯片很多，例如时钟芯片、E^2PROM芯片、IC卡等。对于所有采用I^2C总线接口的芯片，其使用方法基本类似，基本思路都是对具有I^2C总线的芯片进行读、写操作。本节以AT24C××系列芯片为例，介绍80C51单片机如何实现对I^2C总线接口芯片的读、写操作。

AT24C××系列是具有I^2C总线标准的E^2PROM存储器。由于在I^2C总线上可以连接多个器件，因此每个器件应该有唯一的器件地址。I^2C总线规定：器件地址为7位(即在一个I^2C总线系统中，理论上可以连接128个不同地址的器件)数据和1位读/写(R/W')方向控制。器件地址中的高4位(D7～D4)为器件型号识别，不同的I^2C总线接口器件的型号地址由生产商提供，AT24C××系列的型号识别地址为1010(AD公司的AD7×××系列数字温度传感器的型号识别地址为1001)。D3～D1位为片选信号，与芯片的外部引脚A2、A1和A0相对应，在硬件系统设计时由所连接的引脚电平给定。D0位为读/写控制，该位为0，表示对器件进行写操作；该位为1，表示对器件进行读操作。

AT24C××系列的读/写操作遵循I^2C总线的主发从收、主收从发规则。

写操作是针对AT24C××系列E^2PROM存储器的，其写操作时序如图5-23所示。读操作是针对AT24C××系列E^2PROM存储器的，其读操作时序如图5-24所示。

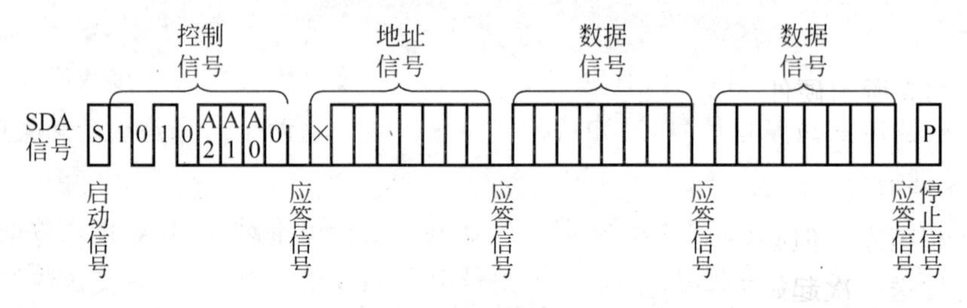

图5-23 随机写操作时序

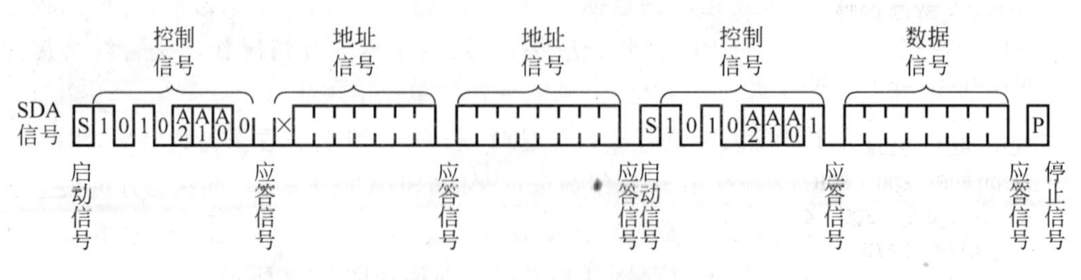

图5-24 随机读操作时序

80C51单片机与AT24C02通信的硬件实现及程序设计如下所示。

AT24C02为I^2C总线型E^2PROM存储器，容量为2K位(256×8bit)，读/写时序遵循I^2C总线协议标准。AT24C02内部设有一个控制寄存器，控制字中各位的含义如下所示：

D7	D6	D5	D4	D3	D2	D1	D0
1	0	1	0	A2	A1	A0	R/W

其中,A2、A1 和 A0 用于选择总线上待访问的 I^2C 器件。R/W=1,读操作；R/W=0,写操作。从上述位定义表可以看出,I^2C 总线上最多可以扩展 $2^3=8$ 片同样容量的 E^2PROM 存储器,如果扩展 8 片 2KB 容量的 E^2PROM 存储器,每片存储器将对应一个地址,这个地址由芯片的 A2、A1 和 A0 唯一确定。

(1) 硬件实现。用 80C51 单片机的 P1.0 模拟提供 AT24C02 的 SDA 信号,P1.1 模拟提供 AT24C02 的 SCL 信号,电路连接图如图 5-25 所示。

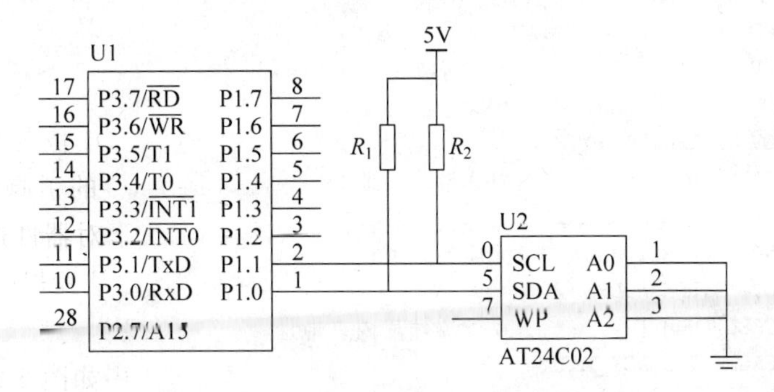

图 5-25 80C51 与 AT24C02 连接原理图

由图 5-25 所示硬件连接关系及控制字设置规则可知,对 AT24C02 读操作的控制字为 0A1H,写操作控制字为 0A0H。

(2) 软件实现。由本小节前述内容及图 5-25 所示的硬件原理图可编写对 AT24C02 的读、写控制程序。但必须注意的是,读子程序中需要在发送器件控制字(写)和片内字节地址后,再发送一次起始信号和器件控制字(读)。

```
ACK  BIT  10H                    ;应答标志位
CONTROL_BYTE DATA  50H           ;存放器件控制字
ROM_ADDR DATA  51H               ;存放器件片内首地址
NUM_BYTE  DATA  52H              ;存放读/写字节数
SDA  BIT  P1.0
SCL  BIT  P1.1                   ;I²C 总线定义
SEND_BUF  EQU  30H               ;发送数据缓存区首地址(30H～3FH)
REICEVE_BUF  EQU  40H            ;接收数据缓存区首地址(40H～4FH)
    AJMP  MAIN
    ORG  00H
MAIN:
    MOV  A,#0                    ;发送数据缓存区初始化,将 16 个连续字节分别赋值为 00H～0FH
    MOV R2,#16
    MOV  R0,#SEND_BUF            ;#30H→R0
S1: MOV  @R0,A
    INC  R0
    INC  A
    DJNZ R2,S1
```

```
;向 24C01C 写数据,数据存放在 24C01C 中 30H 开始的 16 个字节中
    MOV  CONTROL_BYTE,#0A0H   ;24C01C 控制字,写操作
    MOV  ROM_ADDR,#30H        ;器件片内首地址(设为 30H)
    MOV  NUM_BYTE,#16         ;字节数
    LCALL  WR_EEPROM          ;写数据
    LCALL DELAY
;从 24C01C 读数据,数据送到 AT89C51 中 40H 开始的 16 个字节中
    MOV CONTROL_BYTE,#0A0H    ;24C01C 控制字,写操作
    MOV ROM_ADDR,#30H         ;目标地址
    MOV NUM_BYTE,#16          ;字节数
    LCALL  RD_EEPROM          ;读数据
;向器件指定地址写 NUM_BYTE 个数据
WR_EEPROM:
          MOV R3, NUM_BYTE     ;发送字节数
          LCALL  IIC_START     ;启动总线
          MOV A, CONTROL_BYTE
          LCALL  WRBYTE        ;发送器件控制字
          LCALL  IIC_ACK_TEST
          JNB  ACK,RETWRN      ;无应答则退出
          MOV  A,ROM_ADDR
          LCALL  WRBYTE        ;发送器件片内首地址
          LCALL  IIC_ACK_TEST
          MOV  R1,#SEND_BUF
    WRDA: MOV  A,@R1
          LCALL  WRBYTE        ;开始写入数据
          LCALL  IIC_ACK_TEST
          JNB  ACK,WR_EEPROM
          INC R1
          DJNZ R3,WRDA         ;判断是否写完
  RETWRN: LCALL  IIC_STOP
          RET
;从器件指定地址读取 NUM_BYTE 个数据
RD_EEPROM:
          MOV R3,NUM_BYTE
          LCALL  IIC_START
          MOV A,CONTROL_BYTE
          LCALL  WRBYTE        ;发送器件控制字
          LCALL  IIC_ACK_TEST
          JNB ACK,RETRDN
          MOV A,ROM_ADDR       ;发送片内首地址
          LCALL  WRBYTE
          LCALL  IIC_ACK_TEST
          LCALL  IIC_START     ;重新启动总线
          MOV A,CONTROL_BYTE
          INC A                ;准备进行读操作(0A1H)
          LCALL  WRBYTE
          LCALL  IIC_ACK_TEST
          JNB  ACK,RD_EEPROM
          MOV  R1,#REICEVE_BUF
```

```
   RON1: LCALL  RDBYTE                 ;读操作开始
         MOV @R1,A
         DJNZ R3,SACK
 RETRDN: LCALL  IIC_STOP
         RET
   SACK: LCALL  IIC_ACK
         INC  R1
         SJMP RON1
;启动 I²C 总线子程序——发送 I²C 总线起始条件
IIC_START:
          SETB SDA                   ;发送起始条件数据信号
          NOP                        ;起始条件建立时间大于 4.7μs
          SETB SCL                   ;发送起始条件的时钟信号
          NOP
          CLR SDA                    ;发送起始信号
          NOP                        ;起始条件锁定时间大于 4.7μs
          CLR SCL                    ;准备发送或接收数据
          NOP
          RET
;停止 I²C 总线子程序——发送 I²C 总线停止条件
IIC_STOP:
          CLR   SDA                  ;发送停止条件的数据信号
          NOP
          SETB  SCL                  ;发送停止条件的时钟信号
          NOP                        ;起始条件建立时间大于 4.7μs
          SETB  SDA                  ;发送 I²C 总线停止信号
          NOP                        ;延迟时间大于 4.7μs
          RET
;发送应答信号子程序
IIC_ACK:
        CLR   SDA                    ;将 SDA 置"0"
        NOP
        SETB  SCL
        NOP                          ;保持数据时间,大于 4.7μs
        CLR   SCL
        NOP
        RET
;发送非应答信号子程序
IIC_NO_ACK:
        SETB  SDA                    ;将 SDA 置"1"
        NOP
        SETB  SCL
        NOP
        CLR   SCL                    ;保持数据时间,大于 4.7μs
        NOP
        RET
;检查应答位子程序,返回值 ACK=1 时,表示有应答
IIC_ACK_TEST:
        SETB  SDA
```

```
        NOP
        SETB  SCL
        CLR  ACK                    ;复位应答标志
        NOP
        MOV  C,SDA                  ;读应答标志
        JC  CEND
        SETB  ACK                   ;判断应答位
CEND:   NOP
        CLR  SCL
        NOP
        RET
;发送字节子程序,字节数据放入 ACC
WRBYTE: MOV R0, #08H
  WLP:  CLR SCL
        RLC A                       ;取数据位
        MOV SDA,C
        NOP
        SETB SCL
        LCALL DELAY
        DJNZ  R0,WLP
        CLR SCL
        RET
;读取字节子程序,读出的数据存放在 ACC
RDBYTE: MOV R0, #08H
  RLP:  SETB SDA
        NOP
        SETB  SCL                   ;时钟线为高电平,接收数据位
        NOP
        MOV  C,SDA                  ;读取数据位
        CLR  SCL                    ;将 SCL 拉低,时间大于 4.7μs
        RLC  A                      ;进行数据位的处理
        NOP
        DJNZ R0,RLP                 ;未够 8 位,继续读入
        RET
DELAY:  MOV  R5,#20                 ;延时
   D1:  MOV  R6,#24
   D2:  MOV  R7,#24
        DJNZ R7, $
        DJNZ R6,D2
        DJNZ R5,D1
        RET
        END
```

5.7 SPI 串行扩展接口

SPI(Serial Peripheral Interface)总线是一种同步串行外设接口总线系统,它可以使主控器(MCU)与各种外围设备(从控器 SCU)以串行方式通信。SPI 总线系统可直接与各个厂家生产的多种标准外围器件直接接口。该接口一般使用 4 条线:串行时钟线

(SCK)、主机输入/从机输出数据线 MISO、主机输出/从机输入数据线 MOSI 和低电平有效的从机选择线 SS(有的 SPI 接口芯片带有中断信号线 INT,有的 SPI 接口芯片没有主机输出/从机输入数据线 MOSI)。由于 SPI 系统总线一共只需 3 或 4 位数据线和控制线即可实现与具有 SPI 总线接口功能的各种 I/O 器件进行接口通信,因此,采用 SPI 总线接口可以简化电路设计,节省很多常规电路中的接口器件和 I/O 口线,提高设计的可靠性。具有 SPI 总线接口的外围设备类型很多,如 Flash RAM、网络控制器、LCD 显示驱动器、A/D 转换器等。

1. SPI 总线的结构原理

SPI 总线可在软件的控制下构成各种功能完善的系统。例如,1 个主 MCU 和几个 SCU,或几个 SCU 相互连接构成多主机系统(分布式系统)、1 个 MCU 和 1 个或几个 SCU 设备等。在大多数应用场合,可使用 1 个 MCU 作为主控器来控制数据向 1 个或几个 SCU 传送数据。SCU 只有在主控器发送命令时,才能接收或向主控器发送数据。其数据的传输格式是高位(MSB)在前,低位(LSB)在后。SPI 总线系统的结构如图 5-26 所示。

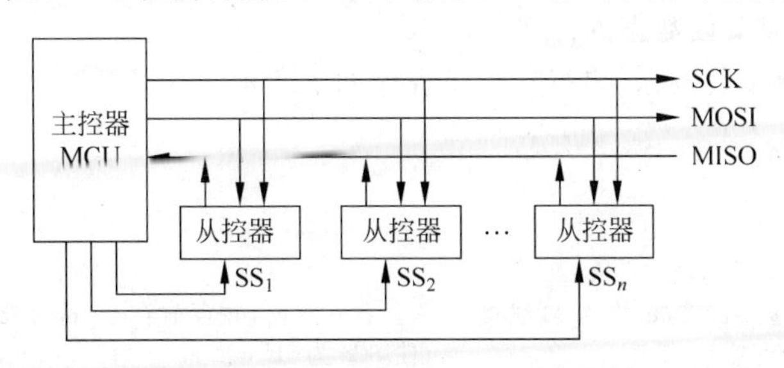

图 5-26 SPI 总线系统结构框图

当主控器(MCU)通过 SPI 总线与多种不同的串行 I/O 芯片相连时,必须使用每个 SCU 的使能控制端,这可通过主控器的 I/O 端口来实现。但必须注意,这些串行 I/O 芯片的输入/输出特性如下所示:

① SCU 的串行数据输出是否具有三态控制端。未选中该芯片时,输出端应处于高阻态;如果没有三态控制端,则应外加三态门,否则 MCU 的 MISO 端只能连接 1 个输入芯片。

② SCU 的串行数据输入是否具有允许控制端。只有在 SCU 允许时,才可在 SCK 脉冲作用下把串行数据移入 SCU;当 SCU 禁止输入时,SCK 对该器件无效;如果 SCU 没有允许控制端,则应有对 SCK 进行分配的控制电路,然后再加到各 SCU 的时钟输入端,或者只在 SPI 总线上连接 1 个 SCU,而不再连接其他输入或输出芯片。

2. SPI 总线的软件模拟

对于不具有 SPI 总线接口的 MCS-51 系列单片机,可以使用软件来模拟 SPI 的操作,包括串行时钟、数据输入和数据输出。对于不同的串行接口外围芯片,它们的时钟时序是不同的。以图 5-27 为例说明如下。

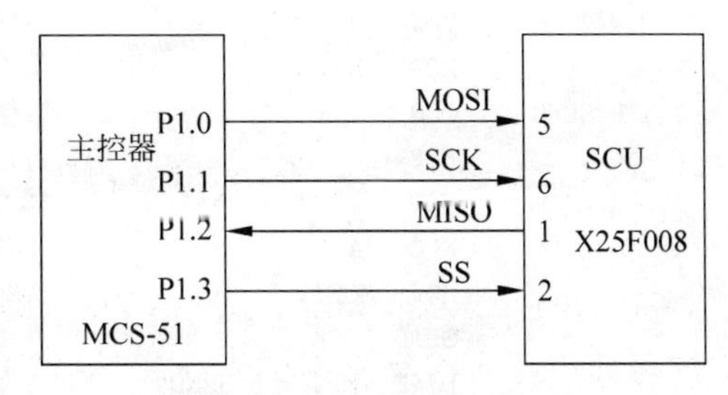

图 5-27 SPI 总线接口原理图

对于在 SCK 的上升沿输入(接收)数据

和在下降沿输出(发送)数据的 SCU:

① 主机输入/从机输出(MISO):将串行时钟输出线 P1.1 的初始状态设置为"1",在 SCU 允许控制端为有效逻辑状态时,将时钟输出线 P1.1 置为"0"。这样,当主控器(MCU)输出 1 位 SCK 时钟时,将使接口芯片内的数据串行左移 1 位,从而输出 1 位数据至 MCS-51 单片机的 P1.3 口(模拟 MCU 的 MISO 线)。如此循环 8 次,即可完成通过 SPI 总线对 SCU 器件读 8 位数据的操作。

② 主机输出/从机输入(MOSI):此后再置 P1.1 为"1",使 MCS-51 系列单片机从 P1.0(模拟 MCU 的 MOSI 线)输出 1 位数据(先为高位)至串行接口芯片。至此,模拟 1 位数据输入/输出便宣告完成。此后,再置 P1.1 为"0",模拟下一位数据的输入/输出,依此循环 8 次,即可完成 1 次通过 SPI 总线传输 8 位数据的操作。

对于在 SCK 的下降沿输入数据和在上升沿输出数据的器件,应取串行时钟输出的初始状态为"0",即在接口芯片允许时,先置 P1.1 为"1",以便外围接口芯片输出 1 位数据(MCU 接收 1 位数据);之后,再置时钟为"0",使外围接口芯片接收 1 位数据(MCU 发送 1 位数据),从而完成 1 位数据的传送。

由图 5-27 可得串行发送、串行接收子程序如下所示:

```
MOSI  BIT  P1.0
SCK   BIT  P1.1
MISO  BIT  P1.2
SS    BIT  P1.3
;主控器 MCS-51 从 X25F008 的 MISO 线接收一个字节数据,并存放在 R5 寄存器
SETB  SCK                            ;使 SCK 为"1"
CLR   SS                             ;选择从控器 SCU
MOV   R1, #8                         ;设置循环次数
SPI_RECEIVE: CLR   SCK               ;使 SKC 为"0"
             NOP                     ;延时
             NOP
             MOV   C, MISO           ;SCU 输出,MCU 接收 1 位
             RLC   A
             SETB  SCK
             DJNZ  R1, SPI_RECEIVE   ;接收完成?
             MOV   R5, A
             RET
;主控器 MCS-51 通过 MOSI 线将 R5 寄存器的内容发送给 X25F008
             SETB  SCK               ;使 SCK 为"1"
             CLR   SS                ;选择从控器 SCU
             MOV   R1, #8            ;设置循环次数
             MOV   R5, A
SPI_SEND:    CLR   SCK               ;使 SKC 为"0"
             NOP                     ;延时
             NOP
             RLC   A
             MOV   MOSI, C           ;MCU 输出,SCU 接收 1 位
             SETB  SCK
             DJNZ  R1, SPI_SEND      ;发送完成?
             RET
```

本章小结

(1) 计算机之间的通信分为并行通信和串行通信两种方式。在以单片机为控制器的测控系统中,信息交换多采用串行通信。

(2) 80C51 单片机内部有一个全双工的异步串行通信口,该串行口的波特率和帧格式可以编程设定。该串行口有四种工作方式：方式 0～方式 3。方式 0 和方式 2 的传送波特率是固定的；方式 1 和方式 3 的传送波特率是可变的,由定时器 T1 的溢出率决定。

(3) 单片机与单片机之间以及单片机与 PC 之间都可以通信。异步通信程序通常采用两种方法,即查询法和中断法。

(4) 随着微电子技术的发展,在串行通信领域中推出了具有接口线少、控制方式简化、器件封装形式小、通信速度较高的主从通信结构——I^2C、SPI 等新的串行通信接口标准,这为单片机在控制系统中的应用提供了广阔的空间。

思考题与习题

1. 串行数据传送与并行数据传送相比的主要优点和用途是什么?

2. 串行通信的接口标准有哪几种?

3. 在串行通信中,通信速率与传输距离之间的关系如何?

4. 在利用 RS-422/RS-485 通信的过程中,如果通信距离(波特率固定)过长,应如何处理?

5. 80C51 单片机串行口有几种工作方式? 如何选择? 简述其特点。

6. 在串行控制寄存器 SCON 中,TB8 和 RB8 的作用是什么?

7. 简述在 MCS-51 单片机串行口的四种工作方式下,接收和发送数据的过程。

8. 若晶体振荡器频率为 11.0592MHz,串行口工作于方式 1,波特率为 4800bit/s,写出用 T1 作为波特率发生器的方式控制字和计数初值。

9. 使用 80C51 的串行口按工作方式 1 进行串行数据通信,假定波特率为 2400bit/s,以中断方式传送数据。请编写全双工通信程序。

10. 利用单片机串行口扩展 24 个发光二极管和 8 个按键,要求画出电路图并编写程序,使 24 个发光二极管按照不同的顺序发光(发光的时间间隔为 1s)。

11. 简述 80C51 单片机多机通信的特点。

12. 简述利用串行口进行多机通信的原理。

13. 在微机与单片机构成的测控网络中,要提高通信的可靠性,应注意哪些问题?

第 6 章

80C51 单片机的系统扩展

学习目的

(1) 了解 80C51 单片机的三总线,即数据总线、地址总线和控制总线的构成。

(2) 掌握 80C51 单片机扩展 ROM 和 RAM 的方法。

(3) 掌握 80C51 单片机扩展 8255 和 8155 的方法及应用。

学习重点和难点

(1) ROM 和 RAM 的扩展和分析方法。

(2) 可编程芯片 8255A 与 8155 的应用。

80C51 系列单片机内部已有 ROM、RAM、I/O 和定时器/计数器等基本功能部件,对于小的应用系统已经可以满足系统要求。但对于较大的应用系统,还需进行系统扩展,如程序存储器 ROM、数据存储器 RAM 和并行 I/O 接口电路的扩展。本章介绍 80C51 系统扩展。

6.1 程序存储器扩展

6.1.1 扩展总线

由于受引脚数量的限制,80C51 系列单片机的地址总线的低 8 位(A7～A0)和数据总线合用 P0 口,因此 P0 口是地址/数据复用口;P2 口用作地址线的高 8 位(A15～A8);P3 口的$\overline{RD}$和$\overline{WR}$加上控制线$\overline{EA}$、ALE 和$\overline{PSEN}$等组成控制总线。80C51 单片机的三总线结构如图 6-1 所示,功能如下所述。

1. 数据总线 D0～D7

(1) 数据总线的宽度为 8 位,由 P0 口提供。

(2) 在读信号$\overline{RD}$与写信号$\overline{WR}$有效时,P0 口上出现的为数据信息。

2. 地址总线 A0～A15

80C51 单片机的地址总线宽度为 16 位,可寻址范围为 2^{16}=64KB。可扩展的片外 ROM 的最大容量为 64KB,地址为 0000H～FFFFH。可扩展的片外 RAM 的最大容量也为 64KB,地址为 0000H～FFFFH。地址总线 A0～A15 由 P0 口和 P2 口共同组成,如下所述。

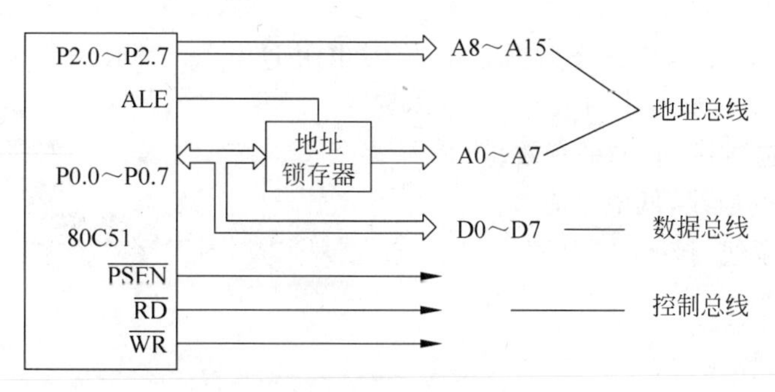

图6-1　80C51单片机的三总线结构图

(1) 地址总线的高8位(A15～A8)是由P2口提供的,低8位(A7～A0)是由P0口提供的。

(2) 在访问外部存储器时,由于P0口是地址/数据复用口,因此需要加一个8位锁存器(74LS373)。由地址锁存信号ALE的下降沿把P0口的低8位锁存至地址锁存器,再加上P2口提供的地址高8位,构成单片机的16位地址总线。

(3) 在实际应用系统中,P2口的高8位地址线并不需要这么多,需要用几位就引出几根口线。

3. 控制总线$\overline{\text{RD}}$、$\overline{\text{WR}}$、$\overline{\text{EA}}$、ALE和$\overline{\text{PSEN}}$

(1) 读信号$\overline{\text{RD}}$和写信号$\overline{\text{WR}}$作为扩展数据存储器RAM和I/O端口的读、写选通信号。执行MOVX指令时,这两个信号分别自动有效。

(2) $\overline{\text{EA}}$信号作为内、外程序存储器ROM的控制信号。

(3) ALE信号作为地址锁存的选通信号,以实现低8位地址的锁存。

(4) $\overline{\text{PSEN}}$信号作为扩展程序存储器ROM的读选通信号。

6.1.2　常用程序存储器芯片

Flash ROM是一种新型的电擦除式存储器,它是在EPROM工艺的基础上增添了芯片整体电擦除和可再编程功能。它既可作为数据存储器用,又可作为程序存储器用,其主要性能特点如下所述。

(1) 电可擦除、可改写,数据保持时间长。

(2) 可重复擦写/编程大于10000次。

(3) 有些芯片具有在系统可编程ISP功能。

(4) 读出时间为纳秒级,写入和擦除时间为毫秒级。

(5) 低功耗,单一电源供电,价格低,可靠性高,性能比E^2PROM优越。

Flash ROM型号很多,常用的有29系列和28F系列。29系列有29C256(32K×8)、29C512(64K×8)、29C010(128K×8)、29C020(256K×8)和29040(512K×8)等,28F系列有28F512(64K×8)、28F010(128K×8)、28F020(256K×8)和28F040(512K×8)等。常用的29系列Flash ROM芯片管脚和封装如图6-2所示,引脚功能如下所述。

- A0～A17:地址输入线。80C51系列单片机的地址总线为16根,只有64KB的寻址能力。如果扩展的存储器寻址范围大于64KB,多余的16根地址线就需要通过P1口或逻辑电路来解决。

- I/O0～I/O7：双向三态数据总线，有时也用 D0～D7 表示。
- $\overline{\text{CE}}$：片选线，低电平有效。
- $\overline{\text{OE}}$：读选通线，低电平有效。
- $\overline{\text{WE}}$：写选通线，低电平有效。
- V_{CC}：电源线，接+5V 电源。
- GND：接地。
- NC：空。

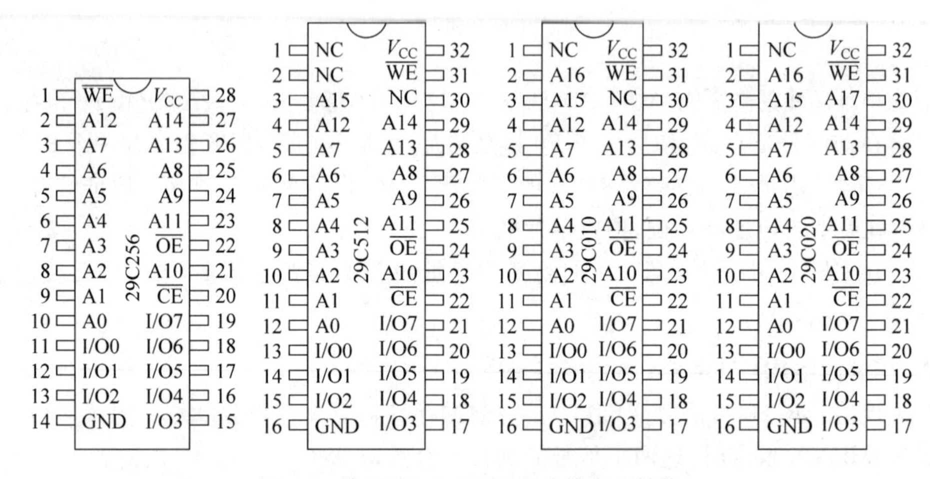

图 6-2　常用 Flash ROM 芯片管脚和封装

6.1.3　程序存储器扩展实例

程序存储器的扩展问题，实际上就是程序存储器与单片机的连线问题。程序存储器与单片机的连线主要是三总线，具体如下所述。

(1) 数据线：存储器的数据线 D7～D0 有 8 位，由单片机的 P0 口的 P0.7～P0.0 提供。

(2) 地址线：地址线的根数决定了程序存储器的容量。程序存储器的 A7～A0 低 8 位地址线由 P0 口提供，程序存储器的 A15～A8 的高 8 位地址线由 P2 口提供。具体使用多少条地址线，视扩展容量而定。

(3) 控制线：常用的有三根控制线。

- 程序存储器的读允许信号$\overline{\text{OE}}$与单片机的读选通信号$\overline{\text{PSEN}}$相连。
- 程序存储器片选线$\overline{\text{CE}}$的接法决定了程序存储器的地址范围。当只采用一片程序存储器芯片时，可以直接接地；当采用多片程序存储器芯片时，需要使用译码器来选中，可直接接译码器的输出。

程序存储器的扩展分为线选法扩展和译码法扩展。线选法是指用一根线连接片选$\overline{\text{CE}}$信号，此方法的优点是线路连接简单、成本低、容易掌握，但缺点是存储器的地址不唯一。译码法又称为全地址译码法，所有的地址线都参与译码，此方法的优点是存储器的地址是唯一的，缺点是线路连接复杂、成本高。下面通过实例介绍用线选法进行程序存储器扩展。

【例 6-1】　用 80C31 单片机扩展一片 29C256 Flash ROM 存储器。

分析：

(1) 确定需要几根地址线。29C256 Flash ROM 芯片是 32KB×8 存储容量，其中 32KB－32×1024B＝$2^5\times2^{10}$B＝2^{15}B，因此需要 15 根地址线，即 A0～A14。

(2) 确定三总线。

① 数据线：29C256 的数据线 D7～D0 直接接 80C31 的 P0.7～P0.0。

② 地址线：29C256 的地址线低 8 位 A7～A0 通过锁存器 74LS373 与 P0 口连接，高 7 位 A8～A14 直接与 P2 口的 P2.0～P2.6 连接，P2 口本身有锁存功能。

③ 控制线：80C31 单片机与 29C256 的控制线连接采用了将外部数据存储器空间和程序存储器空间合并的方法，使得 29C256 既可以作为程序存储器使用，又可以作为数据存储器使用。

- $\overline{\text{CE}}$片选线：直接接地。由于系统中只扩展了一片程序存储器芯片，因此 29C256 的片选端直接接地，表示 29C256 一直被选中。
- $\overline{\text{OE}}$读选通线：80C31 的程序存储器读选通信号$\overline{\text{PSEN}}$和数据存储器读信号$\overline{\text{RD}}$经过"与"门后，接到 29C256 的读选通线$\overline{\text{OE}}$上。因此，只要$\overline{\text{PSEN}}$和$\overline{\text{RD}}$中一个有效，就可以对 29C256 进行读操作。也就是说，对 29C256 既可以看作程序存储器取指令，也可以看作数据存储器读出数据。
- $\overline{\text{WE}}$写选通线：与 80C31 的数据存储器写信号$\overline{\text{WR}}$相连，只要执行数据存储器写操作指令，就可以往 29C256 写入数据。

根据上述分析，可画出 80C31 扩展一片 29C256 的电路图如图 6-3 所示。

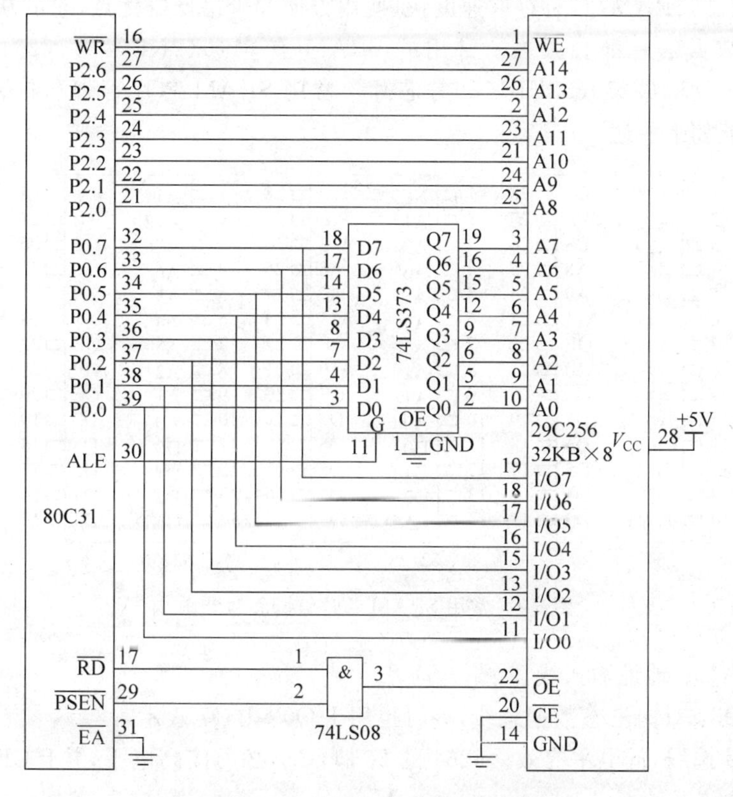

图 6-3　80C31 扩展一片 29C256 的电路图

(3) 确定 29C256 存储器的地址范围。

P2.7	P2.6	P2.5	P2.4	P2.3	P2.2	P2.1	P2.0	P0.7	P0.6	P0.5	P0.4	P0.3	P0.2	P0.1	P0.0
A15	A14	A13	A12	A11	A10	A9	A8	A7	A6	A5	A4	A3	A2	A1	A0
×	0	0	0	0	0	0	0	0	0	0	0	0	0	0	0
							⋮								
×	1	1	1	1	1	1	1	1	1	1	1	1	1	1	1

29C256 存储器地址范围为 0000H～7FFFH。

因此,29C256 存储器地址范围为 0000H～7FFFH(“×”取“0”),共计 32KB 存储容量。

这样一来,29C256 的数据写入和读出与静态 RAM 完全相同,采用“MOVX A,@DPTR”和“MOVX@DPTR,A”指令来完成读/写操作。

6.2 数据存储器扩展

80C51 单片机片内数据存储器 RAM 只有 128B,在应用时若 RAM 容量不够,就要在片外进行数据存储器 RAM 的扩展。片外数据存储器 RAM 可扩展的最大容量为 64KB。RMA 分为动态存储器(DRAM)和静态存储器(SRAM),DRAM 需要定时刷新,一般用在微机中,单片机中不适用。单片机中主要采用 SRAM。

6.2.1 常用数据存储器芯片

静态存储器(SRAM)具有存取速度快、使用方便和价格低等优点,它的缺点是一旦掉电,内部所有数据信息都会丢失。常用的 SRAM 有 6116(2KB×8)、6264(8KB×8)、62128(16KB×8)和 62256(32KB×8)等芯片。常用 SRAM 芯片管脚和封装图如图 6-4 所示,引脚功能如下所述。

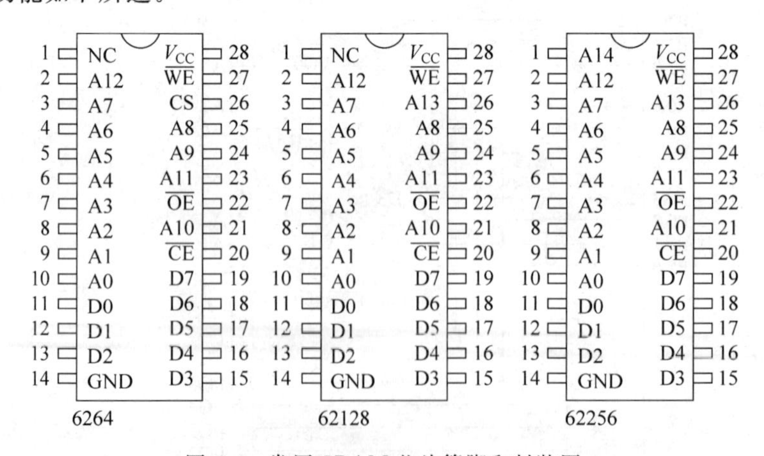

图 6-4 常用 SRAM 芯片管脚和封装图

- A0～A15:地址输入线。
- D0～D7:双向三态数据总线,有时也用 I/O0～I/O7 表示。
- $\overline{CE}$:片选线,低电平有效。6264 的 26 脚(CS)必须接高电平,并且$\overline{CE}$为低电平时才选中该芯片。

- $\overline{OE}$：读选通线，低电平有效。
- $\overline{WE}$：写选通线，低电平有效。
- V_{CC}：电源线，接+5V 电源。
- NC：空。
- GND：接地。

6.2.2 数据存储器扩展实例

1. 用线选法扩展一片数据存储器 SRAM

【例 6-2】 在单片机应用系统中需要扩展 8KB SRAM。

分析：选用静态存储器 6264 芯片，具体分析方法如下所述。

(1) 确定需要几根地址线。6264 SRAM 芯片是 8KB×8 存储容量，其中 $8KB=8\times 1024B=2^3\times 2^{10}B=2^{13}B$，因此需要 13 根地址线，即 A0～A12。

(2) 确定三总线。

① 数据线：6264 SRAM 的数据线 D7～D0 直接与 80C31 的 P0.7～P0.0 相接。

② 地址线：6264 SRAM 的地址线低 8 位 A7～A0 通过锁存器 74LS373 与 P0 口连接，高 7 位 A8～A12 直接与 P2 口的 P2.0～P2.4 连接，P2 口本身有锁存功能。

③ 控制线：

- $\overline{CE}$片选线。直接接地。由于系统中只扩展了一片数据存储器芯片，因此 6264 SRAM 的片选端直接接地，表示 6264 SRAM 一直被选中。
- $\overline{OE}$读选通线。直接与 80C31 的$\overline{RD}$端相连，只要执行数据存储器读操作指令，就可以把 6264 SRAM 中的数据读出。
- $\overline{WE}$写选通线。与 80C31 的数据存储器写信号$\overline{WR}$相连，只要执行数据存储器写操作指令，就可以往 6264 SRAM 写入数据。

根据上述分析，画出 80C31 扩展一片 6264 SRAM 的电路图如图 6-5 所示。

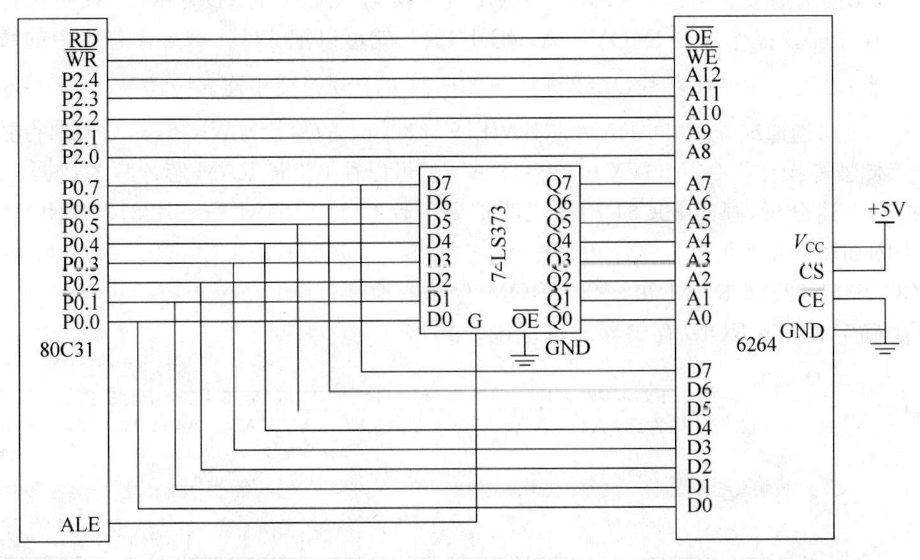

图 6-5　80C31 扩展一片 6264 SRAM 的电路图

(3) 确定 6264 SRAM 存储器地址范围。

P2.7	P2.6	P2.5	P2.4	P2.3	P2.2	P2.1	P2.0	P0.7	P0.6	P0.5	P0.4	P0.3	P0.2	P0.1	P0.0
A15	A14	A13	A12	A11	A10	A9	A8	A7	A6	A5	A4	A3	A2	A1	A0
×	×	×	0	0	0	0	0	0	0	0	0	0	0	0	0
							⋮								
×	×	×	1	1	1	1	1	1	1	1	1	1	1	1	1

6264 SRAM 存储器地址范围是 0000H～1FFFH。

其中,"×"表示与 6264 SRAM 管脚无关,数值可取"0"或"1"(地址范围不是唯一的),通常取"0"。因此,6264 SRAM 存储器地址范围为 0000H～1FFFH("×"取"0"),共计 8KB 存储容量。

2. 用译码法扩展

【例 6-3】 80C51 用译码法扩展一片 62256 RAM 和一片 27256 ROM。

分析:

(1) 确定需要几根地址线。62256 RAM 和 27256 ROM 芯片都是 32KB×8 存储容量,其中 $32KB=32\times1024B=2^5\times2^{10}B=2^{15}B$,因此需要 15 根地址线,即 A0～A14。

(2) 确定三总线。

① 数据线:62256 RAM 和 27256 ROM 芯片的数据线 D7～D0 直接与 80C51 的 P0.7～P0.0 相接。

② 地址线:62256 RAM 和 27256 ROM 芯片的地址线低 8 位 A7～A0 通过锁存器 74LS373 与 P0 口连接,高 7 位 A8～A14 直接与 P2 口的 P2.0～P2.6 连接。

③ 控制线:

- $\overline{CE}$片选线。由于采用译码法,因此它通过 74LS138 译码器的输出端$\overline{Y0}$来控制 27256 ROM 芯片。当$\overline{Y0}=0$时(即 P1.1、P1.0 和 P2.7 都为 0),才能选中 27256 ROM 芯片;用$\overline{Y1}$来控制 62256 RAM 芯片,当$\overline{Y1}=0$时(即 P1.1 和 P1.0 为 0,P2.7=1),才能选中 62256 RAM 芯片。
- $\overline{OE}$读选通线。62256 RAM 芯片$\overline{OE}$线直接与 80C51 的$\overline{RD}$端相连,只要执行数据存储器读操作指令"MOVX A,@DPTR",就可以把 62256 RAM 芯片中的数据读出;27256 ROM 芯片$\overline{OE}$线直接与 80C51 的$\overline{PSEN}$端相连。
- $\overline{WE}$写选通线。62256 RAM 芯片$\overline{WE}$线与 80C51 的写信号$\overline{WR}$相连,只要执行数据存储器写操作指令"MOVX @DPTR,A",就可以往 62256 RAM 芯片写入数据。

根据上述分析,画出 80C51 用译码法扩展一片 62256 RAM 和一片 27256 ROM 的逻辑电路图如图 6-6 所示。

(3) 确定 62256 RAM 和 27256 ROM 存储器地址范围。

① 确定 27256 ROM 存储器地址范围。

C	B	A															
P1.1	P1.0	P2.7	P2.6	P2.5	P2.4	P2.3	P2.2	P2.1	P2.0	P0.7	P0.6	P0.5	P0.4	P0.3	P0.2	P0.1	P0.0
		A15	A14	A13	A12	A11	A10	A9	A8	A7	A6	A5	A4	A3	A2	A1	A0
$\overline{CE}$($\overline{Y0}$)																	
		0	0	0	0	0	0	0	0	0	0	0	0	0	0	0	0
									⋮								
		0	1	1	1	1	1	1	1	1	1	1	1	1	1	1	1

27256 ROM 存储器地址范围是 0000H～7FFFH。

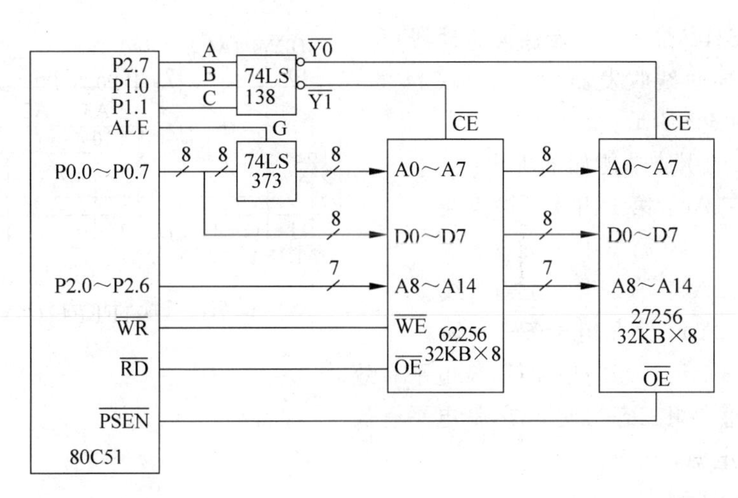

图 6-6　用译码法扩展一片 62256 RAM 和一片 27256 ROM 的逻辑电路图

因此，27256 ROM 存储器地址范围为 0000H～7FFFH，共计 32KB 存储容量。

② 确定 62256 RAM 存储器地址范围。

C	B	A															
P1.1	P1.0	P2.7	P2.6	P2.5	P2.4	P2.3	P2.2	P2.1	P2.0	P0.7	P0.6	P0.5	P0.4	P0.3	P0.2	P0.1	P0.0
		A15	A14	A13	A12	A11	A10	A9	A8	A7	A6	A5	A4	A3	A2	A1	A0
CE(Y1)																	
		1	0	0	0	0	0	0	0	0	0	0	0	0	0	0	0
									⋮								
		1	1	1	1	1	1	1	1	1	1	1	1	1	1	1	1

62256 RAM 存储器地址范围是 8000H～FFFFH。

因此，62256 RAM 存储器地址范围为 8000H～FFFFH，共计 32KB 存储容量。

6.3　简单并行 I/O 接口的扩展

80C51 系列单片机内部有 4 个 8 位并行 I/O 口 P0～P3，共 32 根引脚。当需要片外扩展存储器时，P0 口分时地作为低 8 位地址线和数据线，P2 口作为高 8 位地址线。P3 口具有第二功能，在应用系统中也常被使用。因此在大多数的应用系统中，真正能够提供给用户使用的只有 P1 和部分 P2 及 P3 口，当所接外设较多时，必须扩展 I/O 接口。

80C51 单片机扩展的 I/O 口和片外数据存储器采用统一编址和相同的寻址方法，因此，对片外 I/O 口的输入/输出指令就是访问片外 RAM 的指令，扩展方法与片外数据存储器相同。

1. 简单 I/O 接口扩展芯片

所谓简单的 I/O 口扩展，就是采用通用 TTL、CMOS 锁存器和缓冲器等作为扩展芯片，通过 P0 口来实现扩展的一种方案。它具有电路简单、成本低、配置灵活等特点，因此，在单片机应用系统中经常被采用。

常用的芯片有 74LS237(8D 触发器)、74LS373(8D 锁存器)、74LS377(带使能的 8D

触发器)、74LS244(带三态8缓冲线驱动器)和74LS245(8双向总线收发器)等。74LS244的内部结构如图6-7所示。

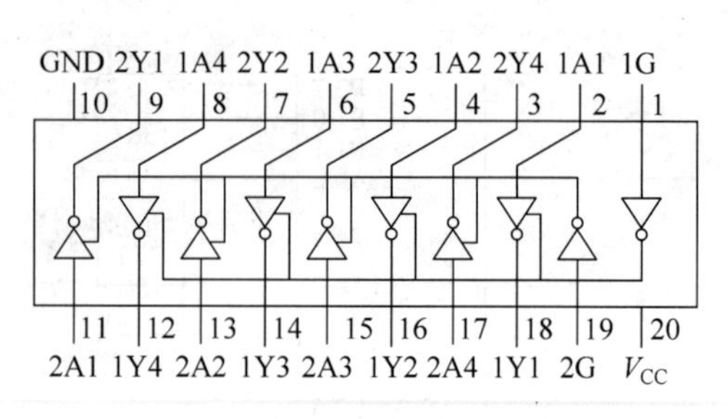

图6-7 74LS244内部结构图

74LS244的引脚功能如下所述:

- 1A1～1A4:第1组4条输入线。
- 1Y1～1Y4:第1组4条输出线。
- 2A1～2A4:第2组4条输入线。
- 2Y1～2Y4:第2组4条输出线。
- 1G:第1组三态门使能端,低电平有效。
- 2G:第2组三态门使能端,低电平有效。
- V_{CC}:电源,+5V。
- GND:接地。

2. 简单并行I/O接口扩展实例

【例6-4】 如图6-8所示是80C51单片机扩展一个输入接口74LS244和一个输出接口74LS273的电路。

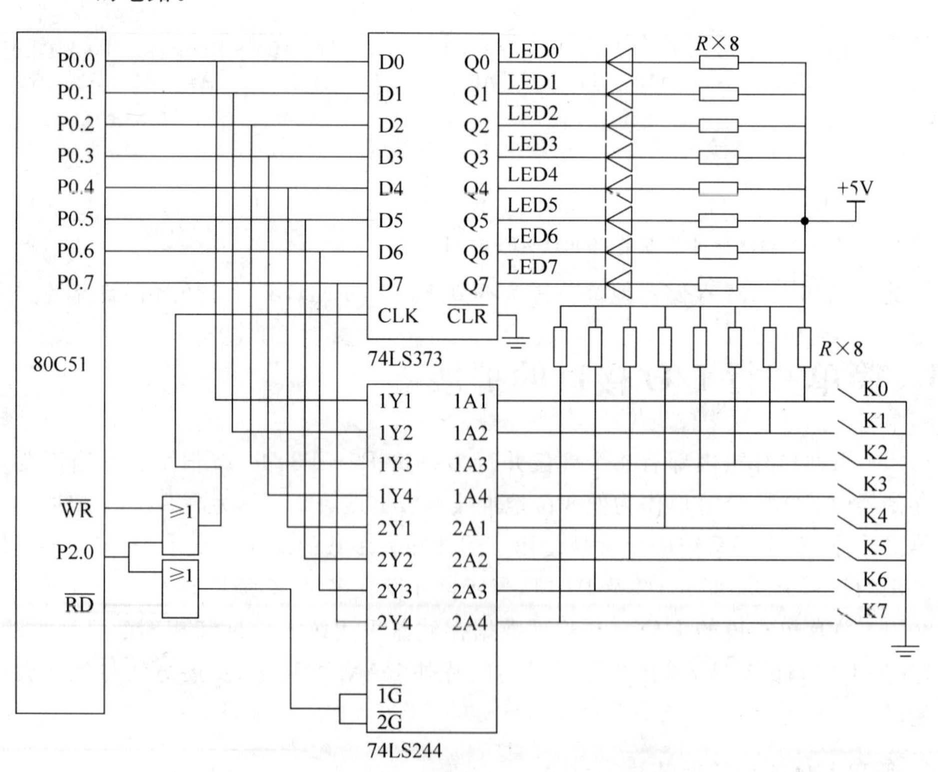

图6-8 简单I/O接口扩展电路图

分析:P0口作为双向数据总线,用74LS244扩展8位输入,输入由8只开关K0～K7控制,开关闭合为低电平,开关断开为高电平。用74LS273扩展8位输出,输出信号控制

8 只发光二极管。74LS273 输出为低电平时，发光二极管亮；74LS273 输出为高电平时，发光二极管灭。只要 P2.0 为 0，就选中 74LS244 或 74LS273，所以 74LS244 和 74LS273 的地址均为 FEFFH。

编写控制程序，程序实现的功能是闭合任意开关，对应的 LED 发光。

参考程序如下所示：

```
       ORG  0000H
       LJMP MAIN
       ORG  0200H
MAIN:  MOV  DPTR,#0FEFFH        ；数据指针指向口地址
       MOVX A,@DPTR             ；检测开关状态，读入 74LS244 数据
       MOVX  @DPTR,A            ；向 74LS273 输出数据，驱动 LED
       SJMP  MAIN
       END
```

6.4　8255 可编程并行接口扩展

所谓可编程的接口芯片，是指其功能可由单片机的指令来改变，通过编程，使接口芯片执行不同的接口功能。8255A 是 Intel 公司为单片机配套的通用可编程并行接口芯片。

8255A 接口芯片有 3 个 8 位并行输入/输出端口，可利用编程方法设置 3 个端口是作为输入端口还是作为输出端口。

6.4.1　Intel 8255A 的结构与功能

Intel 8255A 是一个 40 引脚双列直插的芯片，其引脚图如图 6-9 所示。

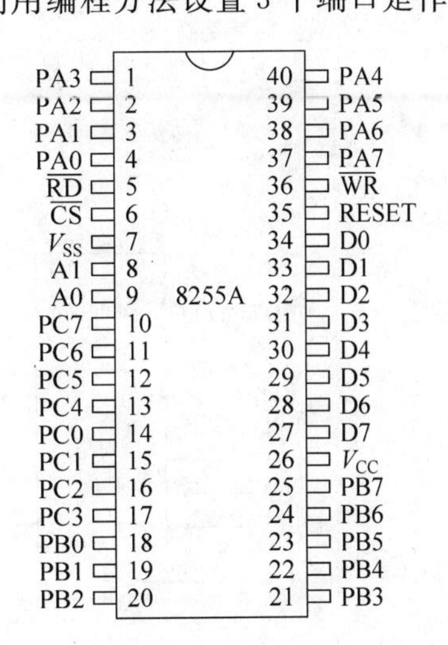

图 6-9　8255A 引脚图

1. 8255A 的引脚

(1) 与单片机相连的引脚

① D7～D0：数据线，双向、三态。

② $\overline{RD}$：读信号，输入、低电平有效。

③ $\overline{WR}$：写信号，输入、低电平有效。

④ $\overline{CS}$：片选信号，输入、低电平有效。

⑤ A1、A0：地址线，输出。

A1、A0 与 8255 内部寄存器的关系如表 6-1 所示。

(2) 与外设相连的引脚

① PA7～PA0：A 端口数据信号引脚。

② PB7～PB0：B 端口数据信号引脚。

③ PC7～PC0：C 端口数据信号引脚。

(3) 其他引脚

① RESET：复位信号，输入、高电平有效。

② V_{CC}、GND：电源＋5V 和接地引脚。

表 6-1 8255A 的端口操作功能表

A1	A0	$\overline{RD}$	$\overline{WR}$	$\overline{CS}$	操作功能
0	0	0	1	0	读端口 A
0	1	0	1	0	读端口 B
1	0	0	1	0	读端口 C
0	0	1	0	0	写端口 A
0	1	1	0	0	写端口 B
1	0	1	0	0	写端口 C
1	1	1	0	0	与方式控制字
×	×	×	×	1	无操作(高阻抗)
×	×	1	1	0	无操作(高阻抗)
1	1	0	1	0	非法状态

2. 8255A 的内部结构与功能

8255A 的内部结构如图 6-10 所示。它包括 4 个部分,即数据总线缓冲器、读/写控制逻辑、A 组控制和 B 组控制。

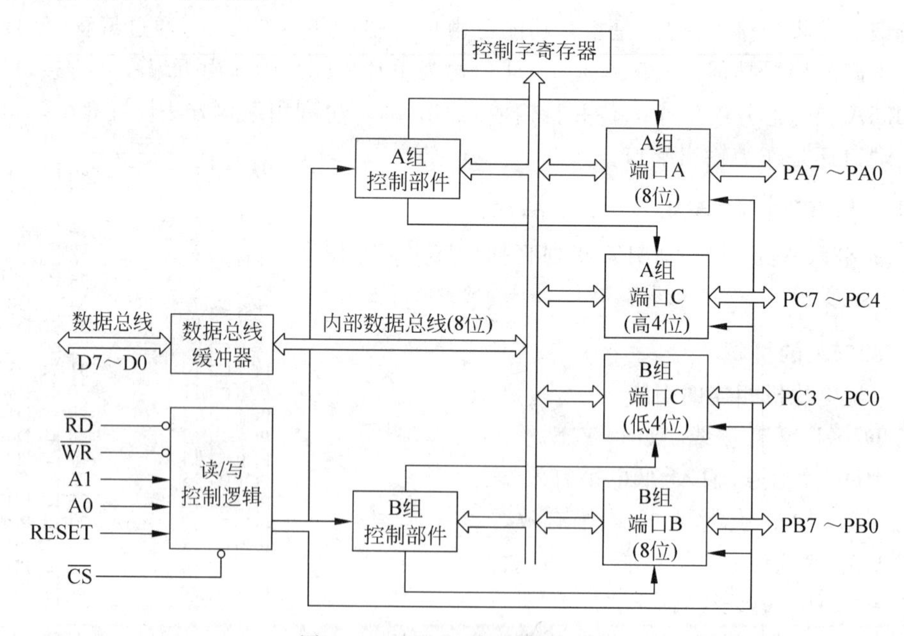

图 6-10 8255A 的内部结构图

端口 A 和端口 C 的高 4 位(PC7～PC4)构成 A 组,由 A 组控制部件来对它进行控制;端口 B 和端口 C 的低 4 位(PC3～PC0)构成 B 组,由 B 组控制部件对它进行控制。

各部分的组成和功能如下所述。

(1) 数据总线缓冲器

数据总线缓冲器是一个双向、三态、8 位的数据缓冲器。8255A 通过数据缓冲器与单片机的数据总线相连,输入数据、输出数据、CPU 发送的控制命令字都是通过数据总线缓冲器来传送的。

(2) 读/写控制逻辑

读/写控制逻辑接收来自单片机地址总线的地址信号和控制总线的控制信号，实现对 8255A 的复位、片选、端口寻址，并发出命令到 A 组控制部件或 B 组控制部件。

(3) 数据端口 A、端口 B 和端口 C

8255A 有三个 8 位的数据端口：端口 A、端口 B 和端口 C。可以通过程序设定，使它们作为输入端口或输出端口与单片机或外部设备进行数据、控制和状态信息的交换。

(4) A 组控制部件和 B 组控制部件

A 组控制部件控制由端口 A 和端口 C 的高 4 位(PC7～PC4)组成的 A 组；B 组控制部件控制由端口 B 和端口 C 的低 4 位(PC3～PC0)组成的 B 组。这两个组控制部件接收 8255A 内部数据总线送来的控制字，以及读/写控制逻辑送来的读/写命令，确定对这两个组的具体操作。

6.4.2　Intel 8255A 的控制字

8255A 是可编程接口芯片。要使 8255A 工作，必须把工作命令控制字写入 8255A 的控制字寄存器。8255A 共有两种控制字，即工作方式选择控制字和对端口 C 置位/复位控制字。

1. 工作方式选择控制字

8255A 的工作方式选择控制字格式和各位的含义如图 6-11 所示。

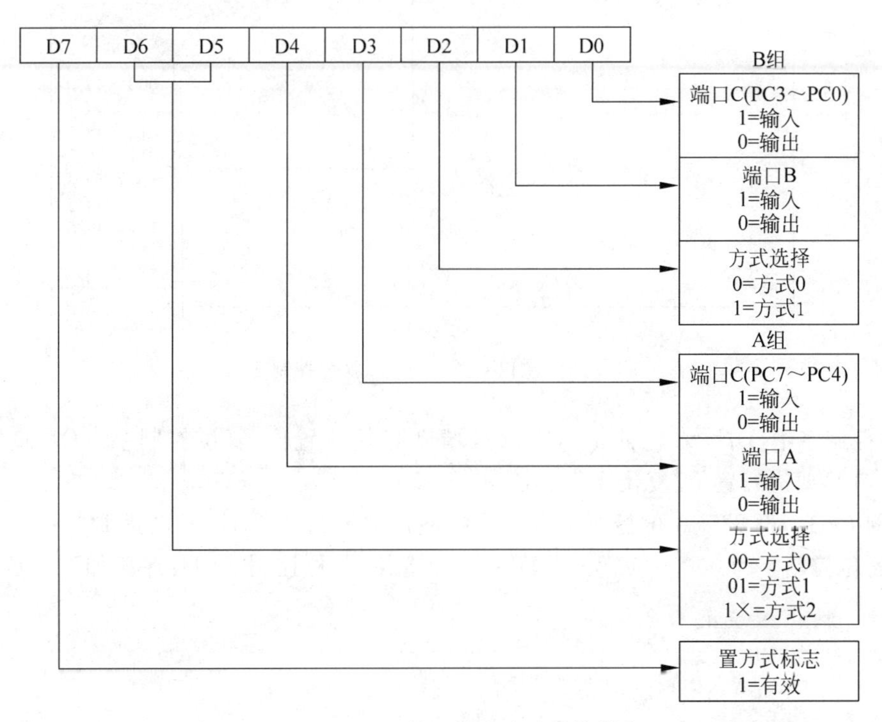

图 6-11　8255A 的工作方式选择控制字

(1) 端口 A 可以工作于方式 0、方式 1、方式 2 共三种工作方式，可以作为输入端口或输出端口。

(2) 端口B可以工作于方式0、方式1两种工作方式,可以作为输入端口或输出端口。

(3) 端口C分成高4位(PC7～PC4)和低4位(PC3～PC0),可分别设置成输入端口或输出端口;端口C的高4位与端口A配合组成A组,端口C的低4位与端口B配合组成B组。

(4) D7=1表明是设定方式选择控制字。

【例6-5】 设8255A的控制字寄存器端口地址为3003H,使端口A、端口B都工作于方式0,端口A、端口B、端口C都作为输入端口,则控制字为10011011B。设置8255A控制字的程序段如下所示:

```
MOV   DPTR ,#3003H        ;指针指向控制口
MOV   A ,#9BH             ;控制字送A
MOVX   @DPTR,A            ;写入8255A的命令寄存器
```

2. 端口C按位置位/复位控制字

端口C可以按位进行置位/复位操作,也就是使端口C的各位分别设置为"1"或"0"。控制字的格式如图6-12所示。

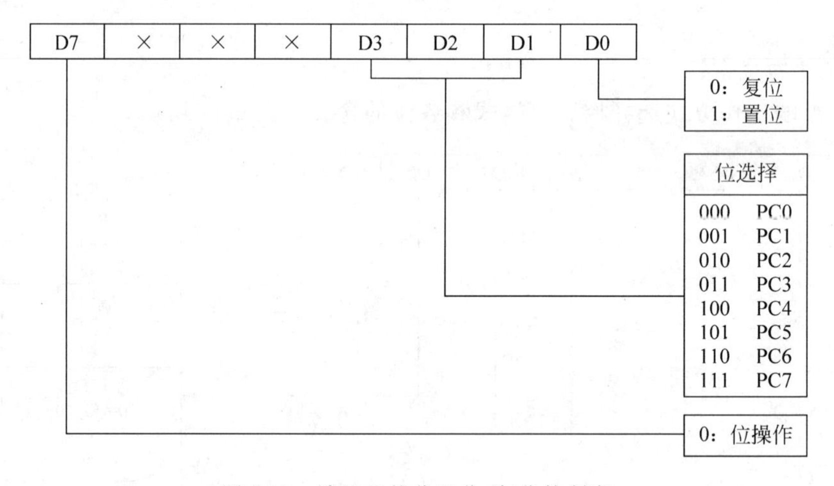

图6-12 端口C按位置位/复位控制字

在控制字中,D7=0(特征位),表示是端口C按位置位/复位控制字。D3、D2和D1选择端口C要进行置位/复位操作的位。

【例6-6】 设8255A的控制字寄存器的端口地址为3003H,要设置PC3=1,则按位置位/复位控制字为00000111B。设置8255A置位/复位控制字的程序段如下所示:

```
MOV   DPTR ,#3003H
MOV   A ,#07H
MOVX   @DPTR ,A
```

6.4.3 Intel 8255A的工作方式

1. 方式0

方式0也被称为基本输入/输出工作方式,不需要应答联络信号。端口A、端口B和

端口 C 的高 4 位及低 4 位都可以作为输入或输出端口。

2. 方式 1

方式 1 是一种选通输入/输出方式，也称为应答方式。在这种工作方式下，端口 A 和端口 B 作为输入或输出数据的数据端口。端口 C 的某些位作为联络信号，配合端口 A 和端口 B 工作。端口 C 联络信号如表 6-2 所示。

表 6-2　8255A 端口 C 联络信号

C 口各位	方式 1		方式 2
	输入	输出	双向方式
PC0	INTRB	INTRB	由 B 口方式决定
PC1	IBFB	$\overline{\text{OBFB}}$	由 B 口方式决定
PC2	$\overline{\text{SETB}}$	$\overline{\text{ACKA}}$	由 B 口方式决定
PC3	INTRA	INTRA	INTRA
PC4	$\overline{\text{SETB}}$	I/O	$\overline{\text{SETB}}$
PC5	IBFA	I/O	IBFA
PC6	I/O	$\overline{\text{ACKA}}$	$\overline{\text{ACKA}}$
PC7	I/O	$\overline{\text{OBFA}}$	$\overline{\text{OBFA}}$

3. 方式 2

方式 2 也被称为双向选通输入/输出方式，只有端口 A 可以工作于这种方式。在这种方式下，利用端口 A 既可以进行数据输入，也可以进行数据输出。输入或输出的数据都被锁存。端口 B 仍可独立工作于方式 0 或方式 1。8255A 工作于方式 2 时，端口 C 的 PC3～PC7 作为方式 2 的控制和状态信息。端口 C 联络信号如表 6-2 所示。

6.4.4　8255A 可编程并行接口扩展应用实例

8255A 在使用前必须初始化，8255A 初始化编程基本包括两个步骤：首先根据要求写出方式选择控制字，然后编写初始化程序，把方式选择控制字写入控制字寄存器。

【例 6-7】 如图 6-13 所示，在 8255 的 B 口接有 8 个按键，A 口接有 8 个发光二极管，按下某一按键，相应的发光二极管发光。试设计程序完成这一功能。

解　根据电路图 6-13 所示，可确定 8255A 的端口地址为 0001H～0003H。

参考程序如下所示：

```
        ORG   0000H
        LJMP MAIN
        ORG   0200H
MAIN:   MOV DPTR,#0003H         ;指向 8255 的控制口
        MOV A,#83H
        MOVX @DPTR, A           ;向控制口写控制字,A 口输出,B 口输入
LOOP:   MOV DPTR,#0001H         ;指向 8255 的 B 口
        MOVX  A, @DPTR          ;检测按键,将按键状态读入累加器 A
        MOV DPTR,#0000H         ;指向 8255 的 A 口
        MOVX @DPTR, A           ;驱动 LED 发光
        SJMP   LOOP             ;循环
        END
```

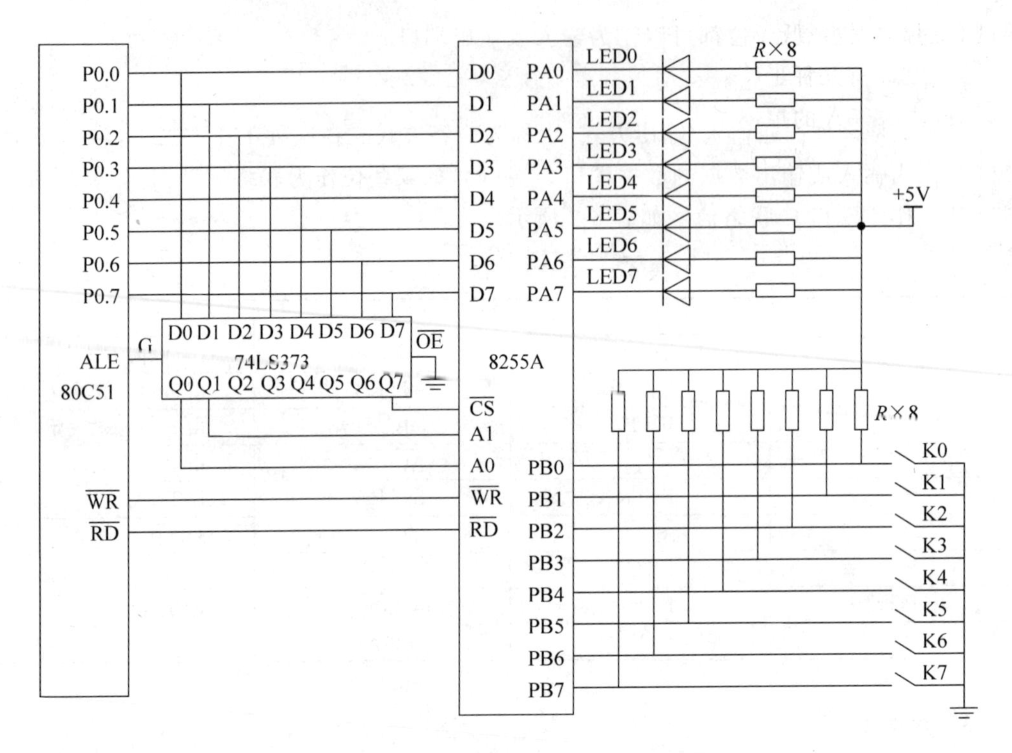

图 6-13　8255 的 B 口接按键，A 口接发光二极管

本章小结

(1) 在存储器扩展中，主要介绍了两种寻址方式：线选法与译码法。它们各有优缺点，要通过扩展实例熟练掌握。在 80C51 单片机数据存储器和程序存储器不够用时要进行扩展。通过本章的学习，要学会画数据存储器和程序存储器扩展电路图，要掌握常用的程序存储器芯片和数据存储器芯片的型号、功能和技术参数。

(2) 了解简单 I/O 口并行扩展所用 TTL 芯片和技术特性。

(3) Intel 公司生产的 8255A 是一个应用非常广泛的可编程接口芯片，其内部有三个可编程 I/O 端口(端口 PA、PB 和 PC)。由于 8255A 可以通过软件来设置工作方式，因此用 8255A 连接外部设备时，通常不需要附加外部电路，给使用带来极大的方便。

思考题与习题

1. 80C51 单片机在用作程序存储器和数据存储器扩展时，P0 口和 P2 口的作用是什么?

2. 用 80C31 单片机扩展一片 29C512 Flash ROM 存储器。

3. 当 80C51 单片机系统中的数据存储器 RAM 地址和程序存储器 EPROM 地址重

叠时，是否会发生数据冲突？为什么？

4. 8255 有几种工作方式？其特点是什么？

5. 设 8255A 的控制字寄存器端口地址为 3003H，使端口 A、端口 B 都工作于方式 0，端口 A 作为输入，端口 B 作为输出，端口 C 作为输入。请编出 8255A 的初始化程序。

6. 设 8255A 的控制字寄存器的端口地址为 3003H，要设置 PC6=1，请编出程序。

7. 用 89S51 扩展一片 2764、一片 6264 和 8255A 电路，并确定地址范围。

第 7 章

80C51 单片机接口技术

学习目的

(1) 掌握独立式键盘、矩阵式键盘等非编码键盘的工作原理及运用方法。

(2) 掌握 LED 数码显示器静态显示方式、动态显示方式的硬件结构及编程原理。

(3) 了解字符型 LCD 的工作原理。熟悉 LCD1602 与单片机的接口，能编写显示程序。

(4) 熟悉 A/D 转换器与单片机的接口，能运用 ADC0809 编写实用的数据采集程序。

(5) 理解 D/A 转换器的电路结构和工作原理，掌握 DAC0832 的使用方法。

学习重点和难点

(1) 矩阵键盘程序扫描的工作原理及编程方法。

(2) LED 数码显示器动态显示方式的编程原理。

(3) LCD1602 与 80C51 的接口及编程要点。

(4) ADC0809 及 DAC0832 与 80C51 的接口及编程要点。

单片机接口技术是研究单片机如何与外部设备进行最佳耦合与匹配，实现双方高效、可靠地交换信息的一门技术，它体现了软件、硬件相结合，是单片机应用系统的关键。单片机的主要外围设备有键盘、LED 及 LCD 显示器、A/D 转换器、D/A 转换器等部件。本章将介绍这些部件如何与单片机相连接，以及如何编制驱动程序。

7.1 键盘接口技术

键盘是由若干个按键组成的，它是单片机最简单的输入设备。操作员通过键盘输入数据或命令，实现简单的人-机对话。

对键盘的识别可分为两类：一类是由专用的硬件电路来识别，它产生相应的编码，并送往 CPU，这类方式称为编码键盘，它使用起来方便，但硬件开销较大，在单片机系统中一般不采用；另一类靠软件来识别，称为非编码键盘，它结构简单，价格低廉，使用灵活，但需要编制相应的键盘管理程序，在单片机中普遍采用这种方式。

7.1.1 键的特性

按键就是一个简单的开关。当键按下时，相当于开关闭合；当按键松开时，相当于开关断开。由于机械触点的弹性及电压突变等原因，在触点闭合与断开的瞬间会出现电压抖动过程，如图 7-1 所示。

为保证按键识别的准确性，在电压抖动的情况下不能进行状态的输入。抖动可能造成一次按键多次处理的问题，为此，需要进行去抖动处理。去抖动有硬件和软件两种方法。硬件方法就是加去抖电路，从根本上避免抖动的产生。软件的方法则是采用时间延迟，以躲过抖动，待信号稳定后再进行扫描。

1. 键的消抖方法

（1）双稳态电路消除抖动

键的抖动时间一般为 5～10ms。当按键较少时，可采用如图 7-2 所示的硬件去抖电路。图 7-2 所示电路中的两个“与非”门构成一个 RS 触发器。当按键未按下时，OUT_1 输出为“1”；当键按下时，输出为“0”。这一点通过分析 RS 触发器的工作过程很容易得到验证。

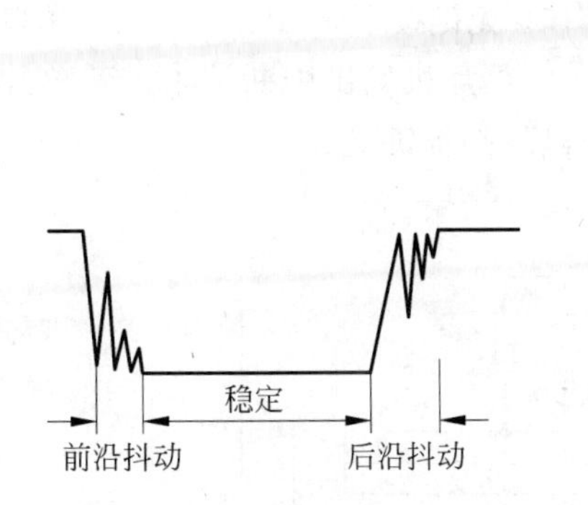

图 7-1　按键抖动信号波形

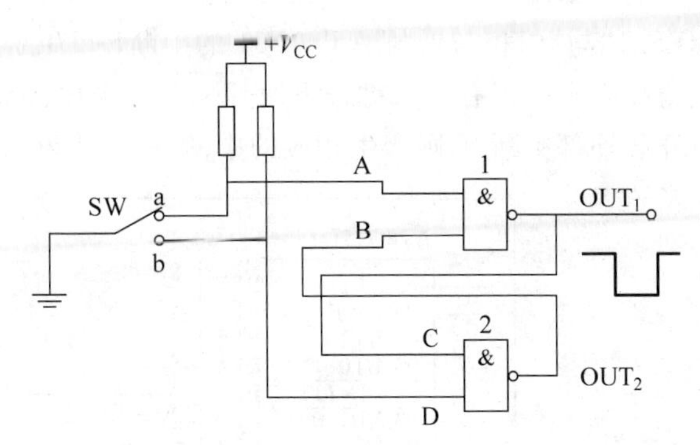

图 7-2　双稳态触发电路

（2）滤波消除抖动电路

如图 7-3(a)、(b)所示，也是两种比较简单、实用和可靠的电路。注意，RC 常数应选择在 5～10ms 之间比较合适，这种电路的另一个优点是增强了抗干扰能力。

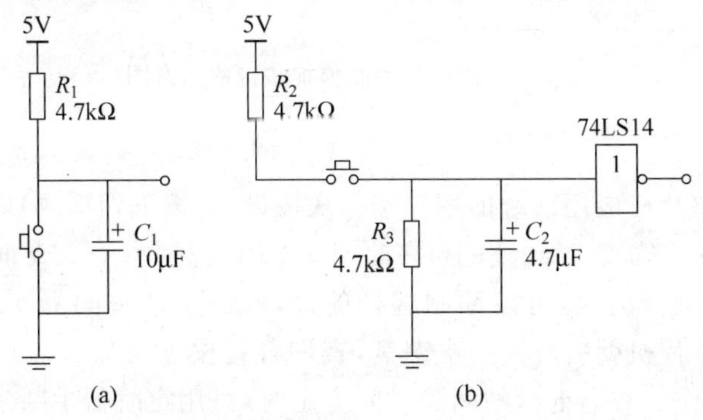

图 7-3　采用滤波电路消除抖动

(3) 软件消抖

如果按键较多,硬件消抖将无法胜任,常采用软件的方法进行消抖。在第一次检测到有键按下时,执行一段延时 10ms 的子程序后,再确认该键电平是否仍保持闭合状态的电平。如果保持闭合状态电平,则确认真正有键按下,从而消除抖动的影响。

2. 键的识别

按键工作处于两种状态:按下与释放。一般情况下,按下为接通,释放为断开。为便于单片机识别,通常将这两种状态转换为与之对应的低电平和高电平,这可以通过如图 7-4 所示的电路来实现,单片机通过按键信号电平的低与高来判别按键是否被按下或释放。一般情况下,将按键信号直接接入单片机的 I/O 口,可用“JB bit,rel”或“JNB bit,rel”等指令对接入 P 口的按键的高、低电平状态进行识别。由于键的按下和释放是随机的,如何捕捉按键的状态变化是需要考虑的问题,主要有以下两种方法。

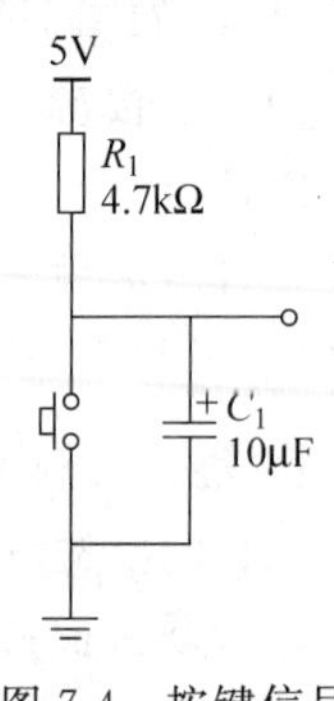

图 7-4 按键信号的产生

(1) 外部中断捕捉

电路如图 7-5 所示,4 个按键的信号接 AT89C51 的 P1.0~P1.3 端口,这 4 根线通过 74LS21“与”门相与后与 AT89C51 的中断$\overline{INT0}$端口相连。无键按下时,P1.0~P1.3 端口全为高电平。当有任意键按下时,$\overline{INT0}$电平由高变低,向单片机发出中断请求。若单片机开放外部中断 0,则产生相应的中断,执行中断服务程序,扫描键盘。

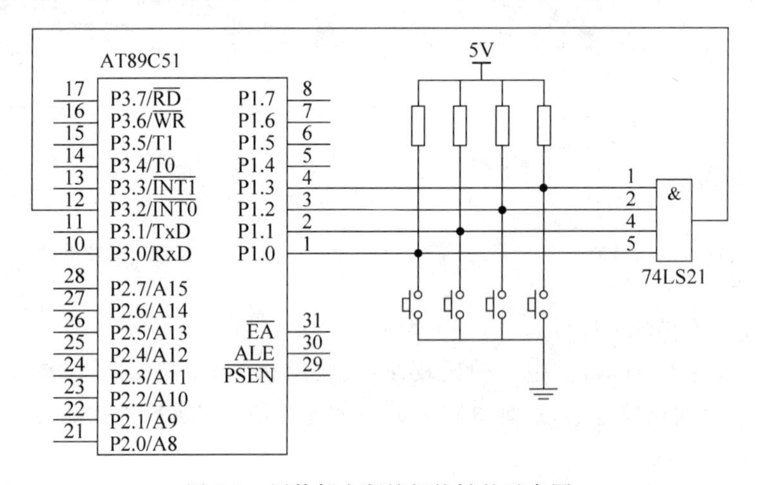

图 7-5 用外部中断捕捉按键的示意图

(2) 定时查询

一般情况下,单片机应用系统的用户按一次按键(从按下到释放)或释放一次按键(从释放到再按下)最快也需要 50ms 以上,在此期间 CPU 只要有一次查询键盘,则该次的按键和释放就不会丢失。因此,可以编制这样的键盘程序,即每间隔不大于 50ms 的时间(典型值为 20ms)单片机就去查询一次键盘,查询各键按下与释放的状态,就能正确地识别用户对键盘的操作。查询键盘的间隔时间为定时,可用定时器中断来实现,也可用软件定时来实现,同时可结合 LED 动态扫描显示时间来实现。采用软件定时查询键盘,其优点是电路简洁、节省硬件、抗干扰能力强、应用灵活，缺点是占用单片机较多的时间资源。一般情况下推荐使用该方法。

7.1.2　独立键盘接口技术

1. 独立式按键结构

独立式按键是指直接利用I/O口线构成的单个按键电路。每个独立式按键单独占用一根I/O口线，每根I/O口线的工作状态不会影响到其他I/O口线的工作状态。独立式按键电路如图7-6所示。独立式按键电路配置灵活、软件结构简单，但每个按键都占用一根I/O口线，按键数量较多时，I/O口线浪费比较大，故只在按键数量不多时采用这种方法。

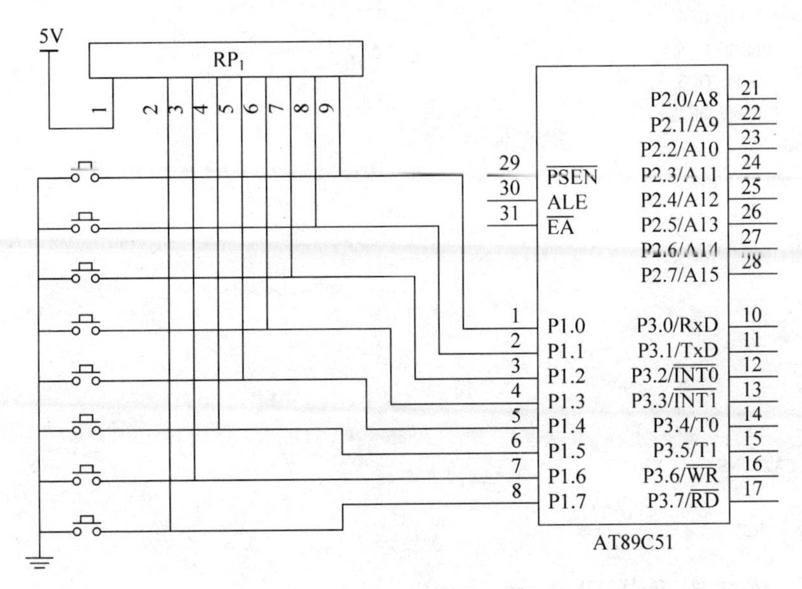

图7-6　独立式键盘电路

2. 独立式按键的软件结构

下面通过例题来说明独立式按键是如何编程的。

【例7-1】　独立式按键电路如图7-6所示，试编写键盘扫描程序，OP0～OP7分别为每个按键的功能程序。

解　参考程序如下所示：

```
KEYSCAN:
        MOV P1,#0FFH            ;设置P1口为输入方式
        MOV A,P1                ;读入键的状态
        MOV B,A                 ;保存键的状态到B
        LCALL DELAY10MS         ;延时10ms
        MOV A,P1                ;再读键的状态
        CJNE A,B,PASS           ;两次结果不一致,则为抖动引起,转移
        MOV DPTR,#KEYTABLE      ;跳转表首地址送DPTR
        ADD A,B
```

```
            ADD A,B                     ;3×A→A,修正变址值
            JNC CY_0
            INC DPH
    CY_0:
            JMP @A + DPTR               ;转向形成键值入口地址表
    PASS:
            RET
    KEYTABLE:
            LJMP OP0
            LJMP OP1
            LJMP OP2
            LJMP OP3
            LJMP OP4
            LJMP OP5
            LJMP OP6
            LJMP OP7
       OP0:
            …
            RET
       OP1:
            …
            RET
            …
       OP7:
            …
            RET
       DELAY10MS:
            …
            RET
```

7.1.3　矩阵式键盘接口技术

独立式按键电路的每一个按键开关占用一根 I/O 口线，当按键数较多时，需要占用较多的口线，此时通常采用行列式键盘电路。行列式也称矩阵式，其键盘电路如图 7-7 所示。它的工作原理为：行线 P3.0～P3.3 是输入线，单片机通过其电平的高、低来判别键是否被按下，具体步骤如下：

① 判断键盘上有无键按下。方法是：P3.7～P3.4 列电平全输出为“0”，读行线 P3.3～P3.0 电平状态。若行电平全为“1”，则无键按下；若不全为“1”，则有键按下。

② 去键抖动的影响。方法是：在判断有键按下之后，软件延时一段时间（一般为 10ms），再判断键盘状态。如果仍为有键按下状态，则认为有一个确定的键被按下；否则是键抖动，进行按键抖动处理。

③ 扫描键盘，得到按下键的键号。按照行列式键盘的工作原理，键值＝行号(0～3)×4＋列号(0～3)。如“3”键，其行号＝0，列号＝3，键值＝0×4＋3＝3；又如“C”键，其键值＝3(行)×4＋0(列)＝12。

【例 7-2】 设有电路如图 7-7 所示的 4×4 矩阵键盘。试编写程序，完成按下任一键（0～F 键），将其键号送 LED 显示。

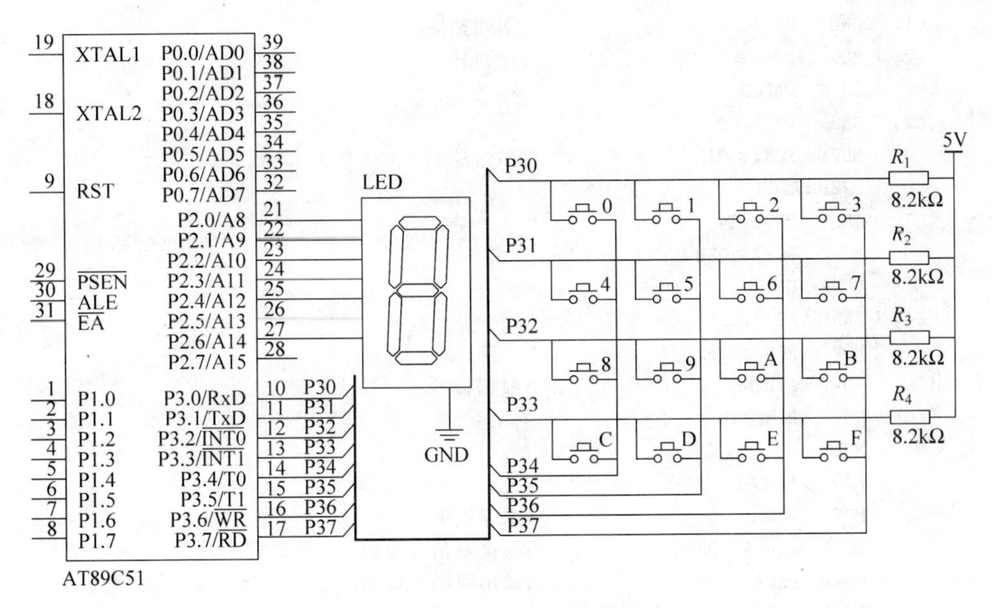

图 7-7　矩阵式键盘电路

解　其参考程序如下所示：

```
        LINE   EQU 30H
        ROW    EQU 31H
        VAL    EQU 32H
        ORG    0000H
START:  MOV    DPTR,#TABLE          ;段码表首地址
        MOV    P2,#00H              ;数码管显示初始化
LSCAN:  MOV    P3,#0F0H             ;列线置高电平,行线置低电平
   L1:  JNB    P3.0,L2              ;逐行扫描
        LCALL  DELAY
        JNB    P3.0,L2
        MOV    LINE,#00H            ;存行号
        LJMP   RSCAN
   L2:  JNB    P3.1,L3
        LCALL  DELAY
        JNB    P3.1,L3
        MOV    LINE,#01H
        LJMP   RSCAN
   L3:  JNB    P3.2,L4
        LCALL  DELAY
        JNB    P3.2,L4
        MOV    LINE,#02H
        LJMP   RSCAN
   L4:  JNB    P3.3,L1
        LCALL  DELAY
        JNB    P3.3,L1
        MOV    LINE,#03H
RSCAN:  MOV    P3,#0FH              ;行线与列线电平互换
```

```
C1:     JNB   P3.4,C2              ;逐列扫描
        MOV   ROW,#00H             ;存列号
        LJMP  CALCU
C2:     JNB   P3.5,C3
        MOV   ROW,#01H             ;存列号
        LJMP CALCU
C3:     JNB   P3.6,C4
        MOV   ROW,#02H
        LJMP  CALCU
C4:     JNB   P3.7,C1
        MOV   ROW,#03H
CALCU:  MOV   A,LINE               ;根据行号和列号计算键值
        MOV   B,#04H
        MUL   AB
        ADD   A,ROW
        MOV   VAL,A                ;保存键值
        MOVC  A,@A+DPTR            ;根据键值查段码
        MOV   P2,A                 ;输出段码并显示
        LJMP  LSCAN
DELAY:  MOV   R6,#20
D1:     MOV   R7,#250
        DJNZ  R7,$
        DJNZ  R6,D1
        RET
TABLE:  DB 3FH,06H,5BH,4FH,66H,6DH,7DH,07H
        DB 7FH,6FH,77H,7CH,39H,5EH,79H,71H
        END
```

7.2 数码显示接口技术

在单片机应用系统中最常用的显示器是 LED 和 LCD,这两种显示器可显示数字、字符及系统的状态。本节主要介绍 LED 显示器。

LED 显示器即发光二极管显示器(Light Emitting Diode,LED),它具有显示醒目、成本低、配置灵活、接口简单等特点,单片机应用系统中常用它来显示系统的工作状态和采集的信息或输入数值等。LED 显示器按其发光管排布结构的不同,可分为 LED 数码管显示器和 LED 点阵显示器。LED 数码管显示器主要用来显示数字及少数字母和符号;LED 点阵显示器可以显示数字、字母、汉字和图形,甚至图像。LED 点阵显示器虽然显示灵活,但其占用的单片机系统软件、硬件资源远远大于 LED 数码管显示器。因此,除专门应用大屏幕 LED 点阵显示屏外,几乎所有的单片机系统都采用 LED 数码管显示器。

7.2.1 数码显示原理

LED 数码管显示器由 8 只发光二极管组成。其中,7 只发光二极管排成“8”字形的 7 个段,另外一段构成小数点,各段标记如图 7-8 所示。当发光二极管导通时,相应的点或线段发光。将这些二极管排成一定图形,控制不同组合的二极管导通,就可以显示出不

同的字形。通过不同的组合，可显示数字 0～9、字母 A～F 及小数点“.”等。

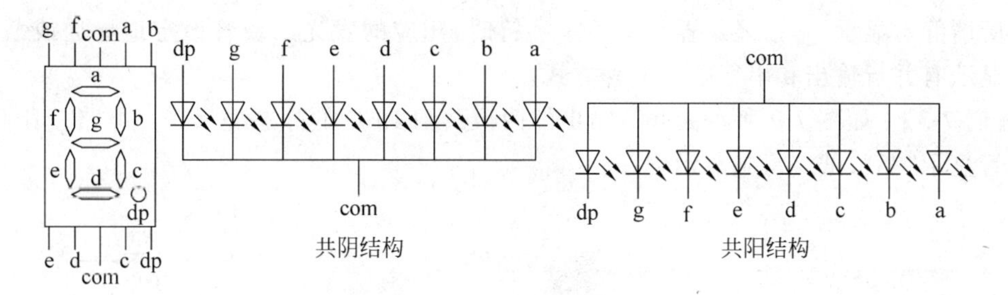

图 7-8　LED 显示器结构

1. 数码管段码的编码

8 段正好是一个字节，这种编码需单片机数据总线的 D0～D7 分别和数码管的 a，b，c，…，dp 对应相连。字符码各位的含义如表 7-1 所示。

表 7-1　字符码各位的含义

D7	D6	D5	D4	D3	D2	D1	D0
dp	g	f	e	d	c	b	a

2. 数码管的显示代码表

对于 LED 数码管的 a～g 7 个发光二极管，加正电压的发光，加零电压的不能发光，不同亮、暗的组合就能形成不同的字型，这种组合称为字型码。共阴极和共阳极的字型码是不同的，如表 7-2 所示。

表 7-2　七段 LED 的段选码

显示字符	共阳极段选码	共阴极段选码	显示字符	共阳极段选码	共阴极段选码
0	C0H	3FH	B	83H	7CH
1	F9H	06H	C	C6H	39H
2	A4H	58H	D	A1H	5EH
3	B0H	4FH	E	86H	79H
4	99H	66H	F	8EH	71H
5	92H	6DH	P	8CH	73H
6	82H	7DH	U	C1H	3EH
7	F8H	07H	Y	91H	6EH
8	80H	7FH	H	89H	76H
9	90H	6FH	L	C7H	38H
A	88H	77H	“灭”	FFH	00H

7.2.2 静态显示技术

所谓静态显示，是指显示器显示某一字符时，相应的发光二极管恒定地导通或截止。静态显示有并行输出和串行输出两种方式。

【例 7-3】 如图 7-9 所示为并行输出的两位共阳 LED 的静态显示接口电路。让两位数码管显示“28”，试编写其显示程序。

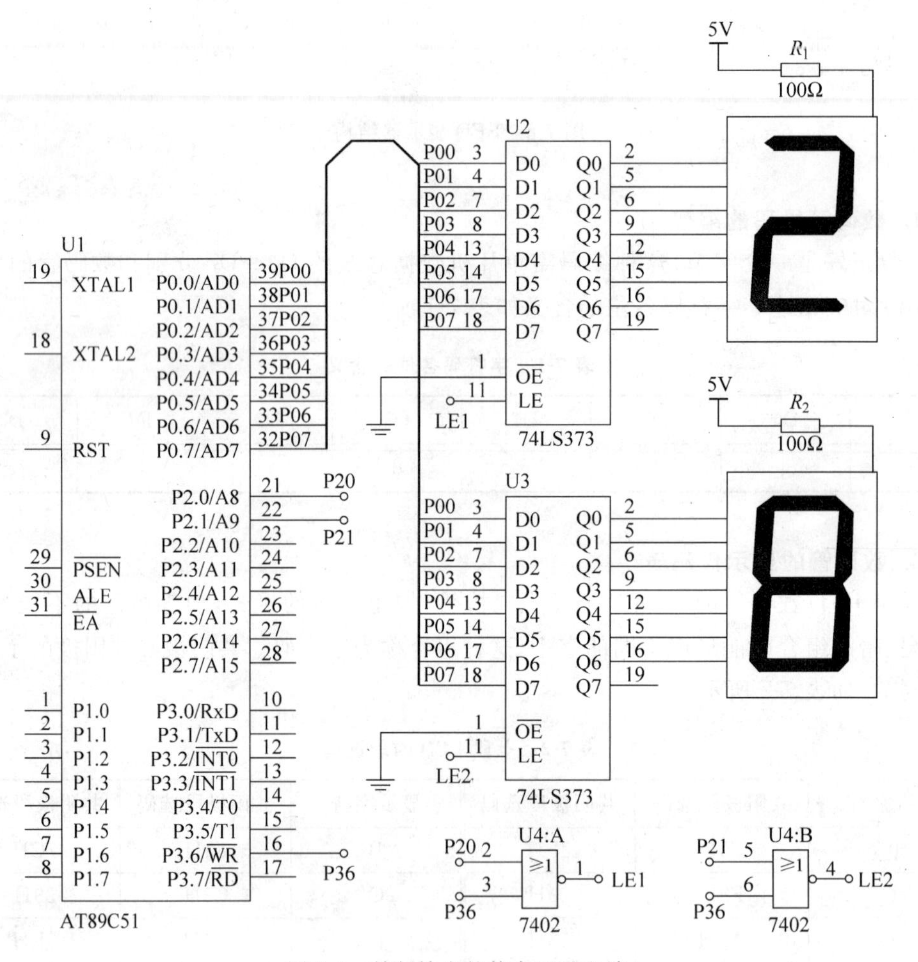

图 7-9 并行输出的静态显示电路

解 并行显示方式的每个十进制位都需要有一个 8 位输出口控制，如图 7-9 所示，两片 74LS373 的口地址分别由 P2.0、P2.1 和 $\overline{WR}$ 决定，所以两片 74LS373 的口地址分别为 0FEFFH 和 0FDFFH。两位数码管显示“28”的参考程序如下所示：

```
LED_PORT1 EQU 0FEFFH
LED_PORT2 EQU 0FDFFH
ORG  0000H
LJMP BEGIN
ORG  0030H
SEGTABLE：DB 0C0H,0F9H,0A4H,0B0H,99H,92H,82H
```

```
        DB 0F8H,80H,90H,88H,83H,0C6H,0A1H,86H,8EH
BEGIN:
        MOV A,#02
        MOV DPTR,#SEGTABLE
        MOVC A,@A+DPTR
        MOV DPTR,#LED_PORT1
        MOVX @DPTR,A
        MOV A,#08H
        MOV DPTR,#SEGTABLE
        MOVC A,@A+DPTR
        MOV DPTR,#LED_PORT2
        MOVX @DPTR,A
        END
```

对于静态显示方式,LED 显示器由接口芯片直接驱动,采用较小的驱动电流就可以得到较高的亮度。但是当并行输出显示的 LED 位数多时,需要并行 I/O 接口芯片的数量较多,采用串行输出可大大节省单片机的内部资源。

7.2.3 动态显示技术

当显示器的位数较多时,可采用动态显示。所谓动态显示,就是一位一位地轮流点亮显示器的各个位(扫描)。对于显示器的每一位而言,每隔一段时间点亮一次。虽然在同一时间显示器只有一位在工作(点亮),但由于人眼的视觉暂留效应和发光二极管熄灭时的余晖,我们看到的却是多个字符"同时"显示。显示器亮度既与点亮时的导通电流有关,也与点亮时间长短和间隔时间有关,所以调整电流和时间参数,即可实现亮度较高、较稳定的显示。动态显示的优点是当显示位数较多时,比较节省 I/O 口,硬件电路较静态显示简单;其缺点是稳定度不如静态显示方式,而且在显示位数较多时,CPU 要轮番扫描,占用 CPU 较多的时间。

【例 7-4】 采用 8 位数码管动态扫描显示 12345678,硬件结构如图 7-10 所示。设系统时钟频率 f_{osc}=12MHz,试编写动态显示程序。

解 定时器每 2ms 显示 LED 的 1 位,该位保持 2ms 的点亮时间,让 8 位 LED 显示完一遍需要 16ms,则每秒钟扫描 8 位 LED 的扫描(刷新)频率为 1000ms/16ms=62Hz 时,能够获得视觉稳定的显示状态。

参考程序如下所示:

```
    BIT_SEL EQU 30H
    LEDBUF  EQU  31H                        ;显示码缓存区
    ORG   0000H
    LJMP START
    ORG 000BH
    LJMP TO_SEVER
    ORG  0030H
```

```
START:
        MOV SP,#60H
        MOV LEDBUF,   #1                    ;初始化显示缓冲区
        MOV LEDBUF+1,#2
        MOV LEDBUF+2,#3
        MOV LEDBUF+3,#4
        MOV LEDBUF+4,#5
        MOV LEDBUF+5,#6
        MOV LEDBUF+6,#7
        MOV LEDBUF+7,#8
        MOV BIT_SEL,#08H                    ;LED位选信号
        MOV R0,#LEDBUF
        MOV TMOD,#00000001b                 ;定时器T0工作于定时器方式,方式1
        MOV TH0,#0FCH                       ;1ms延时时间常数
        MOV TL0,#18H
        SETB ET0                            ;允许定时器中断
        SETB EA                             ;CPU开放中断
        SETB TR0                            ;启动定时器
        SJMP $
T0_SEVER:
        PUSH ACC
        MOV TH0,#0FCH                       ;(65536-1000)/256
        MOV TL0,#18H                        ;(65536-1000)%256
        MOV P2,#07H                         ;关显示
        MOV A,@R0

        MOV DPTR,#TABLE
        MOVC A,@A+DPTR
        MOV P1,A

        MOV P2, BIT_SEL
        INC BIT_SEL
        INC R0
        MOV A, BIT_SEL
        CJNE A,#10h,DOWN
        MOV R0,#LEDBUF
        MOV   BIT_SEL,#08H
  DOWN:
        POP ACC
        RETI
 TABLE: DB      0C0H,0F9H,0A4H,0B0H,99H     ;共阳极LED
        DB      92H,82H,0F8H,80H,90H
  END
```

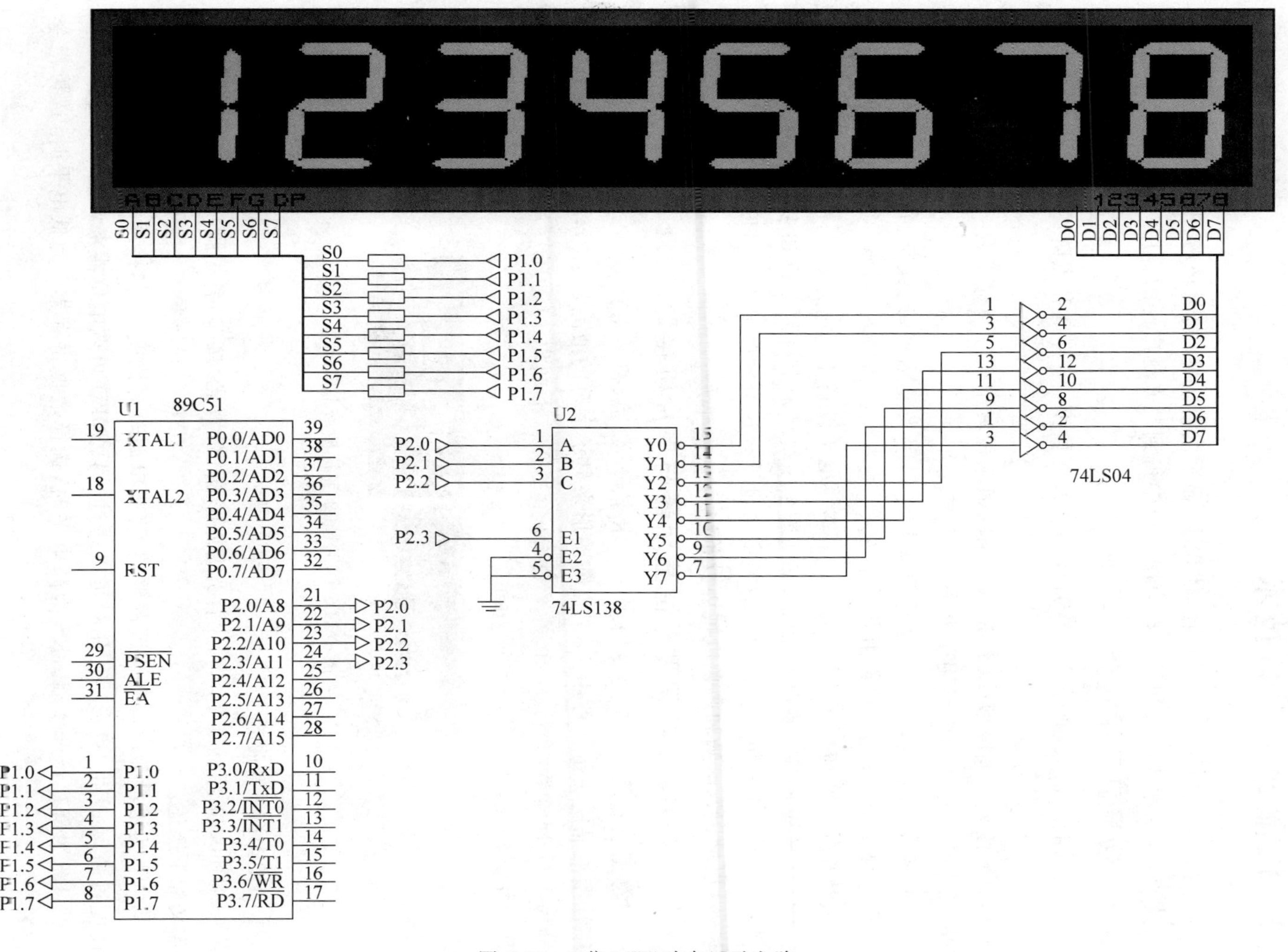

图 7-10　8 位 LED 动态显示电路

7.3 液晶显示接口技术

液晶显示器LCD以其微功耗、体积小、显示内容丰富、超薄轻巧、没有电磁辐射、寿命长等优点，在袖珍式仪表和低功耗应用系统中得到越来越广泛的应用。

7.3.1 液晶显示器简介

从显示的形式上，液晶显示器通常可分为笔段型、字符型和点阵图形型，其特点分述如下。

(1) 笔段型。笔段型LCD是以长条状显示像素组成一位显示，在形状上总是围绕数字“8”的结构变化。它广泛用于电子表、数字仪表中。

(2) 字符型。字符型液晶显示模块是专门用来显示字母、数字、符号等的点阵式模块。在电极图形设计上，它是由若干个5×8或5×11点阵组成，每一个点阵显示一个字符。这类模块广泛应用于手机、电子记事本等电子设备中。

(3) 点阵图形型。点阵图形型LCD是在一块平板上排列多行和多列，形成矩阵形式的晶格点，点的大小可根据显示的清晰度来设计。这类液晶显示器可广泛用于图形显示，如游戏机、笔记本电脑和彩色电视等设备中。

7.3.2 LCD1602字符型液晶显示器与单片机接口

字符型液晶显示模块是专门用于显示字母、数字、符号等的点阵式LCD。这里介绍的字符型液晶模块是一种用5×7点阵图形来显示字符的液晶显示器，根据显示的容量可以分为1行16个字、2行16个字、2行20个字等。下面以LCD1602字符型液晶显示器为例介绍其用法，实物如图7-11所示。

图7-11 LCD1602字符型液晶显示器

1. LCD1602管脚定义

LCD1602采用标准14脚(无背光)或16脚(带背光)接口，各引脚功能如表7-3所示，其含义如下所述。

① VL为液晶显示器对比度调整端，接正电源时对比度最弱，接地时对比度最高。若对比度过高，会产生“鬼影”，使用时可以通过一只10kΩ可调电位器来调整对比度。

② RS为寄存器选择端。RS为高电平时，选择数据寄存器；为低电平时，选择指令寄存器。

③ $R/\overline{W}$ 为读写信号，高电平时执行读操作，低电平时执行写操作。

④ E为使能端。当E端由高电平跳变成低电平时，液晶显示模块执行命令。

⑤ D0～D7为双向数据线。

表 7-3　LCD1602 的引脚功能表

编号	符　号	引脚说明	编号	符　号	引脚说明
1	V_{SS}	电源地	9	D2	数据
2	V_{DD}	电源正极	10	D3	数据
3	VL	液晶显示偏压	11	D4	数据
4	RS	数据/命令选择	12	D5	数据
5	R/$\overline{W}$	读/写选择	13	D6	数据
6	E	使能信号	14	D7	数据
7	D0	数据	15	BLA	背光源正极
8	D1	数据	16	BLK	背光源负极

2. LCD1602 的指令说明及时序

LCD1602 液晶显示模块内部的控制器有 11 条控制指令，如表 7-4 所示。LCD1602 液晶模块的读/写操作、屏幕和光标的操作是通过指令编程来实现的。

表 7-4　LCD1602 液晶显示模块内部控制器的 11 条控制指令

序号	指　　令	RS	R/W	D7	D6	D5	D4	D3	D2	D1	D0
1	清显示	0	0	0	0	0	0	0	0	0	1
2	光标复位	0	0	0	0	0	0	0	0	1	*
3	置输入模式	0	0	0	0	0	0	0	1	I/D	S
4	显示开/关控制	0	0	0	0	0	0	1	D	C	B
5	光标或字符移动	0	0	0	0	0	1	S/C	R/L	*	*
6	置功能	0	0	0	0	1	DL	N	F	*	*
7	置字符存储器地址	0	0	0	1	字符发生器存储地址(AGG)					
8	置数据存储器地址	0	0	1	1	显示数据存储器地址(ADD)					
9	读忙标志或地址	0	1	BF	计数器地址(AC)						
10	写数到 CGRAM 或 DDRAM	1	0	要写的数据内容							
11	从 CGROM 或 DDRAM 读数	1	1	读出的数据内容							

下面是指令表中 D0～D7 位所使用字符的说明：

- I/D＝1/0：增量/减量；
- S＝1：全显示屏移动；
- S/C＝1/0：显示屏移动/光标移动；
- R/L＝1/0：右移/左移；
- DL＝1/0：8 位/4 位；
- N＝1/0：2 行/1 行；
- F＝1/0：5×10 点阵/5×7 点阵；
- BF＝1/0：内部操作正在进行/允许指令操作；
- *：无关项。

表 7-4 中各指令的功能说明如下：

① 指令 1：清显示，光标复位到地址 00H。

② 指令 2：光标复位，光标返回到地址 00H。

③ 指令 3：读/写方式下的光标和显示模式设置命令。

- I/D：表示地址计数器的变化情况，即光标的移动方向。I/D=1：计数器地址自动加 1，光标右移 1 字符位置；I/D=0：计数器地址自动减 1，光标左移 1 字符位置。
- S：显示屏上画面向左或向右全部移动一个字符位。S=0：无效；S=1：有效。S=1，I/D=1：显示画面左移；S=1，I/D=0：显示画面右移。

④ 指令 4：显示开/关控制，控制显示、光标和光标闪烁的开/关。

- D：当 D=0 时，显示关闭，DDRAM 中的数据保持不变。
- C：当 C—1 时，显示光标。
- B：当 B=1 时，光标闪烁。

⑤ 指令 5：光标或显示移位。DDRAM 中的内容不改变。

- 当 S/C=1 时，移动显示；当 S/C=0 时，移动光标。
- 当 R/L=1 时，右移；当 R/L=0 时，左移。

⑥ 指令 6：功能设置命令。

- 当 DL=1 时，内部数据总线为 4 位宽度 DB7～DB4；当 DL=0 时，内部总线为 8 位宽度。
- 当 N=0 时，单行显示；当 N=1 时，双行显示。
- 当 F=0 时：显示字形 5×7 点阵；当 F=1 时，显示字形 5×10 点阵。

⑦ 指令 7：设置字符发生器 RAM 地址。

⑧ 指令 8：设置 DDRAM 地址。

⑨ 指令 9：读状态标志和光标地址。

⑩ 指令 10：写数据。

⑪ 指令 11：读数据。

3. LCD1602 的 RAM 地址映射

液晶显示模块是慢显示器件，所以在执行每条指令之前一定要确认模块的忙标志是否为低电平（即不忙），否则该指令失效。显示字符时，要先输入显示字符地址，即告诉模块在哪里显示字符。表 7-5 所示为 LCD1602 的内部显示地址。

表 7-5　LCD1602 内部显示地址

位　置	1	2	3	4	5	6	7	8	9	10	11	12	13	14	15	16
第一行	00	01	02	03	04	05	06	07	08	09	0A	0B	0C	0D	0E	0F
第二行	40	41	42	43	44	45	46	47	48	49	4A	4B	4C	4D	4E	4F

例如，第二行第一个字符的地址是 40H，那么是否可以直接写入到 40H，将光标定位在第二行第一个字符的位置呢？这是不行的，因为写入显示地址时要求最高位 D7=1（见表 7-4 中的指令 8），所以实际写入的数据位应为 01000000B（40H）+10000000B（80H）=11000000B（C0H）。

在对液晶显示模块初始化时，要先设置其显示模式。在液晶模块显示字符时，光标是自动右移的，无需人工干预。每次输入指令之前，都要判断液晶显示模块是否处于忙状态。

LCD1602 液晶显示模块内部的字符发生器(CGROM)中已存储了 160 个点阵字符图形,每个字符都有一个固定的代码(该字符的 ASCII 码)。如大写字母 A 的代码为 41H,显示时,模块把地址 41H 中的点阵字符图形显示出来,我们就能看到字母 A。

4. LCD1602 的一般初始化(复位)过程

LCD1602 液晶显示模块初始化(复位)过程如下所示:

① 写指令 38H。显示模式设置为 2 行,5×7 字符。

② 延时 15ms。

③ 写指令 06H。置输入模式:地址增量,显示屏不移动。

④ 延时 15ms。

⑤ 写指令 0FH。显示开,显示光标,并且光标闪烁。

⑥ 延时 15ms。

⑦ 写指令 01H。显示清屏。

5. LCD1602 和单片机的接口电路

LCD1602 显示模块可以和单片机 AT89S51 接口直接相连,连接电路如图 7-12 所示。

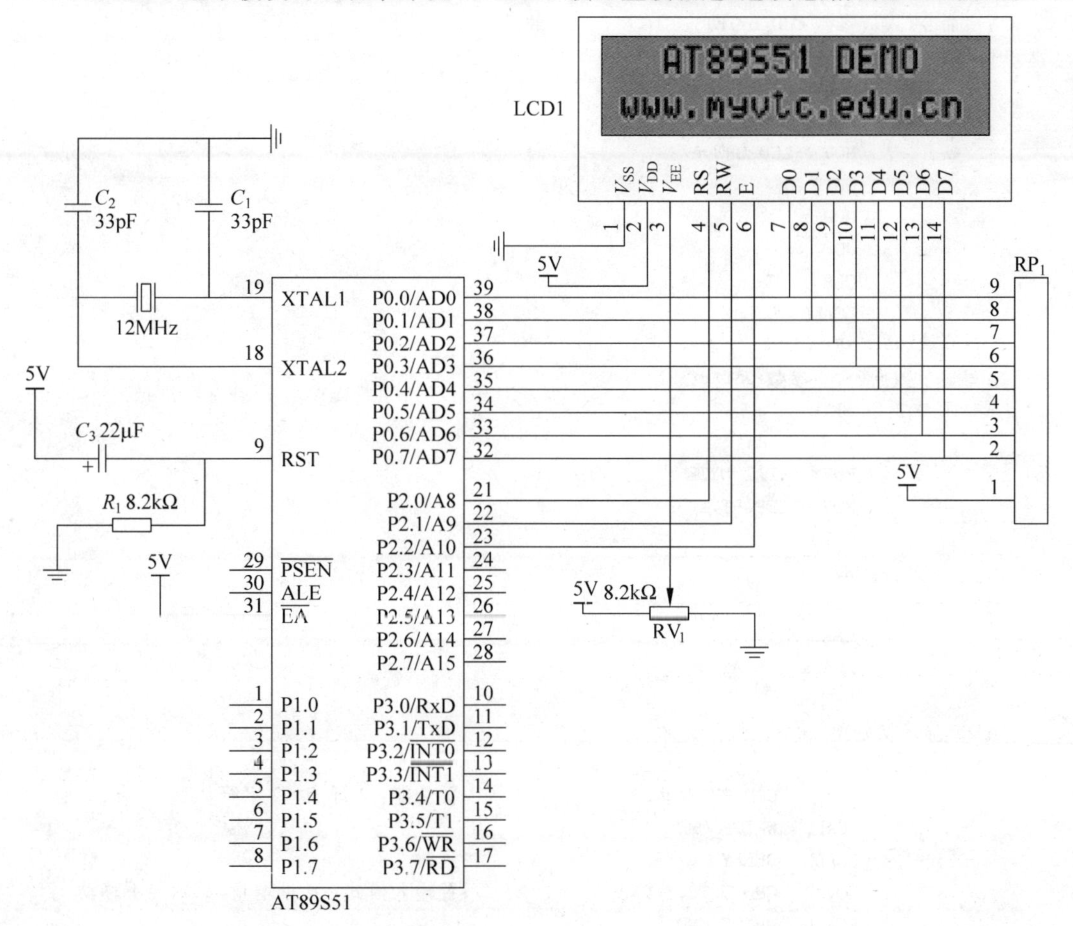

图 7-12　LCD1602 和单片机 AT89S51 的接口电路

【例 7-5】 电路如图 7-12 所示，在 LCD 的第一行显示“AT89S51 DEMO”，第二行显示“www. myvtc. edu. cn”，试编写程序。

解 参考程序如下所示：

```
        E   BIT  P2.2
        RW  BIT  P2.1
        RS  BIT  P2.0
        LCDPORT  EQU  P0
        CMD_DYTE   EQU   30H
        DAT_BYTE   EQU   31H
        ORG  0000H
        AJMP MAIN
        ORG  0050H
MAIN:   MOV   SP,#60H
        LCALL INITLCD
        LCALL DISPMSG1
        LCALL DISPMSG2
        SJMP $
;LCD1602 要用到的一些子程序
;写命令(入口参数 CMD_BYTE)
WRITE_CMD:    CLR RS
              CLR   RW
              MOV   A,CMD_BYTE
              MOV   LCDPORT,A
              SETB  E
              NOP
              NOP
              CLR    E
              LCALL  DELAY
              RET
;写显示数据(入口参数 DAT_BYTE)
WRITE_DAT:    SETB    RS
              CLR     RW
              MOV  A,DAT_BYTE
              MOV  LCDPORT,A
              SETB  E
              NOP
              NOP
              CLR  E
              LCALL  DELAY
              RET
;LCD 显示初始化
INITLCD:
              MOV    CMD_BYTE,#38H          ;置功能：2 行,5×7 字符
              LCALL  WRITE_CMD
              LCALL  DELAY                  ;延时
              MOV    CMD_BYTE,#06H          ;置输入模式：地址增量,显示屏不移动
              LCALL  WRITE_CMD
              LCALL  DELAY                  ;延时
```

```
            MOV     CMD_BYTE,#0FH           ;显示开,显示光标,并且光标闪烁
            LCALL   WRITE_CMD
            LCALL   DELAY                   ;延时
            MOV     CMD_BYTE,#01H           ;清显示
            LCALL   WRITE_CMD
            LCALL   DELAY                   ;延时
            RET
;在第一行显示表格 1 的内容
DISPMSG1:   MOV     CMD_BYTE,#80H           ;设置 DDRAM 的地址
            LCALL   WRITE_CMD
            MOV     R7,#10H
            MOV     R6,#00H
            MOV     DPTR,#TAB1
DISPMSG1_1: MOV     A,R6
            MOVC    A,@A+DPTR
            MOV     DAT_BYTE,A
            LCALL   WRITE_DAT
            INC     R6
            DJNZ    R7,DISPMSG1_1
            RET
;在第二行显示表格 1 的内容
DISPMSG2:   MOV     CMD_BYTE,#0C0H          ;设置 DDRAM 的地址
            LCALL   WRITE_CMD
            MOV     R7,#10H
            MOV     R6,#00H
            MOV     DPTR,#TAB2
DISPMSG2_1: MOV     A,R6
            MOVC    A,@A+DPTR
            MOV     DAT_BYTE,A
            LCALL   WRITE_DAT
            INC     R6
            DJNZ    R7, DISPMSG2_1
            RET
;延时子程序
DELAY:      MOV     R5, #0A0H
DELAY1:     NOP
            DJNZ    R5,DELAY1
            RET
            ORG     0200H
;要显示的内容
TAB1:       DB      "   AT89S51 DEMO  "
TAB2:       DB      "www.myvtc.edu.cn"
            END
```

7.4 D/A 转换器与单片机接口技术

测控系统是单片机应用的重要领域。在测控系统中,除数字量之外还会遇到另一种物理量,即模拟量,例如温度、速度、电压、电流、压力等,它们都是连续变化的物理量。

在单片机系统中，凡是遇到有模拟量的地方，就要进行模拟量向数字量、数字量向模拟量的转换，就要涉及单片机的数/模(D/A)和模/数(A/D)转换的接口技术。

7.4.1 D/A 转换器的主要技术指标

1. 分辨率

分辨率是指 D/A 转换器可输出的模拟量的最小变化量，也就是最小输出电压(输入的数字量只有 D0=1)与最大输出电压(输入的数字量所有位都等于 1)之比，通常定义为刻度值与 2^n 之比(n 为二进制位数)。二进制位数越多，分辨率越高。例如，若满量程为 5V，根据分辨率定义，则分辨率为 $5V/2^n$。若为 8 位 D/A 转换，即 $n=8$，分辨率为 $5V/2^8\approx$ 19.53mV，即二进制变化 1 位可引起模拟电压变化 19.53mV；当采用 12 位 DAC 时，分辨率为 $5V/2^{12}=1.22mV$。显然，位数越多，分辨率就越高。

2. 转换精度

在理想情况下，精度和分辨率基本一致，位数越多，精度越高。但由于电源电压、参考电压、电阻等各种因素存在着误差，严格来讲，精度和分辨率不完全一致。只要位数相同，则分辨率相同，但相同位数的不同转换器精度会有所不同。

D/A 转换精度指模拟输出实际值与理想输出值之间的误差，包括非线性误差、比例系数误差、漂移误差等，用于衡量 D/A 转换器将数字量转换成模拟量时，所得模拟量的精确程度。

精度与分辨率是两个不同的参数。精度取决于 D/A 转换器各个部件的制作误差，而分辨率取决于 D/A 转换器的位数。

3. 影响精度的误差

失调误差(零位误差)定义为当数值量输入全为“0”时，输出电压却不为 0V。该电压值称为失调电压，该值越大，误差越大。增益误差定义为实际转换增益与理想增益的误差。线性误差是描述 D/A 转换线性度的参数，定义为实际输出电压与理想输出电压的误差，一般用百分数表示。

4. 转换速度

D/A 转换速度是指从二进制数输入到模拟量输出的时间，时间越短，速度越快，一般是几十到几百微秒。

5. 输出电平范围

输出电平范围是指 D/A 转换器可输出的最低电压与可输出的最高电压的差值。常用的 D/A 转换器的输出范围是 0～+5V、0～+10V、−2.5～+2.5V、−5～+5V、−10～+10V 等。

7.4.2 DAC0832 接口芯片

D/A 接口芯片种类很多，有通用型、高速型、高精度型等，转换位数有 8 位、12 位、16 位等，输出模拟信号有电流输出型(如 DAC0832、AD7522 等)和电压输出型(如 AD558、AD7224 等)，在应用中可根据实际需要进行选择。

DAC0832 是采用 CMOS 工艺制造的 8 位电流输出型 D/A 转换器，其分辨率为 8 位，建立时间为1μs，功耗20mW，数字输入电平为TTL电平。

1. DAC0832芯片的结构与引脚功能

DAC0832是8位电流型D/A转换器，采用20引脚双列直插式封装，其结构框图及引脚如图7-13(a)和(b)所示。

(1) 组成

如图7-13(a)所示，它由一个8位输入寄存器、一个8位DAC寄存器和一个8位D/A转换器以及控制电路组成。输入寄存器和DAC寄存器可以分别控制，从而根据需要接成两级输入锁存的双缓冲方式、一级输入锁存的单缓冲方式，或接成完全直通的无缓冲方式。

(2) 各引脚的功能

DAC0832是有20个引脚的双列直插式芯片，其引脚排列如图7-13(b)所示。20个引脚中包括与单片机连接的信号线、与外设连接的信号线以及其他引线。

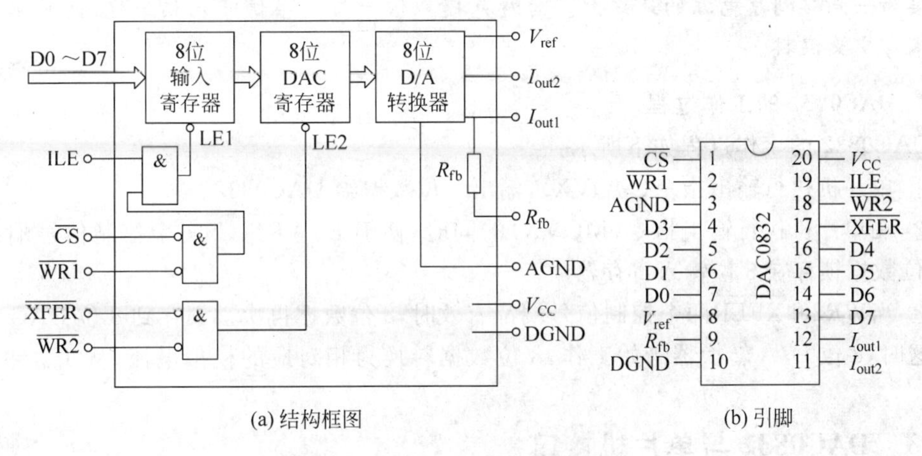

(a) 结构框图　　(b) 引脚

图7-13　DAC0832结构框图及引脚

① 与单片机相连的信号线

- D7～D0：8位数据输入线，用于数字量输入。
- ILE：输入锁存允许信号，高电平有效。
- $\overline{\text{CS}}$：片选信号，低电平有效。它与ILE结合，决定$\overline{\text{WR1}}$是否有效。
- $\overline{\text{WR1}}$：写命令1。当$\overline{\text{WR1}}$为低电平，且ILE和$\overline{\text{CS}}$有效时，把输入数据锁存入输入寄存器；$\overline{\text{WR1}}$、ILE和3个控制信号构成第一级输入锁存命令。
- $\overline{\text{WR2}}$：写命令2，低电平有效。该信号与$\overline{\text{XFER}}$配合，当$\overline{\text{XFER}}$有效时，可使输入寄存器中的数据传送到DAC寄存器中。
- $\overline{\text{XFER}}$：传送控制信号，低电平有效，与$\overline{\text{WR2}}$配合，构成第二级寄存器(DAC寄存器)的输入锁存命令。

② 与外设相连的信号线

- I_{out1}：DAC电流输出1。它是输入数字量中逻辑电平为"1"的所有位输出电流的总和。当所有位逻辑电平全为"1"时，I_{out1}为最大值；当所有位逻辑电平全为"0"时，I_{out1}为"0"。

- I_{out2}：DAC 电流输出 2。它是输入数字量中逻辑电平为“0”的所有位输出电流的总和。
- R_{fb}：反馈电阻，为外部运算放大器提供一个反馈电压。根据需要，可外接反馈电阻 R_{fb}。

③ 其他引线

- V_{ref}：参考电压输入端，要求外部提供精密基准电压。V_{ref}一般在$-10\sim+10V$之间。
- V_{CC}：芯片工作电源电压，一般为$+5\sim+15V$。
- AGND：模拟地。
- DGND：数字地。

注意：模拟地要连接模拟电路的公共地，数字地要连接数字电路的公共地，最后把它们汇接为一点接到总电源的地线上。为避免模拟信号与数字信号互相干扰，两种不同的地线不可交叉混接。

2. DAC0832 的工作过程

DAC0832 的工作过程如下所示：

① 单片机执行输出指令(MOVX)，输出 8 位数据给 DAC0832。

② 在单片机执行输出指令(MOVX)的同时，使 ILE、$\overline{WR1}$、$\overline{CS}$三个控制信号端都有效，8 位数据锁存在 8 位输入寄存器中。

③ 当$\overline{WR2}$和$\overline{XFER}$两个控制信号端都有效时，8 位数据再次被锁存到 8 位 DAC 寄存器。这时，8 位 D/A 转换器开始工作，8 位数据转换为相对应的模拟电流，从 I_{out1} 和 I_{out2} 输出。

7.4.3 DAC0832 与单片机接口

针对使用两个寄存器的方法，形成了 DAC0832 的三种工作方式，分别为双缓冲方式、单缓冲方式和直通方式。

1. 单缓冲方式

单缓冲方式是指两个寄存器中的一个处于直通状态，输入数据只经过一级缓冲送入 D/A 转换器电路。在这种方式下，只需执行一次写操作，即可完成 D/A 转换，提高了 DAC 的数据吞吐量。单缓冲工作方式又分为单极性输出和双极性输出。

① 单极性输出

单极性输出适用于一路输出，或几路输出不要求同步的系统。单极性输出电路如图 7-14 所示。DAC0832 与单片机接口时要进行数据总线、地址总线和控制总线的连接。对于 8 位数据总线的 80C51，DAC0832 的数据线 D7～D0 可直接连至 80C51 的数据总线。在图 7-14 所示的电路中，V_{CC}、V_{ref}和 ILE 都连接到$+5V$电源，从而使参考电压 V_{ref}为$+5V$，使 ILE 保持有效的高电平。

② 双极性输出

双极性输出电路如图 7-15 所示，可推导出：

$$V_{o2}=(D-2^7)\times V_{ref}/2^7$$

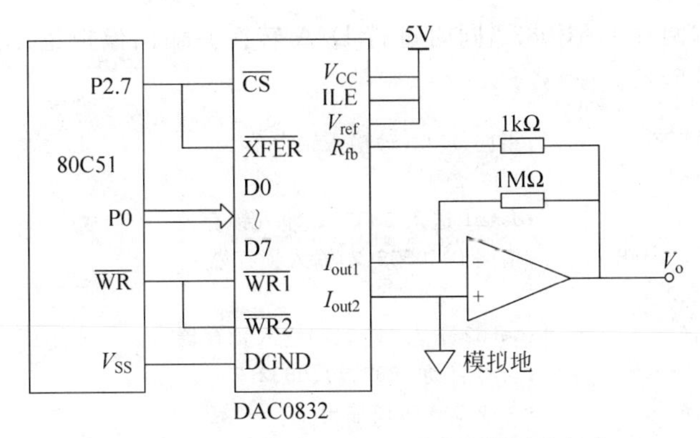

图 7-14　DAC0832 工作于单极性单缓冲方式

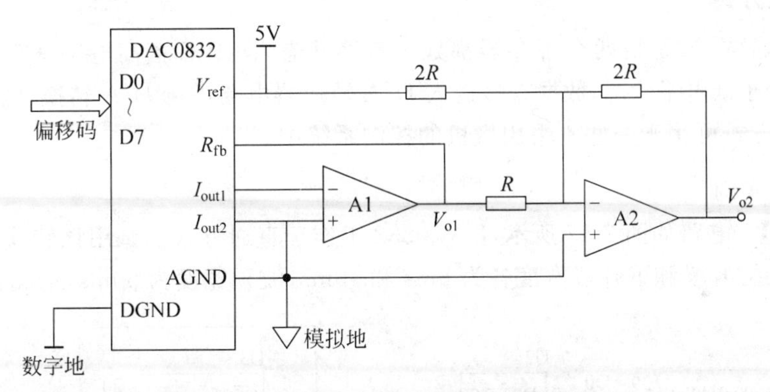

图 7-15　DAC0832 工作于双极性单缓冲方式

当 $D=127$ 时，偏移码为 1111 1111，$V_{o2}=V_{ref}-1LSB$；当 $D=-127$，偏移码为 0000 0001，$V_{o2}=-(V_{ref}-1LSB)$。

分辨率比单极性时降低 1/2(最高位作为符号位，只有 7 位数字位)。

2. 双缓冲方式

双缓冲方式是指数据通过两个寄存器锁存后送入 D/A 转换电路，执行两次写操作才能完成一次 D/A 转换。这种方式特别适用于要求同时输出多个模拟量的场合。如图 7-16 所示是由两片 DAC0832 组成的双缓冲系统。

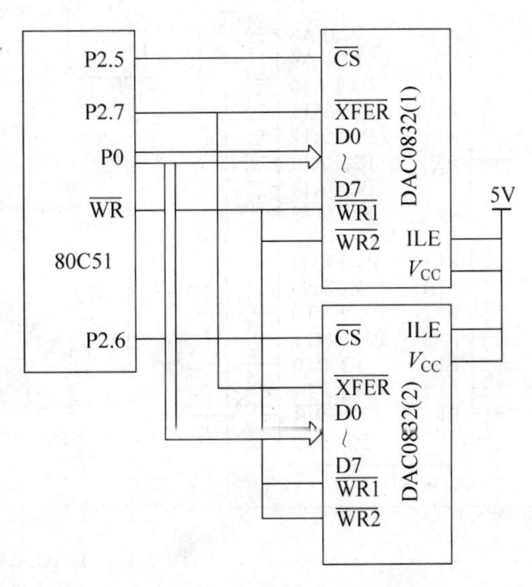

图 7-16　DAC0832 工作于双缓冲方式

D/A 转换器的双缓冲方式可以使两路或多路并行 D/A 转换器同时输出模拟量。如图 7-16 所示，用单片机口线 P2.5 控制第一片 DAC0832 的输入锁存器，地址为 DFFFH；用单片机口线 P2.6 控制第二片 DAC0832 的输入锁存器，地址为 BFFFH，以上为第一级缓冲。然后用单片机口线 P2.7 同时控制两片 DAC0832 的第二级缓冲，地址为7FFFH,这时两片DAC0832同时进行D/A转换并输出模拟量。完成两路D/A同步输出的程序如下所示：

```
MOV    DPTR,#0DFFFH      ;指向0832(1)输入锁存器
MOV    A,#data1
MOVX   @DPTR,A           ;data1送入0832(1)输入锁存器
MOV    DPTR,#0BFFFH      ;指向DAC0832(2)输入锁存器
MOV    A,#data2
MOVX   @DPTR,A           ;data2送入0832(2)输入锁存器
MOV    DPTR,#7FFFH       ;同时启动0832(1)、0832(2)
MOVX   @DPTR,A           ;完成D/A转换输出
```

3. 直通方式

所谓直通方式,是指两个寄存器都处于直通状态,即ILE接高电平,$\overline{CS}$、$\overline{WR1}$、$\overline{WR2}$和$\overline{XFER}$都处于低电平状态,数据直接送入D/A转换器电路进行D/A转换,电路如图7-17所示。这种方式可用于一些不采用微机的控制系统中。

4. 应用实例

【例7-6】 电路如图7-17所示,DAC0832工作于直通方式。试用该转换器产生梯形波,梯形波的上升段和下降段宽度各为5ms和10ms,波顶宽度为50ms,请编程实现。

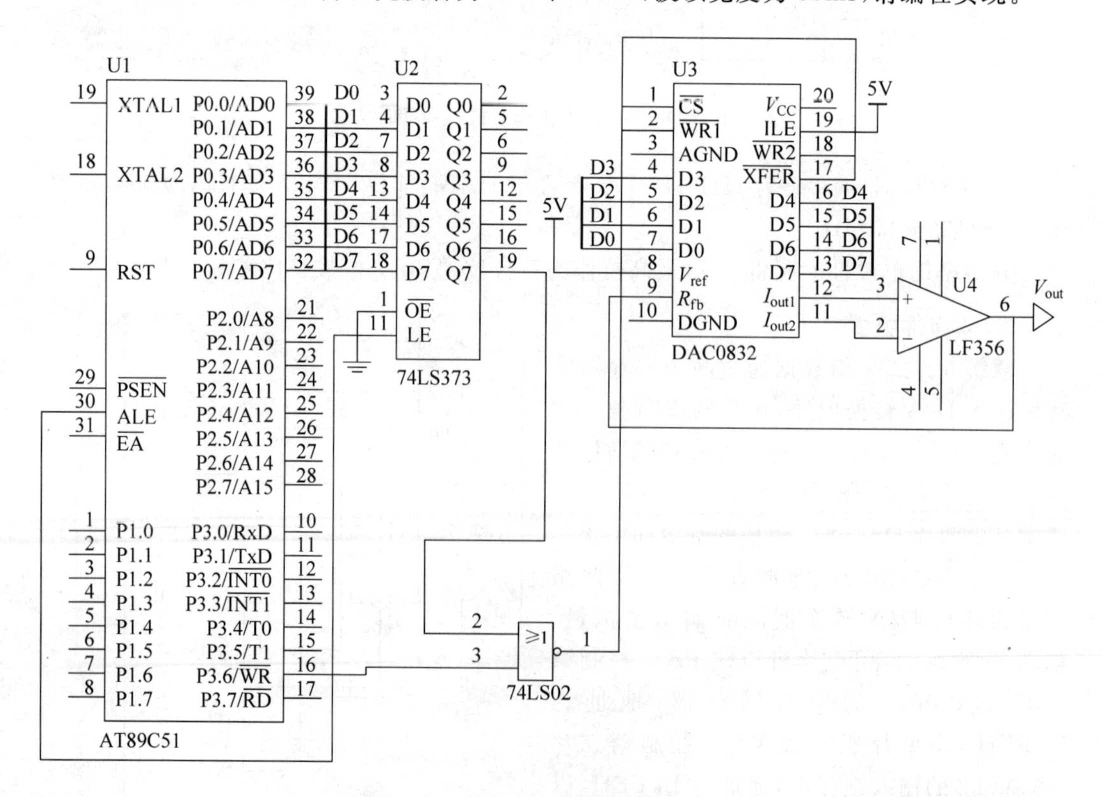

图7-17 DAC0832工作于直通方式

解 设定 DAC0832 最大输出为 249(0～249)，那么上升段每一步需要延时 5ms/250=20μs，下降段每步延时 40μs(不考虑指令本身延时)，波顶延时 50ms。需要两个延时子程序，一个 20μs，一个 50ms。由图 7-17 可知，DAC0832 寄存器地址为 7FH，设晶振为 12MHz。参考程序如下：

```
        ORG 0000H
        LJMP MAIN
        ORG 0030H
  MAIN:
        MOV R0,#7FH
        MOV R2,#250
        MOV R1,#0
    UP:
        MOV A,R1                    ;上升段
        MOVX @R0,A                  ;输出一步模拟电压
        LCALL DELAY20US
        INC R1
        DJNZ R2,UP
 LEVEL:
        MOV A,#0FFH                 ;波顶
        MOVX @R0,A                  ;输出模拟电压
        LCALL DELAY50MS             ;波顶延时 50ms
        MOV R2,#250                 ;下降沿
        MOV A,#0FFH
  DOWN:
        MOVX @R0,A                  ;输出模拟电压
        LCALL DELAY20US
        LCALL DELAY20US
        DEC A
        DJNZ R2,DOWN
        SJMP MAIN
DELAY20US:
        MOV R3,#2
  LOOP:
        NOP
        DJNZ R3,LOOP
        RET
DELAY50MS:
        MOV TMOD,#10H               ;定时器/计数器 T1 定时器方式 1
        MOV TH1,#3CH                ;T1 定时 50ms
        MOV TL1,#0B0H
        CLR ET1
        SETB TR1
    WT:
        JBC TF1,DOK                 ;查询 50ms
        SJMP WT
   DOK:
        RET
        END
```

7.5 A/D转换器与单片机接口技术

A/D转换器用于实现模拟量到数字量的转换。按转换原理可分为四种：计数式A/D转换器、双积分式A/D转换器、逐次逼近式A/D转换器和并行式A/D转换器。目前最常用的是双积分式A/D转换器和逐次逼近式A/D转换器。

7.5.1 A/D转换器的主要技术指标

(1) 分辨率：ADC的分辨率是指使输出数字量变化一个相邻数码所需输入模拟电压的变化量。常用可转换成的数字量的位数来表示(例如8位、10位、12位、16位等)。

$$分辨率=\frac{最大输入满量程模拟电压}{2^N-1}$$

其中，N是可转换成的数字量的位数。所以位数越高，分辨率越高。例如，当输入满量程电压为5V时，对于8位A/D转换器，A/D转换的分辨率为5V/255=0.0195V=19.5mV。又如，温度1～300℃对应的电压为0～5V，则A/D转换的分辨率为1.17℃。

对于12位A/D转换器，A/D转换的分辨率为5V/4095=0.00122V=1.22mV。例如，温度1～300℃对应的电压为0～5V，则A/D转换的分辨率为0.07℃。

(2) 转换时间：转换时间反映了A/D转换的速度。转换时间是启动ADC开始转换，到完成一次转换所需要的时间。

(3) 量程：量程是指能进行转换的输入电压的最大范围。

(4) 绝对精度：ADC输出端产生一个给定的数字量时，ADC输入端的实际模拟量输入值与理论值有一个差值，这个差值的最大值定义为绝对精度。

(5) 相对精度：相对精度是指ADC输出端产生一个给定的数字量时，ADC输入端实际模拟量输入值与理论值之差的最大值与满量程值之比，一般用百分数来表示。

7.5.2 ADC0809接口芯片

ADC0809是CMOS逐次逼近式8位A/D转换器。

1. ADC0809的主要特性

ADC0809的主要特性如下：

(1) 它是具有8路模拟量输入、8位数字量输出功能的A/D转换器。

(2) 转换时间为100μs。

(3) 模拟输入电压范围为0～+5V，不需零点和满刻度校准。

(4) 低功耗，约15mW。

(5) 时钟频率典型值为500kHz(范围为10～1280kHz)。

2. ADC0809的内部结构及引脚

ADC0809的内部结构及引脚如图7-18(a)和(b)所示。

(1) 结构和转换原理

如图7-18(a)所示为ADC0809的内部结构框图。ADC0809由三部分组成：8路模拟量选通开关、8位A/D转换器和三态输出数据锁存器。

ADC0809 允许 8 路模拟信号输入，由 8 路模拟开关选通其中一路信号，模拟开关受通道地址锁存和译码电路的控制。当地址锁存信号 ALE 有效时，3 位地址 C、B、A 进入地址锁存器，经译码后使 8 路模拟开关选通某一路信号。

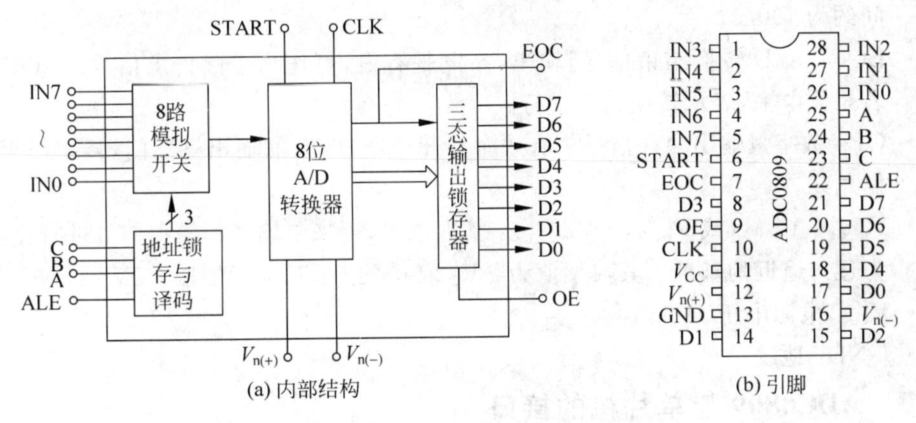

图 7-18　ADC0809 内部结构及引脚

8 位 A/D 转换器为逐次逼近式，由 256R 电阻分压器、树状模拟开关（这两部分组成一个 D/A 变换器）、电压比较器、逐次逼近寄存器、逻辑控制和定时电路组成。

三态门输出锁存器用来保存 A/D 转换结果。当输出允许信号 OE 有效时，打开三态门，输出 A/D 转换结果。因为输出有三态门，便于与单片机总线连接。

(2) 引脚功能

如引脚图 7-18(b)所示，ADC0809 共有 28 个引脚，采用双列直插式封装。ADC0809 虽然有 8 路模拟通道可以同时输入 8 路模拟信号，但每个瞬间只能转换一路，各路之间的切换由软件变换通道地址来实现。其主要引脚功能如下所示：

- IN0～IN7（输入）：8 路模拟电压输入端，在同一时刻只可有一路模拟信号输入。
- A、B、C（或 ADDA、ADDB、ADDC）：地址信号线，输入，用于选择控制 8 通路输入模拟量中的某一路工作。A、B、C 与 IN0～IN7 的关系如表 7-6 所示。

表 7-6　A、B、C 与 IN0～IN7 的关系

C	B	A	模拟信号输入通路选择
0	0	0	IN0
0	0	1	IN1
0	1	0	IN2
0	1	1	IN3
1	0	0	IN4
1	0	1	IN5
1	1	0	IN6
1	1	1	IN7

- ALE：地址锁存允许信号，输入，高电平有效，配合 A、B、C 工作。
- D7～D0：8 位数字量输出端。

- START：A/D 转换启动信号输入端。START 的上升沿使逐次逼近寄存器复位，下降沿启动 ADC 进行 A/D 转换工作。
- CLK：时钟脉冲输入端，频率范围 10kHz～1.28MHz，典型值为 640kHz，转换时间约为 100μs。
- EOC：A/D 转换结束信号，输出，高电平有效，可作为中断请求信号。EOC 信号若是低电平，表示转换正在进行。
- OE：数字量输出允许信号。有效时打开 ADC0809 的输出三态门，转换结果送数据总线。
- $V_{n(+)}\sim V_{n(-)}$（或 $V_{ref(+)}\sim V_{ref(-)}$）：基准电压，用来与输入的模拟信号进行比较，作为逐次逼近的基准。其典型值为 $-V_n$ 取 0V 或 -5V，$+V_n$ 取 $+5$V 或 0V。
- V_{CC}：电源电压，+5V。
- GND：地线。

7.5.3 ADC0809 与单片机的接口

ADC0809 与单片机的连接主要考虑与单片机的数据总线、地址总线和控制总线的连接。

- 数据总线。由于 ADC0809 的输出 D7～D0 具有三态输出锁存缓冲器，因此 ADC0809 可以直接和单片机的数据总线 P0.0～P0.7 相连。
- 地址总线。地址总线的 P0.0、P0.1 和 P0.2 可以对应连接 ADC0809 的 A、B 和 C 三位地址信号输入线，用以控制 8 路模拟输入中哪一路被选中输入。
- 控制总线。有启动转换信号 START、输出允许信号 OE、转换结束信号 EOC 以及 ALE 等信号线的连接。START 要求是一个正脉冲信号，由单片机控制发出。输出允许信号 OE 也需要单片机提供一个正脉冲信号。在 A/D 转换结束时，ADC0809 会发出转换结束信号 EOC，通知 80C51 可以读取转换数据。

A/D 转换后得到的是数据，这些数据应传送给 80C51 单片机进行处理。数据传送的关键问题是如何确认 A/D 转换完成，因为只有确认数据转换完成后，才能进行传送。为此，可采用下述三种方式。

1. 定时传送方式

对于一种 A/D 转换器来说，转换时间作为主要技术指标是已知的和固定的。例如，若 ADC0809 转换时间为 128μs，相当于 6MHz 的 80C51 单片机的 64 个机器周期。可据此设计一个延时子程序，A/D 转换启动后即调用这个延时子程序，延迟时间一到，转换肯定完成了，接着就可进行数据传送。

2. 查询传送方式

ADC0809 与 AT89C51 单片机的接口电路如图 7-19 所示。由于 ADC0809 片内无时钟，利用 AT89C51 提供的地址锁存信号 ALE 经 D 触发器(74LS74)二分频后可获得时钟。当系统时钟为 $f_{osc}=6$MHz 时，ALE 引脚的频率为 $\frac{1}{6}f_{osc}=1$MHz，再经过二分频后为 500kHz，ADC0809 能可靠工作。

由于 ADC0809 具有输出三态锁存器，故其 8 位数据线可直接与 AT89C51 单片机数据总线相连。单片机的低 8 位地址信号在 ALE 作用下锁存在 74LS373 中。74LS373 输出的低 3 位信号分别加到 ADC0809 的通道选择端 ADDA、ADDB 和 ADDC 作为通道编码。单片机的 P2.7 作为片选信号，与$\overline{\text{WR}}$进行或非操作，得到一个正脉冲加到 ADC0809 的 START 和 ALE 引脚上。由于 ALE 和 START 连接在一起，因此 ADC0809 在锁存通道地址的同时也启动转换。在读取转换结果时，用单片机的读信号$\overline{\text{RD}}$和 P2.7 引脚经或非门后产生的正脉冲信号作为 OE 信号，用以打开三态输出锁存器。执行上述操作时，P2.7 应为低电平。ADC0809 的 EOC 端经反相器连接到单片机的 P3.3($\overline{\text{INT1}}$)引脚，作为查询或中断信号。对于 ADC0809 8 个通道地址的确定，要启动 A/D，使 P2.7=0。ADDC、ADDB、ADDA 取值为 000、001、010、011、100、101、110、111 分别选通 A/D 转换器的 8 个模拟通道，而 P2.7 对应单片机 16 位地址线的最高位 A15，ADDC、ADDB、ADDA 对应地址线的低 3 位 A2、A1、A0，其余地址线为任意电平，这里取为全“1”。不难看出，A/D 转换器 8 个通道 IN0～IN7 的地址范围是 7FF8H～7FFFH。

3. 中断传送方式

采用中断方式可大大节省单片机的时间。当转换结束时，EOC 向单片机发出中断请求信号，由中断服务子程序读取 A/D 转换结果并存储到 RAM 中，然后启动 ADC0809 的下一次转换。

无论使用上述哪种传送方式，只要确认转换完成，即可通过指令进行数据传送。首先送出口地址并以$\overline{\text{RD}}$作为选通信号。当$\overline{\text{RD}}$信号有效时，OE 信号即有效，把转换数据送上数据总线，供 80C51 单片机接收，程序如下所示：

```
MOV   DPTR,#7FF8H          ;选中通道 0
MOVX   A, @DPTR            ;RD信号有效，输出转换后的数据送到累加器 A
```

4. 应用实例

【例 7-7】 电路如图 7-19 所示，对 8 路模拟信号轮流采样一次，并依次把转换结果存储到片内 RAM 以 DATA1 为起始地址的连续单元中。

解　参考程序如下所示：

```
MAIN:  MOV   R1,#DATA1        ;置数据区首地址
       MOV   DPTR,#7FF8H      ;指向 0 通道
       MOV   R7,#08H          ;置通道数
LOOP:  MOVX  @DPTR,A          ;启动 A/D 转换
 HER:  JB    P3.3,HER         ;查询 A/D 转换结束
       MOVX  A,@DPTR          ;读取 A/D 转换结果
       MOV   @R1,A            ;存储数据
       INC   DPTR             ;指向下一个通道
       INC   R1               ;修改数据区指针
       DJNZ  R7,LOOP          ;8 个通道转换完否?
       …
```

在程序段中，指令“HER: JB P3.3,HER”的含义是：启动 A/D 转换后，查询 EOC(转换结束信号输出端)的状态变化，等待 A/D 转换结束，未结束继续等待。也可以采用

软件延时的方法读取每次 A/D 转换的结果，即在启动 A/D 后，延时 100μs 左右，等待转换结果。

【例 7-8】 电路如图 7-19 所示，采用中断方式，读取 IN1 通道的模拟量转换结果，送至片内 RAM 以 DATA1 为首地址的连续单元。试完成相关的程序。

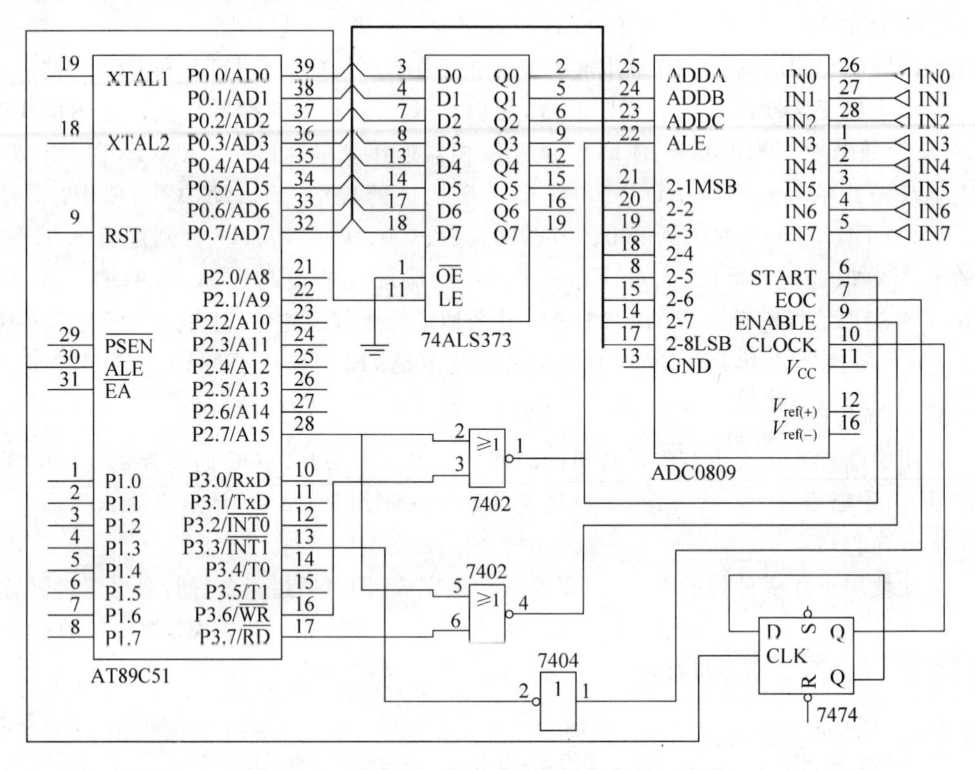

图 7-19 ADC0809 与 89C51 单片机的接口电路

解 参考程序如下所示：

```
        ORG     0000H
        AJMP    MAIN
        ORG     0013H                    ;中断服务程序入口
        AJMP    PINT1
        ORG     0050H
MAIN:   MOV     R1,#DATA1                ;置数据区首地址
        SETB    IT1                      ;边沿触发方式
        SETB    EA                       ;开中断
        SETB    EX1                      ;允许中断
        MOV     DPTR,#7FF9H              ;指向 IN1 通道
        MOVX    @DPTR,A                  ;启动 A/D 转换
LOOP:   NOP                              ;等待中断
        AJMP    LOOP
        ORG     0100H                    ;中断服务程序入口
PINT1:  PUSH    PSW                      ;保护现场
        PUSH    ACC
        PUSH    DPL
```

```
PUSH    DPH
MOV     DPTR, ＃7FF9H
MOVX    A,@DPTR                 ;读取转换后数据
MOV     @R1,A                   ;数据存入以 RAM
INC     R1                      ;修改数据区指针
MOVX    @DPTR,A                 ;再次启动 A/D 转换
POP     DPH                     ;恢复现场
POP     DPL
POP     ACC
POP     PSW
RETI                            ;中断返回
```

本章小结

(1) 键盘是单片机系统最常用的输入部件。在按键的数量比较少时,一般采用独立式键盘;按键数量比较多时,也可采用矩阵式键盘。

(2) LED 数码管显示器是目前单片机系统最常用的输出显示器,它使用方便,显示醒目,一般情况下采用动态扫描驱动方式。所谓动态显示,就是一位一位地轮流点亮显示器的各个位(扫描)。对于显示器的每一位而言,每隔一段时间点亮一次。虽然在同一时间显示器只有一位在工作(点亮),但由于人眼的视觉暂留效应和发光二极管熄灭时的余晖,我们看到的是多个字符"同时"显示。

(3) LCD 显示器功耗低,显示信息量大。读者应理解 LCD1602 的指令系统、LCD1602 和单片机 80C51 的接口、初始化 LCD 的方法,以及显示字符的程序设计方法。不同的 LCD 有不同的编程方法,读者要学会阅读相关文献,参考例程学习使用方法。

(4) D/A、A/D 转换器是单片机测控系统中常用的芯片,它们可以把数字量转换成模拟信号输出到外部设备,或把模拟信号转换成数字信号输入到单片机。D/A 转换器主要由基准电压、模拟电子开关、电阻解码网络和运算放大器组成。从分辨率来说,有 8 位、10 位、16 位之分。位数越多,分辨率越高。DAC0832 是一种 8 位的 D/A 转换器,输出为电流型,如要转换结果为电压,需要外接电流—电压转换电路。DAC0832 有 3 种工作方式,改变 ILE、$\overline{\text{WR1}}$、$\overline{\text{WR2}}$、$\overline{\text{XFER}}$的连接方式,可使 DAC0832 工作在单缓冲、双缓冲及直通方式。

(5) A/D 转换器的种类有逐次逼近式、双积分式、计数比较式等。逐次逼近式 ADC 由比较器、D/A 转换器、逐次逼近寄存器和控制逻辑组成。ADC0809 为 8 位 8 通道的 A/D 转换器,其片内带有三态输出缓冲区,数据输出线可与单片机的数据总线直接相连。单片机读取 A/D 转换结果,可采用中断方式或查询方式。

思考题与习题

1. 为什么要消除键盘的机械抖动?有哪些方法?
2. 独立式键盘和矩阵键盘各有什么特点?分别用在什么场合?

3. 如图 7-5 所示是独立式键盘，试写出定时中断的键盘扫描程序。

4. LED 静态显示和动态显示方式各有什么优缺点？

5. 在用共阳极数码管显示的电路中，如果直接将共阳极数码管换成共阴极数码管，能否正常显示？为什么？应采取什么措施？

6. 仿照图 7-10 所示，试设计 4 位 LED 动态显示电路。试用定时中断方式在 4 位 LED 数码管上显示“1234”。设单片机每隔 1ms 显示 1 位数码管。

7. 在 DAC 中，分辨率与转换精度有什么差异？一个 10 位 DAC 的分辨率是多少？

8. ADC 中的转换结束信号 EOC 起什么作用？如何利用该信号？

9. DAC0832 与 80C51 单片机接口时有哪些控制信号？作用分别是什么？ADC0809 与 80C51 单片机接口时有哪些控制信号？其作用分别是什么？

10. 使用 DAC0832 时，单缓冲方式如何工作？双缓冲方式如何工作？软件编程有什么区别？

11. 用单片机内部定时器来控制对模拟信号的采集，如图 7-19 所示，设系统时钟为 6MHz，要求每分钟采集一次模拟信号。写出对 8 路模拟信号采集一遍的程序。

12. 用 DAC0832 设计一个模拟量输出接口，端口地址为 FEFFH，要求其产生周期为 5ms 的锯齿波。设系统时钟为 6MHz，请编写出相应的程序。

13. 试根据图 7-19 所示的 8 路模拟量采集系统，以中断传送方式实现第 4 路 IN4 的模拟量输入信号的一次采集。请编写程序。

第8章

80C51单片机的C51程序设计

学习目的

(1) 了解C51应用程序的一般设计步骤。

(2) 掌握C51程序设计的基本方法。

(3) 掌握C51的语法、数据结构、语句函数等,设计简单的应用程序。

(4) 理解C51在80C51内部资源(端口、中断、定时器/计数器、串行口)的应用。

学习重点和难点

(1) C51的语法、数据结构、语句函数等。

(2) 80C51中断函数的设计、定时器/计数器的应用、串行通信的应用。D/A转换、A/D转换以及键盘、显示等模块的C语言程序的应用。

单片机应用系统的软件设计大多采用汇编语言程序来完成。因为汇编语言直接操作计算机的硬件,作为初学者,掌握汇编语言的基本设计方法是必要的。但是汇编语言程序的可读性和可移植性都较差,采用汇编语言开发单片机应用系统程序的周期长,而且调试和排错比较困难。为了提高编制计算机控制系统程序和应用程序的效率,改善程序的可读性和可移植性,现在多采用高级语言编程。C语言既具有一般高级语言的特点,是一种通用的程序设计语言,其代码率高,数据类型及运算符丰富,并具有良好的程序结构,又能直接对计算机的硬件进行操作,并且程序能够很容易地在不同类型的计算机之间进行移植。因此,它是目前使用较广的单片机编程语言。

单片机的C语言采用C51编译器(简称C51)。由C51产生的目标代码短、运行速度高、所需存储空间小、符合C语言的ANSI标准,生成的代码遵循Intel目标文件格式,而且可与A51汇编语言或PL/M51语言目标代码混合使用。在众多的C51编译器中,Keil公司的C语言编译器/连接器Keil μVision2软件最受欢迎。

8.1 单片机的C语言

1. C51程序开发概述

(1) 采用C51的优点

采用C51进行单片机应用系统的程序设计,编译器能自动完成变量的存储单元的分配，编程者可以专注于应用软件的设计，可以对常用的接口芯片编制通用的驱动函数，对常用的功能模块和算法编制相应的函数，可以方便地进行信号处理算法和程序的移植，从而加快单片机应用系统的开发过程。

目前，51系列单片机的C语言代码长度在未加人工优化的条件下，已经做到最优汇编程序水平的1.2～1.5倍，超过中等程序员的水平。51系列单片机中，片上Flash ROM空间做到32KB/64KB的比比皆是，代码效率所差的10%～15%已不是重要问题。至于开发速度、软件质量、结构严谨、程序坚固等方面，C语言的完美绝非汇编语言所能比拟的。

(2) C51程序的开发过程

C51程序的开发过程如图8-1所示。

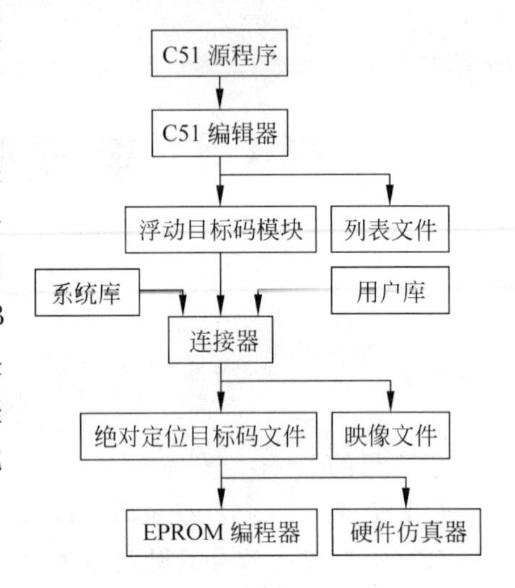

图8-1 C51程序开发过程示意图

2. C51程序结构

C51程序结构同标准C语言程序结构一样，是由若干个函数构成的，每个函数即是完成某个特殊任务的子程序段。组成一个程序的若干个函数可以保存在一个或几个源文件中，最后将它们连接在一起。C语言程序的扩展名为“.c”，如my_test.c。

C语言程序的组成结构如下所示(主函数可以放在功能子函数说明之后的任意位置)：

```
预处理命令    include <>
功能子函数 1  说明
...
功能子函数 n  说明
功能子函数 1 fun1 ()
        {
            函数体…
        }
功能子函数 n fun ()
        {
            函数体…
        }
main()
        {
            函数体…
        }
```

C语言的语句规则如下所示：

① 每个变量必须先说明后引用，变量名的英文大、小写是有差别的。

② C语言程序一行可以书写多条语句，但每条语句必须以“;”结尾。一条语句也可以多行书写。

③ C语言的注释用/ * … * /表示。

④ 花括号“{”必须成对，位置随意，可紧挨函数名后，也可另起一行；多个花括号可以同行书写，也可逐行书写，为层次分明，增加可读性，同一层的“{”对齐，采用逐层缩进方式书写。

8.2　C51 的数据类型

8.2.1　C51 的标识符和关键字

标识符是一种单词，它用来给变量、函数、符号常量、自定义类型等命名。用标识符给 C 语言程序中的各种对象命名时，要用字母、下划线和数字组成的字符序列，并要求首字符是字母或下划线，不能是数字。字母的大、小写是有区别的。

通常，以下划线开头的标识符是编译系统专用的，因此在编写 C 语言源程序时一般不使用以下划线开头的标识符，而将下划线用作分段符。C51 编译器规定标识符最长可达 255 个字符，但只有前 32 个字符在编译时有效，因此标识符的长度一般不要超过 32 个字符。

关键字是一种已被系统使用过的具有特定含义的标识符，用户不得再用关键字给变量等命名。C 语言的关键字较少，ANSI C 标准一共规定了 32 个关键字，如表 8-1 所示。

表 8-1　ANSI C 语言的关键字

关　键　字	用　　途	说　　明
Auto	存储种类说明	用以说明局部变量，为默认值
break	程序语句	退出最内层循环
Case	程序语句	Switch 语句中的选择项
Char	数据类型说明	单字节整型数或字符型数据
const	存储种类说明	在程序执行过程中不可更改的常量值
continue	程序语句	转向下一次循环
default	程序语句	Switch 语句中的失败选择项
Do	程序语句	构成 do...while 循环结构
double	数据类型说明	双精度浮点数
Else	程序语句	构成 if...else 选择结构
Enum	数据类型说明	枚举类型
extern	存储种类说明	在其他程序模块中说明了的全局变量
float	数据类型说明	单精度浮点数
For	程序语句	构成 for 循环结构
Goto	程序语句	构成 goto 转移结构
If	程序语句	构成 if...else 选择结构
Int	数据类型说明	基本整型数
Long	数据类型说明	长整型数
register	存储种类说明	使用 CPU 内部寄存器的变量
return	程序语句	函数返回
short	数据类型说明	短整型数
signed	数据类型说明	有符号数，二进制数据的最高位为符号位
sizeof	运算符	计算表达式或数据类型的字节数

续表

关键字	用途	说明
static	存储种类说明	静态变量
struct	数据类型说明	结构类型数据
switch	程序语句	构成 Switch 选择结构
typedef	数据类型说明	重新进行数据类型定义
union	数据类型说明	联合类型数据
unsigned	数据类型说明	无符号数数据
Void	数据类型说明	无类型数据
volatile	数据类型说明	该变量在程序执行中可被隐含地改变
while	程序语句	构成 while 和 do…while 循环结构

Keil C51 编译器除了有 ANSI C 标准的 32 个关键字外，还根据 51 单片机的特点扩展了相应的关键字。在 Keil C51 开发环境的文本编辑器中编写 C 程序，系统可以把保留字以不同的颜色显示，默认颜色为蓝色。如表 8-2 所示为 Keil C51 编译器扩展的关键字。

表 8-2 Keil C51 编译器扩展关键字

关键字	用途	说明
bit	位标量声明	声明一个位变量或位类型的函数
sbit	位变量声明	声明一个可位寻址变量
sfr	特殊功能寄存器声明	声明一个特殊功能寄存器(8 位)
sfr16	特殊功能寄存器声明	声明一个 16 位的特殊功能寄存器
data	存储器类型说明	直接寻址的 8051 内部数据存储器
bdata	存储器类型说明	可位寻址的 8051 内部数据存储器
idata	存储器类型说明	间接寻址的 8051 内部数据存储器
pdata	存储器类型说明	“分页”寻址的 8051 外部数据存储器
xdata	存储器类型说明	8051 外部数据存储器
code	存储器类型说明	8051 程序存储器
interrupt	中断函数声明	定义一个中断函数
reentrant	再入函数声明	定义一个再入函数
using	寄存器组定义	定义 8051 的工作寄存器组

8.2.2 数据与数据类型

数据是具有一定格式的数字或数值，是计算机的操作对象。不管使用任何语言、任何算法进行程序设计，最终在计算机中运行的只有数据流。

数据的不同格式叫做数据类型。数据按一定的数据类型进行排列、组合及架构，称为数据结构。

1. 基本数据类型

在 C51 中，编译系统要根据定义的数据类型来预留存储单元，这就是定义数据类型的意义。C51 提供的数据结构是以数据类型的形式出现的。C51 的数据类型如表 8-3 所示。

表 8-3　C51 的数据类型

数据类型		长度/位	取值范围
字符型	signed char	8	−128～127
	unsigned char	8	0～255
整型	signed int	16	−32768～32767
	unsigned int	16	0～65535
长整型	signed long	32	−21474883648～21474883647
	unsigned long	32	0～4294967295
浮点型	float	32	±1.75494E−38～±3.402823E+38
位型	bit	1	0,1
	sbit	1	0,1
访问 SFR	sfr	8	0～255
	sfr16	16	0～65535

使用有符号格式(signed)的数据时，编译器要进行符号位检测，并需要调用库函数，生成的程序比无符号格式要长得多，程序运行的速度将减慢，占用的存储空间也会变大，出现错误的几率会大大增加。所以在通常情况下，尽可能采用无符号格式(unsigned)。编译器的默认值为有符号格式。

位(bit)型变量与单片机的硬件结构有关，应注意其定义在单片机片内可位寻址的区域。bit 型变量定义在 80C51 单片机内部 RAM 20H～2FH 单元相应的位区域；sbit 用于定义可独立访问的位变量，常用于定义 80C51 单片机中 SFR(特殊功能寄存器)中可位寻址的确定的位，也可以定义内部 RAM 的 20H～2FH 单元中的相应位。

2. 复杂数据类型

(1) 数组类型

数组是一组有序数据的集合，数组中的每一个数据元素都属于同一个数据类型。数组中的各个元素可以用数组名和下标来唯一确定。一维数组只有一个下标，二维数组有两个下标。在 C 语言中，数组必须先定义，然后才能使用。

一维数组的定义格式如下所示：

```
类型说明符　数组名[整型常量表达式]
```

其中，“类型说明符”说明了数组中各个元素的类型；“数组名”是整个数组的标识符，它的命名方法与变量的命名方法相同；“整型常量表达式”说明了数组的长度，即该数组中元素的个数。例如：

```
char ch[5];
```

定义字符型数组 ch，它有 5 个元素。

二维数组的定义格式如下所示：

```
类型说明符 数组名[常量表达式][常量表达式]
```

例如：

```
int a[3][4],b[5][10];
```

定义 a 为 3×4(3 行 4 列)的数组,b 为 5×10(5 行 10 列)的数组。数组元素为 int 型数据。

(2) 指针类型

指针类型数据在 C 语言中使用十分普遍。正确地使用指针类型数据,可以有效地表示复杂的数据结构,直接访问内存地址,而且可以更有效地使用数组。

① 指针和地址

一个程序的指令、常量和变量都要放在机器的内存单元中,而机器的内存是按字节来划分存储单元的。给内存单元中的每个字节都赋予一个编号,这就是存储单元的地址。

对于内存单元,也要明确两个概念:一个是内存单元的地址,一个是内存单元的内容。前者是内存对该单元的编号,它表示该单元在整个内存中的位置;后者指的是在该内存单元中存放着的数据。

出于对变量灵活使用的需要,有时在程序中围绕变量的地址展开操作,这就引入了"指针"的概念。变量的地址称为变量的指针,指针的引入把地址形象化了,地址是寻找变量值的索引或指南,就像一根"指针"一样指向变量值所在的存储单元。因此,指针即地址,是记录变量存储单元位置的正整数。

② 指针变量的定义

C 语言规定,所有的变量在使用前必须定义,以确定其类型。指针变量也不例外,由于它是专门存放地址的,因此必须将它定义为"指针类型"。

指针定义的一般形式为:

```
类型识别符   * 指针变量名
```

例如:

```
int   * ap;
float * pointer;
```

指针变量名前的"*"号表示该变量为指针变量。但指针变量名应该是 ap 或 pointer,而不是 * ap 和 * pointer。

③ 指针变量的引用

在定义了变量和指针变量之后,如果对这些语句进行编译,C 编译器将为每个变量和指针变量在内存中安排相应的内存单元。例如,定义变量和指针变量如下所示:

```
int x = 1,y = 2,z = 3;                 /* 定义整型变量 x,y,z */
int * x_point;                         /* 定义指针变量 x_point */
int * y_point;                         /* 定义指针变量 y_point */
int * z_point;                         /* 定义指针变量 z_point */
```

通过编译,C 编译器会在变量 x、y、z 对应的地址单元中装入初值 1、2、3,如图 8-2(a)所示。但仍然没有对指针变量 x_point、y_point、z_point 赋值,所以它们所对应的地址单元仍为空白,即仍然没有被装入指针,它们没有指向。当执行"x_point=&x"、"y_point=&y"、"z_point=&z"后,指针 x_point 指向 x,即指针变量 x_point 所对应的内存地址单元中装入了变量 x 所对应的内存单元地址 1000；指针变量 y_point 所对应的内存地址单元中装入了变量 y 所对应的内存单元地址 1002；指针变量 z_point 所对应的内存地址单元中装入了变量 z 所对应的内存单元地址 1004，如图 8-2(b)所示。

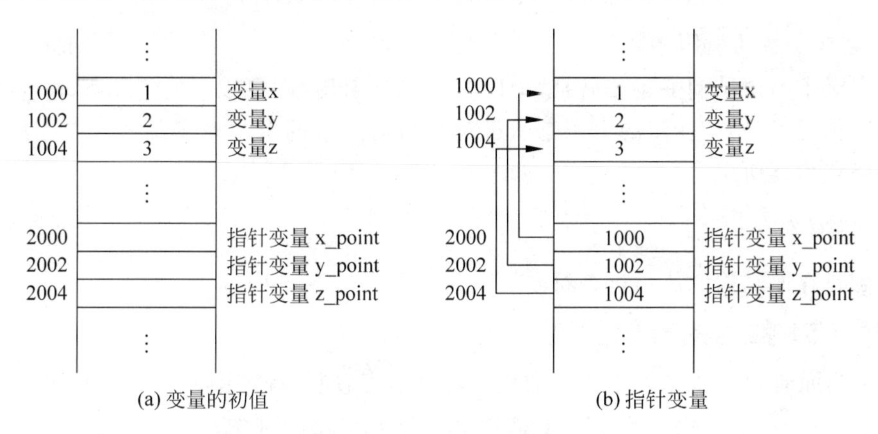

图 8-2　指针变量的引用

在完成了变量、指针变量的定义以及指针变量的引用之后，就可以通过指针和指针变量来对内存进行间接访问了。这时就要用到指针运算符（又称间接运算符）"＊"。

如果要把整型变量 x 的值赋给整型变量 a：

- 用直接访问方式，则用"a＝x"；
- 使用指针变量 x_point 进行间接访问，则用"a＝＊x_point"。

应当特别注意的是，"＊"在指针变量定义时和在指针运算时所代表的含义是不同的。在指针定义时，"＊x_point"中的"＊"是指针变量的类型说明符；进行指针运算时，"a＝＊x_point"中的"＊"是指针运算符。

(3) 结构类型

结构是一种构造类型的数据，它是将若干不同类型的数据变量有序地组织在一起而形成的一种数据的集合体。组成该集合的各个数据变量称为结构成员，整个集合体使用一个独立的结构变量名。一般来说，结构中的各个变量之间是存在某些关系的。由于结构是将一组相关联的数据变量作为一个整体来处理，因此在程序中使用结构将有利于对一些复杂而具有内在联系的数据进行有效的管理。

① 结构变量的定义

定义结构类型的一般格式如下所示：

```
struct 结构名
  {构造元素表}
```

其中，"构造元素表"为该结构中的各个成员。由于结构可以由不同类型的数据组成，因此对结构中的各成员都要进行类型说明。

在定义好一个结构类型之后，就可以用它来定义结构变量，一般格式如下所示：

```
struct 结构名 结构变量名 1，结构变量名 2，结构变量名 3，…，结构变量名 n;
```

另一种定义结构类型变量的方法如下所示：

```
struct 结构名
 {构造元素表}结构变量名 1，结构变量名 2，结构变量名 3，…，结构变量名 n；
```

② 结构变量的引用

在定义了一个结构变量之后，就可以对它进行引用，即可以对它进行赋值、存取和运算。一般情况下，结构变量的引用是通过对其结构元素的引用来实现的。引用结构元素的一般格式如下所示：

```
结构变量名.结构元素
```

其中，“.”是存取结构的成员运算符。

8.2.3 C51 数据的存储类型

C51 是面向 80C51 系列单片机的程序设计语言，应用程序中使用的任何数据（变量和常数）必须以一定的存储类型定位于单片机相应的存储区域中。C51 编译器支持的存储类型如表 8-4 所示。

表 8-4 C51 的存储类型与 80C51 存储空间的对应关系

存储器类型	长度/位	对应单片机存储器
bdata	1	片内 RAM，位寻址区，共 128 位（也能字节访问）
data	8	片内 RAM，直接址区，共 128 字节
idata	8	片内 RAM，间接址区，共 256 字节
pdata	8	片外 RAM，分页间址，共 256 字节（MOVX @Ri）
xdata	16	片外 RAM，间接寻址，共 64K 字节（MOVX @DPTR）
code	16	ROM 区域，间接寻址，共 64K 字节（MOVC @DPTR）

对于 80C51 系列单片机来说，访问片内的 RAM 比访问片外的 RAM 的速度要快得多，所以对于经常使用的变量，应该置于片内 RAM，即用 bdata、data、idata 来定义；对于不常使用的变量或规模较大的变量，应该置于片外 RAM 中，即用 pdata、xdata 来定义。

例如：

```
bit bdata my_flag;                    /* item1 */
char data var0;                       /* item2 */
float idata x,y,z;                    /* item3 */
unsigned int pdata temp;              /* item4 */
unsigned char xdata array[3][4];      /* item5 */
```

- item1：位变量 my_flag 被定义为 bdata 存储类型，C51 编译器将把该变量定义在 8051 片内数据存储区（RAM）中的位寻址区（地址为 20H～2FH）。
- item2：字符变量 var0 被定义为 data 存储类型，C51 编译器将把该变量定位在 8051 片内数据存储区中（地址为 00H～FFH）。
- item3：浮点变量 x、y、z 被定义为 idata 存储类型，C51 编译器将把该变量定位在 8051 片内数据区，并只能用间接寻址的方式进行访问。

- item4：无符号整型变量 temp 被定义为 pdata 存储类型，C51 编译器将把该变量定位在 8051 片外数据存储区（片外 RAM），并用操作码“movx @ri”进行访问。
- item5：无符号字符二维数组 unsigned char array[3][4]被定义为 xdata 存储类型，C51 编译器将其定位在片外数据存储区（片外 RAM），并占据 3×4=12 字节存储空间，用于存放该数组变量。

如果用户不定义变量的存储类型，C51 的编译器采用默认的存储类型。默认的存储类型由编译命令中的存储模式指令限制。C51 支持的存储模式如表 8-5 所示。

表 8-5　C51 存储模式

存储模式	默认存储类型	特　点
Small	data	直接访问片内 RAM；堆栈在片内 RAM 中
Compact	pdata	用 R0 和 R1 间址片外分页 RAM；堆栈在片内 RAM 中
Large	xdata	用 DPTR 间址片外 RAM，代码长，效率低

例如：

```
char var;    /* 在 small 模式中,var 定位 data 存储区 */
             /* 在 compact 模式中,var 定位 pdata 存储区 */
             /* 在 large 模式中,var 定位 xdata 存储区 */
```

在 Keil C51 μVision2 平台下，设置存储模式的界面如图 8-3 所示。

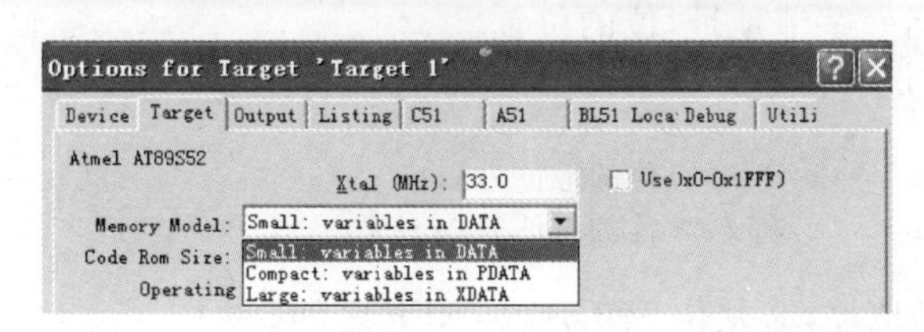

图 8-3　Keil C51 的存储模式界面

工程建立好后，使用菜单 Project | Option for Target ‘Target 1’，或单击 快捷图标即出现如图 8-3 所示工程对话框。单击 Target 标签，其中的 Memory Model 用于设置 RAM 的使用情况，有 3 个选项：Small 是所有的变量都在单片机的内部 RAM 中；Compact 变量存储在外部 RAM 里，使用 8 位间接寻址；Large 变量存储在外部 RAM 中，使用 16 位间接寻址，可以使用全部外部的扩展 RAM。

8.2.4　80C51 硬件结构的 C51 定义

C51 是适合于 80C51 单片机的 C 语言。它对标准 C 语言（ANSI C）进行扩展，从而具有对 80C51 单片机硬件结构的良好支持与操作能力。

1. 特殊功能寄存器的定义

80C51 单片机内部 RAM 的 80H～FFH 区域有 21 个特殊功能寄存器，为了能够对它们直接访问，C51 编译器利用扩充的关键字 SFR 和 SFR16 对这些特殊功能寄存器进行定义。

SFR 的定义方法为

```
sfr 特殊功能寄存器名 = 地址常数
```

例如：

```
sfr P0 =  0x80;          /* 定义 P0 口,地址为 0x80 */
sfr TMOD = 0x89;         /* 定时器/计数器方式控制寄存器地址 89H */
```

关键字 sfr 后面必须跟一个标识符作为特殊功能寄存器名称。名称可以任意选取，但要符合人们的一般习惯。等号后面必须是常数，不允许有带运算符的表达式。常数的地址范围与具体的单片机型号相对应，通常的 80C51 单片机为 0x80～0xFF。

2. 特殊功能寄存器中特定位的定义

在 C51 中可以利用关键字 sbit 定义可独立寻址访问的位变量，如定义 80C51 单片机 SFR 中的一些特定位。定义的方法有如下 3 种。

① sbit 位变量名＝特殊功能寄存器名^位的位置(0～7)

例如：

```
sfr  PSW = 0xD0;     /* 定义 PSW 寄存器地址为 0xd0h */
sbit OV  = PSW^2;    /* 定义 OV 位为 PSW.2,地址为 0xd2 */
sbit CY  = PSW^7;    /* 定义 CY 位为 PSW.7,地址为 0xd7 */
```

② sbit 位变量名＝字节地址^位的位置

例如：

```
sbit OV  = 0xd0^2;   /* 定义 OV 位的地址为 0xd2 */
sbit CF  = 0xd0^7;   /* 定义 CF 位的地址为 0xd7 */
```

字节地址作为基地址，必须位于 0x80～0xFF 之间。

③ sbit 位变量名＝位地址

例如：

```
sbit OV  = 0xd2;     /* 定义 OV 位的地址为 0xd2 */
sbit CF  = 0xd7;     /* 定义 CF 位的地址为 0xd7 */
```

位地址必须位于 0x80～0xFF 之间。

3. 8051 并行接口及其 C51 定义

① 对于 8051 片内 I/O 口，用关键字 sfr 来定义。

例如：

```
sfr P0 = 0x80;       /* 定义 P0 口,地址为 80h */
sfr P1 = 0x90;       /* 定义 P1 口,地址为 90h  */
```

② 对于片外扩展 I/O 口，则根据其硬件译码地址，将其视为片外数据存储器的一个单元，使用 define 语句来定义。

例如：

```
#include <absacc.h>
#define PORTA XBYTE [0x78f0]; /*将 PORTA 定义为外部口,地址为 78f0,长度为 8 位*/
```

一旦在头文件或程序中对这些片内、外的 I/O 口定义以后,在程序中就可以自由使用这些口了。定义口地址的目的是为了便于 C51 编译器按 8051 的实际硬件结构建立 I/O 口变量名与其实际地址的联系,以便使程序员能用软件模拟 8051 硬件操作。

4. 位变量(bit)及其定义

C51 编译器支持 bit 数据类型。

① 位变量的 C51 定义语法及语义如下所示:

```
bit dir_bit;        /*将 dir_bit 定义为位变量*/
bit lock_bit;       /*将 lock_bit 定义为位变量*/
```

② 函数可包含类型为 bit 的参数,也可以将其作为返回值。

```
bit func(bit b0,bit b1)
 {/*…*/}
return (b1);
```

③ 对位定义的限制。位变量不能定义成一个指针,如"bit *bit_ptr"是非法的。不存在位数组,如不能定义"bit arr[]"。

在位定义中允许定义存储类型,位变量都放在一个段位中,此段总位于 8051 片内 RAM 中,因此存储类型限制为 data 或 idata。如果将位变量的存储类型定义成其他类型,编译时将出错。

④ 可位寻址对象。可位寻址的对象是指可以字节寻址或位寻址的对象,该对象位于 8051 片内 RAM 可位寻址 RAM 区中。C51 编译器允许将数据类型为 idata 的对象放入 8051 片内可位寻址的区中。应先定义变量的数据类型和存储类型,如下所示:

```
bdata int ibase;              /*定义 ibase 为 bdata 整型变量*/
bdata char bary[4];           /*定义 bary[4]为 bdata 字符型数组*/
```

然后,可使用 sbit 定义可独立寻址访问的对象位,即

```
sbit mybit0 = ibase^0;        /*mybit0 定义为 ibase 的第 0 位*/
sbit mybit15 = ibase^15;      /*mybit15 定义为 ibase 的第 15 位*/
sbit ary01 = bary[0]^1;       /*ary01 定义为 bary[0]的第 1 位*/
sbit ary25 = bary[2]^5;       /*ary25 定义为 bary[2]的第 5 位*/
```

8.2.5　关于 Keil C51 的指针类型

Keil C51 支持基于存储器的指针和一般指针两种指针类型。基于存储器的指针类型由 C 源代码中的存储器类型决定,并在编译时确定。由于不必为指针选择存储器,这类指针的长度可以为 1 字节(idata *,data *,pdata *)或 2 字节(code *,xdata *)。用这种指针可以高效访问对象。

1. 基于存储器的指针

定义指针变量时,若指定了它所指向的对象的存储类型,该变量就被认为是基于存储

器的指针。

例如,"char xdata * px;"定义了一个指向 xdata 存储器中字符类型(char)的指针。指针本身在默认存储器(决定于编译模式)中,长度为 2 字节(值为 0~0xFFFF)。

```
char xdata * data pdx;
```

除了确定指针位于 8051 内部存储区(data)中外,其他同上例。它与编译模式无关。

```
data char xdata * pdx;
```

与"char xdata * data pdx;"完全相同。存储器类型定义既可以放在定义的开头,也可以直接放在定义的对象名前。

还可以在定义时指定指针本身的存储空间位置,例如:

```
int  xdata * idata i_ptr;
```

表示 i_ptr 指向的是 xdata 区中的 int 型变量,i_ptr 在片内 RAM 中。

```
long  code * xdata  l_ptr;
```

表示指向的是 code 区中的 long 型变量,l_ptr 在片外存储区 xdata 中。

2. 一般指针

定义一般指针变量时,若未指定它所指向的对象的存储类型,该指针变量就认为是一个一般指针。一般指针包括 3 字节,即 2 字节偏移和 1 字节存储器类型,如表 8-6 所示。

表 8-6 一般指针的字节内容

地址	+0	+1	+2
内容	存储器类型	偏移量高位	偏移量低位

其中,第一个字节代表了指针的存储类型。存储类型编码如表 8-7 所示。

表 8-7 指针的存储类型

存储类型	idata/data/bdata	xdata	pdata	Code
编码值	0x00	0x01	0xFE	0xFF

8.2.6 C51 的运算符、表达式及其规则

运算符是完成某种运算的符号。C51 具有丰富的运算符,对数据具有极强的表达能力。表达式是由运算符及运算对象组成的具有特定含义的式子。在任意表达式的后面加一个分号";"就构成一个表达式语句。由运算符和表达式可以构成 C51 程序的各种语句。

掌握各个运算符的意义和使用规则,对于编写正确的 C 语言程序是十分重要的。C 语言的运算符如表 8-8 所示。

表 8-8　C 语言运算符

<table>
<tr><th>运算符</th><th>范　例</th><th>说　　明</th></tr>
<tr><td>+</td><td>a+b</td><td>a 变量和 b 变量相加</td></tr>
<tr><td>-</td><td>a-b</td><td>a 变量和 b 变量相减</td></tr>
<tr><td>*</td><td>a*b</td><td>a 变量乘以 b 变量</td></tr>
<tr><td>/</td><td>a/b</td><td>a 变量除以 b 变量</td></tr>
<tr><td>%</td><td>a%b</td><td>取 a 变量除以 b 变量的余数</td></tr>
<tr><td>=</td><td>a=5</td><td>给变量 a 赋值为 5</td></tr>
<tr><td>+=</td><td>a+=b</td><td>等同于 a=a+b</td></tr>
<tr><td>-=</td><td>a-=b</td><td>等同于 a=a-b</td></tr>
<tr><td>*=</td><td>a*=b</td><td>等同于 a=a*b</td></tr>
<tr><td>/=</td><td>a/=b</td><td>等同于 a=a/b</td></tr>
<tr><td>%=</td><td>a%=b</td><td>等同于 a=a%b</td></tr>
<tr><td>++</td><td>a++</td><td>等同于 a=a+1</td></tr>
<tr><td>--</td><td>a--</td><td>等同于 a=a-1</td></tr>
<tr><td>></td><td>a>b</td><td>测试 a 是否大于 b</td></tr>
<tr><td><</td><td>a<b</td><td>测试 a 是否小于 b</td></tr>
<tr><td>==</td><td>a==b</td><td>测试 a 是否等于 b</td></tr>
<tr><td>>=</td><td>a>=b</td><td>测试 a 是否大于等于 b</td></tr>
<tr><td><=</td><td>a<=b</td><td>测试 a 是否小于等于 b</td></tr>
<tr><td>!=</td><td>a!=b</td><td>测试 a 是否不等于 b</td></tr>
<tr><td>&&</td><td>a&&b</td><td>逻辑与运算</td></tr>
<tr><td>||</td><td>a||b</td><td>逻辑或运算</td></tr>
<tr><td>!</td><td>!a</td><td>逻辑取反运算</td></tr>
<tr><td>>></td><td>a>>b</td><td>将 a 按位右移 b 位,左侧补 0</td></tr>
<tr><td><<</td><td>a<<b</td><td>将 a 按位左移 b 位,右侧补 0</td></tr>
<tr><td>|</td><td>a|b</td><td>按位或运算</td></tr>
<tr><td>&</td><td>a&b</td><td>按位与运算</td></tr>
<tr><td>^</td><td>a^b</td><td>按位异或运算</td></tr>
<tr><td>~</td><td>~a</td><td>按位取反运算</td></tr>
<tr><td>&</td><td>A=&b</td><td>将变量 b 的地址存入 A 寄存器中</td></tr>
<tr><td>*</td><td>*A</td><td>用来取寄存器所在地址内的值</td></tr>
</table>

8.3　C51 语言的程序流程控制

1. if 语句

条件语句由关键字 if 构成。它的基本结构如下所示：

```
if (表达式)
 {语句};
```

如果括号中的表达式成立(为真),则程序执行花括号中的语句；否则,程序将跳过花括号中的语句部分,执行下面的语句。C 语言提供了三种形式的 if 语句。

(1) 形式1

```
if(表达式)
 {语句}
```

例如：

```
if (x>y)
printf("%d",x);
```

(2) 形式2

```
if(条件表达式){语句1;} else {语句2}
```

例如：

```
if (x>y) max = x;
else max = y;
```

(3) 形式3

```
if(表达式1){语句1;}
 else if(表达式2){语句2;}
  else if(条件表达式3){语句3;}
      ⋮
      else if(条件表达式n){语句n;}
          else {语句m}
```

2. switch case 语句

开关语句主要用于多分支的场合，一般形式如下所示：

```
switch (表达式)
{
   case 常量表达式1: 语句1;break;
   case 常量表达式2: 语句2;break;
        ⋮
   case 常量表达式n: 语句n;break;
   default: 语句n+1;
}
```

当switch括号中表达式的值与某一个case后面的常量表达式的值相等时，就执行它后面的语句，然后因遇到break而退出switch语句。当所有的case中的常量表达式的值都没有与表达式的值相匹配时，就执行default后面的语句。

每一个case的常量表达式必须是互不相同的，否则将出现对于表达式的同一个值，有两种以上的选择。

如果在case语句中遗忘了break，则程序在执行了本行case选择之后，不会按规定退出switch语句，而是执行后续的case语句。

3. while 循环语句

while语句的一般形式为：

```
while(表达式)
    {语句；}      /＊循环体＊/
```

while 语句的语义是计算表达式的值，当值为真(非 0)时，执行循环体语句。

使用 while 语句应注意以下几点：

① while 语句中的表达式一般是关系表达式或逻辑表达式，只要表达式的值为真(非 0)，即可继续循环。

② 循环体如包含一个以上的语句，则必须用{}括起来，组成复合语句。

③ 在 while 循环体中，应有使循环趋向于结束的语句。如无这种语句，循环将无休止地继续下去。

④ 在嵌入式平台上编写程序的一个最大特点是程序总是以一个无限循环作为结束。无限循环是必要的，这使得嵌入式软件的功能从启动之后，一直运行到关机。因此，一个嵌入式程序的功能体会被无限循环包含，使得它们一直运行下去。例如：

```
while (!RT)
  { }
```

这个语句的作用是等待 RI＝1。如果 RI＝0，!RI＝1，由于循环体无实际操作语句，故继续测试下去(等待)；一旦 RI＝1，则循环终止。

4．do…while 语句

do…while 语句的一般形式为：

```
do
 {语句;}        /＊循环体＊/
while (表达式);
```

do while 循环语句的执行过程是：首先执行循环体语句，然后执行圆括号中的表达式。如果表达式的值为真(非 0 值)，则重复执行循环体语句，直到表达式的值变为假(0 值)时为止。对于这种结构，在任何条件下，循环体语句至少会被执行一次。

5．for 循环语句

for 语句的一般形式为：

```
for (表达式 1;表达式 2;表达式 3)
{语句;}          /＊循环体＊/
```

其中，表达式 1 通常是设定起始值。表达式 2 通常是条件判断式，如果条件为真，则执行循环体，否则终止循环。表达式 3 通常是步长表达式，执行一次循环体完毕后，必须回到这里做运算，然后到表达式 2 中做判断。

6．goto 语句

编写程序，尽量不要使用 goto 语句，以避免阅读程序的困难。但是，如果确实需要跳离很多层循环，可以使用 goto 语句。goto 语句的目标位置必须在同一个程序文件内，不能跳到其他程序文件。goto 语句经常和 if 语句连用，如果在程序中检测到异常，即使用 goto 语句去处理。

8.4 C51 函数

与普通的 C 语言程序类似,C51 程序是由若干模块化的函数构成。函数是 C51 程序的基本模块,常说的“子程序”、“过程”在 C51 中用“函数”这个术语。它们都含有以同样的方法重复地去做某件事情的意思。主程序(main())可以根据需要用来调用函数。当函数执行完毕时,就发出返回(return)指令,主程序 main()后面的指令恢复主程序流的执行。同一个函数可以在不同的地方被调用,并且函数可以重复使用。

C 语言是由一个个函数构成的。在构成 C 语言程序的若干函数中,必有一个主函数 main()。下面所示是 C 语言程序的一般组成结构。

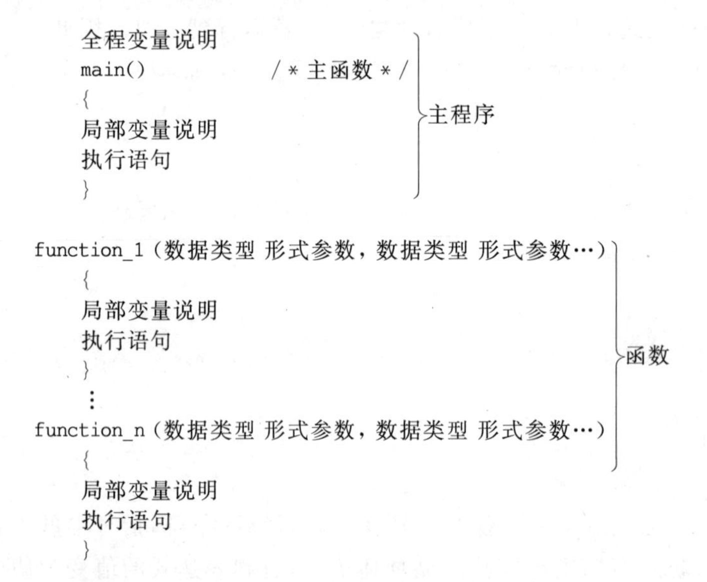

所有函数在定义时都是相互独立的,一个函数中不能再定义其他的函数,即函数不能嵌套定义,但可以互相调用。函数调用的一般原则是:主函数可以调用其他普通函数,普通函数之间也可相互调用,但普通函数不能调用主函数。

一个 C 程序的执行总是从 main()函数开始,调用其他函数后返回到 main()中,最后在主函数 main()中结束整个 C 程序的运行。

1. C51 中断服务函数与寄存器组的定义

C51 函数的一般定义形式如下所示:

```
返回值类型 函数名(形式参数列表)[编译模式][reentrant][interrupt m][using n]
{
    函数体
}
```

当函数没有返回值时,应用关键字 void 明确说明返回值类型。

形式参数的类型要明确说明。对于无形参的函数,括号也要保留。

编译模式为 small、compact 或 large,用来指定函数中局部变量参数和参数在存储器空间。

"reentrant"用于定义可重入函数。

"interrupt m"用于定义中断函数，m 为中断号，可以为 0～31，但具体的中断号要取决于芯片的型号，像 AT89C51 实际上就使用 0～4 号中断。每个中断号都对应一个中断向量，具体地址为 8n+3。中断源响应后，处理器会跳转到中断向量所在的地址执行程序，编译器会在此地址上产生一个无条件跳转语句，转到中断服务函数所在的地址执行程序。

"using n"用于确定中断服务函数所使用的工作寄存器组，n 为工作寄存器组号，取值为 0～3。这个选项是指定选用 51 单片机芯片内部 4 组工作寄存器中的哪个组。初学习者不必去做工作寄存器设定，而由编译器自动选择。

2. 函数的返回值

return 是用来使函数立即结束并返回原调用函数的语句，可以把函数内的最后结果传回给原调用函数。其一般格式是：

```
return
```

8.5 C51 编程实例

8.5.1 80C51 内部资源的编程

1. 外部中断服务程序及实例

在外部中断源比较多时，可以在 80C51 的一个外部中断请求端"线"与多个中断源，这些中断源同时分别接到输入端口的各位，然后在中断服务程序中采用查询法顺序检索引起中断的中断源。这种方法在中断源较多时查询的时间太长，CPU 中断相应的速度明显降低。若采用一个优先权解码芯片 74LS148，把多个中断源信号作为一个中断，效果很好。

【例 8-1】 多中断源的处理。现用 8 个按钮作为中断源，当有按钮按下时，中断产生，使 LED 发光灯组 U4 相应的灯点亮。如 K0 按下，LED0 点亮；K7 按下，LED7 点亮，如图 8-4 所示。

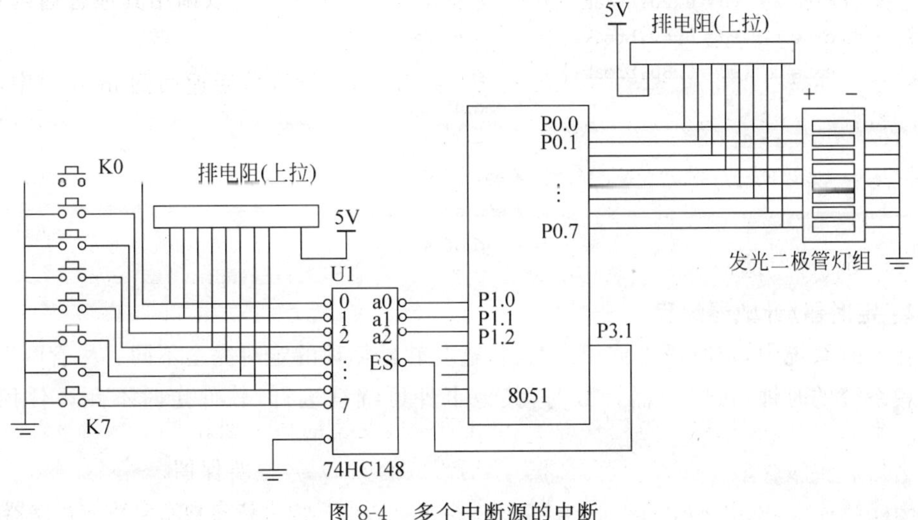

图 8-4　多个中断源的中断

分析：设计流程图如图 8-5 所示，中断服务程序仅设标志保存 I/O 口输入状态。Keil C51 编译器提供定义特定 8051 系列成员的寄存器头文件。8051 的头文件是 reg51. h。

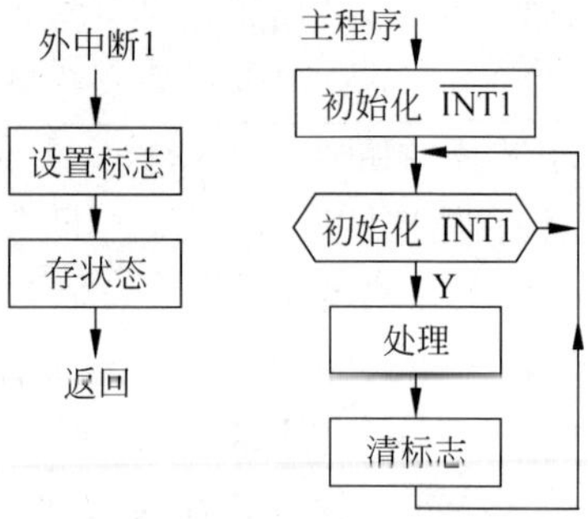

图 8-5　多中断源处理框图

```
#include <reg51.h>
unsigned char status;
bit flag;
void server_int1() interrupt 2 using 2
/* INT1 中断服务程序,使用第二组寄存器 */
{
flag = 1;                                /* 设置标志 */
status = P1&0x7;                         /* 存状态 */
}
void main()
{
   IP = 0x04;                            /* 置 INT1 高优先级中断 */
   IE = 0x84;                            /* INT1 开中断,CPU 开中断 */
   TCON = TCON | 0x04;                   /* 设置 INT1 边沿触发方式 */
  for(;;)
  {
   if (flag)                             /* 有中断 */
   {
     switch(status)
     {
        case 7: {P0 = 0x01;break;}
        case 6: {P0 = 0x02;break;}
        case 5: {P0 = 0x04;break;}
        case 4: {P0 = 0x08;break;}
        case 3: {P0 = 0x10;break;}
        case 2: {P0 = 0x20;break;}
        case 1: {P0 = 0x40;break;}
        case 0: {P0 = 0x80;break;}
     }                                   /* end of case */
         flag = 0;
   }                                     /* end if */
  }                                      /* end of for loop */
 }                                       /* end of main */
```

2. 定时器/计数器编程

在实时系统中，定时通常使用定时器，这与软件循环的定时完全不同。尽管两者最终都依赖系统的时钟，在定时器计数时，其他事件可继续进行，软件定时不允许任何事件发生。

【例 8-2】 单片机的 f_{osc}=12MHz,要求在 P1.0 引脚上输出周期为 10ms 的方波。

分析:周期为 10ms 的方波要求定时间隔为 5ms,每次时间到,P1.0 取反。

定时器计数率=$f_{osc}/12$。机器周期=$12/f_{osc}=1\mu s$,每个机器周期定时器加 1,需计数次数=$5000/(12/f_{osc})=5000/1=5000$。所以定时器初始值为 65536−5000。

(1) 用定时器 0 的方式 1 编程,采用查询方式。

```
#include <reg51.h>
sbit P1_0 = P1^0;
void main()
{
 TMOD = 0x01;                            /*定时器 0 方式 1*/
 TR0 = 1;                                /*启动 T/C0*/
 for (;;)
 {
  TH0 = (65536 - 5000)/256;              /*装入计数器初值*/
  TL0 = (65536 - 5000) % 256;
  do {} while (!TF0);                    /*查询等待 TF0 置位*/
  P1_0 = !P1_0;                          /*定时时间到,P1.0 反相*/
  TF0 = 0;                               /*软件清 TF0*/
 }                                       /*循环结束*/
}                                        /*主程序结束*/
```

(2) 用定时器 0 的方式 1 编程,采用中断方式。

```
#include <reg51.h>
sbit P1_0 = P1^0;
void timer0(void) interrupt 1 using 1
  {/*T/C0 中断服务程序入口*/
      P1_0 = !P1_0;                     /*P1.0 取反*/
  TH0 = (65536 - 5000)/256;             /*装入计数器初值*/
  TL0 = (65536 - 5000) % 256;
  }
void main()
  {
      TMOD = 0x01;                      /*定时器 0 方式 1*/
      TR0 = 1;                          /*启动 T/C0*/
      P1_0 = 0;
TH0 = (65536 - 5000)/256;               /*装入计数器初值*/
TL0 = (65536 - 5000) % 256;
    EA = 1;                             /*CPU 开放中断*/
    ET0 = 1;                            /*T/C0 开中断*/
    TR0 = 1;                            /*启动 T0*/
   do {} while (1);                     /*空循环*/
  } //end of main
```

【例 8-3】 产生一个脉冲占空比可调的程序，它产生的脉宽调制信号用于电机的变速控制。

分析：脉冲宽度调制(Pulse Width Modulation，PWM)是通过改变脉冲序列的周期以改变脉冲的宽度或占空比来实现调压的，采用适当的控制方法即可使电压与频率协调变化。将输出信号的基本周期(T)固定，通过调整基本周期内工作周期(t_1)的大小来控制输出电压。由于电机的转速与电机两端的电压成比例，而电机两端的电压与控制波形的占空比(t_1/T)成正比，因此电机的速度与占空比成比例，占空比越大，电机转得越快，如图 8-6 所示。

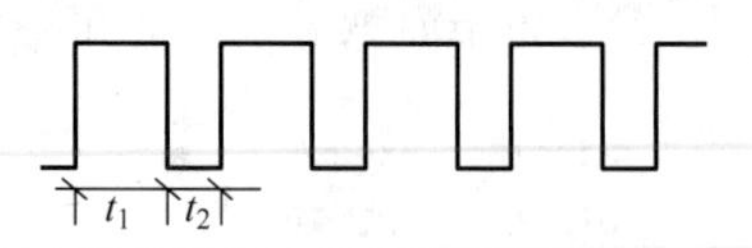

图 8-6 脉冲宽度调制原理

根据 PWM 原理，可得如下公式：

$$V_d = V_{max} \times D$$

式中，V_d 为电机的平均转速；V_{max} 为电机全通电时的速度；$D=t_1/T$ 为占空比。

基于上述原理，使用 80C51 内部定时器 T0 与软件配合产生调宽脉冲波，如图 8-7 所示，通过 INC 键或者 DEC 键可以调节输出脉冲，从而控制单片机 P3.0 输出，实现对电机电枢电压的调节，改变电机转速。

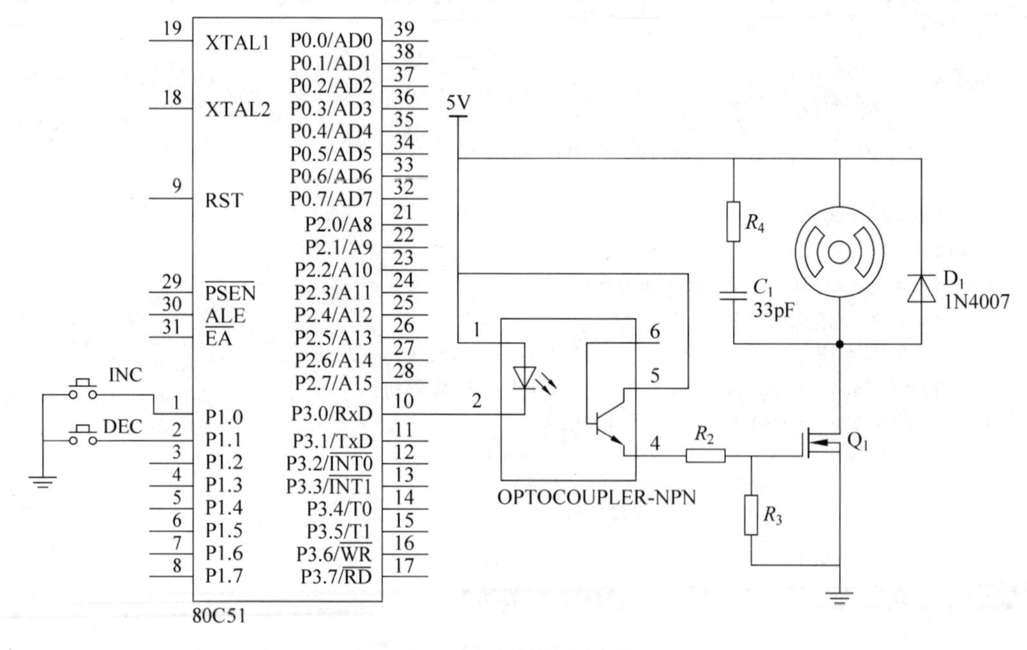

图 8-7 PWM 调制电路

参考程序清单如下所示：

```
#include <reg51.h>
#define uchar unsigned char
#define uint unsigned int
#define ON 1
#define OFF 0
#define MAX_VAL 50
```

```
  uchar pwm_val = 0;
  uchar set_val = 30;
  sbit out1 = P3^0;
void delay (uint k)                             /* 延时子程序 */
   {
    uint i,j;
    for (i = 0;i<k;i++)
        {
           for (j = 0;j<60;j++)
         {;}
        }
   }
void timer0(void) interrupt 1 using 1           /* T0 中断服务程序 */
    {
     TH0 = (65536 - 1000 + 7)/256;              /* 1ms 精确定时 */
     TL0 = (65536 - 1000 + 7) % 256;
     pwm_val ++ ;                               /* 每 10ms 到,软件计数器加 1 */
     if(pwm_val<set_val) {out1 = ON;}           /* 判断是否到设定值 */
     else out1 = OFF;
     if(pwm_val>= MAX_VAL) pwm_val = 0;
    }
    void key(void)
    { //按键扫描程序,通过 INC 键和 DEC 键调节增大或减小高电平的时间
      delay(10);      //延时去抖
      while(P1! = 0xff)
      { switch(P1)
        {
        case 0xfe:                              /* INC 键处理 */
           {set_val++ ;if (set_val>= MAX_VAL) set_val = 1;break;}
        case 0xfd:                              /* DEC 键处理 */
               {set_val -- ;if (set_val == 0) set_val = MAX_VAL - 1;break;}
           default: break;
        }
        delay(500);
      }
    }
  void main(void)
  {
    TMOD = 0x01;                                /* T0 工作在定时器方式 1 */
    out1 = OFF;
    TH0 = (65536 - 1000)/256;                   /* 1ms 定时 */
    TL0 = (65536 - 1000) % 256;
    EA = 1;                                     /* CPU 开放中断 */
    ET0 = 1;                                    /* T0 开放中断 */
    TR0 = 1;                                    /* 启动 T0 */
    do {
         key();                                 /* 扫描按键 */
       }
    while(1);
   }
```

3. 串行口编程

在使用串口之前，应对串口进行初始化编程，主要设置产生波特率的定时器1和串行控制字。具体步骤如下所示：

（1）确定定时器1的工作方式——编程TMOD寄存器。

（2）计算定时器1的初值——装载TH1和TL1。

（3）启动定时器1——编程TCON中的TR1。

（4）确定串行口的控制——编程SCON。

（5）串行口在中断方式工作时，需开CPU和源中断——编程IE寄存器。

特殊功能寄存器PCON的最高位SMOD是串行口波特率系数的控制位，当SMOD为1时，使波特率加倍。注意，PCON不能使用位寻址，只能对其进行字节操作。各种方式波特率的计算如表8-9所示。

表8-9　波特率计算公式

方式	计算公式	方式	计算公式
0	$f_{osc}/12$	2	$K\times f_{osc}/64$
1	$K\times f_{osc}/[32\times12\times(256-TH1)]$	3	$K\times f_{osc}/[32\times12\times(256-TH1)]$

注：若SMOD=0，则$K=1$；若SMOD=1，则$K=2$。

【例8-4】 某温度数据采集系统有主、从机进行串行通信，假定双机的系统时钟频率f_{osc}=11.0592MHz，通信速率9600bit/s。主机每次将温度数据Temperature的值发送给从机，从机则将收到的数据送到显示器上显示。试完成双机通信程序设计。

分析：设定时器1工作于方式2，TMOD=00100000B=0x20。

① 定时器的初值计算：$9600=K\times f_{osc}/[32\times12\times(256-TH1)]$，这里设SMOD=0，则$K=1$。$f_{osc}$=11.0592MHz，计算得到TH1=253=0x0fd。

② SCON的确定：串口工作在方式1，允许接收，所以SCON=01010000B=0x50。

主机采集数据，并发送给从机的参考程序如下所示(这里没有考虑通信协议)：

```
#include <reg51.h>
#define uchar unsigned char
#define uint   unsigned int
uchar Temperature;
void InitSystem(void);
void CollectData(void);
void Delay(void);
/*系统初始化*/
void InitSystem(void)
{
    TMOD = 0x20;                          /*T1工作于方式2*/
    TH1 = 0xfd;                           /*通信速率*/
    TL1 = 0xfd;
    PCON = 0x00;                          /*SMOD = 0*/
    SCON = 0x50;                          /*允许接收*/
    ES = 0;                               /*开串口中断*/
```

```
    ET1 = 0;
    TR1 = 1;                                 /* 启动定时器 1 */
    RI = 0;
    TI = 0;
}
void CollectData(void)                       /* 数据采集程序 */
  {;
  // 此程序将采集的温度数据送入 Temperature 变量,限于篇幅,省去该程序代码
  }
void Delay()                                 /* 延时子程序 */
  {
    int i;
    for(i = 0;i<10000;i++);
  }
void main(void)
 {
   InitSystem();
   while(1)
     {
       Delay();
       SBUF = Temperature;                   /* 发送温度数据 */
       while(!TI);
       TI = 0;
       CollectData();                        /* 采集温度数据 */
     }
 }
```

从机程序如下所示:

```
#include <reg51.h>
#define uchar unsigned char
#define uint  unsigned int
uchar Temperature;
void InitSystem(void);
void Comm(void);
void Display(void);
void InitSystem(void)                        /* 系统初始化程序 */
{
   TMOD = 0x20;                              /* T1 工作于方式 2 */
   TH1 = 0xfd;                               /* 通信速率 */
   TL1 = 0xfd;
   PCON = 0x00;                              /* SMOD = 0 */
   SCON = 0x50;                              /* 允许接收 */
   EA = 1;
   ES = 1;                                   /* 开串口中断 */
   ET1 = 0;
   TR1 = 1;                                  /* 启动定时器 1 */
   RI = 0;
   TI = 0;
 }
```

```
void Comm(void) interrupt 4 using 0      /*串行中断服务程序*/
  {
    Temperature = SBUF;                  /*保存数据*/
    RI = 0;                              /*清中断标志*/
  }
void Display(void)                       /*显示程序*/
  {
    ;
    /*此程序将收到的Temperature通过显示器显示出来*/
  }
void main(void)
  {
   InitSystem();
   while(1)
    {
      Display();
      ;
    }
  }
```

8.5.2 80C51 输出控制的 C 编程

在单片机应用系统中，输出控制是单片机实现控制运算处理后，对控制对象的输出通道接口。单片机的主要输出有数字量、开关量和频率量。被控制对象的信号除了上述3种直接由单片机产生的信号以外，还有模拟量信号，该信号通过D/A变换产生。步进电机控制也常由单片机来控制。

【例 8-5】 基于图7-16所示DAC0832双缓冲接口的C编程。

分析：由图7-16可知，DAC0832工作于双缓冲方式，两片DAC0832的输入寄存器地址分别是0DFFFH和0BFFFH，两个芯片的DAC寄存器地址都为7FFFH，将data1和data2数据同时转换成模拟量的C51函数的程序如下所示：

```
#include <absacc.h>
#include <reg51.h>
#define INPUT1 XBYTE[0xdfff]
#define INPUT2 XBYTE[0xbfff]
#define DACR   XBYTE[0x7fff]
#define uchar unsigned char
void dac2b(uchar data1,uchar data2)
   {
    INPUT1 = data1;                      /*将数据送到第一片DAC0832*/
    INPUT2 = data2;                      /*将数据送到第二片DAC0832*/
    DACR = 0;                            /*启动两路D/A同时进行转换*/
   }
```

8.5.3 80C51 数据采集的 C 编程

7.5节讨论了80C51和模/数转换器ADC的接口，主要介绍了常用芯片ADC0809，这里给出C51的参考程序。

【例 8-6】 对于 8 路模拟信号的数据采集，其接口电路参见图 7-19。

分析：从 ADC0809 的 8 个通道轮流采集一次数据，采集的结果放在数组 ad 中。使用查询方式，程序如下所示：

```
#include <reg51.h>
#include <absacc.h>
#define uchar unsigned char
#define IN0 XBYTE[0x7ff8]                    /*设置 ADC0809 的通道 0 地址*/
sbit ad_busy = P3^3;                         /*ADC0809 转换结束信号 EOC 的状态*/
void adc0809(uchar idata *x)                 /*采样结果放在指针中的 A/D 采集函数*/
 {
  uchar i;
  uchar xdata *ad_adr;
  ad_adr = &IN0;
  for (i = 0;i<8;i++)                        /*处理 8 个通道*/
  { *ad_adr = 0;                             /*启动 A/D 转换*/
   i = i;i = i;                              /*延时等待 EOC 变低*/
   while (ad_busy == 0);                     /*查询等待转换结束*/
   x[i] = *ad_adr;                           /*存转换结果*/
   ad_adr++;                                 /*下一个通道*/
  }
 }      /*end of adc0809 Function*/
 void main(void)
 {
  static uchar idata ad[10];
  adc0809(ad);                               /*采集 ADC0809 通道的值*/
 }
```

8.5.4 80C51 人-机交互的 C 编程

1. 行列式键盘与 80C51 的接口

如图 8-8 所示是 80C51 与行列式键盘的接口电路。P1 口作为键盘接口，P1.0～P1.3 口作为键盘的行扫描输出线，P1.4～P1.7 作为列检测输入线。

【例 8-7】 编写 4×4 键盘的扫描程序，并能将按键显示在 1 位 LED 上(16 个按键，显示 0～F)。

分析：对于 4×4 键盘扫描程序 kbscan，程序查询的内容如下所示：

① 查询是否有键按下。首先，单片机向行扫描口 P1.0～P1.3 输出全为“0”的扫描码 F0H，然后从列检测口 P1.4～P1.7 输入列检测信号，只要有一列信号不为“1”，即 P1 口不为 F0H，则表示有键按下。接着要查出按下键的行、列位置。

② 查询按下键所在的行、列位置。单片机将得到的信号取反，P1.4～P1.7 口中为“1”的便是键所在的列。

③ 确定键所在的行，需要逐行扫描。单片机首先使 P1.0 为“0”，P1.1～P1.7 为“1”，即向 P1 口发送扫描码 FEH，接着输入列检测信号。若全为“1”，表示不在第一行。然后使 P1.1 为“0”，其余位为“1”，再读入列信号，…，这样逐行发“0”扫描码，直到找到按下键所在的行，将该行扫描码取反保留。若各行都扫描以后仍没有找到，则放弃扫描，认为是键的误动作。

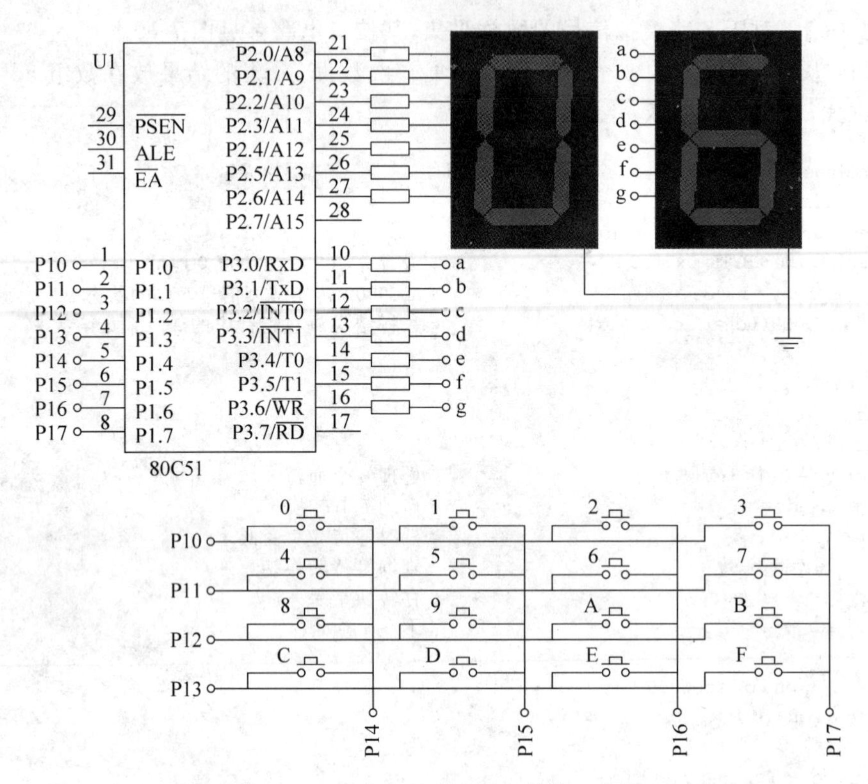

图 8-8　80C51 与行列式键盘的接口电路

④ 对得到的行号和列号译码,得到键值。

⑤ 键的抖动处理。当用手按下一个键时,会出现所按键在闭合位置和断开位置之间跳几下才稳定得到闭合状态的情况。在释放一个键时,也会出现类似的情况,这就是键抖动。抖动的持续时间不一,通常不会大于 10ms。若抖动问题不解决,就会引起对闭合键的多次读入。解决抖动最方便的方法是:当发现有键按下后,不要立即进行逐行扫描,而是延时 10ms 后再进行。由于键按下的时间持续上百毫秒,延时后再扫描也不迟。

下面是按图 8-8 所示电路编写的键扫描程序,以及将键号(不是键值)显示在两位 LED 上的参考程序。

```
#include <reg51.h>
#define uint unsigned int
#define uchar unsigned char
void delay(void);
uchar kbscan(void);

    void main()
    { uchar key = 0x4f;
    code unsigned char LEDMAP[] =
    {0x3f, 0x06, 0x5b, 0x4f, 0x66, 0x6d, 0x7d, 0x07,0x7f, 0x6f, 0x77, 0x7c, 0x39, 0x5e,
    0x79, 0x71,0x00};
    /*共阴 LED 段码表*/
```

```
        while(1)
        {
         key = kbscan();
         delay();
         if (key! = 0x88)
         {P2 = LEDMAP[(key>>4)];P3 = LEDMAP[(key&0x0f)];}
        } / * end of while * /
    }/ * end of main * /
    void delay(void)
    { uchar i;
      for (i = 200;i>0;i-- ){;}
    } / * end of delay function * /

    uchar kbscan(void)                              / * 键盘扫描函数 * /
    { uchar sccode,recode,temp,i;
       code unsigned char KEY_value[] =
{0x11,0x21,0x41,0x81,0x12,0x22,0x42,0x82,0x14,0x24,0x44,0x84,0x18,0x28,0x48,0x88};
      P1 = 0xf0;                                    / * 发全"0"行扫描码,列线输入 * /
      if ((P1&0xf0)! = 0xf0)                        / * if1,若有键按下 * /
       {delay();                                    / * 延时去抖动 * /
        if ((P1&0xf0)! = 0xf0)                      / * if2 * /
         { sccode = 0xfe;                           / * 逐行扫描初值 * /
           while ((sccode&0x10)! = 0)
             {P1 = sccode;                          / * 输出行扫描码 * /
              if((P1&0xf0)! = 0xf0)                 / * if3,本行有键按下 * /
               {recode = (P1&0xf0)|0x0f;
                temp = (~sccode) + (~recode);
                  for (i = 0;i<16;i++ )
                    {if (temp == KEY_value[i]) break;}
                return(i);                          / * 返回特征字节码 * /
               } / * for if3 * /
               else
               sccode = (sccode<<1)|0x01;           / * 行扫描码左移 1 位 * /
             } / * for while * /
         } / * for if2 * /
       }/ * for if1 * /
     return (0x88);                                 / * 无键按下,返回值为 88h * /
    }/ * end of kbscan function * /
```

2. LED 显示驱动

【例 8-8】 如图 7-10 所示为 80C51 与 8 位 LED 显示器的动态显示接口电路。用 C51 描述例 7-4 功能的参考程序如下所示：

```
# include "reg51.h"
# define uchar unsigned char
# define uint unsigned int
uchar code tab[] = {0xc0,0xf9,0xa4,0xb0,0x99,0x92,0x82,0xf8,0x80,0x90,0xff};
uchar code dig[] = {0x08,0x09,0x0a,0x0b,0x0c,0x0d,0x0e,0x0f};
```

```
uchar disp_buffer[8] = {1,2,3,4,5,6,7,8};//显示缓冲区
void hextobcd(uint hexs,uchar j);
void init();
void main()
  {
    init();
      while(1)
        {
        } //end of while
  } //end of main

void timerint0() interrupt 1 using 1
  {
    uchar scan;
    TR0 = 0;
    P2 = 07;
    P2 = 07;      //关显示
    P2 = dig[scan];
      P1 = tab[disp_buffer[scan]];
      scan++ ;
      if (scan == 8)
        { scan = 0;}
          TL0 = (65536 - 1000) % 256; //1ms 定时
          TH0 = (65536 - 1000)/256;
          TR0 = 1;
  }
void init()
{
   TMOD = 0x51; //定时器 0 作为定时器,定时器 1 作为计数器
   TL0 = (65536 - 1000) % 256; //1ms 定时
   TH0 = (65536 - 1000)/256;
   TR0 = 1;            //runing T0
   ET0 = 1;            //enable T0 interrupt
   EA = 1;             //CPU open enable
}
```

本章小结

本章以 Keil 公司 80C51 单片机开发套件 Keil μVision2 讲解单片机的 C 语言应用程序设计。该套件的编译器支持 80C51 及 80C51 派生产品。

C 语言单词包括标识符、关键字、运算符、分隔符、常量和注释等。标识符是一种单词,它用来给变量、函数、符号常量、自定义类型等命名。关键字是一种已被系统使用过的具有特定含义的标识符。用户不得再用关键字给变量等命名。

数据的不同格式叫做数据类型。C51 的基本数据类型有字符型、整型、长整型、浮点型、位型及 SFR 型。复杂数据类型有数组类型、指针类型及结构类型。存储类型是指变量被放在机器存储器中的位置。在 80C51 单片机中,C51 支持的存储类型有 bdata、data、 idata、pdata、xdata 和 code。

80C51 硬件结构的 C51 定义有 SFR 及其特定位的定义、并行接口及片外扩展 I/O 口的定义和位变量的定义。

C51 函数讨论了函数的基本概念，包括函数的定义格式、函数的说明方法、函数的参数和函数的返回值。

C51 在 80C51 编程中的应用主要讨论了①8051 内部资源的 C 编程：中断服务程序函数的编制；定时器/计数器的使用：初始化、中断服务程序的编制；串行口的初始化，串行通信的编程。②8051 输出控制的 C 编程：DAC0832 的应用，步进电机的控制。③数据采集的 C 编程：ADC0809 的应用。④8051 人-机交互的 C 编程：4×4 矩阵键盘的应用及动态 LED 显示接口电路的应用。

思考题与习题

1. C51 的数据存储类型有哪几种？这几种数据类型各自位于单片机系统的哪一个存储区？

2. 希望 8051 单片机定时器 0 的定时值以内部 RAM 的 20H 单元的内容为条件而可变，即当(20H)＝00 时，定时值为 10ms；当(20H)＝01 时，定时值为 20ms。请根据以上要求对定时器 0 初始化，设单片机的时钟频率为 12MHz。

3. 用单片机和内部定时器来产生矩形波，要求频率为 100Hz，占空比 2∶1(高电平时间长)。设单片机的时钟频率为 12MHz，写出相关程序。

4. 用 8051 单片机和 0832 数/模转换器产生梯形波(参照图 7-17)。梯形波的斜边采用步幅为 1 的线性波，幅度为 00H～80H，水平部分调用延时程序来维持。写出产生梯形波的程序。

5. 用单片机进行程序控制。设某个生产过程有 6 道工序，每道工序的时间分别为 10s、8s、12s、15s、9s 和 6s。用单片机通过 8255 的 A 口来控制。A 口中的 1 位就可控制某一工序的启、停。试编制相关的程序。

6. 用 8051 内部定时器来控制对 ADC0809 的 0 通道信号进行数据采集和处理。请参照图 7-19，每分钟对 0 通道采集 1 次数据，连续采样 5 次。若平均值超过 80H，则 P1.0＝1，否则 P1.0＝0。

7. 若 8051 的串行口工作在方式 2，编写一段从机向主机传送 16 字节数据和校验和的程序。传送前发送联络信号，如发送 0AAH，主机收到后回传 9BBH，从机开始发送数据。

第 9 章

单片机工程应用技术

学习目的

(1) 掌握单片机应用系统的硬件抗干扰和软件抗干扰的应用。

(2) 掌握模拟信号放大器和标度变换的应用。

(3) 掌握常用接口驱动电路的应用。

(4) 掌握温度传感器检测电路及应用。

学习重点和难点

(1) 掌握综合应用(抗干扰技术、模拟信号放大器和标度变换、接口驱动电路和传感器检测电路)。

(2) 硬件抗干扰和软件抗干扰的应用。

9.1 单片机应用系统的抗干扰技术

单片机应用系统的抗干扰技术非常重要,往往一个应用系统的抗干扰问题解决不好,设计的应用系统无法投入生产运行。只有解决好系统抗干扰问题,加强抗干扰措施,应用系统适应现场工业环境后,系统在工业现场才能正常运行。实际上,解决系统的抗干扰问题的技术含量要求较高、工作量也大,要面临工业现场解决一些实际问题,因此,学习抗干扰技术非常重要。本节从硬件抗干扰和软件抗干扰两方面来介绍。

干扰的来源是多方面的,主要来自外部和内部。

- 外部干扰的主要来源有:电源电网电压的波动,高压设备和电磁开关的电磁辐射,大型用电设备(如电炉、电梯、照明灯、电机、电焊机)启、停,传输电缆的共模干扰等。
- 内部干扰是由系统的结构布局、制造工艺所引入的。如分布电容、分布电感引起的耦合感应,电磁场辐射感应,长线传输造成的波反射;多点接地造成的电位差引入的干扰;装置及设备中各种寄生振荡引入的干扰以及热噪声、闪变噪声、尖峰噪声等引入的干扰;甚至元器件产生的噪声等。

9.1.1 单片机应用系统硬件抗干扰的设计

1. 电源供电系统的抗干扰措施

电源供电系统的干扰是单片机应用系统的主要干扰来源,应高度重视。电源供电系统分为交流电源供电系统和直流电源供电系统。

(1) 交流电源供电系统的抗干扰措施

① 选用供电比较稳定的进线电源

单片机控制系统的电源进线要尽量选用比较稳定的交流电源线。尽量不要将单片机控制系统接到负载变化比较大的电源线，如电机设备或者有高频设备的电源线上。

② 采用交流稳压电源

交流稳压电源是为了克服供电电网电压波动对单片机控制系统的影响，提高单片机控制系统的稳定性。交流稳压电源能把输出稳定在5%范围以内，另外，由于交流稳压电源中有电磁线圈，对干扰也有一定的抑制作用。

③ 采用低通滤波器

在交流电源的输入端接一个低通滤波器，它可以滤除电网中高于50Hz的高次谐波干扰信号，保证50Hz的工频信号无衰减地通过。低通滤波器的接法如图9-1所示。

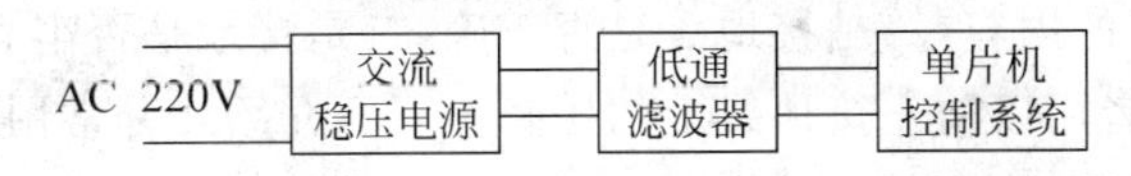

图9-1　低通滤波器接法

④ 采用不间断电源UPS消除干扰

供电电网瞬间断电或1000V以上的尖锋电压等事件可能使控制系统陷入混乱状态和失灵。对于要求很高的控制系统，可以采用不间断电源(UPS)向系统供电。

(2) 直流电源供电系统的抗干扰措施

① 采用直流开关电源

直流开关电源是一种脉宽调制型电源，由于脉冲频率高达20kHz，所以不用传统的工频变压器，具有体积小、重量轻、效率高(＞70%)、电网电压变化范围大((－20%～＋10%)×220V)、电网电压变化时不会输出过电压或欠电压等优点。开关电源初、次级之间有较好的隔离，对于交流电网上的高频脉冲干扰有较强的隔离能力。现在已有许多直流开关电源产品，一般都有几个独立的电源，如±5V、±12V、±24V等。

② 采用DC-DC变换器

如果控制系统供电电网波动较大，或者对直流电源的精度要求较高，就可以采用DC-DC变换器。它们有升压型、降压型和升压/降压型，具有体积小、性能价格比高、输入电压范围大、输出电压稳定且可调整、环境温度范围宽等一系列优点。因此，DC-DC变换器在便携式仪器或手持式微机测控装置中得到了广泛的应用。

③ 采用分散独立的三端稳压块供电

使用三端稳压集成块(78系列和79系列)组成稳压电源，对每个系统功能模块单独一组供电，不会因某块稳压电源出故障而使整个系统遭到破坏，同时减少了公共阻抗的相互耦合，大大提高了供电的可靠性，也有利于电源的散热。

2. 接地系统抗干扰

在单片机应用系统中，接地是否正确，将直接影响到系统的正常工作。因为，地电平是整个电源电平的基础,因而它的升高和降低都会影响所有电源电平的波动,而地线又与所有元器件都有通道联系,干扰进入地线后,会传递到所有元器件上。因此,接地系统干扰直接影响系统的抗干扰能力。单片机应用系统的主要地线如下。

- 交流地:是交流电源的地线。交流地上任意两点之间都存在着电位差,而且交流地很容易引进干扰,因此交流地绝对不可以与其他地相连接。
- 直流地:是直流电源的地线。
- 屏蔽地:即机壳地,也叫安全地,目的是让设备机壳和大地等电位,以保证人生安全和防止静电感应、电磁感应。
- 数字地:即逻辑地,是单片机应用系统中数字电路的零电位。
- 模拟地:是单片机应用系统中所有模拟信号的零电位。
- 信号地:是传感器的地。
- 系统地:是以上几种地的最终回流点,直接和大地相连。

接地包含两方面的内容,一是接地点是否正确,二是接地是否牢固。前者用来防止系统各部分的窜扰,后者用以防止接地线上的压降。下面介绍几种常用的接地方法。

(1) 单点接地与多点接地

根据接地理论,频率在1MHz以下时,电路应单点接地,目的是避免形成地环流,因为地环流引入信号回路中会引起干扰;频率在10MHz以上时,电路应多点就近接地,降低地线阻抗。单片机控制系统的工作频率较低,故应采用一点接地法。当频率处于1~10MHz之间时,如采用一点接地,其地线长度不应超过波长的1/20,否则应采用多点接地。单点接地如图9-2所示。

(2) 数字地和模拟地的连接原则

单片机应用系统中的模拟公共地线应与数字公共地线分开走线,最后在一点连接。因为数字电平的跳跃会造成大的电流尖峰,数字电路的信号通过模拟电路地线回到数字电源会构成串模信号,对模拟输入有影响。所以,在ADC和DAC电路中,要注意区分数字地和模拟地,必须将所有的数字地和模拟地分别相连,否则转换将不准确,而且干扰严重。数字地和模拟地的连接如图9-2所示。

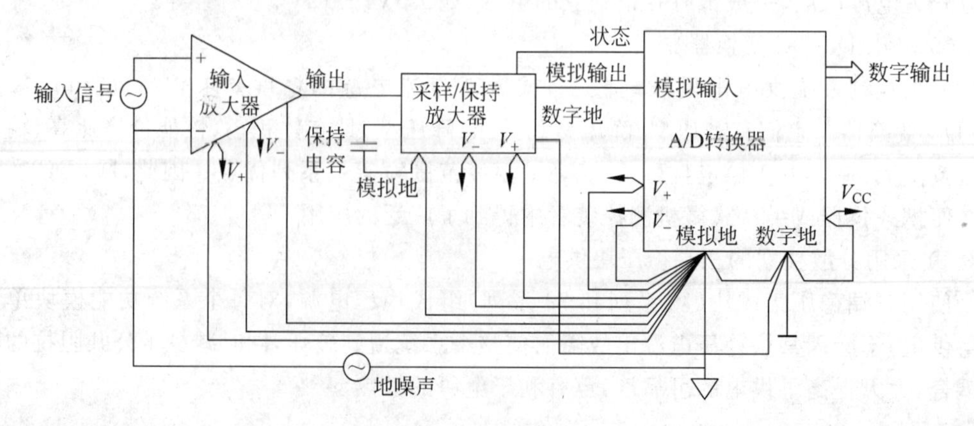

图9-2 单点接地

(3) 输入部分的接地

在单片机控制输入系统中，传感器、变送器和放大器通常采用屏蔽罩，而信号的传输往往使用屏蔽线。对屏蔽层的接地要注意，也应遵循单点接地原则。输入信号源有接地和浮地两种情况，接地电路也有两种情况，如图 9-3 所示。在图 9-3(a)中，信号源端接地，而接收端放大器浮地，则屏蔽层应在信号源端接地（A 点）。图 9-3(b)却相反，信号源浮地，接收端接地，则屏蔽层应在接收端接地(B 点)。这样的单点接地是为了避免在屏蔽层与地之间的回路电流，从而通过屏蔽层与信号线间的电容产生对信号线的干扰。一般输入信号比较小，而模拟信号又容易接受干扰，因此，对输入系统的接地和屏蔽应格外重视。高增益放大器常常用金属罩屏蔽起来，但屏蔽罩的接地要合理，否则要引起干扰。解决的办法就是将屏蔽罩接到放大器的公共端。

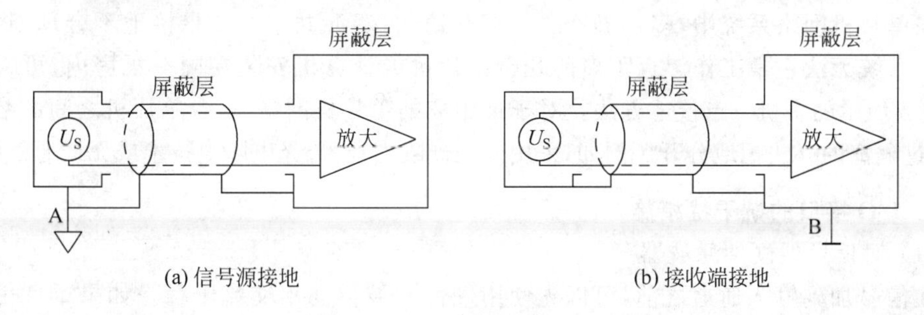

图 9-3　输入系统的接地方式

(4) 单片控制机主机系统的接地

单片控制机主机接地也是为了防止干扰，提高可靠性。下面介绍三种单片控制机主机接地方式。

① 单片控制机外壳接地、单片机机芯浮空

为了提高单片机的抗干扰能力，把单片控制机外壳作为屏蔽罩接地，而把单片机机芯内器件架与外壳绝缘，绝缘电阻大于 50MΩ，即机内信号地浮空，如图 9-4 所示。这种方法安全、可靠，抗干扰能力强。但一旦绝缘电阻降低，就会引入干扰。

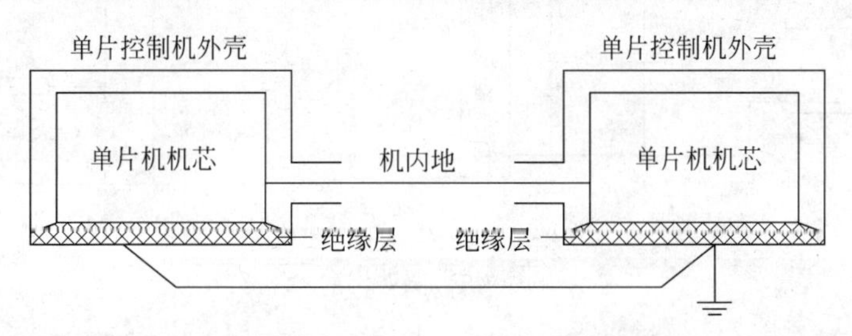

图 9-4　单片控制机外壳接地与单片机机芯浮空

② 全机一点接地

单片机地与外部设备地连接后，采用一点接地，如图 9-5 所示。为了避免多点接地，各机座用绝缘板垫起来。这种接地也具有较好的抗干扰能力，安全、可靠，但要注意接地的处理，使接地电阻越小越好。一般接地电阻选为 4～10Ω。接地电阻越小，接地极的施

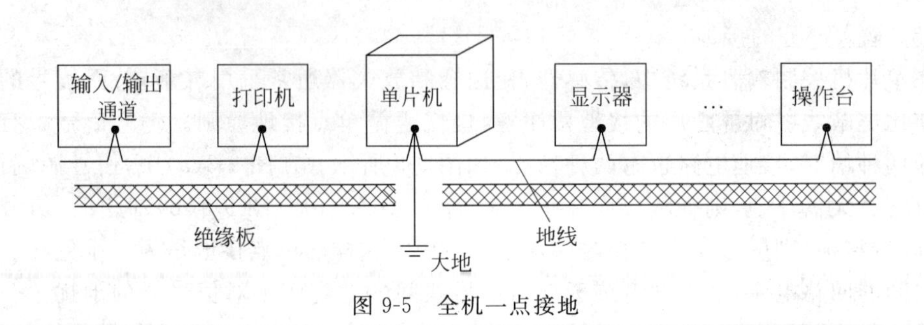

图 9-5 全机一点接地

工就越困难。

③ 多机系统的接地

在单片机网络系统中,多台机器之间相互通信,资源共享。如果接地不合理,将使整个网络系统无法正常工作。近距离的几台单片机或计算机安装在同一机房内,可采用类似图 9-5 所示的多机一点接地方法。对于远距离的单片机网络,多台单片机之间的数据通信,通过隔离的办法把地分开。例如,采用变压器隔离技术、光电隔离技术或无线通信技术。

3. I/O 接口的抗干扰措施

(1) 对信号加硬件滤波器

在信号加到输入通道之前,可以先使用硬件滤波器滤出交流干扰。如果干扰信号频率比信号频率高,选用低通滤波器;如果干扰信号频率比信号频率低,选用高通滤波器;当干扰信号在信号频率的两侧时,需采用带通滤波器。常用的低通滤波器有 RC 滤波器、LC 滤波器和双 T 滤波器,它们的原理图如图 9-6 所示。其中,图 9-6(a)所示是无源滤波器,图 9-6(b)所示是有源滤波器。无源滤波器线路简单,成本低,不需要调整,但对信号有较大衰减。有源滤波器对小信号尤其重要,它可以提高增益,滤波效果好,但线路复杂。

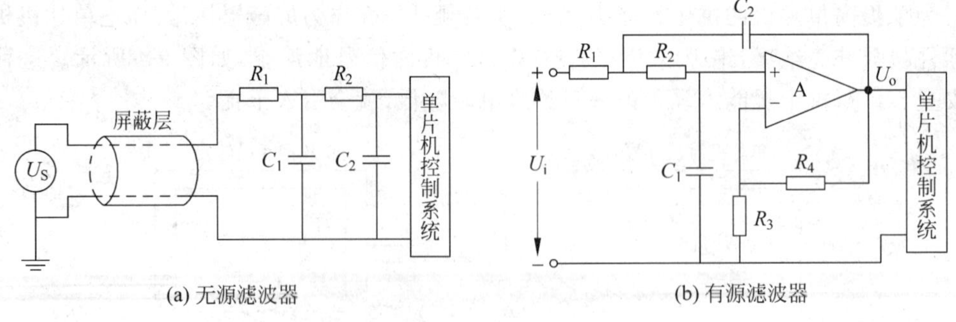

图 9-6 滤波电路

(2) 差动方式传输和接收

利用差动方式传输和接收信号,是抑制共模干扰的一个主要方法。由于差动放大器只对差动信号起放大作用,而对共模电压不起放大作用,因此能够抑制共模干扰的影响。

(3) 光电隔离

光电耦合器采用了电-光-电的信号传输方式,它的绝缘电阻很高,可达 $8^{10}\sim10^{10}\Omega$,而输入电阻很小,为 100Ω～1kΩ。被隔离的两端可以自成系统,不需共地。把光电耦合器用在输入通道中的 A/D 转换器时，可以使主机与输入通道隔离；把光电耦合器用在输出通道中的 D/A 转换器时，可以使主机与输出通道隔离，避免了输出端对输入端可能产生的反馈和干扰。光电耦合器有较好的带宽、较低的输入失调漂移和增益温度系数，能较好地满足工业过程控制信号传输的要求。光电隔离电路如图 9-7(a)、(b)所示。

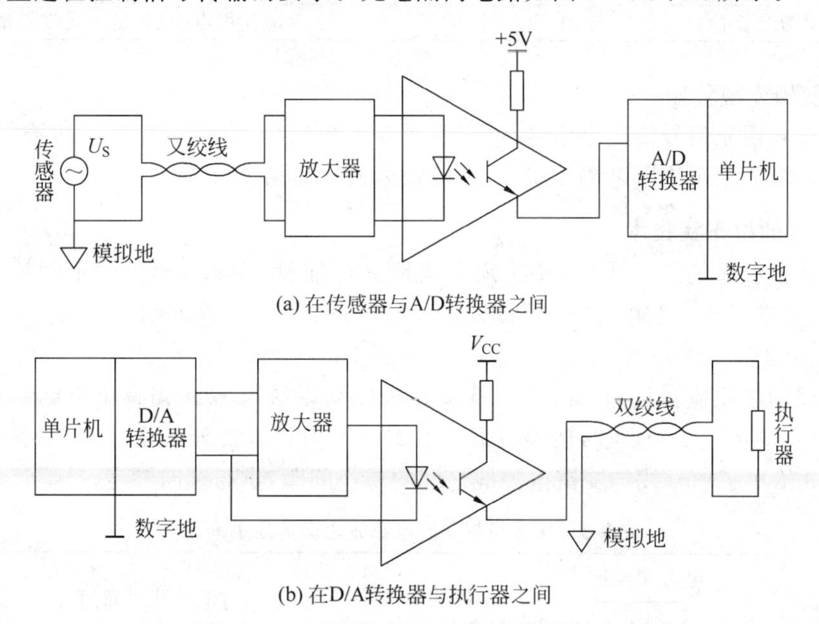

图 9-7　光电耦合隔离器模拟信号隔离

4. 输入/输出传输线的抗干扰措施

(1) 采用双绞线传输

双绞线是由两根互相绝缘的导线扭绞缠绕组成，每一个小环路上感应的电势会互相抵消，可以使干扰抑制比达到几十分贝，扭绞节距不同，有不同的抑制效果，表 9-1 列举了不同节距的双绞线对串模干扰的抑制效果，节距越小，干扰衰减比越大，抑制干扰效果越好。

双绞线可用来传输模拟信号和数字信号，用于点对点连接和多点连接应用场合，传输距离为几千米，数据传输速率可达 2Mbit/s。

表 9-1　双绞线节距对串模干扰的抑制效果

节距/mm	干扰衰减比	屏蔽效果/dB
100	14∶1	23
75	71∶1	37
50	121∶1	41
25	141∶1	43
并行线	1∶1	0

(2) 采用屏蔽信号线传输

在干扰严重、精度要求高的场合，应当采用屏蔽信号线。屏蔽信号线的屏蔽层可以防止外部干扰窜入。表 9-2 列举了不同屏蔽信号线性能的类型及对干扰抑制的效果。

表 9-2 屏蔽信号线性能的类型及对干扰的抑制效果

屏蔽结构	干扰衰减比	屏蔽效果/dB	备注
铜网(密度 85%)	103 : 1	40.3	电缆的可挠性好,适合近距离使用
铜带叠卷(密度 90%)	376 : 1	51.5	带有焊药,易接地,通用性好
铝聚酯树脂带叠卷	6610 : 1	76.4	应使用电缆沟,抗干扰效果最好

(3) 使用光缆传输

光缆是利用光信号传送电信号,可以不受任何形式的电磁干扰影响,传输损耗极小。因此光缆传输适用于周围电磁干扰大,传输距离较远的场合。

5. 布线的抗干扰技术

在选择了合适的信号线后,还必须正确地进行铺设;否则,不仅达不到抗干扰的效果,反而会引进干扰。在单片机控制系统中,正确地布线也可以抑制干扰。

(1) 电源线

电源线的引线应尽量短、粗、直;从单片机控制系统电源到交流供电电源端的线路上,开关触点应尽量少,触点接触要可靠。电源线与信号线要分开走线,并保持一定的间距。表 9-3 给出了信号线与交流电源线之间的最小间距,供布线时参考。

表 9-3 信号线与交流电源线之间的最小间距

电力线容量		信号线与电力线之间的最小间距/cm
电压/V	电流/A	
125	10	12
250	50	18
440	200	24
5000	800	≥48

(2) 信号线的敷设

信号线的敷设要注意以下事项:

① 模拟信号线与数字信号线不能合用同一根电缆,要绝对避免信号线与电源线合用同一根电缆。

② 屏蔽信号线的屏蔽层要一端接地,同时要避免多点接地。

③ 信号线的敷设要尽量远离干扰源,如避免敷设在大容量变压器、电动机等电器设备的附近。如果有条件,将信号线单独穿管配线,在电缆沟内从上到下依次架设信号电缆、直流电源电缆、交流低压电缆、交流高压电缆。

④ 信号电缆与电源电缆必须分开,并尽量避免平行敷设。

9.1.2 单片机应用系统软件抗干扰的设计

在采用了硬件抗干扰技术后,可以有效地抑制干扰,但不能完全消除干扰,还必须采用软件抗干扰措施。

1. 数据采集中的软件抗干扰措施

由于生产现场环境非常恶劣,各种干扰源很多,如环境温度、电磁场等,使单片机系统采集到的数据信号虽经硬件电路的滤波处理,仍会混有随机干扰。因此,为了提高系统性能,达到准确的测量与控制,一般情况下还需要进行数字滤波。

数字滤波就是计算机系统对输入信号采样多次,然后用某种计算方法进行数字处理,以削弱或滤除干扰噪声造成的随机误差,从而获得一个真实信号的过程。这种滤波方法只是根据预定的滤波算法编制相应的程序,实质上是一种程序滤波。数字滤波与硬件电路 RC 滤波相比,优点如下:

- 无须增加任何硬件设备,只要在程序进入数据处理和控制算法之前附加一段数字滤波程序即可。
- 由于数字滤波器不需增加硬件设备,所以系统可靠性高,不存在阻抗匹配问题。
- 对于模拟滤波器,通常是各通道专用的;而对于数字滤波器来说,则可多通道共享,从而降低了成本。
- 可对频率很低(如 0.01Hz)的信号进行滤波,而模拟滤波器由于受电容容量的限制,频率不可能太低。
- 使用灵活、方便,可根据需要选择不同的滤波方法或改变滤波器的参数。

总之,数字滤波与硬件滤波器相比优点甚多,因此得到了普遍的应用。常用的数字滤波方法有程序判断滤波(限幅、限速)、中值滤波、算术平均滤波、加权平均滤波、滑动平均滤波、RC 低通数字滤波和复合数字滤波等。这里只介绍算术平均滤波和限幅滤波,其他滤波方法可参考相关专业书籍。

(1) 算术平均滤波

算术平均值滤波就是对多个采样值进行算术平均算法,这是消除随机误差最常用的方法。

算术平均滤波是在采样周期 T 内,对测量信号 Y 进行 m 次采样,把 m 个采样值相加后的算术平均值作为本次的有效采样值,即

$$\overline{Y}(k)=\frac{1}{m}\sum_{i=1}^{m}Y_i \tag{9-1}$$

式(9-1)中,采样次数 m 值决定了信号的平滑度和灵敏度。提高 m 的值,可提高平滑度,但系统的灵敏度随之降低。采样次数 m 的取值随被控对象的不同而不同。一般情况下,流量信号可取 10 左右,压力信号可取 4 左右,温度、成分等缓变信号可取 2,甚至不进行算术平均。

在编制算法程序时,m 一般取 2、4 或 8 等 2 的整数幂,以便于用移位来代替除法求得平均值。这种算法适用于对周期性干扰的信号滤波。

【例 9-1】 设 8 次采样值存放在 60H～67H 的单元中,编制算术平均滤波程序。

解 程序如下所示:

```
        ORG 0100H
START:  CLR  A                  ;0→A(A 清"0")
        MOV  R2,A
        MOV  R3,A
        MOV  R0,#60H            ;R0 指向采样值存放区首地址
LOOP:   MOV  A ,@R0             ;取采样值
```

```
        ADD   A,R3              ;累加到 R2,R3 中
        MOV   R3,A
        CLR   A
        ADDC A,R2
        MOV R2,A
        INC R0
        CJNE R0,#68H,LOOP       ;若未完,则转 LOOP
        SWAP A                  ;R2R3/8
        RL   A                  ;乘 2
        XCH A,R3                ;R3→A
        SWAP  A
        RL    A
        ADD A,#80H              ;四舍五入
        ANL A,#0FH
        ADDC A,R3               ;存放结果于 A 中
        RET
```

(2) 限幅滤波

在生产过程中,许多物理量的变化需要一定的时间,因此相邻两次采样值之间的变化幅度应在一定的限度之内。限幅滤波就是把两次相邻的采样值相减,求其增量的绝对值,再与两次采样所允许的最大差值 ΔY 进行比较。如果小于或等于 ΔY,表示本次采样值 $Y(k)$ 是真实的,则取 $Y(k)$ 为有效采样值;反之,$Y(k)$ 是不真实的,则取上次采样值 $Y(k-1)$ 作为本次有效采样值。

$$\text{当 } |Y(k)-Y(k-1)| \leqslant \Delta Y \text{ 时} \qquad Y(k)=Y(k) \tag{9-2}$$

$$\text{当 } |Y(k)-Y(k-1)| > \Delta Y \text{ 时} \qquad Y(k)=Y(k-1) \tag{9-3}$$

式中,$Y(k)$ 为第 k 次采样值;$Y(k-1)$ 为第 $k-1$ 次采样值;ΔY 为相邻两次采样值所允许的最大偏差,其大小取决于采样周期 T 和信号 Y 值的正常变化率。

设计这种程序时,首先把允许的 ΔY 值存入 DATA 单元,上一次采样值存入 DATA0 单元,本次采样值存入 DATA1 单元。将本次采样值与上次采样值进行比较,求出两者差值的绝对值。若此绝对值大于 ΔY 值,则取 DATA0 为本次采样值,否则维持 DATA1 为本次采样值。同时,要将本次采样值存入 DATA0,为下一次滤波做好准备。

单片机在对温度、湿度和液位一类缓慢变化的物理参数进行采样时,限幅滤波对干扰的滤波效果好。使用时的关键问题是最大允许误差 ΔY 的选取。ΔY 太大,各种干扰信号将"乘机而入",使系统误差增大;ΔY 太小,又会使某些有用信号被"拒之门外",使单片机采样效率变低。因此,门限值 ΔY 的选取是非常重要的。通常可根据经验数据获得,必要时也可由实验得出。

【例 9-2】 在单片机温度检测系统中,设相邻两次采样值所允许的最大偏差 $\Delta Y=$ 02H,编制限幅滤波程序。

解 将上一次采样值存入 DATA0 单元,本次采样值存入 DATA1 单元。

程序应先求出本次采样值与上一次采样值的差值。若差值为正,则直接进行限幅判断;若差值为负,则求绝对值后再进行限幅判断。限幅判断采用加法,即差值+FDH(02H 的反码)。若有进位,则超限;若无进位,则未超限。

程序如下所示：

```
        ORG 0100H
LIMIT:  MOV DATA0,DATA1        ;本次采样值送 DATA0
        ACALL  TOAD            ;本次采样值存入 A
        MOV  DATA1,A           ;暂存于 DATA1 中
        CLR  C
        SUBB A,DATA0           ;求差值
        JNC  LIMIT1            ;若差值为正,转 LIMIT1
        CPL A                  ;若差值为负,则求绝对值
        INC  A
LIMIT1: ADD A,#0FDH            ;超限判断
        JNC  LIMIT2            ;若不超限,则本次采样值有效
        MOV DATA1,DATA0        ;若超限,则上次采样值送 DATA1
LIMIT2: RET
TOAD:                          ;采样子程序
          ⋮
        END
      DATA0  EQU  60H
      DATA1  EQU  61H
```

以上程序的出口条件是滤波后的采样值在 A 中。

2. 指令冗余

当干扰严重时，程序不能正常运行，会出现将操作数当作指令码执行，即通常所说的程序“跑飞”或“死机”的情况。发生“跑飞”是因为程序中有多字节指令。此时的首要工作，就是尽快将程序纳入正常轨道。

指令冗余就是在关键的地方插入一些单字节的空操作指令(NOP)，或将有效单字节指令重复书写。当程序“跑飞”到某条 NOP 指导令上时，不会发生把操作数作为指令码执行的错误。但在程序中加入太多的冗余指令，会降低程序正常运行的效率。因此，常在一些对程序流向起决定作用的指令的前面插入两条 NOP 指令，以保证“跑飞”的程序迅速恢复正常运行。

3. 软件陷阱

所谓“软件陷阱”，就是一条引导指令，强行将掉到陷阱中的程序引向一个指定的地址，在该地址处设置处理错误的程序。如果该错误处理程序的入口标号地址为 ERR，则由以下三条指令构成了一个“软件陷阱”：

```
NOP
NOP
LJMP ERR
```

若“跑飞”的程序落到非程序区，采用设置软件陷阱的方法。对于未执行到冗余指令而“跑飞”的情况，采取建立程序运行监视系统 Watchdog(看门狗)的方式来解决。

除了在程序的关键位置设置“软件陷阱”外，还应在未使用的中断向量区和未使用的 EPROM 空间、表格的最后设置“软件陷阱”。由于“软件陷阱”都是设置在正常程序执行不到的地方，不会影响程序执行的效率。在当前 EPROM 容量不成问题的条件下，“软件陷阱”应多设置一些为好。

4. "看门狗"技术

(1) 简介

看门狗(Watchdog Timer)即看门狗定时器,是指 CPU 在一定的时间间隔(根据程序运行要求而定)内发出正常信号,当 CPU 进入死循环后,能及时发觉并使系统复位。

在正常运行时,如果在小于定时时间间隔内对其刷新(即重置定时器,称为喂狗),定时器处于不断地重新定时过程,就不会产生中断或溢出脉冲。利用这一原理给单片机加一个看门狗电路,在执行程序中在小于定时时间间隔内对其重置。当程序因干扰而跑飞时,因没能执行正常的程序,而不能在小于定时时间间隔内对其刷新。当定时时间到,定时器产生中断,在中断程序中使其返回到起始程序,或利用溢出产生的脉冲控制单片机复位。

Watchdog 的硬件电路可以由单稳态电路构成,也可以使用集成电路的 μP 监控电路。μP 监控电路有多种规格和种类,其典型产品有美国 MAXIM 公司生产的 MAX690A/MAX692A、MAX703～MAX709/815、MAX791;美国 IMP 公司生产的 IMP706 等。选择时应注意是高电平复位还是低电平复位,要和所选择的机型匹配。

μP 监控电路的功能为:①上电复位;②Watchdog;③监控电压变化,范围可为 1.6～5V;④片使能 WD0;⑤备份电源切换开关。

(2) μP 监控器 MAX706P 的应用

下面介绍 μP 监控器 MAX706P 的应用。

① MAX706P 的引脚。MAX706P 由时基信号发生器、看门狗、复位信号发生器及掉电电压比较器构成。MAX706P 的引脚如图 9-8 所示,引脚功能如下所示。

- RESET:复位信号。
- $\overline{\text{WDO}}$:看门狗输出。
- $\overline{\text{MR}}$:手动复位输出。
- V_{CC}:电源。
- PFI:电源故障监控电压输入。
- GND:地。
- PFO:电源故障输出,当监控电压 PFI<1.25V 时,PFO 输出低电平。
- WDI:看门狗输入。

② MAX706P 的典型应用电路如图 9-9 所示。

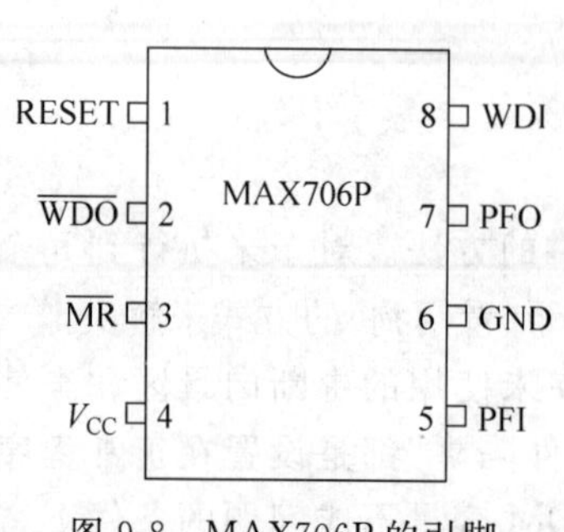

图 9-8 MAX706P 的引脚

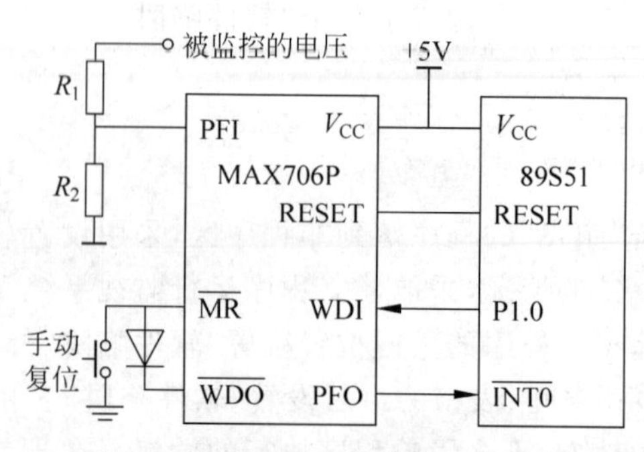

图 9-9 MAX706P 的典型应用电路

③ μP 监控器 MAX706P 应用电路的功能如下。

- 复位功能
  - 手动复位：当接在 $\overline{MR}$ 引脚上的“手动复位”按键按下时，$\overline{MR}$ 接收低电平信号，RESET 变为高电平，延时时间为 200ms，使 AT89S51 单片机复位。
  - 自动复位：当电源电压降至 4.4V 以下时，内部的电压比较器使 RESET 变为高电平，使 AT89S51 单片机复位，直到 V_{CC} 上升到正常值。
- Watchdog 功能

用 AT89S51 单片机 P1 口的 P1.0 控制 Watchdog 的输入端 WDI。当单片机正常运行时，软件不断地从 P1.0 端向 WDI 发送脉冲，因此 $\overline{WDO}$ 输出为高电平。一旦单片机工作不正常，如程序跑飞或死循环，软件就不可能正常地向 WDI 发脉冲。MAX706P 的 Watchdog 定时器的定时时间为 1.6s。如果在 1.6s 内 WDI 引脚保持为固定电平(高电平或低电平)，看门狗定时器输出端 $\overline{WDO}$ 变为低电平，二极管导通，使低电平加到 $\overline{MR}$ 端，直接产生一个复位信号，使系统重新工作，直到复位后看门狗被清“0”，$\overline{WDO}$ 才变为高电平。

- 电压监控功能

只要把被监视的电压通过分压电阻 R_1、R_2 接到 PFI 端，则当被监测的电压低于规定的电源下降阈值电压时，产生 PFO 信号。当电源电压(如电池)电压下降，监测点小于 1.25V(即 PFI<1.25V)时，PFO 变为低电平，产生中断请求。在中断服务中，可根据需要设计一些必要的处理。

9.1.3 单片机自身的抗干扰措施

为提高单片机本身的可靠性，近年来单片机制造商在单片机设计上采取了一系列措施来提高可靠性，主要体现在以下几个方面。

1. 89S51/52 单片机的看门狗

看门狗定时器可以用软件的方式来实现，这需要单片机有空余的定时器/计数器。由于软件运行受单片机状态的影响，其监控效果远不及硬件看门狗定时器好。软件看门狗仅在环境干扰小或对成本要求高的系统中采用。

在 ATMEL 公司的 89S51/52 系列单片机中内设有看门狗定时器，89S51 与 89C51 功能相同，指令兼容，汇编程序无须作任何修改就可以直接使用。89S51/52 内的看门狗定时器是一个 14 位的计数器，每过 16384 个机器周期，看门狗定时器溢出，产生一个 $98/f_{osc}$ 的正脉冲加到复位引脚上，使系统复位。使用看门狗功能，需初始化看门狗寄存器(地址为 0A6H)，对其写入 01EH，再写入 0E1H，即激活看门狗。当单片机正常运行时，必须在小于 16383 个机器周期内“喂狗”，即对地址为 0A6H 的看门狗寄存器再写入 01EH 和 0E1H。AT89S51 看门狗程序的例子如下所示。

(1) 汇编语言

在程序初始化中向看门狗寄存器(地址是 0A6H)先写入 01EH，再写入 0E1H，即可激活看门狗。

```
ORG 0000H
LJMP MAIN
```

```
        ⋮
MAIN:   MOV 0A6H,#01EH              ;先送 1E(在初始化程序中激活看门狗或启动看门狗)
        MOV 0A6H,#0E1H              ;后送 E1
        ⋮
START:                              ;主程序
        ⋮
        ACALL  WDT                  ;调用喂狗子程序
        ⋮
        AJMP START                  ;主程序
WDT:    MOV 0A6H,#01EH              ;先送 1E(喂狗指令)
        MOV 0A6H,#0E1H              ;后送 E1
        RET
        END
```

(2) C 语言

在 C 语言中要增加一条声明语句。

在 reg51.h 声明文件中：

```
sfr WDTRST = 0xA6;
main()
{
WDTRST = 0x1e;
WDTRST = 0xe1;                      /*初始化看门狗*/
while (1)
{…
WDTRST = 0x1e;
WDTRST = 0xe1;                      /*喂狗指令*/
…
}}
```

注意事项如下所示：

- 89S51 的看门狗必须由程序激活后才开始工作，所以必须保证 CPU 有可靠的上电复位，否则看门狗无法工作。
- 看门狗使用的是 CPU 的晶振。在晶振停振的时候，看门狗无效。
- 89S51 只有 14 位计数器。在 16383 个机器周期内必须至少喂狗一次，而且这个时间是固定的，无法更改。当晶振为 12MHz 时，每 16ms 需喂狗一次。

2. 时钟监测电路和低电压复位

(1) 监测系统时钟，当发现系统时钟停振时，产生系统复位信号以恢复系统时钟，是单片机提高系统可靠性的措施之一。而时钟监控有效与省电指令 STOP 是矛盾的，只能使用其中之一。

(2) 低电压复位技术用于监测单片机电源电压，当电压低于某一值时，产生复位信号。由于单片机技术的发展，单片机本身对电源电压范围的要求越来越宽。电源电压从当初的 5V 降低至 3.3V，并继续下降到 2.7V、2.2V、1.8V。

3. 降低外时钟频率

外时钟是高频的噪声源，除能引起对本应用系统的干扰之外，还可能产生对外界的干扰。在对系统可靠性要求很高的应用系统中，选用频率低的单片机是降低系统噪声的方法之一。当 80C51 单片机的最短指令周期为 1μs 时，外时钟是 12MHz。而同样速度的 Motorola 单片机系统时钟只需 4MHz，更适合用于工控系统。近年来，Motorola 单片机在新推出的 68HC08 系列及其 16/32 位单片机中普遍采用了内部锁相环技术，将外部时钟频率降至 32kHz，内部总线速度却提高到 8MHz 甚至更高。

4. EFT 技术

Motorola 推出的 M68HC08 系列单片机采用 EFT(Electrical Fast Transient)技术，进一步提高了单片机的抗干扰能力。当振荡电路的正弦波信号受到外界干扰时，其波形上会叠加一些毛刺。以施密特电路对其整形时，这种毛刺会成为触发信号干扰正常的时钟信号。交替使用施密特电路和 RC 滤波可以使这类毛刺不起作用，这就是 EFT 技术。随着 VLSI 技术的不断发展，电路内部的抗干扰技术也在不断地发展。

9.2　模拟信号放大器和线性参数标度变换

9.2.1　模拟信号放大器

工业现场的物理量经过传感器的检测和转换，把物理量转换成输出信号幅度只有微伏到毫伏范围的电压量(也可以是电流量)，这个信号太小，无法进行 A/D 转换(A/D 转换需要 0～5V 电压)，需要通过放大通道进行放大。放大通道原理如图 9-10 所示。因此，传感器输出需要接模拟信号放大器。模拟信号放大器通常采用集成运算放大器。集成运放在近几年里发展非常迅速，它具有输入阻抗高、输出阻抗低和放大倍数大等特点。

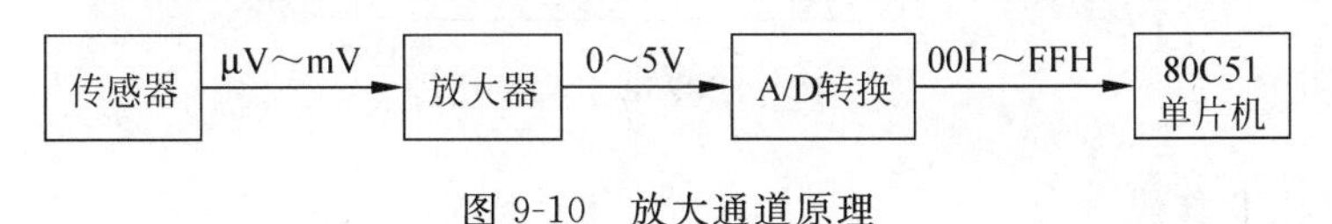

图 9-10　放大通道原理

1. 常用集成运算放大器

这里介绍单集成运算放大器、双集成运算放大器和四集成运算放大器。

(1) μA741 单集成运算放大器

① 器件简介

μA741 是目前应用最为广泛的高增益通用型双电源单集成运算放大器，极限电源电压为±20V，在实际使用中也可用单电源供电。国外同类产品型号有 LM741，国内同类产品型号有 FX741、F006 和 F007 等，可互换使用。

μA741 有标准 DIP-8 双列直插塑料封装与 8 脚金属圆管壳封装两种结构，其引脚及功能如图 9-11 所示。

② 主要技术参数

μA741 主要技术参数请参考相关手册。

③ 同类产品

同类产品型号有 LM741、MC1741、AD741、HA17741、TA7504、μPC741、μPC151、

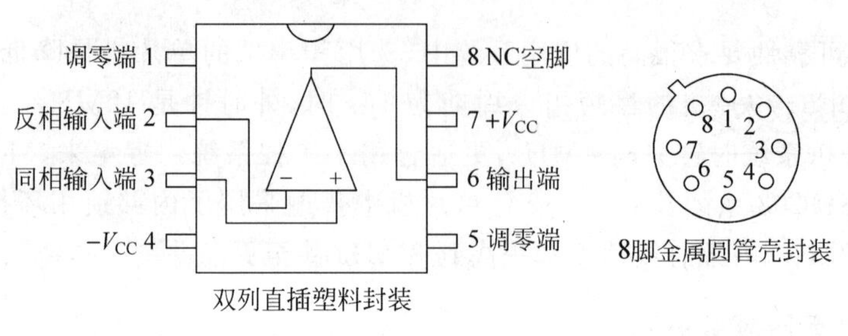

图 9-11 μA741 引脚及功能

NJM741、IR3741、AN1741、AN6570、PM741C、MB3603 和 M51802 等。

(2) LM358 双集成运算放大器

① 器件简介

LM358 是一种通用单电源双运放集成电路，它采用标准 DIP-8 封装，芯片内部集成两只互相独立的高增益运算放大器，使用电源电压范围为 3～30V，其引脚及功能如图 9-12 所示。

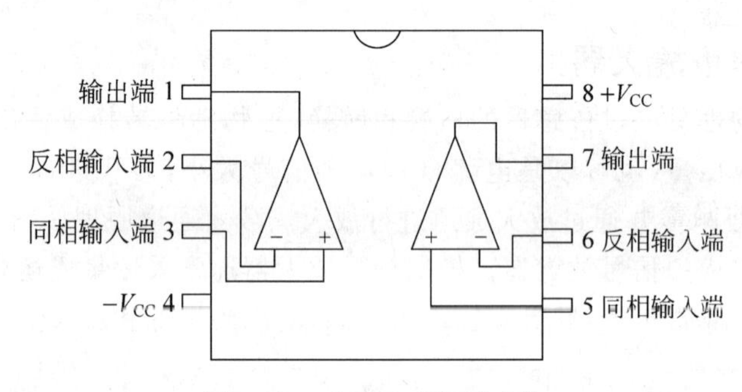

图 9-12 LM358 引脚及功能

② 主要技术参数

LM358 主要技术参数请参考相关手册。

③ 同类产品

同类产品型号有 MC1458、RC4558、μA1458、LM1458、RC1458、μPC1458、μPC251、TA75458、HA17458、AN1458、AN6752、NJM1458、MB3607、SFC2458C、NE532 和 μPC358C 等。

(3) LM324 四集成运算放大器

① 器件简介

LM324 是通用性极强的单电源四运算放大器集成电路，它采用标准 DIP-14 封装，芯片内部集成了四支独立的高增益运算放大器，使用电源电压范围为 3～32V，其引脚排列如图 9-13 所示。各引脚功能与 LM358 类似。

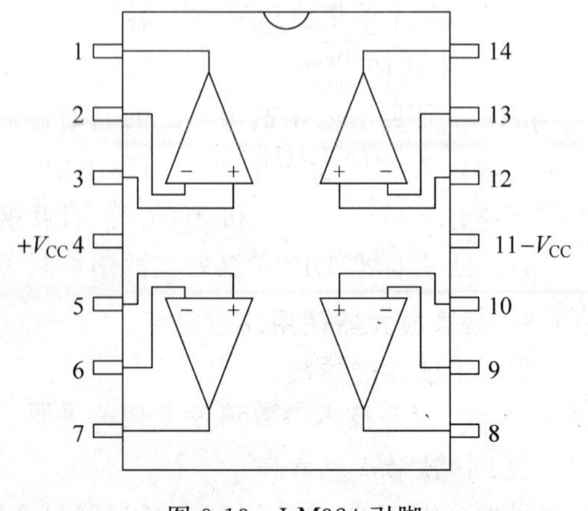

图 9-13 LM324 引脚

② 主要技术参数

LM324 主要技术参数请参考相关手册。

③ 同类产品

同类产品型号有 MC3404、μA3403、RC3403A、LM3403、XR3403、μPC3403、μPC452、NJM3403A、μA324、μPC324C、μPC451、HA17324、AN1324、AN6564、LP324 和 LP2902 等。

2. 运算放大器应用举例

运算放大器应用非常广泛，这里只介绍两种典型的电路。

(1) 反相放大器

如图 9-14(a)所示，用 LM324 中的任意一个运算放大器作为反相放大器。该电路采用单电源供电，无须调试。R_4 和 R_3 分压，为运算放大器同相输入端提供 1/2 电源电压的偏置电压，10μF 为消振电容器。

放大器的电压放大倍数 $A_v=-\frac{R_2}{R_1}=-\frac{100}{10}=-10$（"－"表示输入与输出反相）

(2) 同相放大器

在反相放大器中，输入电阻同时与电路的放大倍数有关，有时两者不能同时兼顾，所以输入电阻不能做得很高，同相放大器却能解决这一矛盾，电路如图 9-14(b)所示。接 LM324 中任何一路放大器均可，R_4 与 R_3 分压，通过电阻 R_5 为运算放大器同相输入端提供 1/2 电源电压的偏置电压。R_5 为电路的输入电阻，R_5 可以取得很大。R_1 取值范围为几千欧至几十千欧。

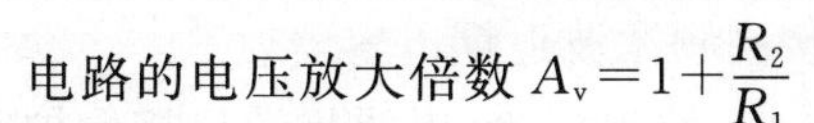

电路的电压放大倍数 $A_v=1+\frac{R_2}{R_1}$

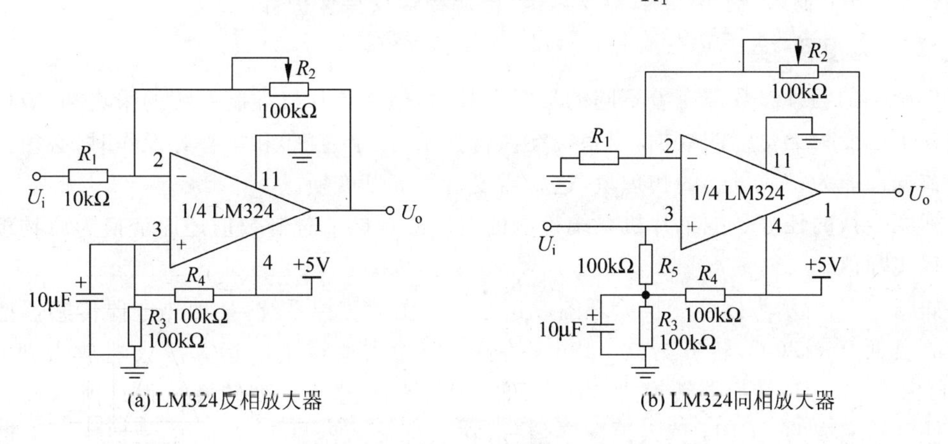

图 9-14　LM324 两种典型的电路

3. 运算放大器使用注意事项

(1) 了解性能参数。在使用运算放大器之前要查产品手册，了解它的极限参数，使其安全工作。

(2) 运算放大器在使用之前应当调零。在运算放大器引出的调零端接入电位器构成调零电路，使运算放大器在输入为零时，输出也为零。有些运算放大器有调零端，有些运算放大器无调零端，下面简单进行分析。

① 有调零端子的运算放大器

图 9-15(a)所示是 μA741 运算放大器的调零电路。调零方法很简单，即在端子 1 与端子 5 之间接入 10kΩ 电位器 R_w，其电位器滑动端接 $-V_{CC}$。当输入信号为零时，即输入端短路，调整电位器 R_w 使输出电压为零即可。运算放大器种类很多，其调零方法请参照产品目录中的规定。

② 无调零端子的运算放大器

对于双运算放大器或四运算放大器，因为端子有限，无调零端子。这时可在输入信号上叠加调零电压，如图 9-15(b)和图 9-15(c)所示。

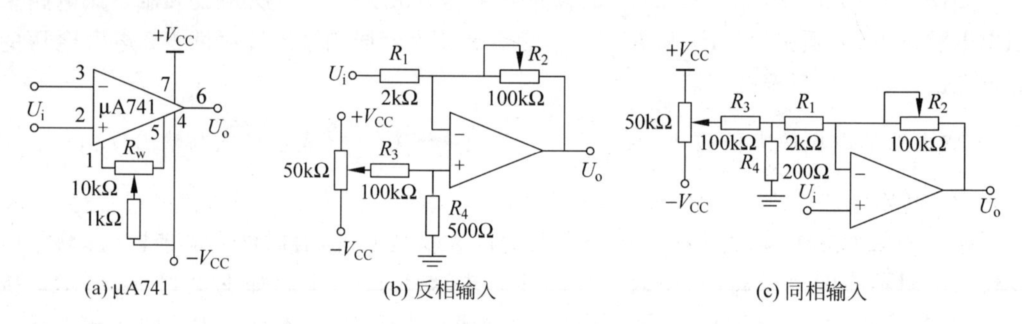

(a) μA741　　(b) 反相输入　　(c) 同相输入

图 9-15　运算放大器调零电路

(3) 相位补偿。

(4) 避免自激振荡，应接高频滤波退耦电容器。

(5) 保护：输入/输出限幅、输出限流、电源极性反接保护等。

9.2.2 标度变换

生产中的各种参数都有着不同的量纲和数值，但在单片机控制系统的采集和 A/D 转换过程中已变为无量纲的数据，当系统在执行显示、记录、打印和报警等操作时，必须把测得的数据还原为相应量纲的物理量，这就需要进行标度变换。

标度变换的任务是把单片机系统检测的对象参数的二进制数值还原变换为原物理量的工程实际值。

如图 9-16 所示为标度变换原理图。这是一个温度测控系统，某种热电偶传感器把现场中的温度 0～1200℃转变为 0～48mV 信号，经输入通道中的运算放大器放大到 0～5V，再由 8 位 A/D 转换器转换成 00～FFH 的数字量，这一系列转换过程是由输入通道的硬件电路完成的。CPU 读入该数字信号，在送到显示器显示以前，必须把这一无量纲的二进制数值还原变换成原量纲为℃的温度信号。比如，最小值 00H 应变换为 0℃，最大值 FFH 变换为 1200℃。

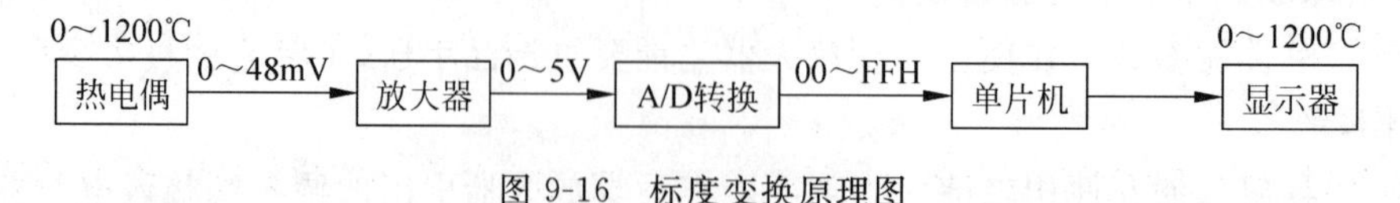

图 9-16　标度变换原理图

标度变换分为线性参数标度变换、非线性参数标度变换和其他标度变换等。

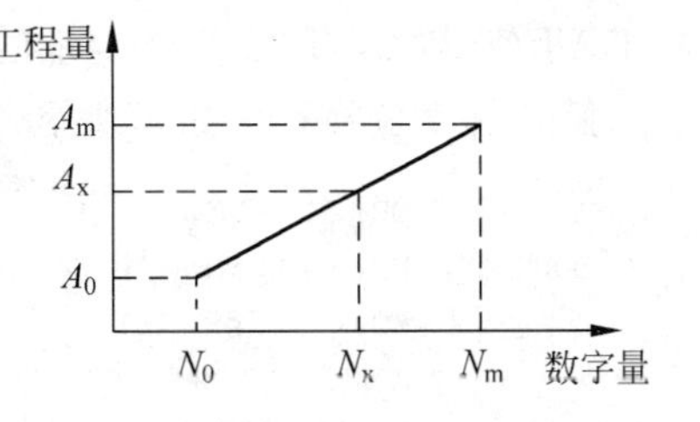

图 9-17　工程量与数字量线性关系

1. 线性参数标度变换

线性式变换是最常用的标度变换，其变换的前提条件是被测物理量与 A/D 转换得到的数字量为线性关系，如图 9-17 所示。

线性标度变换公式如下所示：

$$A_x = (A_m - A_0)\frac{N_x - N_0}{N_m - N_0} + A_0 \tag{9-4}$$

式中，A_0 为一次测量仪表的下限(测量范围最小值)；A_m 为一次测量仪表的上限(测量范围最大值)；A_x 为实际测量值(工程量)；N_0 为仪表下限所对应的数字量；N_m 为仪表上限所对应的数字量；N_x 为测量值所对应的数字量。

式(9-4)为线性标度变换的通用公式。其中，A_0、A_m、N_0 和 N_m 对于某一个具体的被测参数来说都是常数，不同的参数有着不同的值。为了使程序设计简单，一般把一次测量仪表的下限 A_0 所对应的 A/D 转换值置为 0，即 $N_0=0$。这样，式(9-4)可写成

$$A_x = (A_m - A_0)\frac{N_x}{N_m} + A_0 \tag{9-5}$$

在很多测量系统中，仪表下限值 $A_0=0$，此时式(9-5)进一步简化为

$$A_x = A_m\frac{N_x}{N_m} \tag{9-6}$$

【例 9-3】 某加热炉温度测量仪表的量程为 200～800℃，采用 8 位 A/D 转换器。设在某一时刻，单片机经采样及数字滤波后的数字量为 CDH，求此时的温度值(设该仪表的量程是线性的)。

解 根据题意知，$A_0=200$℃，$A_m=800$℃，$N_x=$ CDH $=(205)$D，$N_m=$ FFH $=(255)$D，$N_0=0$。由式(9-5)得温度为

$$A_x = (A_m - A_0)\frac{N_x}{N_m} + A_0 = (800 - 200)\times\frac{205}{255} + 200 = 682℃$$

为了编程方便，式(9-4)、式(9-5)和式(9-6)的简化公式写成如下形式：

$$A_{x1} = B_1 N_x + C_1 \tag{9-7}$$

式中，$B_1=(A_m-A_0)/(N_m-N_0)$，$C_1=A_0-((A_m-A_0)/(N_m-N_0))N_0$。

$$A_{x2} = B_2 N_x + A_0 \tag{9-8}$$

式中，$B_2=(A_m-A_0)/N_m$。

$$A_{x3} = B_3 N_x \tag{9-9}$$

式中，B_3-A_m/N_m。

根据式(9-7)、式(9-8)和式(9-9)可求出不同被测参数的标度变换数值。现以式(9-7)为例来设计程序。

【例 9-4】 设 A/D 采样及数字滤波后的采样值 N_x 为 3 字节浮点数，存放在以 DATA0 为首地址的 RAM 30H 单元中；常数 B_1 和 C_1 也已转换成 3 字节浮点数，存放在

以 DATA1 和 DATA2 为首地址的 RAM 33H 和 36H 单元中。试编写程序。

解 标度变换程序如下所示：

```
          ORG 5000H
BDBHZCX:  MOV   R1,#DATA0          ;Nx 浮点数存放首地址送 R1
          MOV   R0,#DATA1          ;B1 浮点数存放首地址送 R0
          ACALL  ZCXMUL            ;调乘法 B1 × Nx→R4(阶)R2R3
          ACALL  ZCXSTR            ;R4(阶)R2R3→R1 指向的 3 个 RAM 单元
          MOV   R0,#DATA2          ;R0 指向 C1 的 3 个 RAM 单元
          ACALL  ZCXADD            ;计算 Ax1=B1 Nx +C1→R4(阶)R2R3
          ACALL  ZCXSTR            ;Ax→R1 指向的 3 个 RAM 单元
          MOV   A,R1
          MOV   R0,A
          MOV   R1,#BCD
          ACALL  ZCXBCD            ;将 Ax 转换成 BCD 码
          RET
          DATA0   EQU  30H
          DATA1   EQU  33H
          DATA2   EQU  36H
          BCD     EQU  39H
```

2. 非线性参数标度变换

对于非线性参数，上面所述的三个公式都不能够适用。一般情况下，非线性参数的变化规律各不相同，故其标度变换公式需根据具体情况建立。

对于许多非线性传感器来说，并不像上面所讲的流量传感器那样可以写出一个简单的公式，或者虽然能够写出，但计算相当困难。这时可以采用多项式插值法，也可以用线性插值法或查表法进行标度变换。关于这方面的内容，请阅读其他书籍。

9.3 常用接口驱动电路

9.3.1 光电耦合隔离器接口电路

1. 光电耦合隔离器介绍

光电耦合隔离器的种类繁多，在单片机控制系统中常用的有三极管型、单向可控硅型、双向可控硅型等几种，如图 9-18 所示。

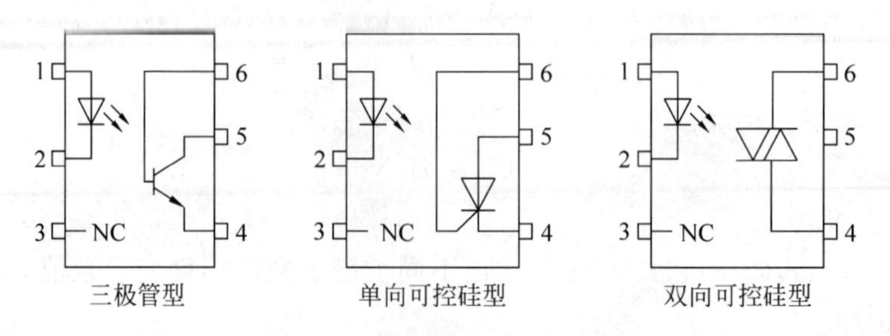

图 9-18 光电耦合隔离器类型

由于该器件是通过电-光-电的转换来实现对输出设备进行控制的，彼此之间没有电气连接，因而起到隔离作用。隔离电压与光电隔离器的结构形式有关。双列直插式塑料封装形式的隔离电压一般为 2500V 左右；陶瓷封装形式的隔离电压一般为 5000～10000V。不同型号的光电隔离器，输入电流也不同，一般为 10mA 左右，其输出电流的大小将决定控制输出外设的能力。一般而言，负载电流比较小的外设可直接带动，若负载电流要求比较大，可在输出端加接驱动器。

在单片机控制系统中，由于大都采用 TTL 电平，不能直接驱动发光二极管，所以通常加一级驱动器，如 7406（反相 6 门驱动）和 7407（同相 6 门驱动），驱动能力达到 40mA。

要注意的是，用于驱动发光二极管的电源与驱动光敏三极管的电源不应是共地的同一个电源，必须分开单独供电，才能有效避免输出端与输入端相互间的反馈和干扰，图 9-19 所示为不正确的光电隔离电路。另外，发光二极管的动态电阻很小，也可以抑制系统内外的噪声干扰。因此，利用光耦隔离器可用来传递信号而有效地隔离电磁场的电干扰。

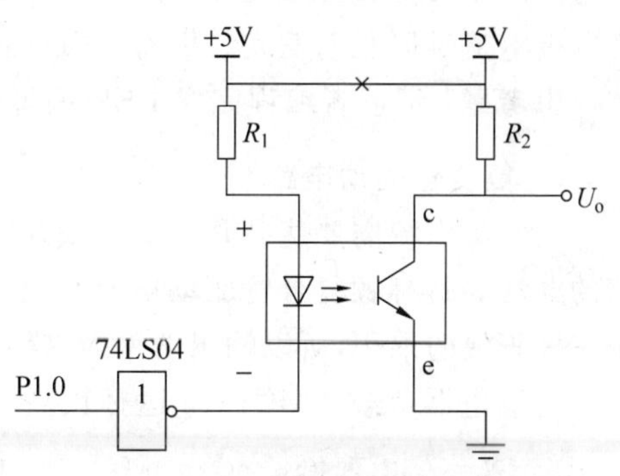

图 9-19　不正确的光电隔离电路

2. 光电耦合隔离电路

如图 9-20(a)所示，光电耦合器的输入正端接正电源，输入负端接到反相器 74LS04 的输出端，光电耦合器的集电极 c 端通过电阻接另一个正电源，发射极 e 端直接接地，光电耦合器输出端即从集电极 c 端引出 U_o。其控制原理是：当 P1 口的 P1.0 输出高电平“1”时，经 7404 反相器变为低电平“0”，发光二极管导通发光，使得光敏三极管导通，输出 U_o 为低电平“0”；当 P1.0 输出低电平“0”时，发光二极管截止不发光，则光敏三极管截止，使得输出 U_o 为高电平“1”。

如图 9-20(b)所示，其控制原理相同，与图 9-20(a)所示不同的是光耦的集电极 c 端直接接另一个正电源，而发射极 e 端通过电阻接地，则光耦输出端从发射极 e 端引出。

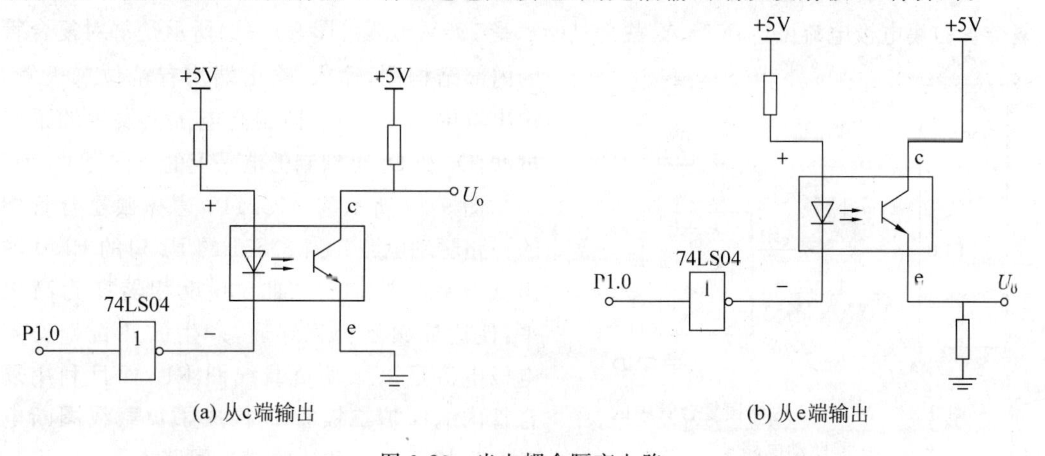

图 9-20　光电耦合隔离电路

9.3.2 三极管驱动电路

1. 单三极管驱动电路

当驱动电流只有十几毫安或几十毫安时，只需要一个普通的功率单三极管就能驱动电路，如图 9-21 所示，二极管 D_1 和 D_2 为抬高门限电压。当 89S51 的 P1 口的 P1.0 输出低电平"0"时，经 74LS06 反相器变为高电平"1"，使三极管 T 导通，产生的十几毫安集电极电流足以驱动发光二极管 LED 亮。

思考题：请读者编程完成 LED 闪烁的程序。

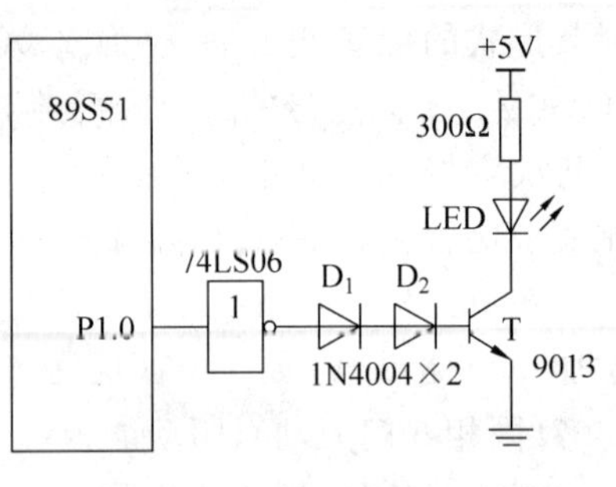

图 9-21 单三极管驱动电路

2. 复合管驱动电路

当驱动电流需要达到几百毫安或几安时，驱动电路必须采取多级放大或达林顿复合管的办法。达林顿复合管驱动电路由两个三极管组成，它的输出电流 $i_c=\beta_1\times\beta_2 i_b$ 是两个三极管 β 的乘积，所以输出功率大，常用在单片机控制系统中需要输出大电流的场合，如驱动继电器负载。MC1416 达林顿复合管的结构如图 9-22(a)和图 9-22(b)所示。

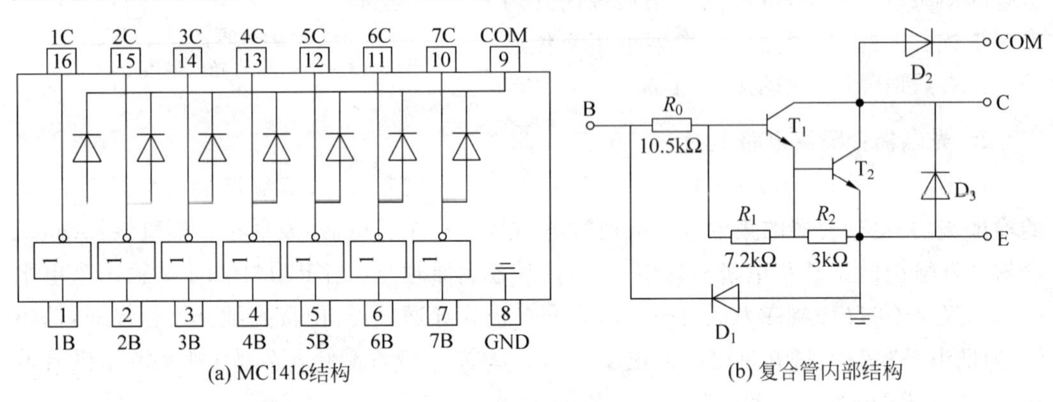

图 9-22 MC1416 达林顿复合管的结构

图 9-22(a)所示是 MC1416 复合管的结构图。MC1416 内含 7 对达林顿复合管，每个复合管的集电极电流可达 500mA，截止时能承受 100V 电压。图 9-22(b)所示是每对复合管的内部结构图，输入/输出端均有箝位二极管，输出箝位二极管 D_2 抑制高电位上发生的正向过冲，D_1 和 D_3 可抑制低电平上的负向过冲。

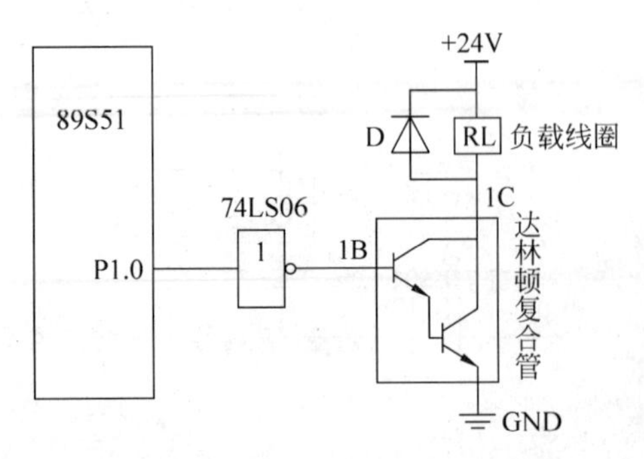

图 9-23 MC1416 达林顿复合管中的一路驱动电路

图 9-23 所示为 MC1416 达林顿复合管中的一路驱动电路。当 89S51 的 P1 口的 P1.0 输出低电平"0"时，经 74LS06 反相器变为高电平，使达林顿复合管导通，产生的几百毫安集电极电流足以驱动负载线圈 RL，而且利用复合管内的保护二极管 D 构成了负载线圈断电时产生的反向电动势的泄流回路。

另外,ULN 系列达林顿输出电流可达到 1.5A,如 ULN2004 达林顿集成块。

9.3.3 继电器驱动电路

继电器是电气控制中常用的控制器件,一般由通电线圈和触点(常开或常闭)构成。当线圈通电时,由于磁场的作用,使开关触点闭合;当线圈不通电时,则开关触点断开,输出部分可以直接与市电(220V)连接。在与单片机接口连接时,通常采用光电隔离器进行隔离。常用接口电路如图 9-24 所示。一般情况下,线圈电压 V_{CC} 为直流电压,常用 9V、12V 和 24V 等,实现了弱电控制强电。

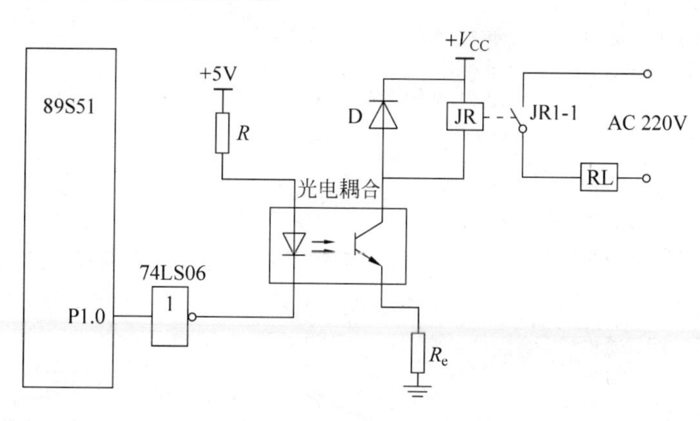

图 9-24 继电器输出驱动电路

继电器工作原理为:当 89S51 的 P1 口的 P1.0 输出高电平"1"时,经 74LS06 反相驱动器变为低电平,光耦隔离器的发光二极管导通且发光,使光敏三极管导通,继电器线圈 JR 通电,触点 JR1-1 闭合,从而驱动大型负荷 RL 设备。

由于继电器线圈是电感性负载,当光敏三极管截止时,电感线圈两端会产生反电势。为了保护驱动器件,应在继电器线圈两端并联一个二极管 D,为电感线圈提供一个电流泄放回路。

若继电器线圈驱动电流较大时,可采用如图 9-25 所示电路。当 89S51 的 P1 口的 P1.0 输出高电平时,经反相驱动器 74LS06 变为低电平,使发光二极管发光,从而使光敏三极管导通,使三极管 9013 导通,因而使继电器 JR 的线圈通电,继电器触点 JR1-1 闭合,使

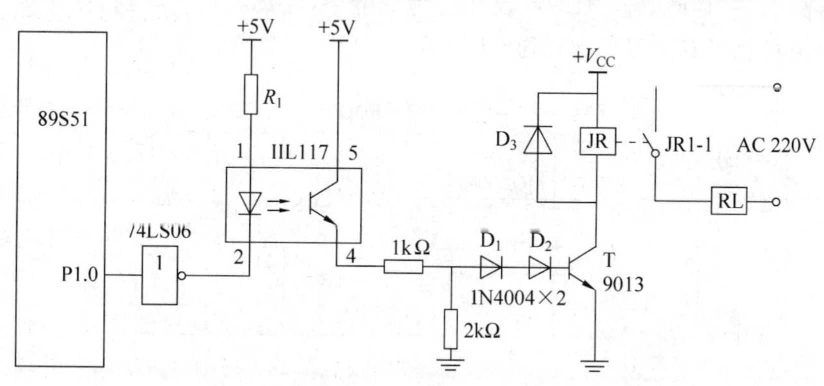

图 9-25 继电器电流较大输出驱动电路

RL 接通 220V 电源。反之，当 P1.0 输出低电压时，使 JR1-1 断开。图中所示电阻 R_1 为限流电阻，二极管 D_1 和 D_2 为抬高门限电压，D_3 的作用是保护晶体管 T。

【例 9-5】 如图 9-25 所示，利用 89S51 单片机 P1.0 输出高低电平来控制继电器触点 JR1-1 闭合和断开，使 RL 接通(断开)220V 电源。试编写控制程序。

解 参考程序如下所示：

```
        ORG 0000H
        LJMP MAIN
        ORG 0100H
 MAIN:  CLR P1.0           ;使 P1.0 输出低电平
        ACALL  DELAY       ;调延时
        SETB  P1.0         ;使 P1.0 输出高电平
        ACALL  DELAY       ;调延时
        SJMP   MAIN
DELAY:  MOV   R0,#100      ;延时程序
 DEL1:  MOV   R1,#10
 DEL2:  MOV   R2,#7DH
 DEL3:  NOP
        NOP
        DJNZ  R2,DEL3
        DJNZ  R1,DEL2
        DJNZ  R0,DEL1
        RET
        EDN
```

本例题中，在编写程序时需要注意控制继电器的延时时间不能太短，否则，继电器触点 JR1-1 闭合后不能断开。

9.3.4 可控硅(SCR)驱动电路

可控硅(SCR)又称晶闸管，是一种大功率的半导体器件，它具有体积小、无触点开关、效率高、寿命长等特点，实现了小功率控制大功率设备，在交直流电机调速系统、调功系统、随动系统中应用广泛。可控硅分单向可控硅和双向可控硅。

可控硅常用于高电压大电流的负载，不适宜与 CPU 直接相连，在实际使用时要采用隔离措施。图 9-26 所示为光耦隔离的双向可控硅输出驱动电路。当 80C51 的 P1 口的 P1.0 输出高电平“1”时，经 74LS06 反相变为低电平，光耦二极管导通，使光敏可控硅导通，导通电流再触发双向可控硅导通，从而驱动大型交流负荷设备 RL。

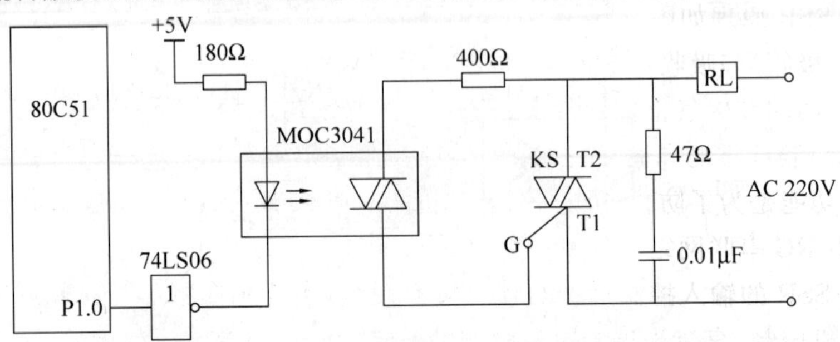

图 9-26 双向可控硅输出驱动电路

图 9-27 所示为双向可控硅输出驱动电磁阀电路，其工作原理请读者自己分析。

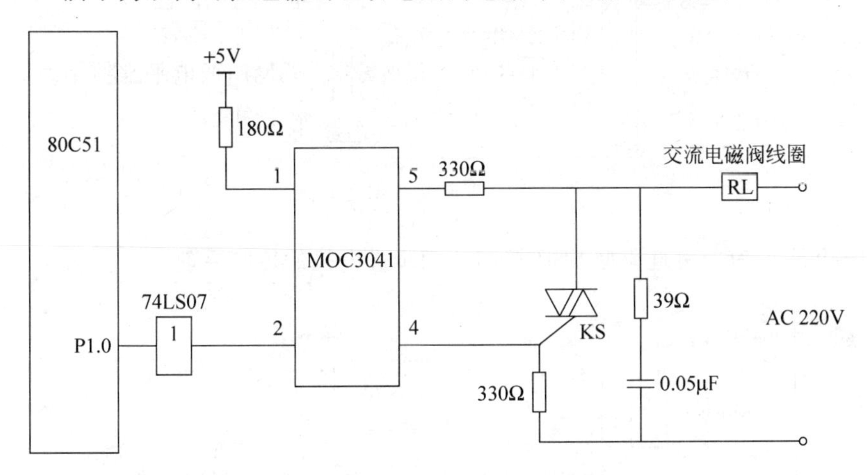

图 9-27　双向可控硅输出驱动电磁阀电路

9.3.5　固态继电器驱动电路

在继电器控制中，由于采用电磁吸合方式，在开关瞬间，触点容易产生火花，从而引起干扰。对于交流高压场合，触点还容易氧化，影响系统的可靠性。所以，随着单片机控制技术的发展，人们又研制出一种新型的输出控制器件——固态继电器。

固态继电器(Solid State Relay，SSR)是用晶体管或可控硅代替常规继电器的触点开关，而在前级中与光电隔离器融为一体。因此，固态继电器实际上是一种带光电隔离器的无触点开关。根据结构形式，固态继电器有直流型固态继电器和交流型固态继电器之分。

由于固态继电器的输入控制电流小，输出无触点，所以与电磁式继电器相比，具有体积小，重量轻，无机械噪声，无抖动和回跳，开关速度快，工作可靠和寿命长等优点，它在单片机控制系统中得到了广泛的应用，大有取代电磁继电器之势。

SSR 的输入端与晶体管、TTL、CMOS 电路兼容，其输出端利用器件内的电子开关来接通和断开负载。工作时，只要在 SSR 的输入端施加一定的弱电信号，就可以控制输出端大电流负载的通、断。

1. 直流型 SSR

直流型 SSR 原理如图 9-28 所示。由图可知，SSR 由光耦隔离电路、整形放大电路和电子开关(三极管)和吸收保护电路等组成。光耦隔离电路在输入与输出之间起信号传递作用，同时使两端在电气上完全隔离；整形放大电路是为后级提供一个触发信号，使电子开关(三极管)能可靠地导通；电子开关电路用来接通或关断直流或交流负载电源；吸收保护电路的功能是为了防止电源的尖峰和浪涌对开关电路产生干扰造成开关的误动作或损害，一般由 RC 串联网络和压敏电阻组成。

直流型 SSR 的输入控制信号与输出完全同步，主要用在带有直流负载的场合，如直流大功率电机控制、直流步进电机控制和电磁阀等。一般取输入电压为 4～32V，输入电流 5～10mA。它的输出端为晶体管输出，输出工作电压为 30～180V(5V 开始工作)。

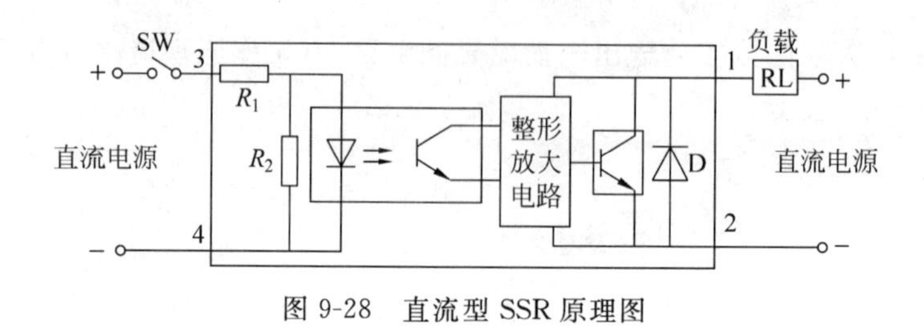

图 9-28 直流型 SSR 原理图

图 9-29 所示为采用直流型 SSR 控制三相步进电机的控制原理。

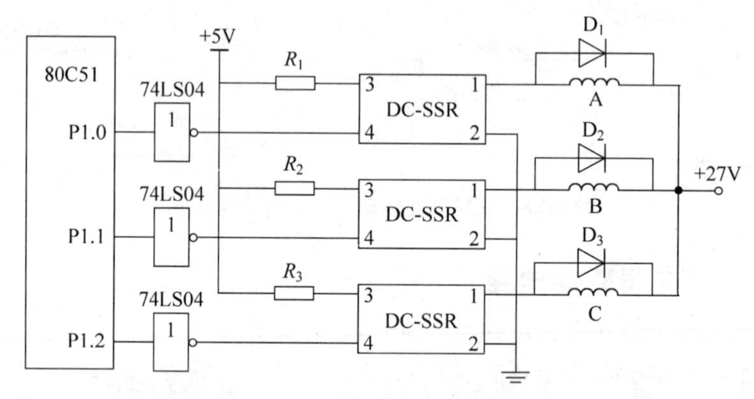

图 9-29 三相步进电机控制原理图

在图 9-29 中，A、B 和 C 为步进电机三相，每一相由一个直流型 SSR 控制，分别由 80C51 P1 口的 P1.0、P1.1 和 P1.2 控制。只要按照一定的通电顺序，即可实现三相步进电机控制。

2. 交流型 SSR

交流型 SSR 按控制触发方式不同分为过零型和移相型两种，其中应用最广泛的是过零型，如图 9-30 所示。

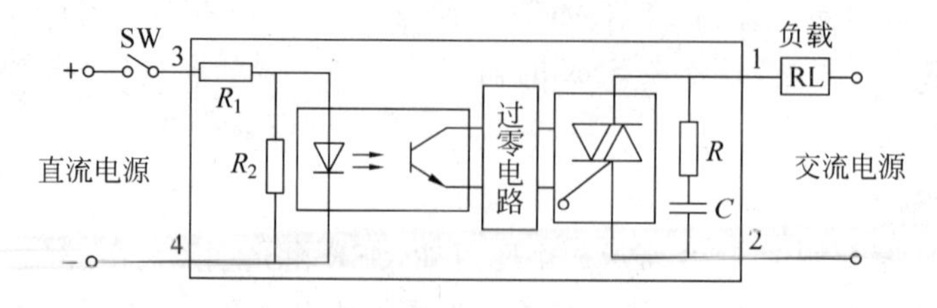

图 9-30 交流过零型 SSR 原理图

由图 9-30 可知，交流型 SSR 内部的开关组件为双向可控硅，因此主要用于交流大功率电机控制、交流电磁阀等。

交流型 SSR 主要用于交流大功率控制，一般取输入电压为 4～32V，输入电流小于 500mA。它的输出端为双向晶闸管，一般额定电流在 1～500A 范围内，电压多为 220V 或 380V。图 9-31 所示为一种常用的固态继电器驱动电路，当 80C51 P1 口的 P1.0 输出低电平“0”时，经 74LS06 反相变为高电平，三极管 T 导通，使 SSR 输入端有电，则输出端接通大型交流负荷设备 RL。

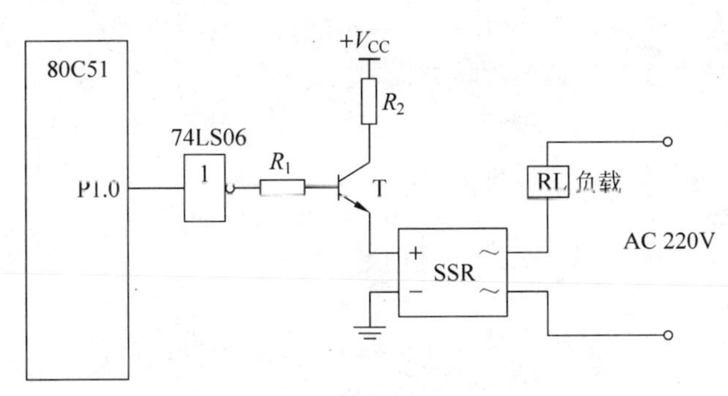

图 9-31　SSR 输出驱动电路

9.3.6　电机控制接口电路

在单片机控制系统中常用的电机分为直流电机和交流电机。

1. 直流电机控制接口电路

直流电机具有励磁绕组和电枢绕组。励磁绕组中有电流通过时会产生磁通；当电枢绕组中通过电流时，这个电枢电流与磁通相互作用产生转矩，使电机运转。这两个绕组中的一个断电时，电机立即停转。所以，计算机控制中多采用电枢控制方式。

直流电机与单片机接口之间可采用以下 4 种方法实现连接：

(1) 光电隔离器＋大功率驱动(如 SCR)；

(2) 固态继电器(SSR)；

(3) 专用接口芯片(如 L290、L291 和 L292)；

(4) 专用接口板。

直流电机的输出功率一般为 1～600W，电压有 6V、9V、12V、24V、27V、64V、110V 和 220V 等。

图 9-32 所示为采用固态继电器 SSR 接口控制直流电机的电路原理图。在图 9-32 中，SSR 管脚 3 通过 R_1 接＋5V 直流电压。80C51 的 P1.0 经驱动器 74LS04 接到固态继电器 SSR 的第 4 脚。当 P1.0 输出为高平电时，经反相驱动器 74LS04 输出低电平，使固态继电器 SSR 内部发光二极管发光，并使光敏三极管导通，从而使直流电机绕组通电，直流电机开始转动。反之，当 P1.0 输出为低电平时，经反相驱动器 74LS04 输出高电平，发光二极管无电流通过，不发光，光敏三极管截止，因而直流电机绕组没有电流通过，直流电机停止转动。需要注意的是，在使用时应根据直流电机的工作电压、工作电流来选定合适的固态继电器 SSR。

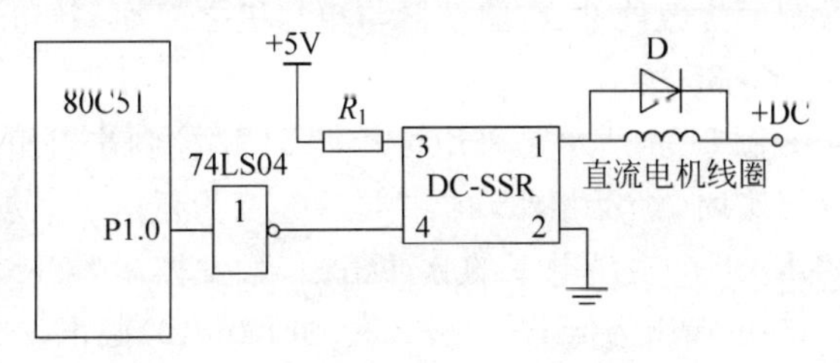

图 9-32　SSR 控制直流电机接口电路

2. 单相交流电机控制接口电路

单相交流电机输出功率一般为 0.1～100W，最常用的是 30W 以下，其频率为 50Hz

时，电压有 36V、110V、220V、380V 等。

图 9-33 所示是一个交流型 SSR 控制单相电机的电路原理图。在图中，只要改变交流电机通电绕组，即可控制电机的旋转方向。

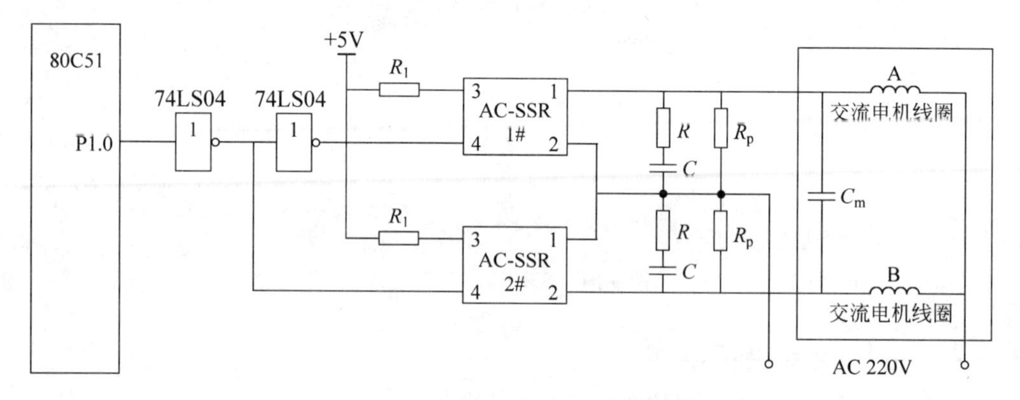

图 9-33 SSR 控制交流电机接口电路

在图 9-33 中，当 80C51 的 P1 口的 P1.0 端输出为低电平时，经两极反相驱动器 74LS04 后，1#SSR 管脚 4 为低电平，使 1#SSR 导通，2#SSR 截止，交流电通过 A 相绕组，电机正转；反之，如果 P1.0 输出高电平，则 1#SSR 截止，2#SSR 导通，交流电流经 B 相绕组，电机反转。图 9-33 中的 R 和 C 组成浪涌电压吸收回路，通常 R 为 100Ω 左右，C 为 0.1μF。R_p 为压敏电阻，用作过电压保护，其电压取值范围通常为电源电压有效值的 1.6～1.9 倍。

需要注意的是，在使用时应根据交流电机的工作电压、工作电流来选定合适的固态继电器 SSR。

9.3.7 步进电机控制接口电路

1. 步进电机接口电路

由于步进电机需要的驱动电流比较大，单片机与步进电机的连接都需要专门的接口电路和驱动电路。接口电路可以是锁存器，也可以是可编程接口芯片，如 8255、8155 等。驱动器可用大功率达林顿管，也可以是专门的驱动器(如 SCR)，所以单片机与步进电机的连接都需要大功率复合管作为驱动器，也可以是专门的驱动器。

为了抗干扰或避免一旦驱动电路发生故障，造成功率放大器中的高电平信号进入单片机而烧毁器件，在驱动器与单片机之间加一级光电隔离器。接口驱动电路原理如图 9-34 和图 9-35 所示。

图 9-34 所示是采用可控硅 SCR 控制步进电机。当 80C51 的 P1 口的 P1.0 位输出为高电平时，经反相驱动器 74LS06 变为低电平，使 4N25 光电隔离器通电并导通，从而使电阻 R_1 上产生高电平的脉冲信号，触发控制 SCR(如 IRF640)导通，使 A 相通电；反之，当 P1.0 位输出为低电平时，SCR(如 IRF640)截止，A 相无电流通过。同理，用 P1 口的 P1.1 和 P1.2 对 B 相和 C 相进行控制。只要改变步进电机 A、B 和 C 三相的通电顺序，便可实现对步进电机的控制。

图 9-35 所示是采用达林顿管控制步进电机。当 80C51 的 P1 口的 P1.0 位输出为高电平“1”时，经反相驱动器 74LS04 变为低电平“0”，发光二极管不发光，因此光敏三极管

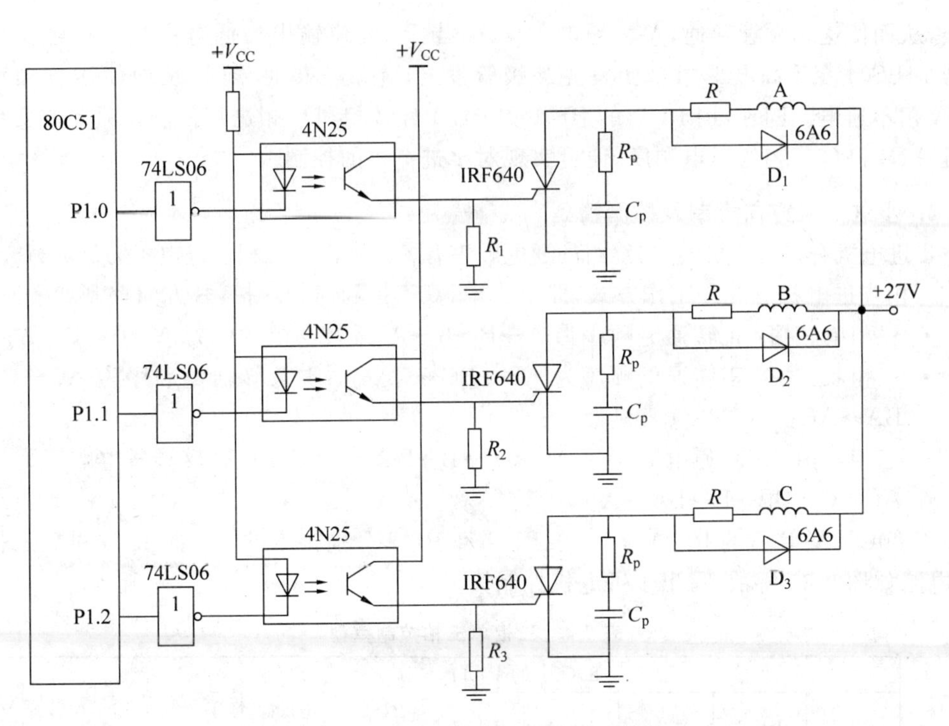

图 9-34　用可控硅 SCR 控制步进电机

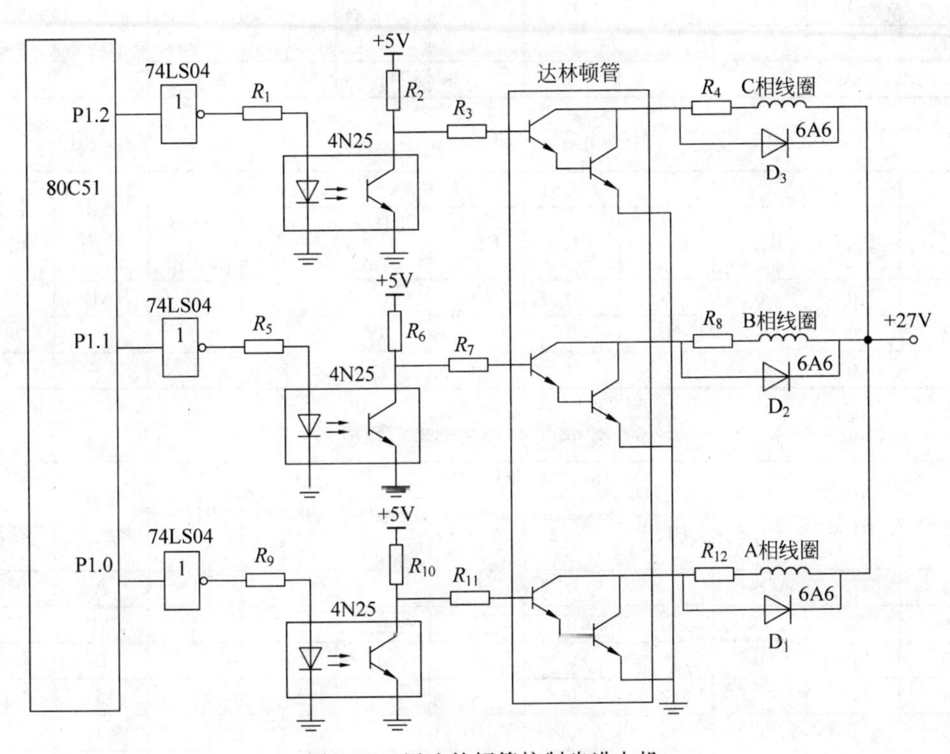

图 9-35　用达林顿管控制步进电机

截止，从而使达林顿管导通，A 相通电。反之，当 P1.0 位输出为低电平“0”时，经反相驱动器 74LS04 变为高电平“1”，使发光二极管发光，光敏三极管导通，从而使达林顿管截止，A 相不通电。同理，用 P1 口的 P1.1 和 P1.2 对 B 相和 C 相进行控制。只要改变步进电机 A、B 和 C 三相的通电顺序，便可实现对步进电机的控制。

2. 步进电机方向控制及控制模型

步进电机有正转和反转，与绕组的通电顺序有关。下面以三相步进电机为例进行介绍。三相步进电机有 3 种工作方式，即单三拍、双三拍和三相六拍，其方向控制如下所示。

- 三相单三拍：正转通电顺序为 A→B→C→A，反转通电顺序为 A→C→B→A；
- 三相双三拍：正转通电顺序为 AB→BC→CA→AB，反转通电顺序为 AC→CB→BA→AC；
- 三相六拍：正转通电顺序为 A→AB→B→BC→C→CA→A，反转通电顺序为 A→AC→C→CB→B→BA→A。

用 80C51 单片机的 P1 口的 P1.0、P1.1 和 P1.2 分别接步进电机的 A、B 和 C 三相绕组，电路如图 9-35 所示，写出步进电机控制模型如表 9-4、表 9-5 和表 9-6 所示。

表 9-4 三相单三拍控制模型

步序	80C51 的 P1 口								工作状态	控制模型
	P1.7	P1.6	P1.5	P1.4	P1.3	P1.2 C 相	P1.1 B 相	P1.0 A 相		
1	0	0	0	0	0	0	0	1	A	01H
2	0	0	0	0	0	0	1	0	B	02H
3	0	0	0	0	0	1	0	0	C	04H

表 9-5 三相双三拍控制模型

步序	80C51 的 P1 口								工作状态	控制模型
	P1.7	P1.6	P1.5	P1.4	P1.3	P1.2 C 相	P1.1 B 相	P1.0 A 相		
1	0	0	0	0	0	0	1	1	AB	03H
2	0	0	0	0	0	1	1	0	BC	06H
3	0	0	0	0	0	1	0	1	CA	05H

表 9-6 三相六拍控制模型

步序	80C51 的 P1 口								工作状态	控制模型
	P1.7	P1.6	P1.5	P1.4	P1.3	P1.2 C 相	P1.1 B 相	P1.0 A 相		
1	0	0	0	0	0	0	0	1	A	01H
2	0	0	0	0	0	0	1	1	AB	03H
3	0	0	0	0	0	0	1	0	B	02H
4	0	0	0	0	0	1	1	0	BC	06H
5	0	0	0	0	0	1	0	0	C	04H
6	0	0	0	0	0	1	0	1	CA	05H

3. 步进电机程序设计

步进电机程序设计的主要任务如下：

(1) 判断旋转方向；

(2) 按顺序传送控制脉冲；

(3) 判断所要求的控制步数是否传送完毕。

因此，步进电机控制程序是完成循环控制的任务，从而控制步进电机转动，达到控制转动角度和位移的目的。首先要进行旋转方向的判别，然后转到相应的控制程序。正、反向控制程序分别按要求的控制顺序输出相应的控制模型，再加上脉宽延时程序。脉冲序列的个数可以用累加器计数。控制模型以立即数送出。

对于节拍比较多的控制程序，通常采用循环程序进行设计，就是把环型节拍的控制模型按顺序存放在内存单元中，然后逐一从单元中取出控制模型并输出。如此可简化程序，节拍越多，优越性越显著。下面以三相六拍为例进行设计，其流程图如图 9-36 所示，编写程序如下所示。

```
        ORG 0000H
        LJMP MAIN
        ORG 0100H
MAIN：  MOV   R2 ,COUNT                     ;步进电机的步数
BJ0：   MOV   R3 ,#00H
        MOV   DPTR ,#KZMX                   ;送控制模型指针
        JNB   00H ,BJ2                      ;反转，转 BJ2
BJ1：   MOV   A ,R3                         ;取控制模型
        MOVC  A ,@A + DPTR
        JZ    BJ0                           ;控制模型为 00H，转 BJ0
        MOV   P1 ,A                         ;输出控制模型
        ACALL DELAY                         ;调延时
        INC   R3                            ;控制步数加 1
        DJNZ  R2 ,BJ1                       ;步数未走完，转 BJ1
        RET
BJ2：   MOV   A ,R3                         ;求反向控制模型偏移量
        ADD   A ,#07H
        MOV   R3 ,A
        AJMP  BJ1
DELAY：  ⋮                                  ;延时
KZMX：  DB    01H                           ;正转控制模型
        DB    03H
        DB    02H
        DB    06H
        DB    04H
        DB    05H
        DB    00H
        DB    01H                           ;反转控制模型
        DB    05H
        DB    04H
```

```
    DB    06H
    DB    02H
    DB    03H
    DB    00H
COUNT  EQU 60H
KZMX   EQU 0200H
```

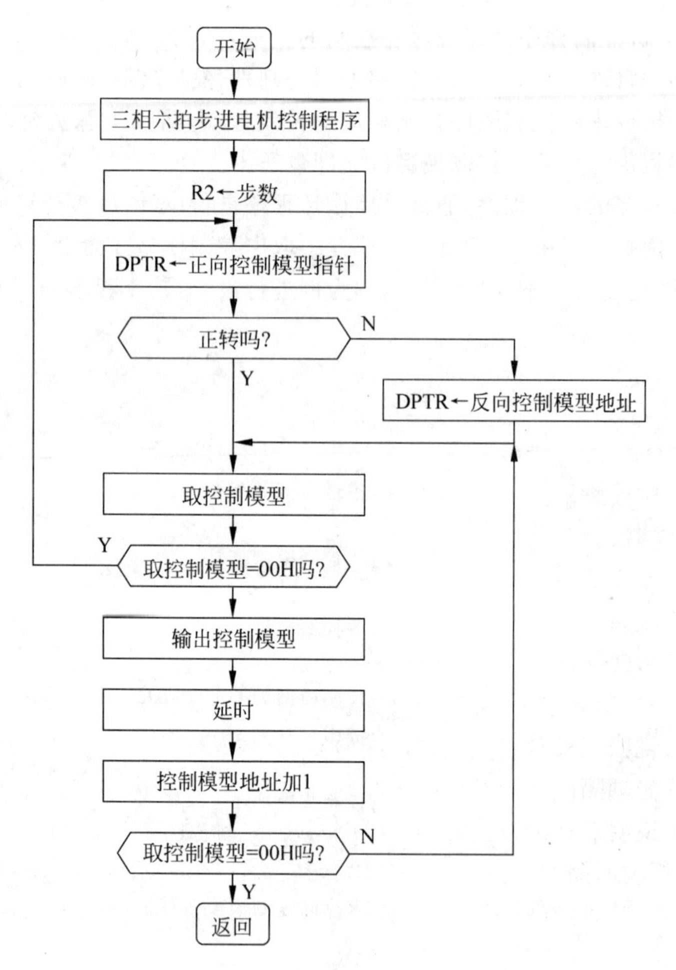

图 9-36　三相六拍步进电机控制程序流程图

本章小结

(1) 本章介绍了单片机应用系统硬件抗干扰和软件抗干扰的措施。单片机控制系统总是处在干扰频繁的恶劣环境中,因此如果没有足够的抗干扰措施,即使系统的各种硬件与软件的设计都很合理,也未必能正常地工作。抗干扰能力是设计与运行一个控制系统必须要考虑的重要指标。数字滤波由于具有突出的效果,在单片机控制系统中除了设计必要的硬件滤波电路之外,一般都要用软件对采样信号做进一步的数字滤波。读者应掌握几种主要的数字滤波算法及其应用场合。

(2) 工业现场的物理量经过传感器的检测和转换，把物理量转换成输出信号幅度只有微伏到毫伏范围的电压量(也可以是电流量)，这个信号太小，无法进行 A/D 转换(A/D 转换需要 0～5V 电压)。因此，传感器输出需要接模拟信号放大器。模拟信号放大器通常采用集成运算放大器，因为它具有输入阻抗高、输出阻抗低和放大倍数大的特点。

(3) 标度变换是一个重要的概念，读者应重点掌握线性式变换、非线性式变换及分段式线性化处理等几种标度变换方法。

(4) 本章介绍了当前控制系统中最重要的硬件抗干扰技术——光电耦合隔离技术，并着重分析光电耦合隔离器的结构原理，还介绍、分析了常用接口驱动电路(三极管驱动电路、继电器驱动电路、晶闸管驱动电路、固态继电器驱动电路、电机控制接口电路和步进电机控制接口电路)。通过对各种输入/输出通道接口电路的分析可以看出，光电耦合隔离器的抗干扰作用是十分重要的。

思考题与习题

1. 简述硬件抗干扰的措施。
2. 在单片机控制系统中有哪几种地？最终如何接地？
3. 简述数字滤波及其特点。
4. 简述各种数字滤波方法的原理或算法及其适用场合。
5. 某温度测量系统(假设为线性关系)的测温范围为 0～150℃，经 ADC0809 转换后对应的数字量为 00H～FFH，试写出它的标度变换算式。
6. 结合图 9-16，分析说明标度变换的概念及其变换原理。
7. 画图分析说明三极管型光电耦合隔离器的工作原理。
8. 分析说明光耦隔离器的两种特性及其隔离电磁干扰的作用机理。
9. 对比分析说明三极管输出驱动与继电器输出驱动电路的异同点。
10. 对比分析说明晶闸管输出驱动与固态继电器输出驱动电路的异同点。
11. 以三相双三拍控制模型为例进行程序设计，并画出流程图。

第10章

单片机应用系统工程设计与实例

学习目的

(1) 了解单片机应用系统工程设计的基本要求。

(2) 掌握单片机应用系统组成。

(3) 掌握单片机应用系统工程设计的步骤。

(4) 掌握单片机应用系统工程设计的方法。

(5) 通过实例,了解工程项目设计中的一些方法和技巧。

学习重点和难点

(1) 掌握单片机应用系统工程设计的方法。

(2) 工程项目设计中的一些方法和技巧。

单片机应用系统是为了完成某项任务而设计、研制和开发的应用系统,是以单片机为核心,配以外围电路和软件,能实现给定任务、功能的实际工程应用系统。根据不同的用途和要求,单片机应用系统的系统配置和软件各有不同,但它们对于应用系统的研制与开发的过程和方法基本相同。本章将介绍一些单片机应用系统的工程设计,以及开发和调试的思路、技巧和方法;介绍抗干扰技术、常用接口驱动电路的应用和实用技术。

10.1 单片机应用系统概述

10.1.1 单片机应用系统的结构

图10-1所示是80C51单片机应用控制系统组成框图,单片机应用系统由硬件和软件组成。下面分别介绍硬件和软件的功能。

1. 单片机应用系统的硬件组成

单片机应用系统的硬件由单片机、接口电路、外部设备、传感器、执行器和操作控制台组成。由于系统的不同,组成单片机控制系统的硬件也不同,一般可根据系统的需要进行扩展。

(1) 单片机

单片机是整个控制系统的核心,通过接口可向系统的各个部分发出各种控制命令,对被测物理参数进行巡回检测、数据处理、控制、报警处理以及逻辑判断等操作。目前最常用的单片机有 80C51 系列单片机，如 AT89S51、Intel 公司的 8×C51 和 8×C52，以及 Motorola 公司的 M68HC08 系列等。

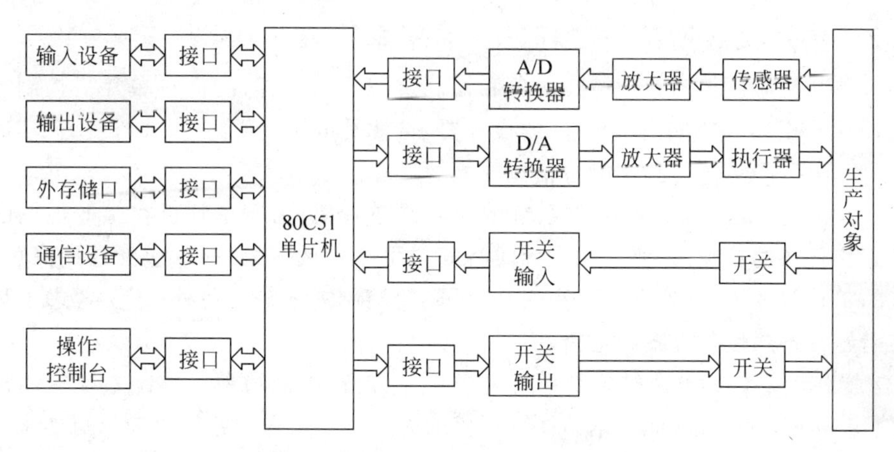

图 10-1 80C51 单片机控制系统组成框图

(2) I/O 接口部分

目前，大部分 I/O 接口都是可编程的，单片机常需要扩展接口如下所示。

① 并行接口，如 8155 和 8255。

② A/D 转换，单片机只能处理数字量，而一般的被测参数大都为模拟量，如温度、压力、流量、液位、速度、电压以及电流等。因此，必须把模拟量转换成数字量。同样，外部执行机构也多为模拟量，因此单片机输出时，还必须把数字量变成模拟量，即进行 D/A 转换。

③ 开关量，如按键、继电器和开关等开关量信号。

(3) 外部设备

外部设备主要用来显示、打印、存储及传送数据。

(4) 传感器和执行器

在单片机控制系统中，必须对各种数据，如温度、压力、流量、液位、成分等进行数据采集。传感器把非电量转换成电量，如压力传感器可以把压力转换成毫伏电压信号，这些信号经过放大器放大成统一的标准信号(电压为 0～5V 或电流为 4～20mA)后，再送入单片机。

为了控制生产过程，还必须有执行机构。在温度控制系统中，根据温度的误差来控制进入加热炉的煤气(或油)量；在水位控制系统中控制进入容器的水的流量。执行机构有的采用电动、气动、液压传动控制，有的采用电机、步进电机以及可控硅元件等进行控制。

(5) 操作控制台

操作控制台是单片机控制系统中人-机对话的纽带。通过它，人们可以向单片机输入程序，修改内存的数据，显示被测参数，以及发出各种控制命令等。

2. 单片机应用系统的软件

对于单片机应用系统而言，除了上述硬件部分以外，软件也是必不可少的。常常要为控制系统编一些应用程序,如D/A或A/D转换程序、数据采样程序、数字滤波程序、标度变换程序、键盘处理程序、显示程序、过程控制程序(如PID运算程序、数字控制程序)等,可以用C语言或汇编语言编写。

10.1.2 单片机应用系统工程设计的基本要求

尽管单片机应用控制系统被控对象和控制过程具有多样性,而且单片机控制系统的具体设计各不相同,但它们有着共同的设计要求,就是可靠性要高、操作性要好、实时性要强、通用性要好、经济效益和性能价格比要高等。

(1) 可靠性要高。单片机控制系统的核心是单片机,由于单片机在工业现场的工作环境和工作任务的特殊性,要求在设计时将安全可靠性放在第一位,包括选用高可靠性、高性能的单片机及接口、外围设备和安全、可靠的控制方案等。另外,还要考虑出故障时的预防措施和备用设备方案的选择。

(2) 操作性要好。单片机控制系统要求操作方便,维修简单。控制系统的用户界面要好,使用方法容易掌握,即使是不懂计算机的人员也能操作。系统中应尽可能采用标准的功能模块式结构,便于出故障时迅速更换。

(3) 实时性要强。单片机控制系统对于内部事件和外部事件要及时响应、及时处理。针对随机事件,系统设置中断,合理分配中断级别,确保及时处理紧急故障。

(4) 通用性要好。首先,硬件设计采用标准总线结构,配置通用的功能模板,以方便扩充功能和系统维修;其次,软件设计采用标准模块结构,按系统要求选择各种功能模块,灵活地进行系统软件组态。

(5) 经济效益和性能价格比要高。系统在设计时要注意性能价格比,在满足设计要求的情况下,应尽可能采用价廉的元器件,使开发的系统具有市场竞争力。

10.2 单片机应用系统工程设计的步骤和方法

10.2.1 单片机应用系统工程设计的步骤

- 第一步:明确要设计的应用系统的功能和技术指标;
- 第二步:确定单片机应用系统总体方案;
- 第三步:选择单片机及接口;
- 第四步:确定单片机应用系统的控制算法;
- 第五步:单片机应用系统的硬件设计;
- 第六步:单片机应用系统的软件设计;
- 第七步:单片机应用系统的调试;
- 第八步:单片机应用系统的试运行。

10.2.2 单片机应用系统工程设计的方法

单片机应用系统是为了完成某一个任务而研制、开发的用户系统,虽然每个应用系统的功能、结构各有不同,但是它们的研制、开发的方法和步骤基本相同。为了缩短研制、开发用户系统的时间,本节介绍单片机应用系统工程设计的一般方法。

1. 明确要设计的应用系统的功能和技术指标

单片机应用系统开发的第一步是要明确系统的功能和技术指标。系统设计的目的就是要达到功能、满足技术指标要求。因此要细致分析应用系统的功能和技术指标,结合实际问题,明确各项任务与要求,综合考虑应用系统的先进性、可靠性、可维护性以及成本、经济效益,拟订出一份可行的功能和技术指标,再与用户进行商谈,最后确定应用系统的功能和技术指标。

2. 确定单片机应用系统总体方案

总体方案的设计主要是根据被控对象的要求来确定,可以从以下几个方面来进行。

(1) 确定系统方案

根据单片机应用系统的要求,确定出系统的被控参数,确定采用开环控制还是闭环控制,或者是数据处理系统。

(2) 选择传感器和执行器

根据被测参数和控制对象,选择可靠、经济和实用的传感器与执行器。尽可能选择专门用于单片机应用系统的集成化传感器。根据被控对象的状态选择合适的执行机构,如在易燃、易爆环境中采用气动薄膜调节阀。

(3) 选择I/O通道及外围设备

过程通道根据被控对象参数的多少来确定,并根据系统的规模及要求,配置适当的外围设备。

(4) 画出整个系统原理图

通过以上的分析和选择,结合工业流程图,画出一个完整的应用系统原理图,包括各种传感器、放大器、外围设备、输入/输出通道及单片机。

确定系统的总体方案时,对系统的硬件功能和程序要作统一的综合考虑。因为一种功能往往既能由硬件完成,也能由程序实现。要根据系统的实时性及整个系统的价格比综合平衡后加以确定。一般是在运行时间允许的情况下,尽量采用程序实现,如程序设计比较困难,可考虑用硬件完成。

3. 选择单片机及接口

总体方案确定之后,首要的任务是选择一台合适的单片机,主要从功能和价格方面来考虑。单片机的型号很多,有Atmel公司的AT89,如AT89S51和AT90、AT91系列,Intel公司MCS系列,如8XC51、8XC52,以及Motorola公司的M68HC08系列等,也可考虑16位或32位的单片机。对于接口的选择,如果系统较小,或是顺序控制系统,可选用具有存储器、I/O接口、LED显示器和小键盘配置,且价格便宜的单片机。

4. 确定单片机应用系统的控制算法

确定用什么样的控制算法才能使系统达到要求的控制指标,也是系统设计的关键问题之一。

对于数学模型能够确定的系统,可采用直接数字控制,可利用最少拍随动系统、最少拍无波纹系统、大林算法、最小二乘法系统辨识、最优控制及自适应控制等算法。对于难以求出数学模型的复杂被控对象,可选用数字化PID控制。对于用前两种方法难以达到控制效果的系统,如时变系统、非线性特性的系统,难以建立数学模型,可选用模糊控制。

5. 单片机应用系统的硬件设计

单片机应用系统的硬件设计是指应用系统的电路设计,包括单片机、存储器扩展、I/O 接口、A/D 或 D/A 转换和检测及放大电路等。硬件设计时,应考虑留有扩展余量,电路设计要反复分析和推敲,力求正确无误,因为在应用系统调试中,硬件结构不易修改。另外,单片机应用系统的硬件设计时应注意以下几个问题。

(1) 程序存储器 ROM

80C51 单片机片内有 4KB ROM,若不够用,需要外扩程序存储器 ROM,一般可选用容量相对大的 EPROM 芯片,如 2764(8KB)、27128(16KB)或 27256(32KB)等。尽量避免用小容量的芯片组合扩充成大容量的存储器,因为这样将导致线路多,可靠性差。程序存储器容量大些,则编程空间宽裕些,价格相差也不会太大。

(2) 数据存储器和 I/O 接口

根据系统功能的要求,如果需要扩展外部 RAM 或 I/O 口,RAM 芯片可选用 6116(2KB)、6264(8KB)或 62256(32KB),原则上应尽量减少芯片数量,使译码电路简单。I/O 接口芯片一般选用 8155(带有 256KB 静态 RAM)或 8255。这类芯片具有口线多、硬件逻辑简单等特点。若口线要求很少,且仅需要简单的输入或输出功能,可采用不可编程的 TTL 电路或 CMOS 电路。

A/D 和 D/A 电路芯片主要根据精度、速度和价格等来选用,同时要考虑与系统的连接是否方便。

(3) 总线驱动能力

80C51 单片机的 4 个 8 位并行口的负载能力是有限的。P0 口能驱动 8 个 TTL 电路,P1~P3 口只能驱动 3 个 TTL 电路。在实际应用中,这些端口的负载不应超过总负载能力的 70%,以保证留有一定的余量。如果满载,会降低系统的抗干扰能力。在外接负载较多的情况下,如果负载是 MOS 芯片,因负载消耗电流很小,所以影响不大。如果驱动较多的 TTL 电路,则应采用总线驱动电路,以提高端口的驱动能力和系统的抗干扰能力。

数据总线宜采用双向 8 路三态缓冲器 74LS245 作为总线驱动器,地址和控制总线可采用单向 8 路三态缓冲器 74LS244 作为单向总线驱动器。

(4) 抗干扰措施

单片机应用系统的工作环境往往都是具有多种干扰源的现场,抗干扰措施在硬件电路设计中显得尤为重要,具体内容见第 9 章。

6. 单片机应用系统的软件设计

单片机应用系统的软件主要是指应用软件。应用软件设计是研制过程中任务最繁重的一项工作,难度也比较大。对于某些较复杂的应用系统,不仅要使用汇编语言来编程,有时还要使用高级语言。

应用软件设计出来是否好,应用系统是否灵活和好用,关系到应用系统的成败,所以应好好分析,换位思考,多替用户考虑。在设计时需注意以下几个方面的问题。

(1) 系统应用软件的要求

① 实时性。单片机控制系统对内部事件和外部事件要及时响应、及时处理。针对随机事件,系统应设置中断,合理分配中断级别,确保及时处理紧急故障。

② 灵活性和通用性。软件设计采用标准模块结构,按系统要求选择各种通用的功能模块,方便扩充功能和系统维修,可以灵活地进行系统软件组态。

③ 安全、可靠性要高。由于单片机在工业现场的工作环境和工作任务的特殊性,要求抗干扰能力要强,在设计时应将安全、可靠性放在第一位。要选用安全、可靠的控制方案,还要考虑出故障时的预防措施和备用方案的选择。

(2) 操作方便、维修简单

单片机应用系统要操作方便、维修简单。应用系统的用户界面要好,使用方法要容易掌握,即使是不懂计算机的人员也能操作。系统中应尽可能采用标准的功能模块式结构,便于出故障时能及时维修和迅速更换。

(3) 软件、硬件折中问题

因为一种功能往往既由硬件完成,也能由程序实现。要根据系统的实时性及整个系统的价格比综合平衡后加以确定。一般是在运行时间允许的情况下,尽量采用程序实现,如程序设计比较困难,可考虑用硬件完成。

(4) 应用软件开发过程

应用软件的开发过程大体有如下几个步骤。

- 第一步:划分功能模块及安排程序结构;
- 第二步:画出各程序模块的详细流程图;
- 第三步:选择合适的语言编写程序;
- 第四步:将各个模块连接成一个完整的程序。

应用软件应尽可能采用模块化结构。根据应用软件的总体构思,按照先粗后细的方法,把整个应用软件划分成多个功能独立、大小适当的模块。应明确规定各模块的功能,尽量使每个模块功能单一,各模块间的接口信息简单,尽可能使各模块间的联系减少到最低限度。这样,各个模块可以分别独立设计、编制和调试,最后将各个程序模块连接成一个完整的程序进行总调试。

在编写应用程序时,有些程序是可以直接调用监控程序来完成的,如键盘管理程序、显示程序等,可直接调用监控程序,大大减少软件设计的工作量,提高编程效率。目前,单片机开发系统的监控程序功能相当强,并附有丰富的实用子程序,因此在编程时要尽量调用,在程序设计时要充分考虑到这一点。

有些应用程序要根据其功能要求来编写。例如,数据采集、控制算法的实现、接口驱动、故障处理及报警程序等。

7. 单片机应用系统的调试

单片机应用系统设计完成后,就要进行硬件调试和软件调试。可以利用开发及仿真系统来调试。

(1) 硬件调试

硬件调试主要是把电路的各种参数调整到符合设计要求。硬件调试的首要任务是排除系统的硬件电路故障,包括设计性错误和工艺性故障。一般原则是先静态后动态。

按照设计方案制作好样机后,便可进行硬件调试,包括脱机检查和联机调试。

利用万用表或逻辑测试仪器检查电路中的各器件以及引脚是否连接正确,是否有短路故障。必要时将芯片取下,对电路板进行通电检查。然后,将样机上的 CPU 和 EPROM 取下,接上仿真机进行联机调试,观察各接口线路是否正常。

(2) 软件调试

软件调试是利用仿真工具进行在线仿真调试,除发现和解决程序错误外,也可以发现硬件故障。

程序调试一般是一个模块一个模块地进行,一个子程序一个子程序地调试,最后联起来统调。在单片机上分别调试各模块程序,使其正确无误,可以用在系统编程器将程序固化到 89S51 的 Flash ROM 中,接上电源脱机运行。为了保证软件运行稳定、可靠,可采取加软件陷阱和看门狗的办法,避免程序跑飞。

(3) 硬件、软件联合调试

硬件、软件单独调试后,即可进行硬件、软件联合调试,找出硬件和软件之间不相匹配的地方。

(4) 抗干扰能力的调试

可以模拟工业现场的工作环境,如电机、电焊机启、停等,提供多种干扰源的现场,考验硬件、软件的抗干扰能力及抗干扰措施是否设计合理。

(5) 现场调试

联合调试完成后,可将各部件组装成机器并移至现场进行调试。根据现场情况及调试出现的问题,对硬件、软件进行修改。

8. 单片机应用系统的试运行

经过以上设计步骤,单片机应用系统可进入试运行阶段。在试运行阶段还会出现许多问题,如抗干扰问题、元件的老化问题等。应用系统经过三个月到半年的试运行后,若没有问题,可进入到正式运行阶段。

10.3 单片机温度控制系统工程设计实例

温度是一个典型的被控参数,温度控制系统应用非常广泛。在冶金、建材、化工、机械制造等领域中,如加热炉、反应炉等;在家庭应用方面就更广泛了,如电烤箱、电热水器、微波炉和空调等。采用单片机温度控制系统的特点是控制方便,操作简单,扩展灵活,功能多和控制精确度高。下面通过一个典型的单片机温度控制系统的例子,介绍单片机控制系统的工程设计步骤和设计方法。

10.3.1 明确要设计的应用系统的功能和技术指标

用单片机控制一个电烤箱,而且要满足如下技术指标:

(1) 电烤箱由 1kW 电炉加热,最高温度为 120℃。

(2) 电烤箱温度可设置,电烤过程恒温控制,温度控制误差≤±2℃。

(3) 实时显示温度和设置温度,显示精确度为 1℃。

(4) 温度超出设置温度±5℃时发超限制报警,对升温和降温过程不作要求。

10.3.2　确定单片机应用系统总体方案

根据系统的要求,画出单片机控制电烤箱框图如图10-2 所示。系统由温度测量(温度传感器、放大器、ADC 转换器)、温度控制(光电隔离、驱动电路、可控硅、电炉)、温度给定(按键)、温度显示和报警等几部分组成。由于系统对升、降温过程不作要求,所以在控制精度上要求不高。本系统是一个闭环控制系统,采用最简单的通断控制方式,即当电烤箱温度达到设定值时断开加热电炉,当温度降到低于某值时接通电炉开始加热,从而保持恒温控制。

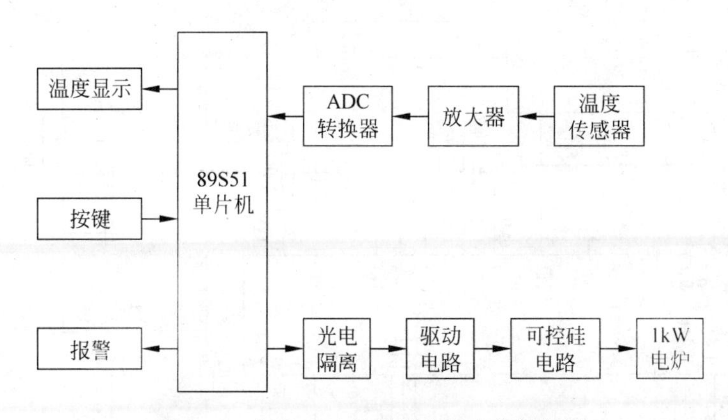

图 10-2　AT89S51 单片机控制电烤箱框图

10.3.3　硬件设计

根据系统框图10-2,可以设计出单片机控制电烤箱的硬件电路图,如图 10-3 所示,各部分的选择如下。

1. 单片机的选择

单片机的品种较多,选择时应根据控制系统的程序和数据量的大小来确定。由于本系统控制简单,程序和数据量都不大,因此选用 AT89S51 单片机,片内带 4KB Flash ISP 程序存储器和 128B 数据存储器。AT89S51 的晶振频率采用 6MHz。

2. 温度显示功能

对于温度显示电路,利用单片机串行口外接移位寄存器 74LS164,采用 3 位静态 LED 数码显示器,停止加热时显示设定温度,启动加热时显示当前电烤箱温度。

3. 按键功能

按键采用 3 个功能键,分别是"百位+1"、"十位+1"和"个位+1" 键,由 P1 口的 P1.0、P1.1 和 P1.2 的低 3 位作为按键接口。利用+1 按键可以分别对预置温度的百位、十位和个位进行加 1 设置,并在 LED 上显示当前设置值。连续按动相应位的加 1 键即可实现 0～120℃的温度设置。

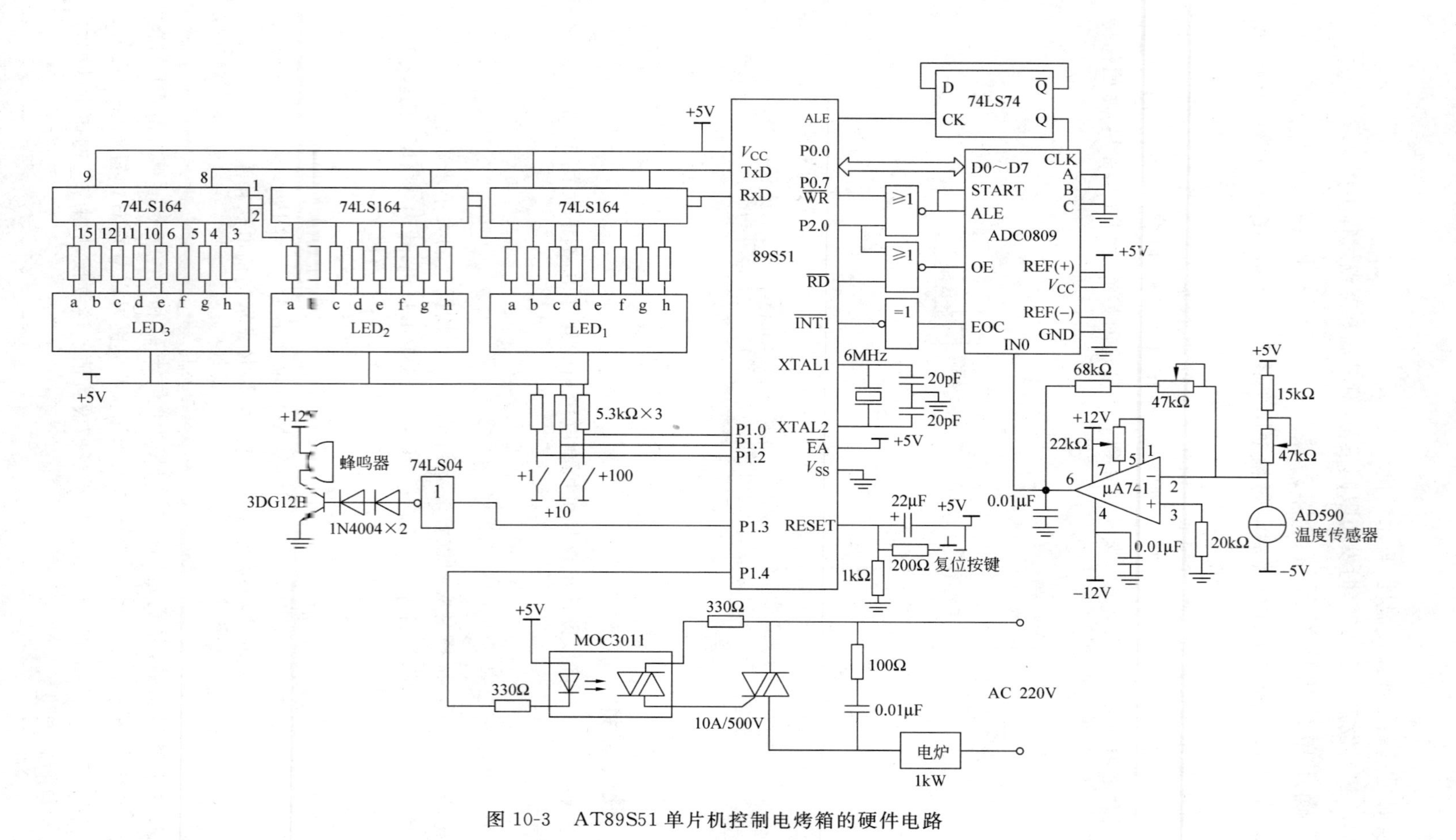

图 10-3 AT89S51 单片机控制电烤箱的硬件电路

4. 报警功能

对于超限报警电路，当电烤箱温度高于设置温度时，由 P1.3 口送出的低电平经反相器驱动蜂鸣器报警。

5. 温度传感器

温度传感器采用 AD590 集成温度传感器，它测量温度的范围为 −55～+150℃，有非常好的线性输出特性。

6. 放大器

放大器采用集成运算放大器 μA741，主要技术参数请参考相关书籍。

7. ADC 转换器

ADC 转换器的选择主要取决于温度的控制精度。本系统要求温度控制误差≤±2℃，采用 8 位 ADC0809 A/D 转换器，其最大量化误差为 $\pm\frac{1}{2}\left(\frac{1}{255}\times 120\right)=\pm 0.2$℃，完全能够满足精度要求。

电路焊接好后，调整放大器的输出，使 0～60℃的温度变化对应于放大器的输出 0～4.9V，经 A/D 转换对应的数字量为 00H～FAH，则转换结果乘以 2 正好是温度值。这样的标度变换非常简单。

8. 温度控制

单片机的 P1.4 口通过光电隔离器 MOC3011 送出控制信号给可控硅的控制端来控制电炉，双向可控硅和电炉电阻丝串接在交流 220V 回路中。通过 P1.4 口的高、低电平来控制可控硅的导通与断开，从而控制电阻丝的加热时间。

10.3.4 软件设计

1. 系统资源分配

(1) 内部数据存储器 RAM 的分配情况如表 10-1 所示。

表 10-1 内部数据存储器 RAM 的分配情况

RAM 地址	功 能	RAM 地址	功 能
40H	ADC 转换后的温度值	45H	二进制显示缓冲区
41H	设定温度值	50H 以后	堆栈区
42H～44H	BCD 码显示缓冲区(百位、十位、个位)		

(2) I/O 口分配情况如表 10-2 所示。

表 10-2 I/O 口分配情况

I/O 口	功 能	I/O 口	功 能
P0	数据总线	P1.4	电炉控制
P1.0～P1.2	按键输入，用于设定温度值	P2.0	确定 ADC 端口地址
P1.3	报警控制		

(3) ADC 0809转换器：通道0～通道7的地址为FEF0H～FEF7H，使用通道0(IN0)。

2. 软件设计

程序设计包括主程序和中断服务程序两部分。

(1) 主程序

主程序的功能为：完成系统的初始化；定时器0设置；温度设定及显示。其流程图如图10-4(a)所示，程序如下所示。

```
        ORG  0000H
        AJMP MAIN
        ORG  000BH
        AJMP TT0
        ORG  0100H
MAIN:   MOV  SP,#50H            ;设置堆栈指针
        MOV  40H,#00H           ;RMA区清"0"
        MOV  41H,#00H
        MOV  42H,#00H
        MOV  43H,#00H
        MOV  44H,#00H
        MOV  45H,#00H
        MOV  TMOD,#01H          ;T0工作在方式1
        MOV  TL0,#0B0H          ;置定时器初值(定时时间50ms)
        MOV  TH0,#3CH
        SETB TR0                ;启动定时器0
        MOV  IE,#82H            ;允许定时器0中断
        MOV  R5,#100            ;置5s循环次数
LOOP:   ACALL KEY               ;调按键管理子程序
        SJMP  LOOP
```

(2) 中断服务程序

中断由T0产生，每隔5s中断一次。中断服务程序的功能为：温度检测；A/D转换；读入采样数据；数字滤波；越限温度报警；温度控制和显示。其流程图如图10-4(b)所示，程序如下所示。

T0中断服务子程序TT0：

```
TT0:    PUSH   PSW              ;保护现场
        PUSH   ACC
        MOV    70H,R5           ;保存
        MOV    TL0,#0B0H        ;重设T0初值
        MOV    TH0,#3CH
        DJNZ   R5,LPP           ;5s到否，不到，返回
        MOV    R5,#100          ;置5s循环次数
        ACALL  TADC             ;调用温度检测子程序
        MOV    45H,40H          ;ADC转换后的温度值送显示缓冲区
        ACALL  DISP             ;调用显示当前温度
        ACALL  CONT             ;温度控制
        LCALL  ALARM            ;温度越限报警
```

```
        MOV R5,70H
        POP    ACC
        POP    PSW
LPP:    RETI
```

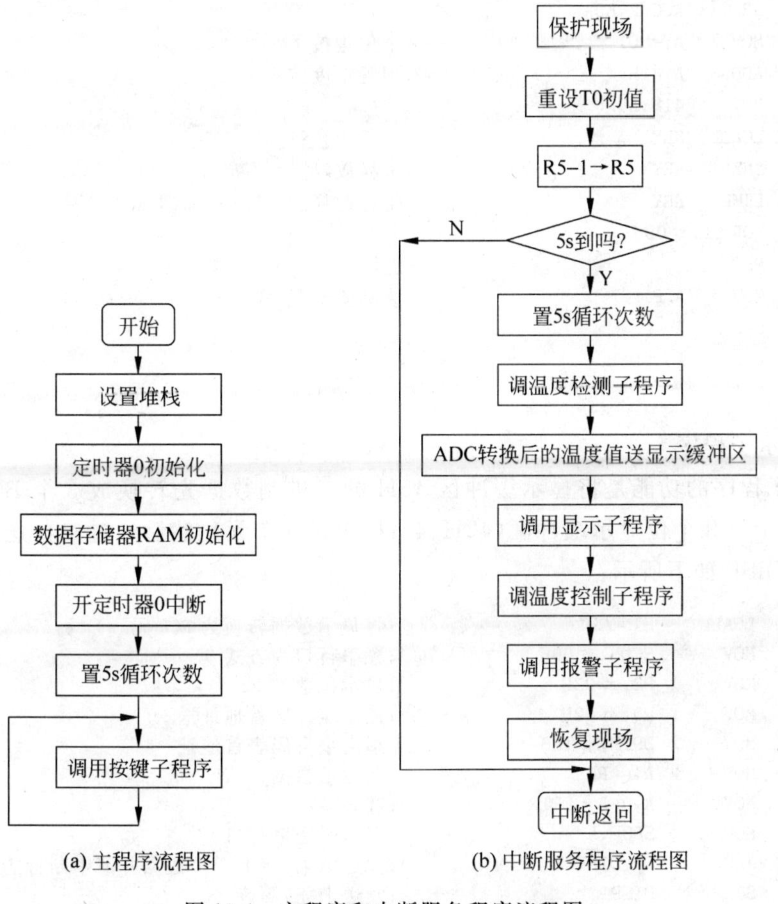

(a) 主程序流程图　　(b) 中断服务程序流程图

图 10-4　主程序和中断服务程序流程图

(3) 功能子程序

① 按键管理子程序

上电或复位后，系统处于按键管理状态，其功能是监测按键输入，接收温度预置。按键管理子程序 KEY 如下所示：

```
KEY:    MOV     45H,41H          ;预置温度送显示缓冲区
        LCALL   DISP             ;显示预置温度
KEY0:   ACALL   KEY1             ;读按键值
        JZ      KEY0             ;无键按下循环，直到有键按下
        LCALL   DISP
        LCALL   DISP             ;二次调用显示子程序，延时去抖动
        LACALL  KEY1             ;再检测有无键按下
        JZ      KEY0             ;无键按下，重新检测
        JB      ACC.0,K10
```

```
        MOV     A,#100              ;百位键按下
        LJMP    KEY3
K10:    JB      ACC.1,K1
        MOV     A,#10               ;十位键按下
        LJMP    KEY2
K1:     JB      ACC.2,K0
        MOV     A,#01               ;个位键按下
KEY2:   ADD     A,41H               ;预置温度按键+1
        MOV     41H,A
KEY3:   LCALL   KEY1                ;判断闭合键释放
        JNZ     KEY3                ;未释放,继续判断
        LJMP    KEY                 ;闭合键释放,继续扫描键盘
K0:     MOV P1,#08H
        RET                         ;返回
KEY1:   MOV     A,P1                ;读键值子程序
        CPL     A
        ANL     A,#0FH
        RET
```

② 显示子程序

显示子程序的功能是将显示缓冲区45H的二进制数据先转换成3个BCD码,分别存入百位、十位和个位显示缓冲区(42H、43H和44H单元),然后通过串口送出显示。显示子程序DISP如下所示:

```
DISP:   LCALL   BINBCD              ;将显示数据转换为BCD码
        MOV     SCON,#00H           ;置串行口为方式0
        MOV     R2,#03H             ;显示位数送R2
        MOV     R0,#42H             ;显示缓冲区首地址送R0
DISP0:  MOV     DPTR,#TAB           ;指向字形码表首地址
        MOV     A,@R0               ;取显示数据
        MOVC    A,@A+DPTR           ;查表
        MOV     SBUF,A              ;字形码送串行口
DISP1:  JBC     TI,DISP2            ;发送结束,转下一个数据并清中断标志
        SJMP    DISP1               ;发送未完,等待
DISP2:  INC     R0                  ;修改显示缓冲区指针
        DJNZ    R2,DISP0            ;判3位显示完否,未完,继续
        RET
  TAB:  DB 0,1,2,3,4,5,6,7,8,9      ;字形码表
```

二进制转换成3个BCD码的转换子程序BINBCD如下所示:

```
BINBCD: MOV  A,45H          ;取二进制显示数据
        MOV  B,#100         ;除100,确定百位数
        DIV  AB
        MOV  42H,A          ;百位数送42H单元
        MOV  A,#10          ;除10,确定十位
        XCH  A,B
        DIV  AB
        MOV  43H,A          ;十位数送43H单元
        MOV  44H,B          ;个位数送44H单元
        RET                 ;返回
```

③ 温度检测子程序

A/D 转换采用查询方式。为提高数据采样的可靠性，对采样温度进行数字滤波。数字滤波的算法很多，这里采用 4 次采样取平均值的方法。如前所述，本系统 A/D 转换结果乘以 2 正好是温度值，因此，4 次采样的数字量之和除以 2 就是检测的当前温度。

温度检测子程序 TADC 如下所示：

```
TADC:   MOV    40H,#00H          ;清检测温度缓冲区
        MOV    R2,#04H           ;取样次数送 R2
        MOV    DPTR,#FEF0H       ;指向 A/D 转换器 0 通道
TADC0:  MOVX   @DPTR,A           ;启动转换
TADC1:  JNB    IE1,TADC1         ;等待转换结束
        MOVX   A,@DPTR           ;读转换结果
        ADD    A,40H             ;累加
        MOV    40H,A
        DJNZ   R2,TADC0          ;4 次采样完否,未完,继续
        CLR    C                 ;累加结果除以 2
        MOV    A,40H
        RRC    A
        MOV    40H,A
        RET
```

④ 温度控制子程序

将当前温度与预置温度相比较。当前温度小于预置温度时，继电器闭合，接通电阻丝加热；当前温度大于预置温度时，继电器断开，停止加热；当二者相等时，电炉保持原来的状态；当前温度降低到比预置温度低 2℃时，重新启动加热；当前温度超出报警上下限时将启动报警，并停止加热。

温度控制子程序 TCONT 如下所示：

```
TCONT:  MOV    A,40H             ;当前温度→A
        CLR    C                 ;0→CY
        SUBB   A,41H             ;"当前温度"-"预置温度"
        JNC    TCONT1            ;无借位,表示当前温度≥预置温度,转 TCONT1
        JNB    F0,TCONT0         ;当前温度<预置温度,判是否达到过预置温度
        CLR    C
        SUBB   A,#02H            ;若达到过预置温度,判二者差值是否大于 2
        JNC    TCONT1            ;差值不大于 2,转 TCONT1
TCONT0: CLR    P1.4              ;开电炉
        SJMP   TCONT2            ;返回
TCONT1: SETB   F0                ;设置允许报警标志
        SETB   P1.4              ;关电炉
TCONT2: RET
```

⑤ 温度越限报警子程序

当前温度上升到高于预置温度+5℃(报警上限温度值)时将报警，并停止加热；当前温度下降到低于预置温度-5℃(报警下限温度值)且报警允许时将报警，这是为了防止开始从较低温度加温时误报警。报警的同时将关闭电炉。

报警子程序 ALARM 如下所示：

```
ALARM:  MOV    A,40H           ;当前温度→A
        CLR    C
        SUBB   A,41H           ;(当前温度-预置温度)→A
        JC     ALARM0          ;有借位,当前温度小于预置温度,转 ALARM0
        SETB   F0              ;当前温度≥预置温度,允许报警
        AJMP   ALARM1
ALARM0: MOV    A,41H           ;预置温度→A
        CLR    C
        SUBB   A,40H           ;(预置温度-当前温度)→A
ALARM1: CLR    C
        SUBB   A,#05H          ;(低字节差-5)→A
        JC     ALARM2          ;相减结果小于5,不报警返回
        JNB    F0,ALARM2       ;相减结果≥5,判是否允许报警,不允许则返回
        CLR    P1.3            ;启动报警
        SETB   P1.4            ;关电炉
        LCALL  DELAY           ;报警延时 1s
        SETB   P1.3            ;关报警
ALARM2: RET
 DELAY: MOV    R5,#100         ;延时 1s 程序
  DEL1: MOV    R6,#10
  DEL2: MOV    R7,#7DH
  DEL3: NOP
        NOP
        DJNZ   R7,DEL3
        DJNZ   R6,DEL2
        DJNZ   R5,DEL1
        RET
```

10.3.5 系统调试

应用系统设计完成之后,就要进行硬件调试和软件调试。软件调试可以利用开发及仿真系统来完成。

1. 硬件调试

硬件调试主要是把电路中的各种参数调整到符合设计要求,具体步骤如下所示。

(1) 先排除硬件电路故障,包括设计性错误和工艺性故障。一般原则是先静态后动态。

利用万用表或逻辑测试仪器检查电路中的各器件以及引脚是否连接正确,是否有短路故障。

先要将单片机 89S51 芯片取下,对电路板进行通电检查,通过观察看是否有异常;然后用万用表测试各电源电压。这些都没有问题后,接上仿真机进行联机调试,观察各接口线路是否正常。

(2) 各模块电路的调试。

① 温度测量模块电路:放大器先调零(调整电阻 22kΩ),然后调整放大器的输出,使0~60℃的温度变化对应于放大器的输出 0~4.9V,可利用冰箱进行调试。

② 控制模块电路:人为地将 P1.4 端接地(低电平),观察电炉是否通电。

2. 软件调试

软件调试是利用仿真工具进行在线仿真调试,除发现和解决程序错误外,也可以发现

硬件故障。

程序调试一般是一个模块一个模块地进行，一个子程序一个子程序地调试，最后联起来统调。在单片机上把各模块程序分别调试，使其正确无误，可以用在系统编程器将程序固化到 89S51 的 Flash ROM 中，接上电源脱机运行。为了保证软件运行的稳定、可靠，可采取加软件陷阱和看门狗的办法，避免程序跑飞。

3. 联机调试

经硬件、软件单独调试后，即可进行硬件、软件联合调试，找出硬件、软件之间不相匹配的地方。

4. 抗干扰能力的调试

可以模拟工业现场的工作环境，如电机和电焊机启、停等，提供多种干扰源的现场，考验硬件、软件的抗干扰能力和抗干扰措施。

5. 现场调试

联合调试完成后，可组装成机器并移至现场进行调试。根据现场情况及调试出现的问题，对硬件、软件进行修改。

10.4　单片机控制步进电机实例

步进电机是一种将电脉冲转换成相应角位移或线位移的电磁机械装置，也是一种能把输出机械位移增量和输入数字脉冲对应的驱动器件。步进电机具有快速启动、停止的能力，精度高、控制方便，在工业上得到广泛应用。

10.4.1　明确要设计应用系统的功能和技术指标

用单片机控制步进电机正、反转，具体要求如下所示：

(1) 开始通电时，步进电机停止转动。

(2) 单片机分别接有按钮开关 K_1、K_2 和 K_3，用来控制步进电机的转向，要求如下：

- 当按下 K_1 时，步进电机正转；
- 当按下 K_2 时，步进电机反转；
- 当按下 K_3 时，步进电机停止转动。

(3) 正转采用 1 相激磁方式，反转采用 1～2 相激磁方式。

10.4.2　确定单片机应用系统总体方案

根据系统的要求，画出单片机控制步进电机的控制框图如图 10-5 所示。系统包括单片机、按键和步进电机。

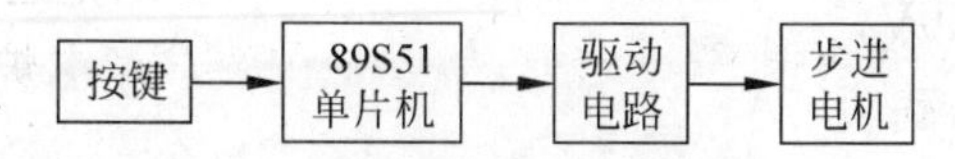

图 10-5　单片机控制步进电机的控制框图

10.4.3 硬件设计

根据系统框图，可以设计出单片机控制步进电机的硬件电路图，如图 10-6 所示，各部分的选择如下所示。

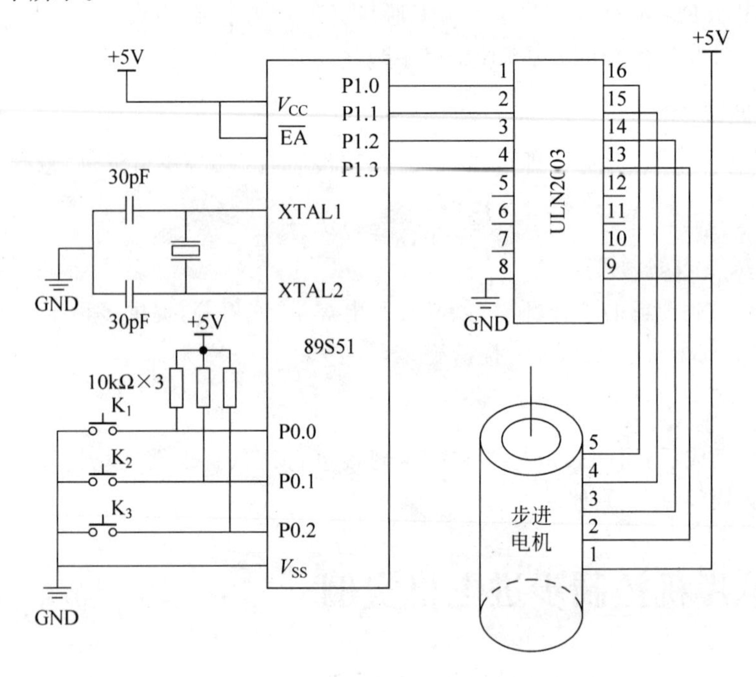

图 10-6 单片机控制步进电机的硬件电路

1. 单片机的选择

单片机的品种较多，选择时应根据控制系统的程序和数据量的大小来确定。由于本系统控制简单，程序和数据量都不大，因此选用 AT89S51 单片机，片内带 4KB Flash ISP 程序存储器和 128B 数据存储器。89S51 的晶振频率采用 6MHz。

2. 按键功能

按键采用 3 个功能键，K_1、K_2 和 K_3 按键开关分别接在单片机的 P0.0～P0.2 引脚上，用来控制步进电机的转向，作为控制信号的输入端键。按 K_1 时，步进电机正转；按 K_2 时，步进电机反转；按 K_3 时，步进电机停止转动。

3. 驱动电路

单片机的输出电流太小，不能直接与步进电机相连，需要增加驱动电路。对于电流小于 0.5A 的步进电机，可以采用 ULN2003 类的驱动 IC。

ULN2003 技术参数如下所示：

- 最大输出电压：50V；
- 最大连续输出电流：0.5A；
- 最大连续输入电流：25mA；
- 功耗：1W。

图 10-7 所示为 2001/2002/2003/2004 系列驱动器引脚图。在图 10-7 左边，1～7 引脚为输入端，接单片机 P1 口的输出端，引脚 8 接地；在右侧，10～16 引脚为输出端，接步进电机，引脚 9 接电源 +5V。该驱动器可提供最高 0.5A 的电流，正转采用 1 相激磁方式，反转采用 1～2 相激磁方式。

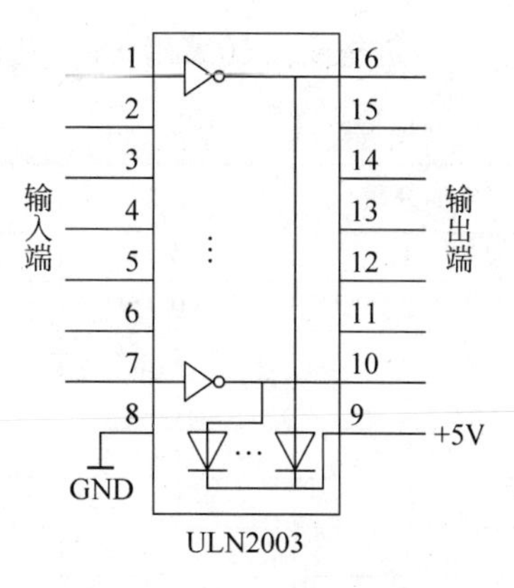

图 10-7　ULN2003 引脚图

10.4.4　软件设计

1. 程序流程图及步进电机时序

程序设计流程图如图 10-8 所示，主要包括键盘扫描模块、步进电机正转模块、步进电机反转模块和步进电机定时模块。

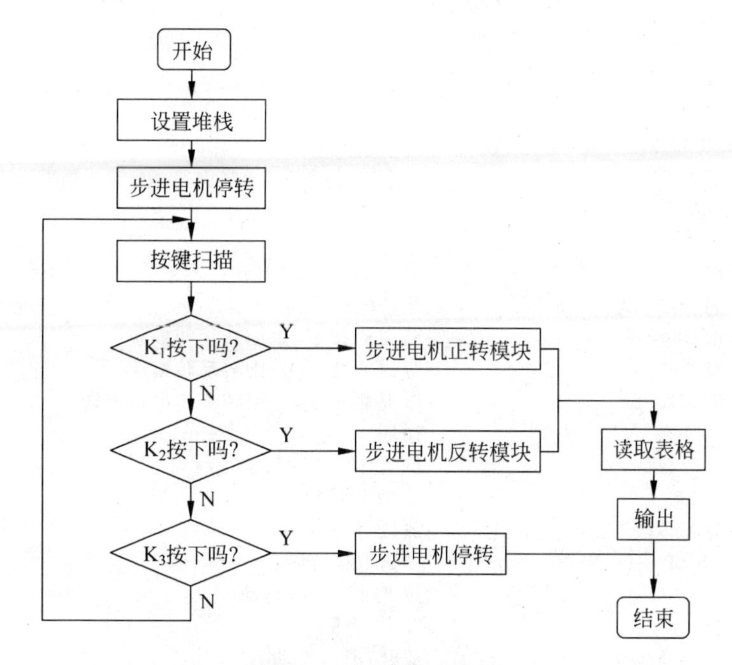

图 10-8　程序设计流程图

步进电机正转采用 1 相激磁方式，正转工作时序如表 10-3 所示。

表 10-3　1 相激磁方式正转时序

步进数	P1.3	P1.2	P1.1	P1.0	代　码
1	1	1	0	0	0FCH
2	1	0	0	1	0F9H
3	0	0	1	1	0F3H
4	0	1	1	0	0F6H

步进电机反转采用 1～2 相激磁方式，工作时序如表 10-4 所示。

表 10-4　1～2 相激磁方式反转时序

步进数	P1.3	P1.2	P1.1	P1.0	代　码
1	0	1	1	1	0F7H
2	0	0	1	1	0F3H
3	1	0	1	1	0FBH
4	1	0	0	1	0F9H
5	1	1	0	1	0FDH
6	1	1	0	0	0FCH
7	1	1	1	0	0FEH
8	0	1	1	0	0F6H

2. 程序设计

```
        K1 EQU P0.0
        K2 EQU P0.1
        K3 EQU P0.2
        ORG 0000H
        LJMP MAIN
        ORG 0100H
MAIN：  MOV SP,50H
STOP：  MOV P1,＃0FFH                    ;步进电机停转
LOOP：  JNB K1,MZZ2                      ;K1 是否按下,是则转正转模块
        JNB K2,MFZ2                      ;K2 是否按下,是则转反转模块
        JNB K3,STOP1                     ;K3 是否按下,是则转步进电机停转
        JMP LOOP                         ;循环
STOP1：ACALL DELAY                       ;按 K3 键,消除抖动
        JNB K3, $                        ;K3 放开否?
        ACALL DELAY                      ;放开,消除抖动
        JMP   STOP                       ;步进电机停转
MZZ2：  ACALL DELAY                      ;按 K1 键,消除抖动
        JNB K1, $                        ;K1 放开否?
        ACALL DELAY                      ;放开,消除抖动
        JMP   MZZ                        ;转步进电机正转模块
MFZ2：  ACALL DELAY                      ;按 K2 键,消除抖动
        JNB K2, $                        ;K2 放开否?
        ACALL DELAY                      ;放开,消除抖动
        JMP   MFZ                        ;转步进电机反转模块
        ;步进电机正转模块程序
MZZ：   MOV R0,＃00H                     ;置表初值
MZZ1：  MOV A,R0
        MOV DPTR,＃TABLE                 ;表指针
        MOVC A,@A+DPTR                   ;取表代码
        JZ   MZ2                         ;是否取到结束码?
        MOV P1,A                         ;从 P1 输出,正转
        JNB K3,STOP1                     ;K3 是否按下,是则转步进电机停转
        JNB K2,MFZ2                      ;K2 是否按下,是则转反转模块
```

```
        ACALL DELAY                 ;步进电机转速
        INC   R0                    ;取下一个码
        JMP   MZZ1
        RET
        ;步进电机反转模块程序
MFZ:    MOV R0,#05                  ;反转到TABLE表初值
MFZ1:   MOV A,R0
        MOV DPTR,#TABLE             ;表指针
        MOVC A,@A+DPTR              ;取表代码
        JZ    MFZ                   ;是否取到结束码?
        MOV P1,A                    ;从P1输出,反转
        JNB K3,STOP1                ;K3是否按下,是则转步进电机停转
        JNB K1,MZZ2                 ;K1是否按下,是则转正转模块
        ACALL DELAY                 ;步进电机转速
        INC   R0                    ;取下一个码
        JMP   MFZ1
        RET
DELAY:  MOV R5,#40                  ;延时20ms
DEL1:   MOV R6,#248
        DJNZ R6,$
        DJNZ R5,DEL1
        RET
        ;控制代码表
TABLE:  DB 0FCH,0F9H,0F3H,0F6H      ;正转
        DB 00H                      ;正转结束码
        DB 0F7H,0F3H,0FBH,09H       ;反转
        DB 0FDH,0FCH,0FEH,0F6H
        DB 00H                      ;反转结束码
        END                         ;程序结束
```

本章小结

本章介绍了单片机应用系统工程设计的基本要求、应用系统组成、设计的步骤和方法。通过实例,使读者了解工程项目设计中的基本方法和设计技巧。单片机应用系统的设计采取软件和硬件相结合的方法。通过对系统的目标、任务、指标要求等的分析,确定功能技术指标的软、硬件分工方案是设计的第一步;分别进行软、硬件设计、制作、编程是系统设计中最重要的内容;软件与硬件相结合对系统进行仿真调试、修改、完善是系统设计的关键,也是提高单片机应用水平的重要途径。

思考题与习题

1. 简述单片机控制系统的设计方法和步骤。
2. 简述单片机应用系统的调试步骤。
3. 单片机控制系统设计有哪些基本要求?

4. 设计单片机控制系统时，如何选择硬件和软件？

5. 用 AT89S51 单片机设计一个交通信号灯模拟控制系统，晶振采用 12MHz。具体要求是：A、B 道(A、B 道交叉组成十字路口，A 是主道，B 是支道)轮流放行，A 道放行 50s(其中 5s 用于警告)，B 道放行 30s(其中 5s 用于警告)。

6. 设计交通信号灯控制系统，完成正常情况下的轮流放行以及特殊情况和紧急情况下的红绿灯控制。具体要求如下：

① 在正常情况下，A、B 道(A、B 道交叉组成十字路口，A 是主道，B 是支道)轮流放行，A 道放行 1min(其中 5s 用于警告)，B 道放行 30s(其中 5s 用于警告)。

② 一道有车而另一道无车时，使有车车道放行 5s，然后无车车道放行。

③ 有紧急车辆通过时，A、B 道均为红灯。

7. 设计并制作具有如下功能的电脑钟：

① 自动计时，由 6 位 LED 显示时、分、秒。

② 具备校准功能，可以直接由 0～9 数字键设置当前时间。

③ 具备定时闹钟功能。

④ 一天时差不超过 1s。

8. 设计一个 5 人抢答器。无人抢答时，5 只灯循环亮；谁先按下按键，与该按键相对应的灯亮，同时扬声器发声。

9. 设计一个直流毫伏表，能测量小于 5V 的直流电压，被测电压的毫伏值能显示在 4 个数码管上，要求用十进制显示。

10. 利用 PC 键盘的 21 个按键作为琴键，按不同键，在单片机实验板上响不同的音律，并能演奏乐曲。

11. 设计一个单片机控制步进电机的正、反转，具体要求如下：

① 开始通电时，步进电机停止转动。

② 单片机分别接有按钮开关 K_1 和 K_2，用来控制步进电机的转向，要求如下：

- 当按下 K_1 时，步进电机正转；
- 当按下 K_2 时，步进电机反转。

第 11 章

Proteus ISIS、Keil μVision2 的使用与实例

学习目的

(1) 学会从网络获得 Proteus 和 Keil μVision2 IDE 集成软件及二者联调所需的软件。

(2) 学会 Proteus 软件和 Keil μVision2 IDE 软件的正确安装。

(3) 学会 Proteus ISIS 原理图的输入。

(4) 学会在 Keil μVision2 IDE 开发平台上建立 C51 程序及汇编程序的流程。

(5) 学会 Proteus 和 Keil μVision2 IDE 联调的方法和步骤。

学习重点和难点

(1) 用 Proteus ISIS 输入原理图时,如何查找所需元件,如何放置元件,如何布线、连接端子、元件标注、总线标注、原理图标注等。

(2) Keil C51 各种常用调试工具的使用。

(3) Proteus 和 Keil μVision2 联调时,二者相关参数的设置。

11.1 Proteus 软件概述

Proteus 软件是英国 LabCenter Electronics 公司开发的 EDA 工具软件,包括 ISIS. EXE(电路原理图设计、电路原理仿真)和 ARES. EXE(印刷电路板设计)两个主要程序及三大基本功能。其中,最令人称赞的是电路原理的仿真功能,除了普通分立器件、小规模集成器件的仿真功能以外,还具有多种带有 CPU 可编程器件的仿真功能,如 80C51 系列、68 系列、PICS 系列等。它具有多种总线、RS 232 终端仿真功能;还具有电动机、液晶显示器等特殊器件的仿真功能;对于可编程器件,可灵活地外挂各种编译、编辑工具,使用非常方便。它还具有多种虚拟仪器,帮助完成实时仿真调试,用于课堂教学也是一种非常好的演示工具。

1. 软件的下载

需要 Proteus 软件的读者,可到 http://www. windway. cn 或 http://www. labcenter. co. uk 网址免费下载,或用搜索引擎搜索 Proteus 6. 9 下载或更高版本的下载。

2. Proteus 6.9 软件的安装

双击 setup.exe,按屏幕提示输入密码,一路按 Next 键进行安装。安装完成后,单击"程序"|proteus6 professional|Licence manager 进入 Labcenter Licence Manager 1.4 管理界面,如图 11-1 所示。在图 11-1 中单击 Browse For Key File 按钮,在对话框中选择已下载的 licence.lxk 文件,单击图 11-1 左侧任一"黄钥匙",然后单击 Install 按钮,再单击 Close 按钮,Proteus 6.9 即安装完成。

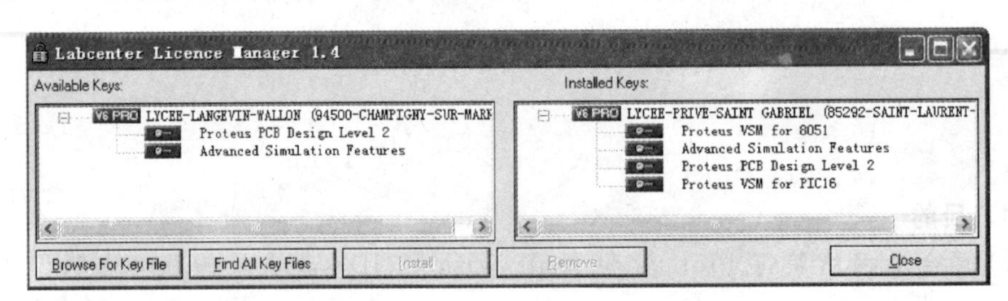

图 11-1 Proteus 6.9 密钥管理界面

11.2 Proteus ISIS 编辑环境

Proteus ISIS 智能原理图输入系统是 Proteus 系统的中心。该编辑软件具有较好的人-机交互界面,并且设计功能强大,使用方便,易于掌握。

11.2.1 操作界面

Proteus ISIS 运行于 Windows 98/2000/XP 环境,对 PC 要求不高,一般的配置即可。启动 Proteus ISIS 软件后,将启动 Proteus VSM 编辑环境,如图 11-2 所示。

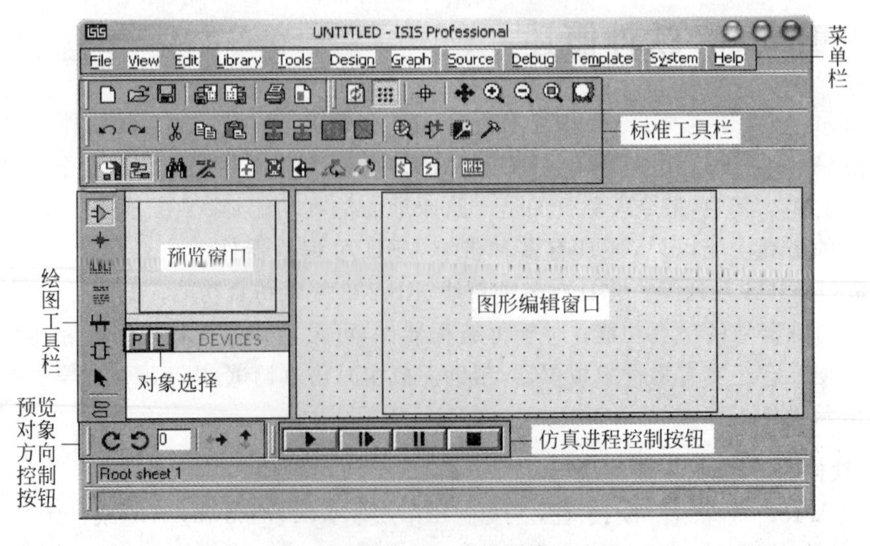

图 11-2 ISIS 编辑环境

在图 11-2 中，点状的栅格区为编辑窗口，左侧的上方为电路图浏览窗口，下方是元器件列表区。其中，编辑窗口用于放置元件，进行连线，绘制原理图。浏览窗口中的框线表示当前编辑窗口显示的区域，当从对象选择器中选择一个新的对象时，在浏览窗口中可以预览选中的对象。在预览窗口上单击，将会以单击位置为中心刷新编辑窗口。在其他情况下，预览窗口显示将要放置的对象的预览。

1. 对象类型选择图标

：放置器件。在工具箱选中器件，在编辑窗移动鼠标，单击左键放置器件。

：放置节点。当两条连线交叉时，放置一个节点表示连通。

：放置网络标号。电路连线可用网络标号替换，具有相同标号的线是连通的。

：放置文本说明。此内容是对电路的说明，与电路的仿真无关。

：放置总线。当多线并行时，为了简化连线，可用总线表示。

：放置子电路。当图纸较小时，可将部分电路以子电路形式画在另一张图上。

：移动鼠标。单击此键后，取消左键的放置功能，但仍可以编辑对象。

2. 调试对象选择图标

：放置图纸内部终端，有普通、输入、输出、双向、电源、接地和总线。

：放置器件引脚，有普通、反相、正时钟、负时钟、短引脚和总线。

：放置分析图，有模拟、数字、混合、频率特性、传输特性和噪声分析。

：放置录音机，可以将声音记录成文件，可以回放声音文件。

：放置电源、信号源，有直流电源、正弦信号源、脉冲信号源和数据文件等。

：放置电压探针，在仿真时显示网络线上的电压，是图形分析的信号输入点。

：放置电流探针，串联在指定的网络上，显示电流的大小。

：放置虚拟设备，有示波器、计数器、RS-232 终端、SPI 调试器、$\mathrm{I^2C}$ 调试器、信号发生器、图形发生器、直流电压表、直流电流表、交流电压表和交流电流表。

11.2.2　菜单栏和工具栏

菜单栏和工具栏如图 11-3 所示。Proteus ISIS 的菜单栏包括 File(文件)、View(视图)、Library(库)、Tools(工具)、Design(设计)和 Help(帮助)等。单击任一菜单后都将弹出相应的下拉菜单，符合 Windows 的菜单风格。

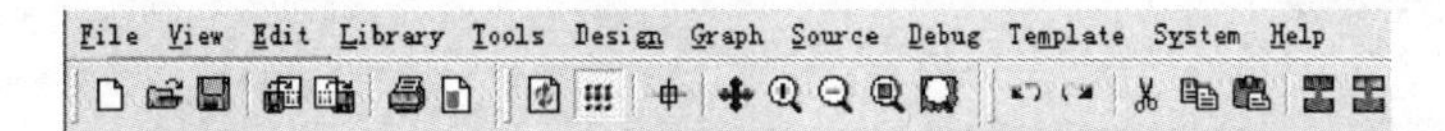

图 11-3　主菜单和主要工具栏

- File 菜单包括常用的文件功能，如打开新的设计、加载设计、保存设计、导入/导出文件、显示最近使用过的文档及退出 Proteus ISIS 等。
- View 菜单包括网格的显示与否、格点的间距设置、电路图的缩放及各种工具的显示与隐藏等。
- Edit 菜单包括操作的撤销/恢复、元件的查找与编辑、剪贴/复制/粘贴及多个对象的叠层关系的设置等。

- Library 菜单包括元件/图标的添加、创建及库管理器的调用。
- Tools 菜单包括实时标注、实时捕捉及自动布线等。
- Design 菜单包括编辑设计属性、编辑图纸属性及进行设计注释等。
- Graph 菜单包括编辑图形、添加 Trace、仿真图形及一致性分析等。
- Source 菜单包括添加/删除源文件、定义代码生成工具及建立外部文本编辑器等。
- Debug 菜单包括启动调试、执行仿真、单步执行及弹出窗口重新排布等。
- Template 菜单包括图形格式、文本格式、设计颜色、线条连接点大小和图形等。
- System 菜单包括设置自动保存时间间隔、图纸大小及标注字体等。
- Help 菜单包括版权信息、Proteus ISIS 教程学习及实例。

11.3 电路图的绘制

电路设计的第一步是原理图的输入。绘制电路原理图主要通过工具箱来完成，因此，熟练使用电路图绘制工具是快速、准确绘制电路原理图的前提。下面简要介绍 Proteus ISIS 原理图的绘制过程。

绘制原理图的首要任务是从元件库中选取绘制电路所需元件。当启动 ISIS 的一个空白页面时，对象选择器是空的。因此，需要使用 Component 工具箱调出器件到选择器。使用 Component 工具的步骤如下所示。

1. Component 工具

从工具箱中选择 Component 图标。

① 单击对象选择器顶端左侧的 P 按钮，将弹出 Pick Device 窗口。其中，导航工具目录(category)参数的含义如下所示。

Analog ICs　模拟集成电路库
Capacitors　电容库
CMOS 4000 Series　COMS 4000 系列库
Connectors　连接器、插头、插座库
Data Converters　数据转换库(ADC、DAC)
Debugging Tools　调试工具库
Diodes　二极管库
ECL 10000Serices　ECL 10000 系列库
Electromechanical　电动机库
Inductors　电感库
Microprocessor ICs　微处理器库
Memory ICs　存储器库
Miscellaneous　其他混合类库
Operational Amplifiers　运算放大器库
Optoelectronics　光器件库

PLDs & FPGAs 可编程逻辑器件
Resistors 电阻
Simulator Primitives 简单模拟期间库
Speakers & Sounders 扬声器和音像器件
Switches & Relays 开关和继电器
Switching & Device 开关期间(可控硅)
Transistors 晶体管
TTL 74 Series TTL 74 系列器件
TTL 74ls Series TTL 74LS 系列器件

② 在 Keyword 中输入一个或多个关键字，或使用导航工具目录(category)和子目录(subcategory)滤掉不期望出现的元件，同时定位期望的库元件。

③ 在“结果”列表中双击元件，即可将该元件添加到设计中。

④ 完成元件的提取后，单击 OK 按钮关闭对话框，并返回 ISIS。

2. Junction Dot 工具

连接点(Junction Dot)用于表示线之间的互连。通常，ISIS 将根据具体情况自动添加或删除连接点。但在有些情形下，可先放置连接点，再将连线连到已放置的连接点，或从这一连接点引线。放置连接点的步骤如下所示。

① 从 Mode Selector Toolbar 选择 Junction Dot 图标 + 。

② 在“编辑”窗口期望放置连接点的位置单击，即可放置连接点。

3. Wire Labels 工具

线标签(Wire Labels)用于对一组线或一组引脚编辑网络名称，以及对特定的网络指定网络属性。Wire Labels 使用步骤如下所示。

① 从工具箱中选择 Wire Labels 图标 。

② 如果想要在已存在的线上放置新的标签，可在期望放置标签的沿线的任一点单击，或在已存在的标签上单击，将出现 Edit Wire Label 对话框。

③ 在对话框的文本框中输入相应的文本。

④ 单击 OK 或按回车键关闭对话框，完成线标签的放置和编辑。

4. Text Scripts 工具

ISIS 支持自由格式的文本编辑(Text Scripts)。放置和编辑脚本的步骤如下所示。

① 从工具箱中选择 Script 图标 。

② 在“编辑”窗口期望 Script 左上角出现的位置单击，即出现 Edit Script Block 对话框。

③ 在 Text 区域输入文本，同时单击 Style 制表符，用户还可以在对话框中调整脚本的属性。

④ 单击 OK 按钮，完成脚本的编辑与放置。单击 Cancel 按钮关闭对话框，并取消对脚本的放置和编辑。

5. Bus 工具

ISIS 支持在层次模块间运行总线，同时支持定义库元件为总线型引脚的功能。Bus

工具的使用步骤如下所示。

① 从工具箱中选择 Bus 图标 。

② 在期望总线起始端(可为总线引脚、一条已存在的总线或空白处)出现的位置单击。

④ 拖动鼠标,到期望总线路径拐角处单击。

⑤ 在总线的终点(可为总线引脚、一条已存在的总线或空白处)单击结束总线的放置。若总线的终点为空白处,则先单击,然后单击结束总线的放置。

11.4　Proteus 仿真应用实例

在 Proteus ISIS 系统中,对多种微处理器进行仿真是最突出的特点。在这个系统中可以通过仿真方式在计算机上执行各种微处理器的指令,并与所连接的接口电路同时仿真,实现对电路的快速调试。

【例 11-1】 用 Proteus 仿真设计一个 8 位的抢答器。

在本例中用到了数码管、蜂鸣器、三极管、按键这些最普通也是最常用的元器件,还用到了总线和总线分支这种布线方式。我们用 80C51 单片机的 P1 口来驱动一个数码管,用 P3 口作为 8 个抢答信号的输入端,用 P2.0 通过三极管 Q_1 来驱动蜂鸣器,用 P2.2 作为抢答器复位信号的输入端。电路如图 11-4 所示。

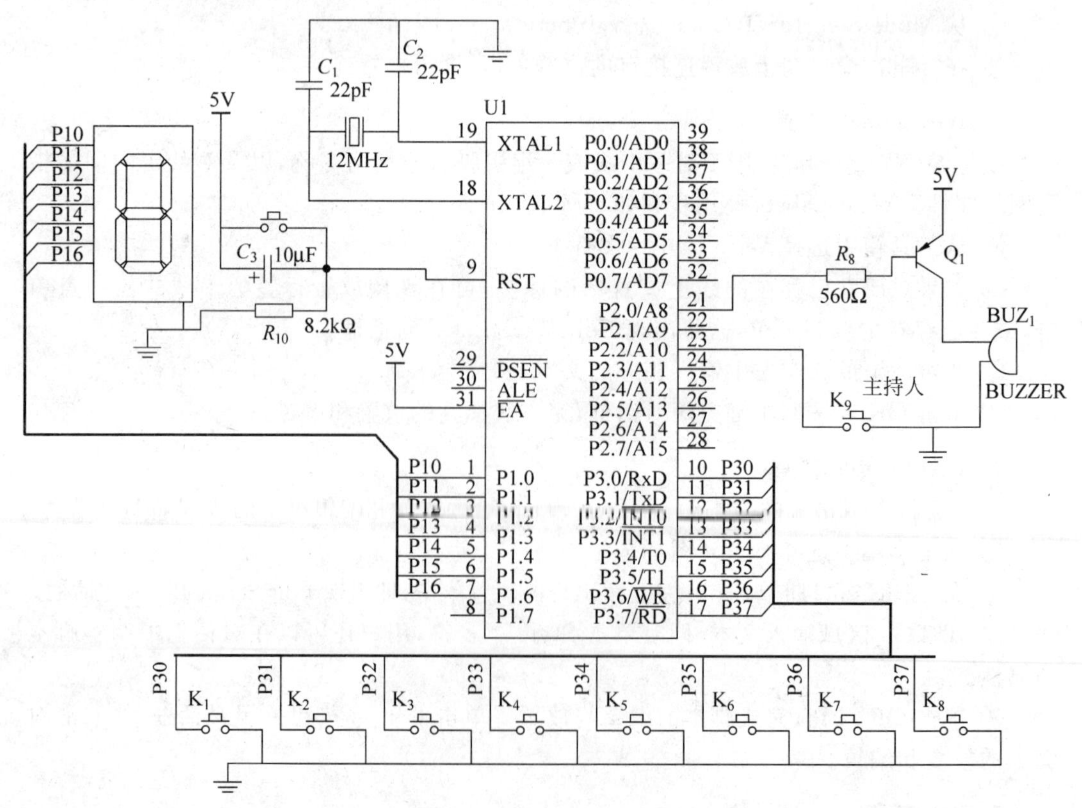

图 11-4　用 Proteus 仿真 8 位抢答器

(1) 元器件的查找和放置

如何在 Proteus 自带的众多元器件中找到用户需要的元器件呢？找到后又如何把它放置在原理图中呢？这是两个很关键也很重要的问题。

首先，如果不知道所需元件的英文名称，只能耐心地用分类查找的方式进行查找，即在 Proteus ISIS 编辑状态下，选择 Library | Pick Device/symbol 菜单命令，弹出如图 11-5 所示窗口。这是一个元器件查询窗口，其左侧是元器件分类窗口(Category)，可以在此选择元器件的类型，比如数码管在名为 Optoelectronics 的元器件类型库中，然后在右侧的元器件窗口中选择名为 7SEG-DIGITAL 的数码管，这是一个共阴极红色一位数字的数码管。

如果知道所要找的元器件英文名称，就很简单了。比如，按键的英文名称为 BUTTON，则只要在图 11-5 所示窗口的名为 Keyword 的文本框中输入 BUTTON 再按回车键，就可以很快找到这个元件。

找到所需要的元器件后，在图 11-5 所示的元器件窗口中用鼠标左键双击这个元件名，就可以把它加到元件列表窗口中；再在元件列表窗口中用鼠标左键单击选中该元器件，就可以在原理图中单击左键把它放在所需的位置。

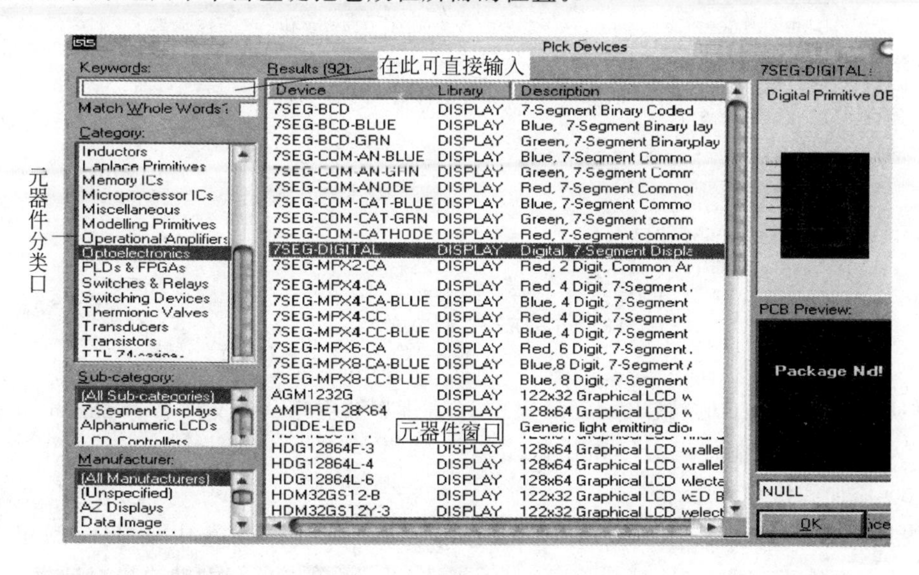

图 11-5　元器件查询窗口

(2) 软件编程

设计好硬件线路之后，接下来就是软件编程的问题。当然需要根据硬件的连接情况和控制要求来编写程序。

程序要达到的控制要求是：只要一开电源，或者主持人按下复位按键，数码管就显示“0”，表示可以开始抢答；一旦有抢答信号，立即判断出是哪一位最先抢答，并把相应的位号送至数码管显示，对其后的抢答信号不再响应，同时蜂鸣器持续间隔鸣响，给出音响提示信号。当主持人按下复位键后，开始下一轮抢答。

8 位输入抢答器参考程序清单如下所示：

```
        ORG     0000            ;
        JMP     BEGIN           ;程序开始
BEGIN:  MOV     P2,#0FFH        ;P2口置高电平,准备接收信号
        MOV     R4,#0           ;R4的位标志值清"0"
        MOV     A,R4            ;R4位标志值送A寄存器
AGAIN:  MOV     DPTR,#TABLE     ;共阴极数码管代码表首址送DPTR
        MOVC    A,@A+DPTR       ;取出显示"0"的代码送P口显示
        MOV     P1,A            ;
LOOP:   MOV     A,P3            ;接收P3口的抢答信号
        CPL     A               ;抢答信号求反
        JZ      LOOP            ;如果没有抢答信号,返回LOOP继续扫描
LOOP1:  RRC     A               ;有抢答信号,则逐次移动,判断是哪一位抢答
        INC     R4              ;每移一次位,R4位标志值加1
        JNC     LOOP1           ;如果没有遇到抢答信号,返回LOOP1继续移位
        MOV     A,R4            ;遇到抢答信号,把R4位标志地址送A
        MOVC    A,@A+DPTR       ;找到相应位的显示代码
        MOV     P1,A            ;送P1口显示
LOOP2:  JNB     P2.2,BEGIN      ;若主持人按了复位信号键,转向程序复位
        CPL     P2.0            ;若没按复位信号键,则通过P2.2给出高低信号,驱动蜂鸣器
        MOV     R5,#20          ;准备调用20次延时20ms程序
        LCALL   DELAY           ;调用延时程序
        SJMP    LOOP2           ;P2.2口反复间隔0.4s变化,驱动蜂鸣器
DELAY:  MOV     R6,#50          ;延时R5×20ms子程序
D1:     MOV     R7,#100
        DJNZ    R7,$
        DJNZ    R6,D1
        DJNZ    R5,DELAY
        RET
TABLE:  ;共阴极数码管代码表
        DB  3FH,06H,5BH,4FH,66H           ;01234
        DB  6DH,7DH,07H,7FH,6FH           ;56789
        DB  77H,7CH,0B9H,5EH,79H,71h      ;ABCDEF
        END
```

利用伟福 Wave 6000 或 Keil C51 IDE 环境建立源程序。设文件名为 qdq.asm,编译该文件,生成其二进制代码文件 qdq.hex。

(3) 添加和执行程序

按照图 11-4 所示,在 ISIS 中画好电路后,移动鼠标到选中的 U1(微处理器 AT89C52)上单击左键。U1 变成红色,表示被选中。再单击鼠标左键弹出对话框。在程序文件下选择所需要的程序文件(.HEX),选择合适的工作频率后即可确认。单击编辑窗口下的仿真按钮 ▶ ,程序便可以执行了。或者选择调试菜单 Debug 下的执行功能执行程序。例如,当 K_5 键最先按下时,LED 上显示"5",蜂鸣器"嘟嘟"不停地叫,等待主持人使用的 K_9 键按下,抢答器复位。

11.5 Keil C51 集成开发环境简介

Keil C51 是目前世界上最优秀、最强大的 51 系列单片机开发应用平台之一,它集成编辑、编译、仿真于一体,支持汇编语言、C 语言的程序设计,界面友好,易学易用。它内嵌

的仿真调试软件可以让用户采用模拟仿真和实时在线仿真两种方式对目标系统进行开发。仿真时，除了可以模拟单片机的 I/O 口、定时器、中断外，甚至可以仿真单片机的串行通信。

51 系列单片机使用 Keil 工具开发项目和使用其他软件工具开发项目极其相似，步骤如下所示：

(1) 创建一个项目，从器件库中选择目标器件配置工具进行设置。

(2) 用 C 语言或汇编语言创建源程序。

(3) 用项目管理器生成用户应用。

(4) 修改源程序中的错误。

(5) 测试连接应用。

Keil C51 集成开发环境的 Demo 版软件可以在 www.keil.com.cn 的相关网页下载。之后打开 Keil C51 文件，并双击 Setup.exe 进行安装。提示选择"Eval(评估)"或"Full(完全)"方式时，选择 Eval 方式安装，不需要注册码，但有 2KB 大小的限制。如果用户购买了完全版的 Keil C51 软件(也可以通过其他途径得到)，则选择 Full 方式安装，代码量无限制。安装结束后，如果用户想在中文环境下使用，可下载并安装 Keil C51 的汉化软件，并将汉化软件的中的 uv3.exe 复制并粘贴到 keil\uv3 目录下，并替换原先的文件(本书选用 Keil μVision2)。

完成安装并启动 Keil C51 后，即可在如图 11-6 所示的窗口中完成程序的开发。

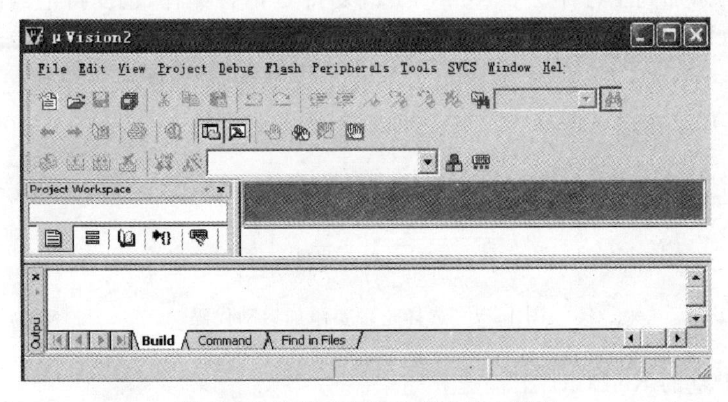

图 11-6　Keil μVision2 IDE 的主界面

现通过建立一个简单的 LED 流水灯的例子来初步学习 Keil C51 的基本用法。

- 启动 Keil C51 软件。通过双击桌面上的 Keil μVision2 快捷方式图标来启动。
- 新建工程。执行 Keil C51 软件的菜单 Project|New Project，弹出一个名为 Create New Project 的对话框，如图 11-7 所示。先选择一个合适的文件夹，准备存放工程文件，比如 E:\Project\LedFlash，其中 LedFlash 是新建的文件夹。

图 11-7　新建 Keil C51 工程

- 选择 CPU。Keil C51 提示选择 CPU 器件。8051 内核单片机最早是由 Intel 公司发明的，后来其他厂商如Philips、Atmel、Winbond等先后推出其兼容产品，并在8051的基础上扩展了许多增强功能。在这里选择Atmel公司新推出的89S52，参见图11-8。

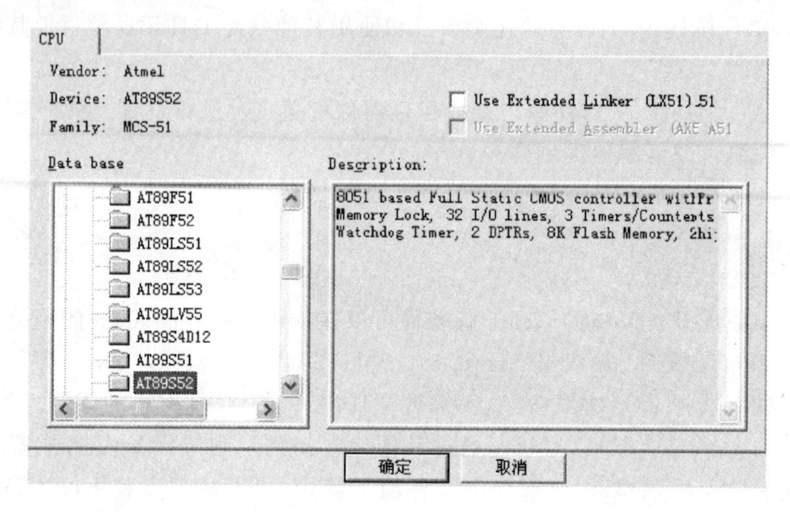

图11-8 为项目选择CPU器件

- 弹出一个如图11-9所示的对话框。该对话框提示用户是否要把标准8051的启动代码添加到工程中去。Keil C51既支持C语言编程，也支持汇编语言编程。如果打算用汇编语言写程序，应当选择"否(N)"；如果打算用C语言写程序，一般也选择"否(N)"；但是，如果用到了某些增强功能而需要初始化配置时，可以选择"是(Y)"。在这里选择"否(N)"，即不添加启动代码。

图11-9 选择是否要添加启动代码

至此，一个空的Keil C51工程建立完毕。

- 执行菜单File|New，出现一个名为Text n(其中n表示序号)的文档。
- 执行菜单File|Save，弹出一个名为Save As的对话框。将文件名改为main.c，然后保存，参见图11-10。注意，扩展名.c不可省略。
- 添加源程序文件到工程中。现在，一个空的源程序文件main.c已经建立，但是这个文件与刚才新建的工程之间没有内在联系，需要把它添加到工程中去。单击Keil C51软件左边项目工作窗口Target 1上的"+"，将其展开。

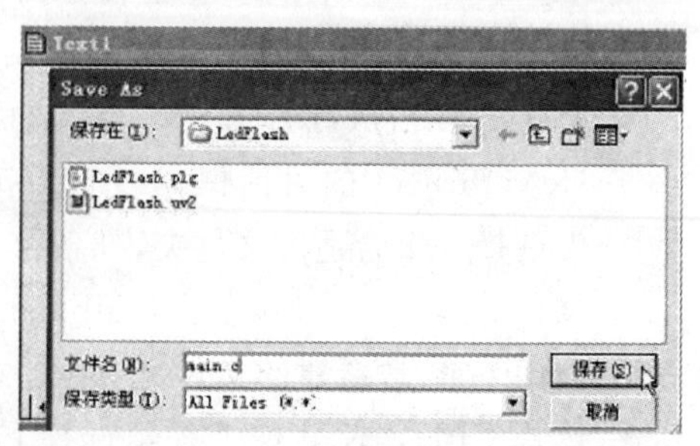

图11-10 保存新建的源程序文件

然后右击 Source Group 1 文件夹，弹出如图 11-11 所示的选择菜单。单击其中的 Add Files to Group ‘Source Group 1’项，将弹出如图 11-12 所示的对话框，选中 main.c 后单击 Add 按钮。

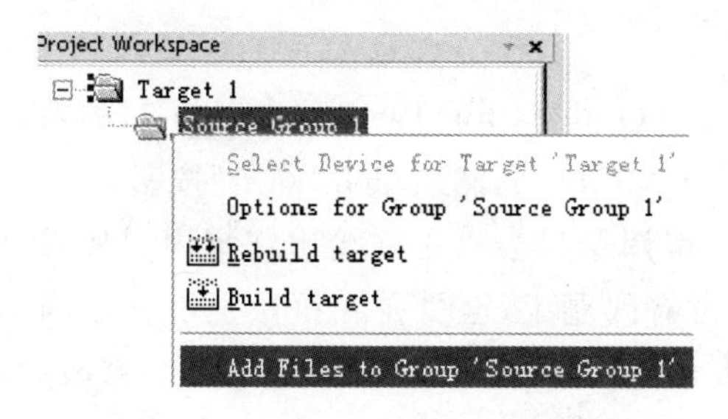

图 11-11 准备添加源程序文件到工程中

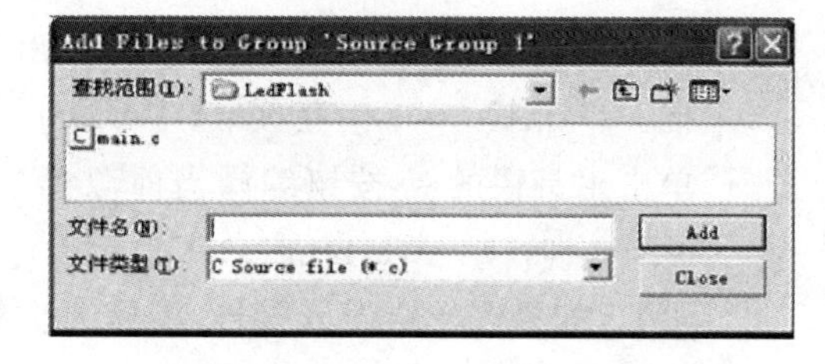

图 11-12 向工程中添加源程序文件

- 开始输入源程序。先最大化 main.c 源程序窗口，然后按下面给出的参考程序清单输入程序代码。

```
#include <reg51.h>
 #define uchar unsigned char
 #define uint unsigned int
uchar code display[] = {
        0xFE,0xFD,0xFB,0xF7,0xEF,0xDF,0xBF,0x7F,
        0xBF,0xDF,0xEF,0xF7,0xFB,0xFD,0xFE,0xFF,
        0xFE,0xFC,0xF8,0xF0,0xE0,0xC0,0x80,0x00,
        0x80,0xC0,0xE0,0xF0,0xF8,0xFC,0xFE,0xFF,
        0xFC,0xF9,0xF3,0xE7,0xCF,0x9F,0x3F,
        0x9F,0xCF,0xE7,0xF3,0xF9,0xFC,0xFF,
        0xE7,0xDB,0xBD,0x7E,0xBD,0xDB,0xE7,0xFF,
        0xE7,0xC3,0x81,0x00,0x81,0xC3,0xE7,0xFF,
        0xAA,0x55,0x18,0xFF,0xF0,0x0F,
        0x00,0xFF,0x00,0xFF };
 void delayms(uint);     //延时函数的声明
 void main(void)
{
   uchar i;
   while (1)
   {
   for(i = 0;i<72; i++ )
    {
      P1 = display[i];
      delayms(350);  //延时,设实参为 350
    }
  } //end of while
}  //end of main
void delayms(uint ms)
// 延时子程序
{
   uchar k;
```

```
    while(ms-- )
    {
        for(k = 0; k<120; k++ );
    }   //end of while
} //end of delayms
```

- 单击 Keil C51 工具栏的图标，弹出名为 Options for Target ‘Target 1’的对话框。单击 Output 标签页，选中 Create HEX File 项，然后单击“确定”按钮。
- 单击工具栏的按钮编译当前源程序，编译结果会显示在输出窗口内。如果是 0 Error(s)，0 Warning(s).，表示程序没有问题了(至少是在语法上不存在问题了)。如果存在错误或警告，请仔细检查程序是否与参考程序清单一致。修改后，再编译，直到通过为止。
- 编译后的结果会生成 Intel HEX 格式的程序 LedFlash. hex 文件。该文件可以被专门的芯片烧写工具(编程器)载入，并最终烧录到具体的芯片中。

11.6 Proteus 6.9 与 Keil C51 V7.50 的联调

1. Proteus 6.9 与 Keil C51 V7.50 的整合

在 Keil 中调用 Proteus 进行 MCU 外围器件仿真，俗称 Proteus 与 Keil C51 的联调或整合，其仿真的步骤如下所述。

在安装软件之前，需要从网上下载两个用于 Proteus 和 Keil 联调的文件，即 Vdmadi. exe 和 Prospice. dll。

(1) 分别安装 Keil C51 V7.50 与 Proteus 6.9 软件。

(2) 安装 Keil 与 Proteus 软件的链接文件 Vdmadi. exe。

(3) 将下载的 prospice. dll 覆盖安装 Program Files\Labcenter Electronics\Proteus 6 Professional\BIN\PROSPICE. DLL。

(4) 打开 Proteus，画好相应的电路，在 Proteus 的 Debug 菜单中选中 Use Remote Debug Monitor。

(5) 在 Keil 中编写 MCU 的源程序。

(6) 选择 Keil 的 Project 菜单中的“Options for Target ‘工程名’”选项，或者单击其快捷图标。

(7) 在弹出的对话框中，选择 Debug 选项卡中右栏上部的下拉菜单，选中 Proteus VSM Simulator，如图 11-13 所示。单击“确定”按钮完成设置。

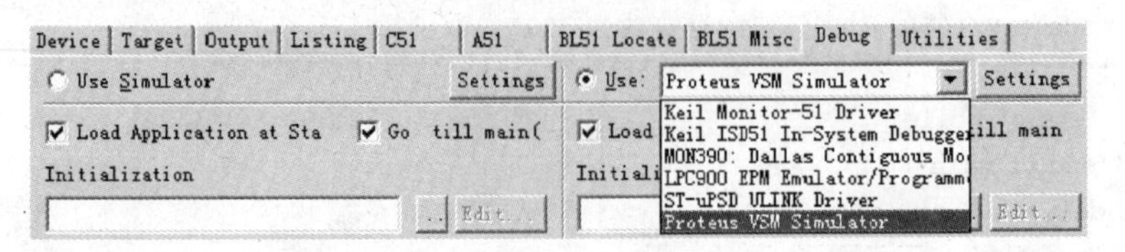

图 11-13 在 Debug 中选中 Proteus VSM Simulator

(8) 单击 Keil C51 中的启动按钮，此时 Keil 与 Proteus 实现联调，即在 Keil 中运行程序，在 Proteus 中观察结果。

2. Keil C51 与 Proteus 6.9 联调举例

【例 11-2】 设单片机的 f_{osc}=12MHz，要求在 P1.0 引脚上输出周期为 10ms 的方波。

分析：

(1) 用定时器 0 的方式 1 编程，采用中断方式。程序清单如下所示：

```
#include <reg51.h>
sbit P1_0 = P1^0;
void timer0(void) interrupt 1 using 1
  {/*T/C0 中断服务程序入口*/
      P1_0 = !P1_0;                       /*P1.0 取反*/
      TH0 = -(5000/256);                  /*装入计数器初值*/
      TL0 = -(5000%256);
  }
void main()
    {
      TMOD = 0x01;                        /*定时器 0 方式 1*/
      TR0 = 1;                            /*启动 T/C0*/
      P1_0 = 0;
      TH0 = -(5000/256);                  /*装入计数器初值*/
      TL0 = -(5000%256);
      EA = 1;                             /*CPU 开放中断*/
      ET0 = 1;                            /*T/C0 开中断*/
      TR0 = 1;                            /*启动 T0*/
    do {} while (1);                      /*空循环*/
    } //end of main
```

(2) 在 Proteus 6.9 下画好电路。

(3) 选择 Keil 的 Project 菜单中的“Options for Target ‘工程名’”选项，或者单击其快捷图标，弹出对话框。

(4) 单击软件仿真并确定，再单击 Keil C51 中的启动按钮。

(5) 在 Proteus 中即可看到仿真结果，如图 11-14 所示。

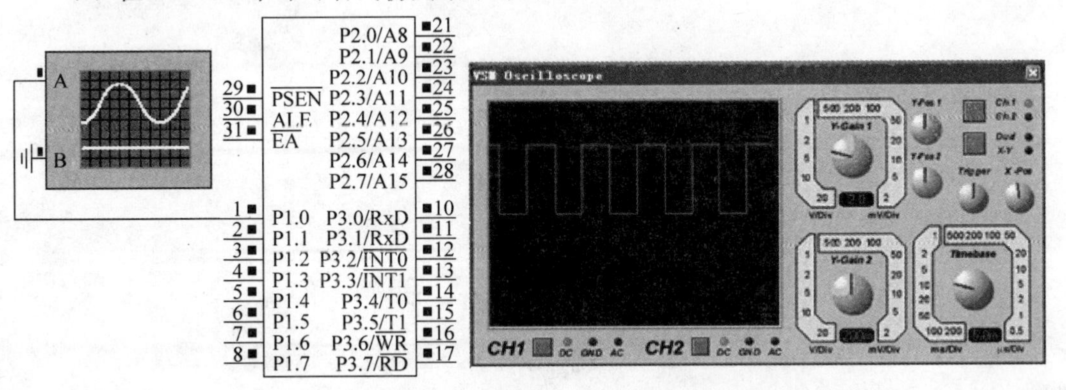

图11-14　Proteus 中的仿真结果

本章小结

本章主要介绍了 Proteus ISIS 编辑环境、电路绘制工具的使用方法及电路原理图的绘制，以及 80C51 系列单片机的设计与仿真方法，并举例说明单片机系统的调试及系统仿真。本章还介绍了 Keil μVision2 IDE 软件的安装，Keil 平台下设计 C51 程序的步骤及常见调试工具。最后介绍了 Proteus 和 Keil 软件联调（整合，或称为在线调试）的要点、步骤，并举例说明二者在线仿真的过程。

思考题与习题

1. 从相关网站下载 Proteus 安装软件，并安装到机器上。

2. 请在 Proteus ISIS 中输入图 7-6 所示独立式按键的电路（提示：排阻 RP_1 的器件名称是 respack-8，在 resistors 库中）。

3. 请在 Proteus ISIS 中输入图 7-7 所示行列式按键的电路，学习总线的画法和标注。在 Wave 6000 平台或 Keil μVision2 平台下输入例 7-3 给出的源程序，编译得到 HEX 文件，将其加载到 MCU 中并仿真运行，看看按键有无显示。

4. 参考图 7-10 所示动态扫描电路和给出的驱动程序，请在 Proteus 中仿真并验证（注意，数码管要选用共阴极，器件名为 7SEG-COM-CAT-BLUE，在 Optoelectronics 库中）。

5. 参考图 7-12 所示 LCD1602 及单片机 80C51 的接口电路和给出的驱动程序，请在 Proteus 中仿真并验证（注意，LCD1602 要选用器件名 LM016L，在 Optoelectronics 库中）。

6. 请用 Proteus 和 Keil μVision2 联调验证图 11-4 所示 8 路抢答器的硬件和软件。

7. 请验证例 11-2，如想在 P1.0 引脚输出周期为 20ms 的方波，应如何修改程序？

第 12 章

80C51 单片机实验与工程应用实例

单片机因其体积小、重量轻、耗电量小、可靠性高和控制灵活等优点，广泛应用于卫星定向、汽车火花控制、交通自动管理和微波炉等专用控制上。近几年来，单片机的发展更为迅速，它已渗透到许多学科领域，以及人们生活的各个方面。单片机并没有超脱冯·诺依曼原理下的计算机的结构框架和工作原则，而是着眼于应用到更广阔的范围，包括工业控制、数字显示、智能仪表、电子设备、汽车电控、农机、家电，乃至儿童玩具的控制。

12.1 单片机实验与工程应用开发环境介绍

12.1.1 Lab 6000P 仿真实验系统

Lab 6000P 仿真实验系统是南京伟福公司开发的教学实验系统。该系统主要由板上仿真器、实验仪、仿真软件和开关电源等部分组成，并提供软、硬件实验，逻辑分析，波形输出和程序跟踪功能，可以使实验者直观地观察到微处理器内部及外部电路的工作波形。该系统可以和 MCS-51、MCS-96 和 8088/8086 系列微处理器配合，完成各种实验和实训教学任务。Lab 6000P 仿真实验系统面板结构如图 12-1 所示。

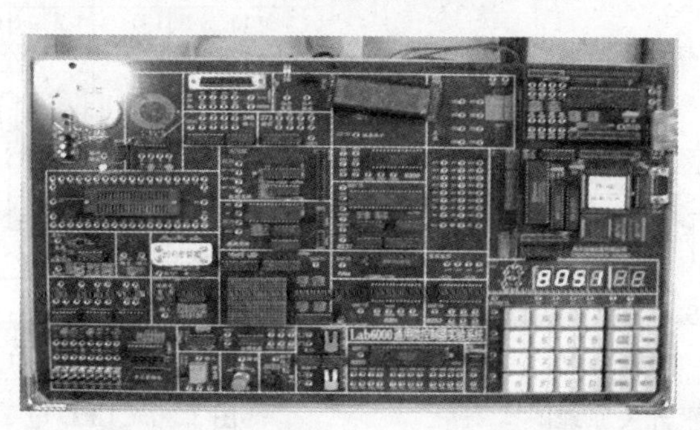

图 12-1　Lab 6000P 仿真实验系统面板

Lab 6000P 仿真实验系统可以以 Wave 6000 或者 Keil μVision2 作为软件环境，具有和单片机应用系统的开发环境相一致的优势。Lab 6000P 仿真实验系统提供了实验指导窗口，如图 12-2 所示。

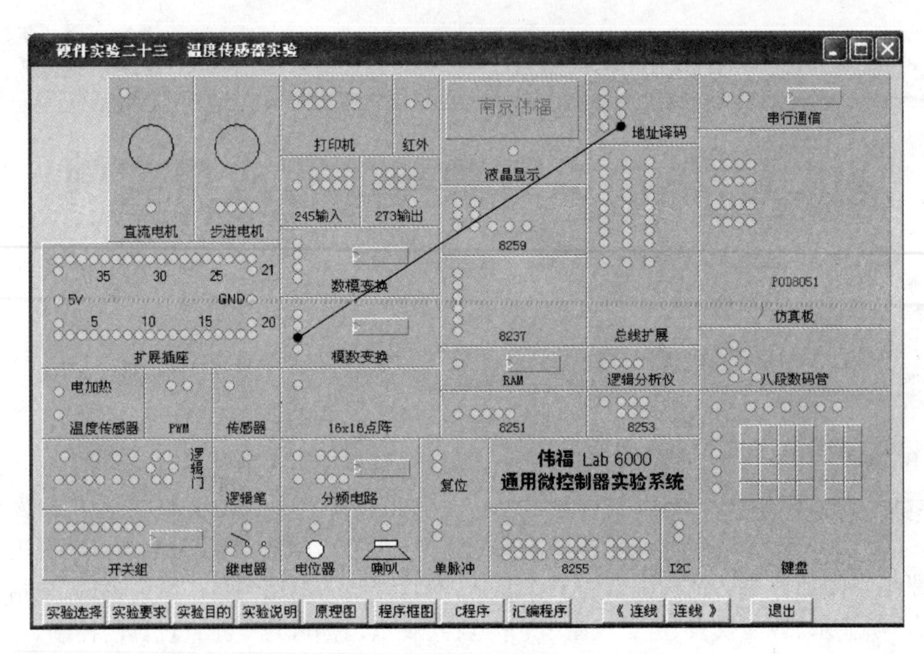

图 12-2　Lab 6000P 仿真实验系统指导窗口

该系统中的主要模块说明如下。

(1) 逻辑电平开关

系统提供了 8 个逻辑电平开关及相应的接口点，通过开关位置的变化提供逻辑电平“0”和“1”，如图 12-3 所示。

(2) LED 电平显示器

系统提供了 8 只 LED 逻辑电平显示器及相应的接口点，通过 CPU 的 I/O 线提供逻辑电平“1”，可点亮相应的 LED，如图 12-4 所示。

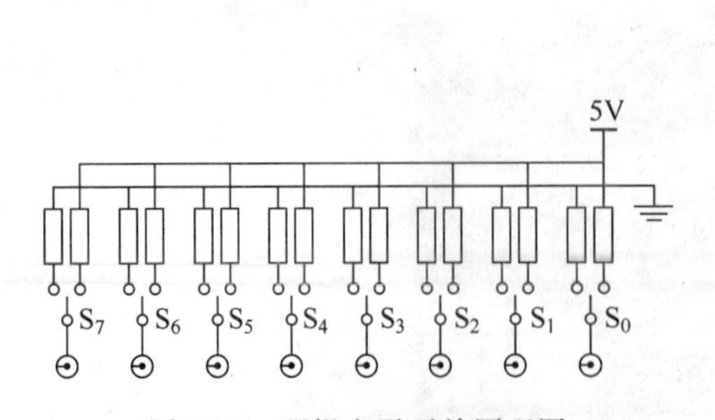

图 12-3　逻辑电平开关原理图

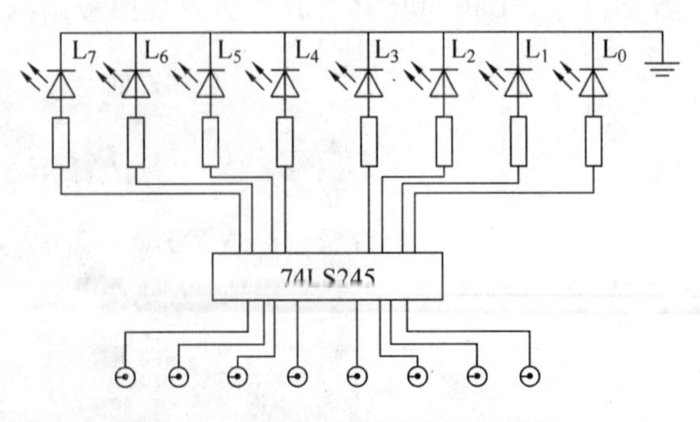

图 12-4　LED 电平显示器原理图

(3) 继电器输出控制电路

继电器输出状态受单片机 I/O 口信号的控制，通过继电器触点的切换实现信号的放大和分配，如图 12-5 所示。

(4) I/O 端口分配控制器

Lab 6000P 仿真实验系统的 I/O 端口分配控制器提供 8 路输出信号，这些信号可作

为接口电路的片选信号，如图 12-6 所示。地址对应关系如表 12-1 所示。

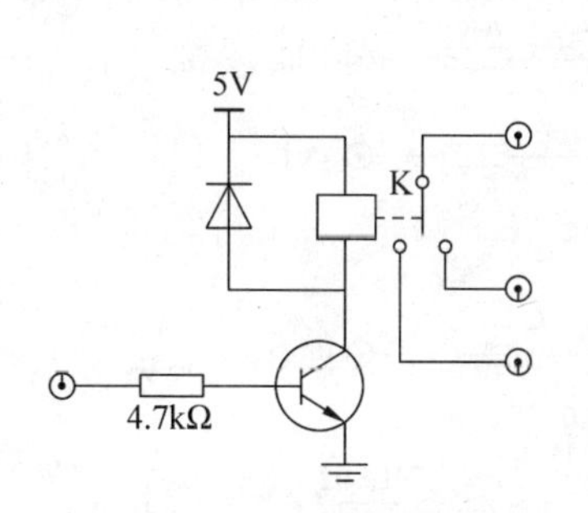

图 12-5　继电器控制原理图

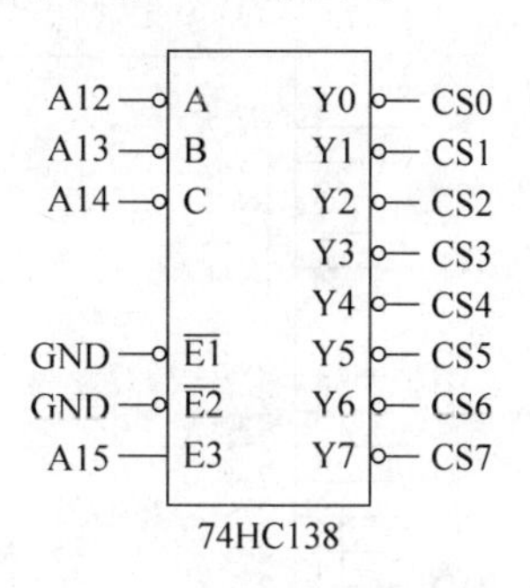

图 12-6　I/O 端口分配原理图

表 12-1　Lab 6000P I/O 端口分配与地址空间对应关系

译码器输出端	I/O 地址范围	译码器输出端	I/O 地址范围
CS0	8000H～8FFFH	CS4	0C000H～0CFFFH
CS1	9000H～9FFFH	CS5	0D000H～0DFFFH
CS2	0A000H～0AFFFH	CS6	0E000H～0EFFFH
CS3	0B000H～0BFFFH	CS7	0F000H～0FFFFH

(5) 键盘/显示接口

Lab 6000P 仿真实验系统提供了一个 4×6 键盘和一个工作于动态方式下的 6 位 LED 数码管显示器。显示器的位码由 74HC374 提供，并经过 ULN2003 反向驱动后作为位选择信号，该信号同时作为键盘的列扫描信号。显示器的段码由 74HC374 提供，键盘的行信号由 74HC245 读回。显示器的位码地址为 0X002H，段码地址为 0X004H，键盘行信号地址为 0X001H，如图 12-7 所示。

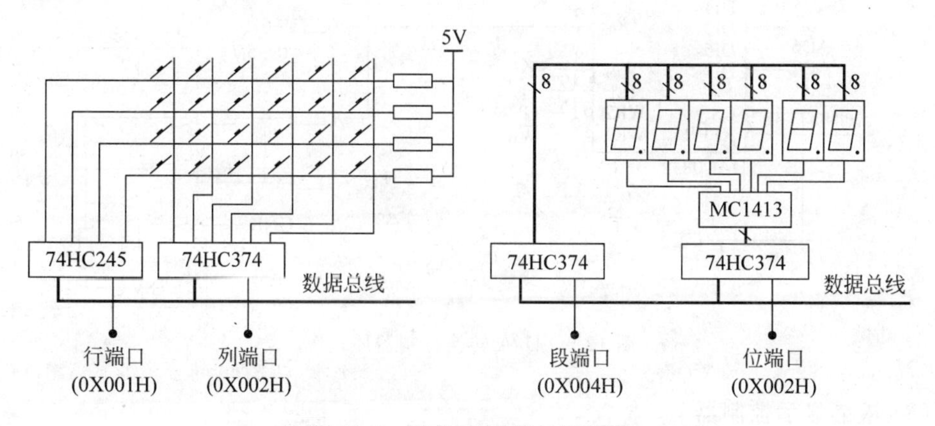

图 12-7　键盘/显示接口原理图

(6) A/D 转换控制器

Lab 6000P 仿真实验系统采用 ADC0809 作为 A/D 转换器。A/D_CS 可接 CS0～CS7 中的任意一个，其低 3 位地址作为 ADC0809 的通道选择信号；IN0 和 IN1 端接变送器的输出(0～5V)。板上 ADC0809 转换控制器原理图如图 12-8 所示。

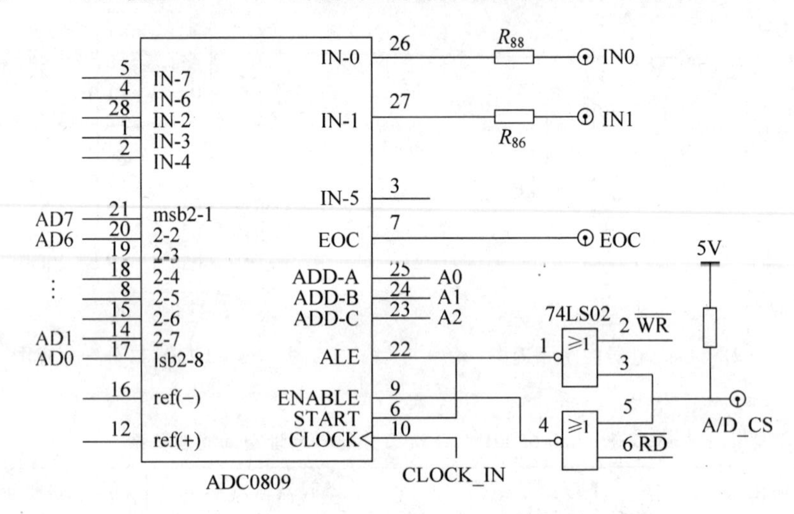

图 12-8 ADC0809 转换控制器原理图

(7) D/A 转换控制器

Lab 6000P 仿真实验系统采用 DAC0832 作为 D/A 转换器。D/A_CS 可接 CS0～CS7 中的任意一个。该转换控制器提供 0～5V,－5～＋5V 和－8～＋8V 模拟电压输出,其对应数字量为 00H～0FFH,如图 12-9 所示。

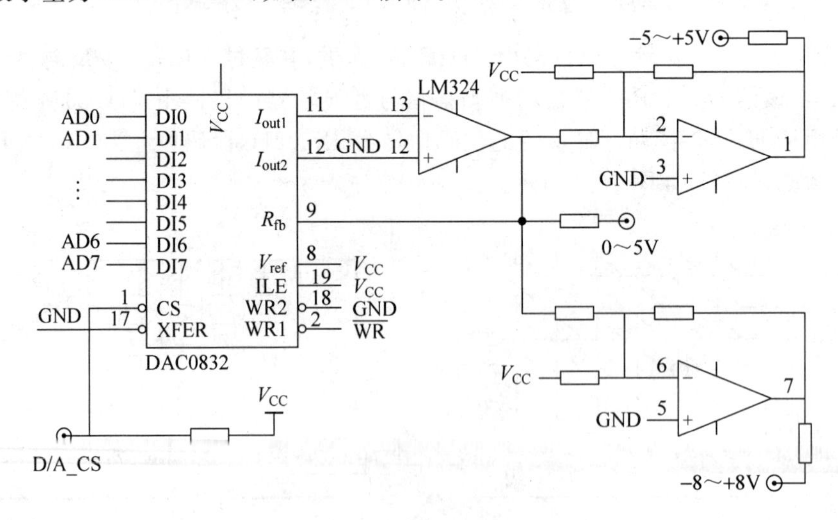

图 12-9 D/A 转换控制器原理图

(8) 液晶显示控制器

Lab 6000P 仿真实验系统采用的液晶显示屏内置控制器为 SED1520,点阵为 122×32,用两片 SED1520 组成,由 E1 和 E2 分别选通,以控制显示屏的左、右两半屏。图形液晶显示模块有两种连接方式,一种为直接访问方式,一种为间接控制方式。Lab 6000P 仿真实验系统采用直接控制方式,如图 12-10 所示。

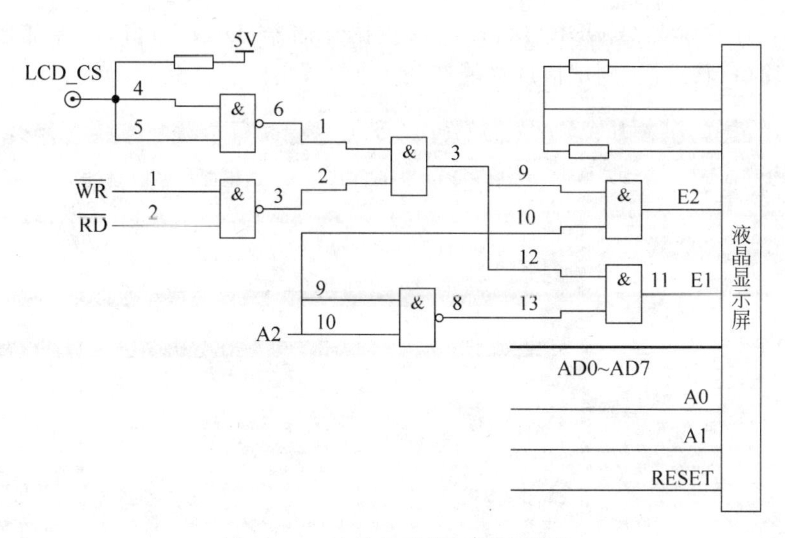

图12-10 液晶显示控制器原理图

直接控制方式就是将液晶显示模块的接口作为存储器或I/O设备直接挂在计算机总线上。计算机通过地址译码控制E1和E2的选通；读/写操作信号R/W由地址线A1控制；命令/数据寄存器选择信号A0由地址线A0控制。地址映射如表12-2所示(地址中的X由CS决定,可参见地址译码部分的说明)。

表12-2 SED1520控制器的地址、功能对应关系

地址	0X000H	0X001H	0X002H	0X003H	0X004H	0X005H	0X006H	0X007H
功能	写E1指令	写E1数据	读E1状态	读E1数据	写E2指令	写E2数据	读E2状态	读E2数据

(9) 其他电路

在Lab 6000P仿真实验系统中,除上述主要控制器外,还有脉冲发射器、分频器、PWM输出控制器、逻辑测量控制器、温度变送控制器、压力变送控制器、LED点阵控制器、直流电机控制器和步进电机控制器等。

12.1.2 基于Proteus的ISIS虚拟仿真环境

Proteus ISIS是英国Labcenter公司开发的电路分析与实物仿真软件。它运行于Windows操作系统上,可以仿真、分析(SPICE)各种模拟器件和集成电路,有关Proteus的使用请参见第11章。

12.2 Wave 6000集成开发环境介绍

Wave 6000是南京伟福公司推出的基于Windows平台的单片机集成开发系统。该系统支持软件仿真和硬件仿真两种工作模式,具有丰富的窗口显示方式和灵活的窗口停靠方式,其界面与Keil C51 μVision2相似。Wave 6000的界面如图12-11所示。界面中的主要项目有标题栏、菜单栏、工具栏、文件标题、项目窗口(Project)、寄存器窗口(SFR)、编辑窗口、程序存储器(CODE)窗口、内部数据存储器(DATA)窗口、外部数据存储器(XDATA)窗口、状态栏、调试信息栏等部分。

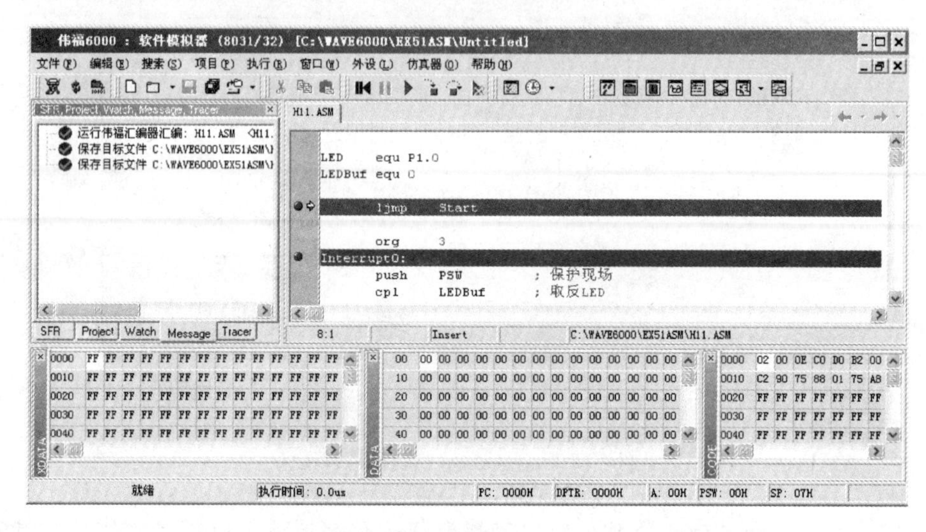

图 12-11 Wave 6000 界面

Wave 6000 的入门操作如下所述。

(1) 建立新文件

选择“文件”|“新建文件”或者直接单击快捷工具，出现一个文件名为 NONAME1 的编辑窗口。可在该窗口中编辑源程序，如图 12-12 所示。

(2) 保存文件

选择“文件”|“保存文件”或者“文件”|“另存为”，出现保存文件对话框。选择文件的保存路径，在“文件名”文本框中输入 myfile1.asm，单击“保存”按钮，如图 12-13 所示。

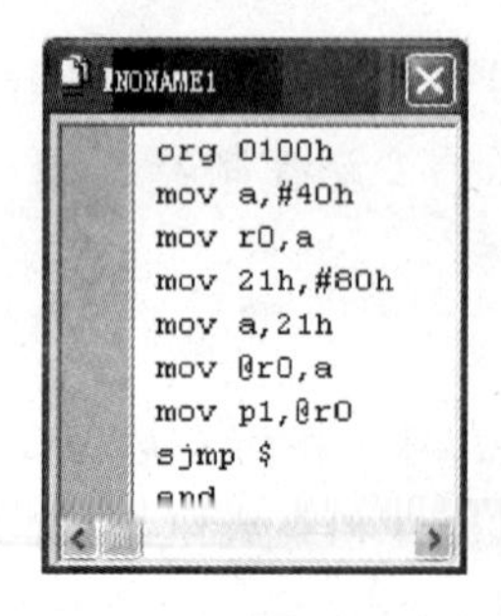

图 12-12 “编辑文件”窗口

图 12-13 “保存文件”窗口

(3) 建立项目文件

- 加入模块文件：选择“文件”|“新建项目”，在“加入模块文件”对话框中选择刚才保存的文件 myfile1.asm，单击“打开”按钮，如图 12-14 所示。
- 加入包含文件：在“加入包含文件”对话框中选择所要加入的包含文件(可多选)，单击“打开”按钮。若没有包含文件，则直接按“取消”按钮，如图 12-15 所示。

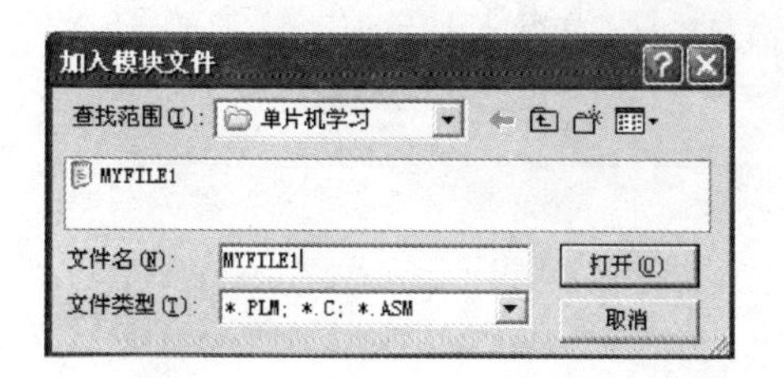

图 12-14　“加入模块文件”窗口

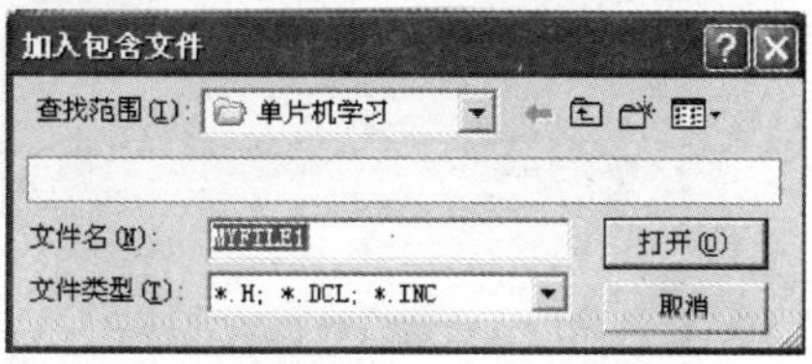

图 12-15　“加入包含文件”窗口

• 保存项目：在“保存项目”对话框中输入项目文件的名称 my_project，单击“保存”按钮，如图 12-16 所示。

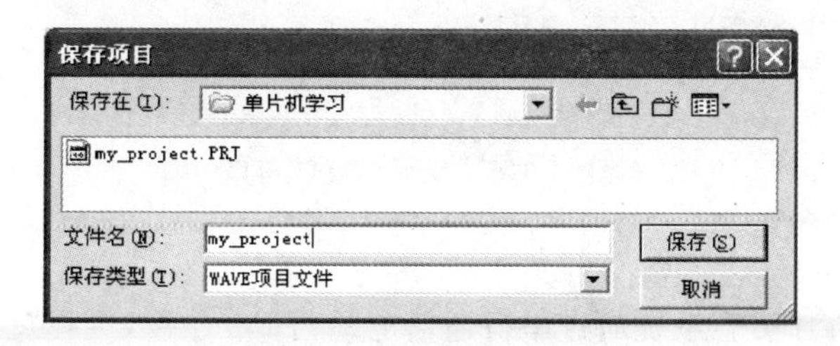

图 12-16　“保存项目”窗口

(4) 设置仿真器

选择“仿真器”|“仿真器设置”，在“仿真器栏”里选择仿真器、选择仿真头和 CPU 类型，在“语言”栏里选择编译器路径为“伟福汇编器”，如果运行的程序是 C 语言格式，可选择 Keil C，单击“好”按钮确定，如图 12-17 所示。

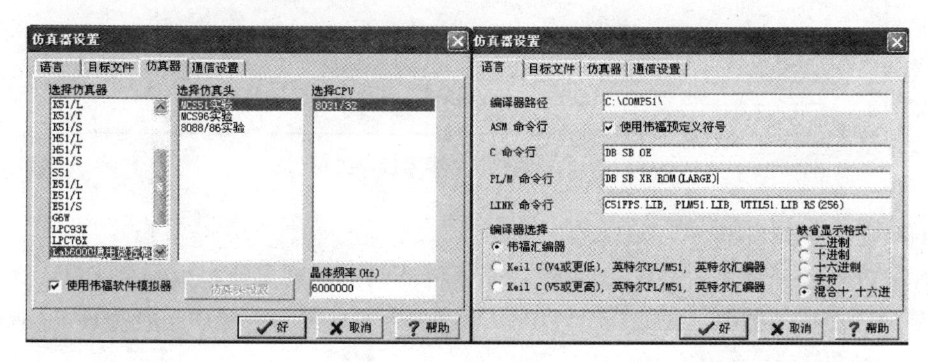

图 12-17　“仿真器设置”窗口

(5) 编译程序

选择“项目”|“编译”或直接按快捷工具 ，编译项目文件。编译无误后，信息提示窗口(Message)中反映出编译结果，程序存储器(CODE)窗口中反映出机器码，如图 12-18 所示。

(6) 调试程序

采用单步执行程序的方法，可观察到数据传送的具体情况，并可在 SFC 窗口、数据存储器窗口(DATA)中查看相应的数据。

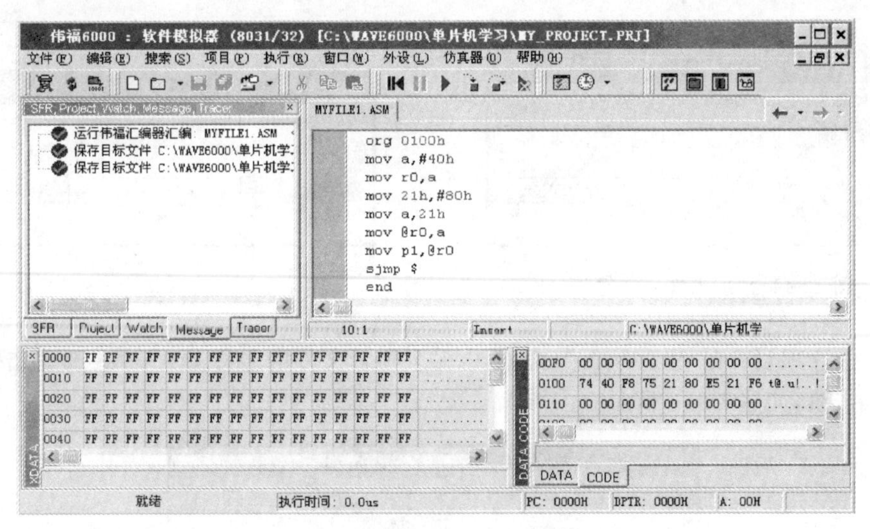

图 12-18 “编译、调试”窗口

(7) 连接硬件仿真

将 Lab 6000 仿真实验系统通过串行通信电缆与 PC 连接，选择“仿真器”|“仿真器设置”，实现 Lab 6000P 仿真实验系统与 PC 的连接，如图 12-19 所示。

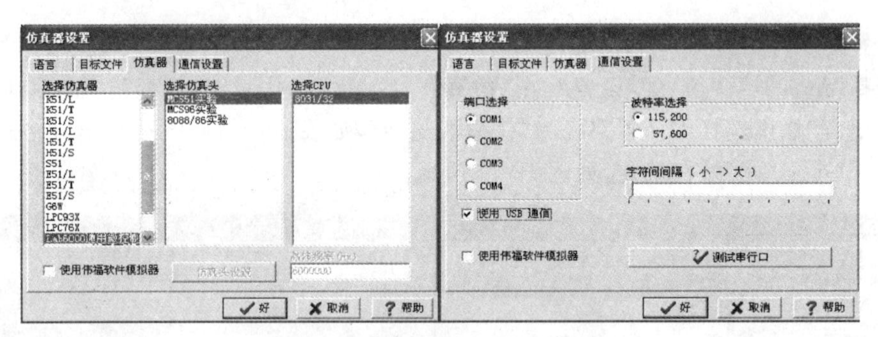

图 12-19 硬件仿真器连接设置窗口

(8) 在线下载程序

重新执行编译程序的过程，即可将程序的机器码下载到单片机内部的 ROM 存储器或扩展的程序存储器中。至此，就可以在 Lab 6000 仿真实验系统中运行程序，并观察相应的运行结果。

12.3 工程设计实例

单片机应用系统是为完成某项任务而设计、研制和开发的应用系统，是以单片机为核心，配以外围电路和软件，能实现给定任务、功能的实际工程应用系统。

12.3.1 体育比赛计分显示控制系统

1. 设计要求

(1) 初始界面显示：A. 00B 00，这时按“1”、“2”、“3”、“C”键表示给 A 队加 1 分，加

2 分,加 3 分,减 1 分。

(2) 按 E 切换,由 A. xyB mn 切换成 A xyB. mn,按"1"、"2"、"3"、"C"键表示给 B 队加 1 分、加 2 分、加 3 分、减 1 分。

(3) 按 D 键,将比分清"0",并显示初始界面。

2. 总体设计分析

根据控制要求确定总体控制方案:CPU 根据键盘按键的值决定应该产生的控制作用。键盘设置控制功能包括切换、加分、减分、清"0"。6 位数码管显示 A、B 两队的分值。总体控制方框图如图 12-20 所示。

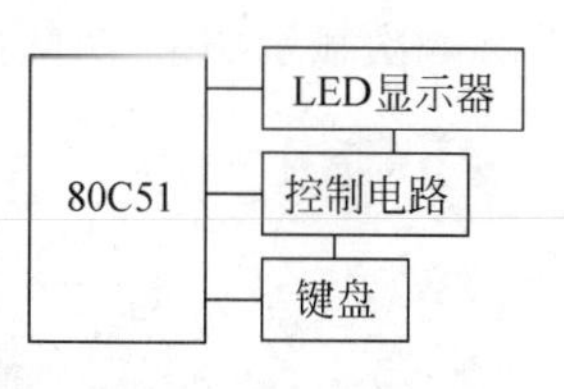

图 12-20　总体控制方框图

3. 硬件设计

(1) 键盘接口电路设计

本控制系统中涉及加"1"分、加"2"分、加"3"分、减"1"分、功能切换和清除功能键共 6 个键,因此采用矩阵键盘。为了使系统功能具有可扩展性,本实例中直接采用 Lab 6000 仿真实验系统中的 4×4 键盘,分别用 A1、A0 地址线和读、写信号线来实现对键盘行、列端口的选择。当 KEY_CS 接译码器的 CS1 时,键盘列端口地址为 9002H,键盘行端口地址为 9001H,如图 12-21 所示。

(2) 显示接口电路设计

根据系统控制要求,本系统的显示数据为 6 位,采用动态显示原理实现数据显示。当 KEY_CS 接译码器的 CS1 时,显示器段码数据输出端口地址为 9004H,位码数据输出端口地址为 9002H,如图 12-22 所示。

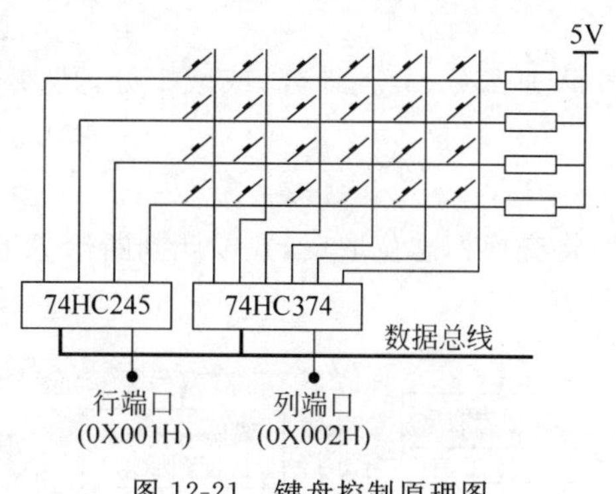

图 12-21　键盘控制原理图

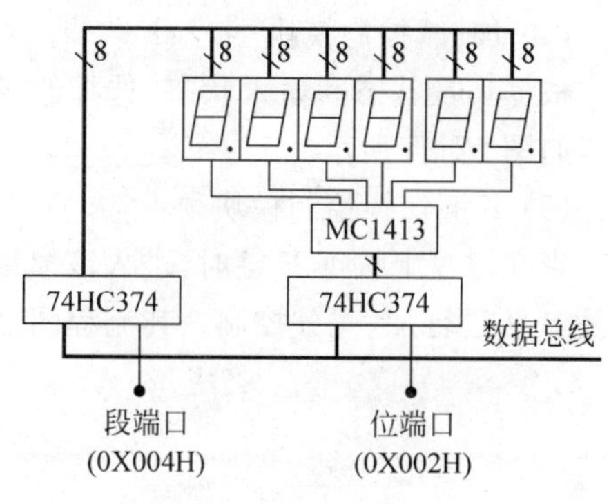

图 12-22　显示控制原理图

4. 软件设计

根据系统控制功能,采用自上而下的程序设计方法。除主程序外,还应包括键盘测试模块、键盘扫描模块、显示模块、切换模块、加 1 模块、加 2 模块、加 3 模块、减 1 模块、清除(复位)模块和延时模块。下面给出主要模块程序的流程图。

(1) 键盘测试模块

测试键盘上有无按键按下。若有,延时(去抖)后再测试;若仍有,则转键盘扫描;否则返回。

(2) 键盘扫描模块

通过输出不同的逻辑电平，并逐列扫描键盘列线，获取被按下键的键值，其流程图如图 12-23 所示。

(3) 显示模块

一次显示 A、B 两队的成绩，其参考流程如图 12-24 所示。

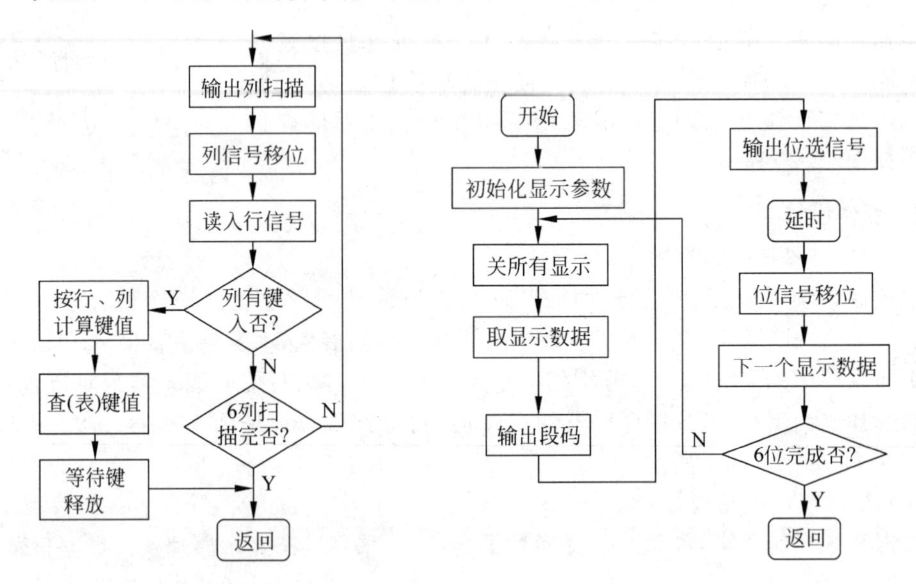

图 12-23 键盘扫描流程图　　图 12-24 显示程序流程图

(4) 加/减控制模块

根据切换状态和输入状态，选择给 A 队或 B 队加 1 分、2 分、3 分，或减 1 分，其参考流程如图 12-25 所示。

(5) E 键切换控制模块

当在键盘上按下 E 键时，进入该模块程序段，将交换标志位取反，并以此判断给 A 队还是 B 队进行加、减分控制。其流程图如图 12-26 所示。

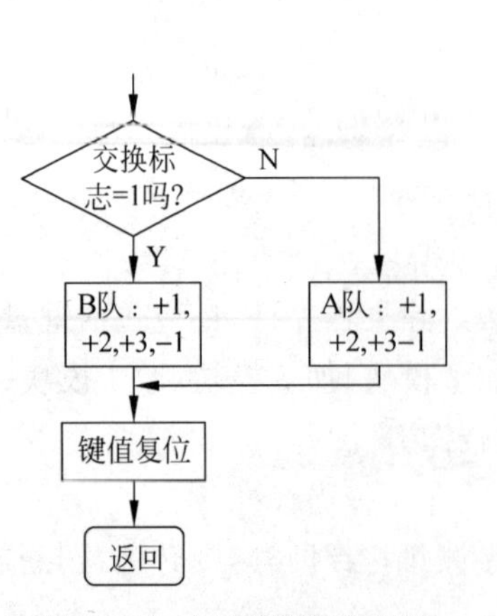

图 12-25 加/减控制流程图

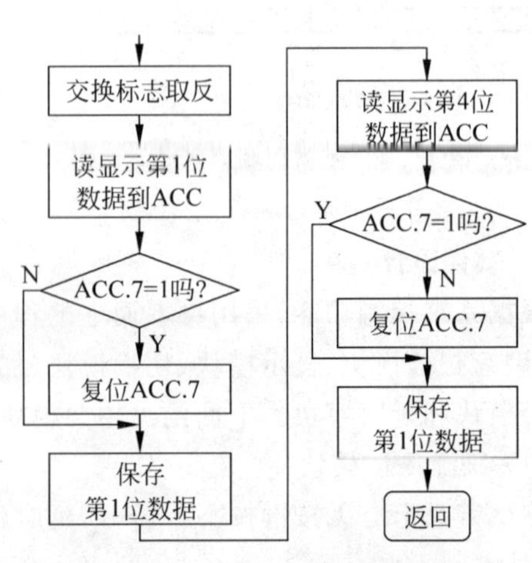

图 12-26 E 键切换控制流程图

(6) 主程序模块

主程序是整个控制程序的核心，是对上述模块的综合调用，以实现控制要求。在主程序中，需要完成控制程序的初始化处理、存储单元的分配和变量的定义。其流程图如图 12-27 所示。

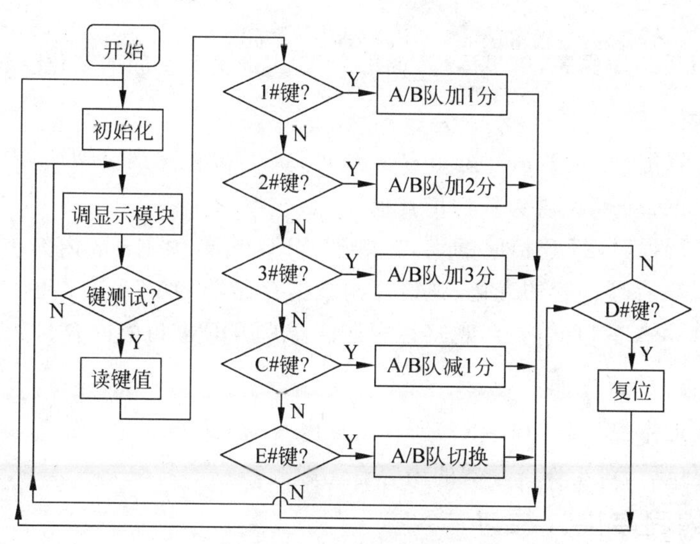

图 12-27 主程序流程图

对于没有 Lab 6000 仿真实验系统的读者，可以用 Proteus ISIS 仿真系统实现上述控制。请参考教学资源中的“工程设计实例 1_计分”。

12.3.2 基于 80C51 的数据采集控制系统

数据采集控制系统的具体要求如下所示：

(1) 用 AD0809 实现数据采集，并将采集的数据保存在 RAM 单元。

(2) 采样时刻由用户确定(手动控制)。

(3) 采样数据以 BCD 码形式显示(4 位)。

(4) 具有通信控制能力，可将采样数据下载到其他控制器中(如 PC)。

根据控制要求设计单片机控制系统。请参考教学资源中的“工程设计实例 2_采集”。

12.4 实验指导

教学实验的目的在于熟悉单片机的开发环境，掌握单片机的基本原理、指令系统、程序设计方法和接口技术，逐步培养学生的思维方式和创造能力，提高分析问题和解决问题的综合实践能力。

以下实验是在 Lab 6000 仿真实验系统下进行的。

实验一 Wave 仿真系统和 Wave 仿真软件的应用

1. 实验目的

(1) 熟悉并掌握 Wave 仿真软件的使用方法；

(2) 理解片内 RAM、片外 RAM 间的数据传送；

(3) 掌握观察指令执行结果的方法。

2. 实验设备

PC一台,Wave 6000仿真软件。

3. 实验内容

编辑程序段后编译程序,单步运行,观察CPU内部资源空间的变化。

4. 实验步骤

(1) 启动计算机,打开Wave 6000仿真软件,进入仿真环境。按照前述步骤编辑程序,保存为shiyan0.asm,设置为软件仿真模式。

(2) 单步运行程序,打开相应的窗口,观察REG窗口中Rn的内容变化情况,观察SFC窗口中相关寄存器内容的变化,观察片内数据存储器DATA窗口的内容,观察片外数据存储器XDATA窗口的内容,观察程序存储器CODE窗口的内容。

5. 思考问题

(1) 第0区工作寄存器(R0～R7)所在的片内RAM的单元地址是多少?

(2) 系统复位后,对工作寄存器的内容有无影响?

实验二 汇编程序设计练习

1. 实验目的

(1) 熟悉并掌握Wave仿真软件和Lab 6000仿真实验系统的使用方法。

(2) 掌握循环、分支程序设计方法和子程序调用方法。

2. 实验设备

PC一台,Wave 6000仿真软件,Lab 6000仿真实验系统。

3. 实验内容

设计一个程序实现键控移位功能:SW按下第1次,D_1发光;SW按下第2次,D_1、D_2发光;SW按下第3次,D_1、D_2、D_3发光,…,SW按下第8次,D_1～D_8发光;SW按下第9次,D_1发光;SW按下第10次,D_1、D_2发光,…,依次轮回。

4. 实验步骤

(1) 启动计算机,打开Wave 6000仿真软件,进入仿真环境,按照前述步骤编辑汇编程序,保存为shiyan1.asm。设置为软件仿真模式,编译程序,检查是否有逻辑和语法错误。

(2) 按照图12-28所示连接Lab 6000实验系统,设置为硬件仿真模式,全速执行程序。

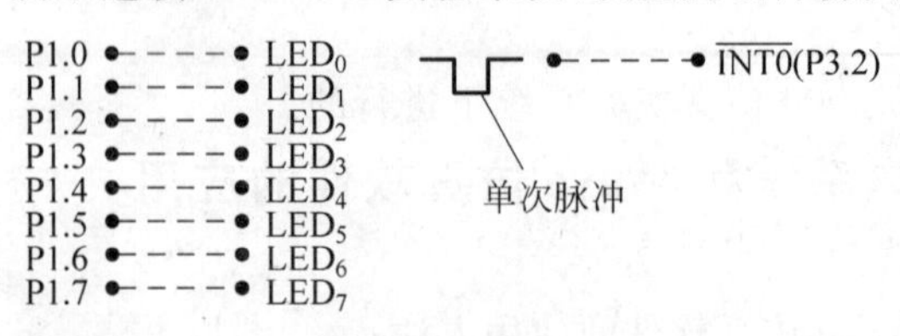

图12-28 实验二连线图

（3）按下按钮SW，观察运行结果是否满足控制要求。

5. 思考问题

（1）若要改变LED亮、灭的方向，应该如何修改程序？

（2）若省略程序中的CALL DELAY语句，程序的运行状况如何？

实验三　并行接口扩展

1. 实验目的

（1）了解8255芯片结构及编程方法；

（2）掌握8255的初始化方法；

（3）熟悉用8255输入/输出数据的方法；

（4）熟悉在单片机系统中并行I/O口的扩展方法。

2. 实验设备

PC一台，Wave 6000仿真软件，Lab 6000仿真实验系统。

3. 实验内容

用可编程并行接口芯片8255A扩展单片机的并行接口，实现开关量的输入/输出控制。

4. 实验步骤

（1）启动计算机，打开Wave 6000仿真软件，进入仿真环境，按照前述步骤编辑程序并保存。设置为软件仿真模式，编译程序，检查是否有逻辑和语法错误。

（2）在Lab 6000仿真系统中，参照图12-29所示原理图连接，然后设置为硬件仿真模式，全速执行程序。

（3）扳动开关，观察LED的亮、灭状态。

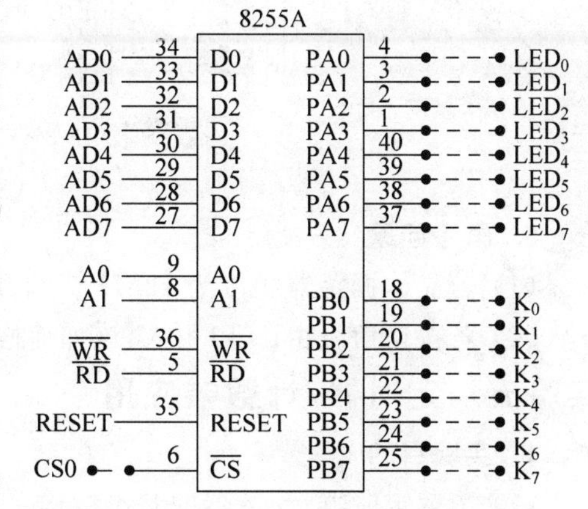

图12-29　实验三连线图

5. 思考问题

（1）若8255的PA口接开关，PB口接LED，应该如何修改程序？

（2）若8255的片选信号接CS4，对应PA口、PB口和8255控制字的端口地址是多少？

实验四　中断控制

1. 实验目的

（1）学习外部中断和定时器中断技术的基本使用方法；

（2）掌握中断处理程序的编程方法。

2. 实验设备

PC一台，Wave 6000仿真软件，Lab 6000仿真实验系统。

3. 实验内容

用定时器 T0、方式 2 实现 1s 定时，控制 80C51 P1 口连接的 8 只发光二极管 LED_1～LED_8 循环点亮，同时用一个按钮实现暂停、继续控制功能。

4. 实验步骤

(1) 启动计算机，打开 Wave 6000 仿真软件，进入仿真环境，按照前述步骤编辑程序并保存。设置为软件仿真模式，编译程序，检查是否有逻辑和语法错误。

说明：定时器 0、方式 2，则 TMOD－××××0010B。

由于 $T_{机器}=12T_{时钟}=12\times\frac{1}{f_{osc}}=2\mu s$(Lab 6000 仿真实验系统的晶体振荡器频率为 6MHz)，所以方式 2 的最大定时时间为 0.512ms，可选择 0.5ms(500μs)再循环 100×20 次。

由于计数值＝0.5ms/2μs＝250，所以初始值＝2^8－计数值＝6，即 TH0＝TL0＝06H。

(2) 在 Lab 6000 仿真系统中，参照图 12-30 所示电路连接，然后设置为硬件仿真模式，全速执行程序。

(3) 按一下按钮开关，观察 LED 的亮、灭状态(是否实现暂停控制)；再按一下按钮，观察是否继续循环。

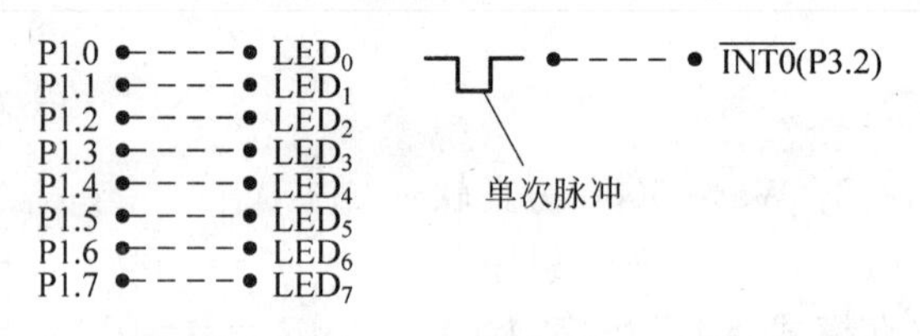

图 12-30 实验四连线图

5. 思考问题

(1) 若晶体振荡器频率为 12MHz，则 T0 的初始值为多少？

(2) 若按钮信号由 $\overline{INT1}$ 引入，该如何修改程序？

实验五 定时器/计数器应用

1. 实验目的

(1) 了解定时器/计数器的基本结构、工作原理和工作方式；

(2) 掌握定时器初始值的确定方法；

(3) 掌握定时器的初始化方法；

(4) 掌握查询和中断程序设计方法。

2. 实验设备

PC 一台，Wave 6000 仿真软件，Lab 6000 仿真实验系统。

3. 实验内容

(1) 用定时器 T1、方式 1 通过 P1.0 输出周期为 200ms 的方波。

(2) 采用定时器 T0，按计数器模式和方式 1 工作，对 P3.4(T0)引脚进行计数。将其数值按二进制数在 P2 口驱动 LED 并显示出来。

4. 实验步骤

1）实验内容 1：将 80C51 的 P1.0 接在某一 LED 上

(1) 启动计算机，打开 Wave 6000 仿真软件，进入仿真环境，按照前述步骤编辑程序并保存。设置为软件仿真模式，编译程序，检查是否有逻辑和语法错误。

(2) 在 Lab 6000 仿真系统中按照图 12-31 所示连接，然后设置为硬件仿真模式，全速执行程序。

(3) 观察 LED_0 的亮、灭状况。

说明：采用定时器 1、方式 1，则 TMOD ＝0001××××B。

由于 $T_{机器}=12T_{时钟}=12\times\frac{1}{f_{osc}}=2\mu s$（Lab 6000 仿真实验系统的晶体振荡器频率为 6MHz)，所以方式 1 的最大定时时间为 131.072ms，可选择 100ms 定时。

由于计数值＝100ms/2μs＝50000，所以初始值＝2^{16}－计数值＝15536＝3CB0H，即 TH1＝3CH，TL1＝0B0H。

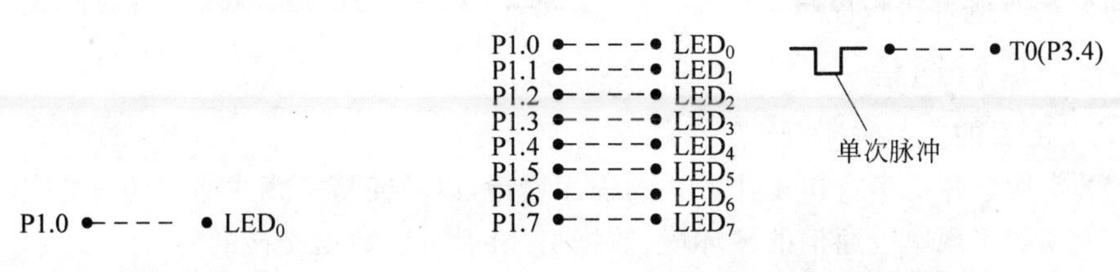

图 12-31 定时实验接线图　　　图 12-32 计数实验接线图

2）实验内容 2

(1) 启动计算机，打开 Wave 6000 仿真软件，进入仿真环境，按照前述步骤编辑程序并保存。设置为软件仿真模式，编译程序，检查是否有逻辑和语法错误。

(2) 在 Lab 6000 仿真系统中按照图 12-32 所示连接，然后设置为硬件仿真模式，全速执行程序。

(3) 观察 LED_0～LED_7 的亮、灭状况。

5. 思考问题

若用定时器方式 2，如何实现上述控制？

实验六 LED 显示

1. 实验目的

(1) 熟悉 LED 数码管的显示原理；

(2) 掌握扩展 LED 的方法；

(3) 掌握 LED 的动态显示方法。

2. 实验设备

PC 一台，Wave 6000 仿真软件，Lab 6000 仿真实验系统。

3. 实验内容

利用 Lab 6000 仿真实验系统动态显示字符 1、2、3、4、5、6。

4. 实验步骤

(1) 启动计算机,打开 Wave 6000 仿真软件,进入仿真环境,按照前述步骤编辑程序并保存。设置为软件仿真模式,编译程序,检查是否有逻辑和语法错误。

(2) 在 Lab 6000 仿真系统中按照图 12-33 所示电路连接,然后设置为硬件仿真模式,全速执行程序。观察运行结果。

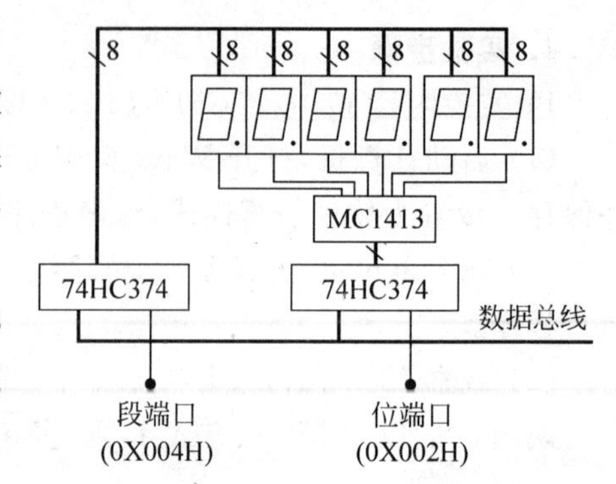

图 12-33 LED 显示原理图

5. 思考问题

(1) 采用动态扫描方式显示时,显示字符的亮度与延时时间有何关系?

(2) 在单片机控制系统中,往往使用定时中断实现 LED 的动态显示。试用 T0 定时 5ms 的方法改造本实验程序。

实验七 串行通信

1. 实验目的

(1) 掌握单片机串行口工作方式的程序设计,以及简易三线式通信的方法;

(2) 了解实现串行通信的硬环境、数据格式的协议、数据交换的协议;

(3) 学习串口通信中断方式的程序编写方法。

2. 实验设备

PC 一台,Wave 6000 仿真软件,Lab 6000 仿真实验系统。

3. 实验内容

(1) 利用单片机串行口实现自发自收控制,将键盘按键的值在本机 LED 显示。

(2) 利用单片机串行口,实现两个实验台之间的串行通信。其中,甲机作为发送方,乙机作为接收方;发送方读入按键值并发送给接收方,接收方收到数据后在 LED 上显示。

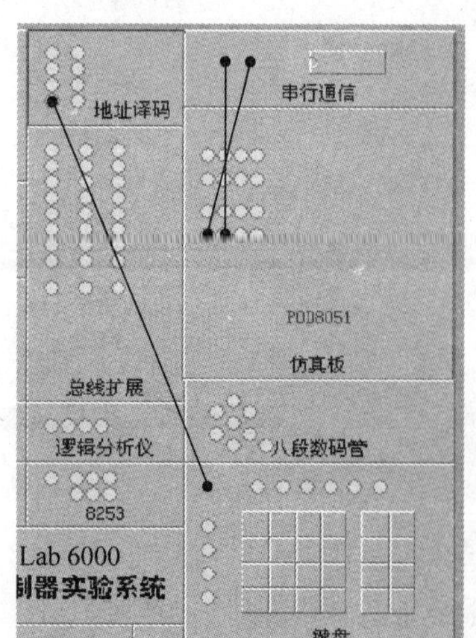

图 12-34 LED 显示接线图

4. 实验步骤

(1) 启动计算机,打开 Wave 6000 仿真软件,进入仿真环境,按照前述步骤编辑程序并保存。设置为软件仿真模式,编译程序,检查是否有逻辑和语法错误。

(2) 在 Lab 6000 仿真系统中参照图 12-34 所示连接,然后设置为硬件仿真模式,全速执行程序。

说明:做实验内容 1 时,将 80C51 的 TxD 与 RxD 端连接。

做实验内容 2 时,甲、乙两机都照图 12-34 所示连接后,再用 RS-232C 接口标志连接线将两机的“用户串口”连接起来。

5. 思考问题

(1) 在串行通信中，若需要有奇偶校验，应该如何处理？

(2) 若改用方式 1 实现串行通信，应如何确定波特率？

(3) 如何实现 80C51 与 PC 的通信？

实验八　D/A 转换器

1. 实验目的

(1) 了解 D/A 转换的基本原理；

(2) 掌握 D/A 转换芯片 0832 的性能及编程方法；

(3) 掌握单片机系统中扩展 D/A 转换的基本方法。

2. 实验设备

PC 一台，Wave 6000 仿真软件，Lab 6000 仿真实验系统。

3. 实验内容

采用 DAC0832，编制程序产生锯齿波、三角波和方波，并且使三种波形轮流显示。

4. 实验步骤

(1) 启动计算机，打开 Wave 6000 仿真软件，进入仿真环境，按照前述步骤编辑程序并保存。设置为软件仿真模式，编译程序，检查是否有逻辑和语法错误。

(2) 在 Lab 6000 仿真系统中参考图 12-35 所示电路连接，然后设置为硬件仿真模式，全速执行程序。用示波器测试输出波形。

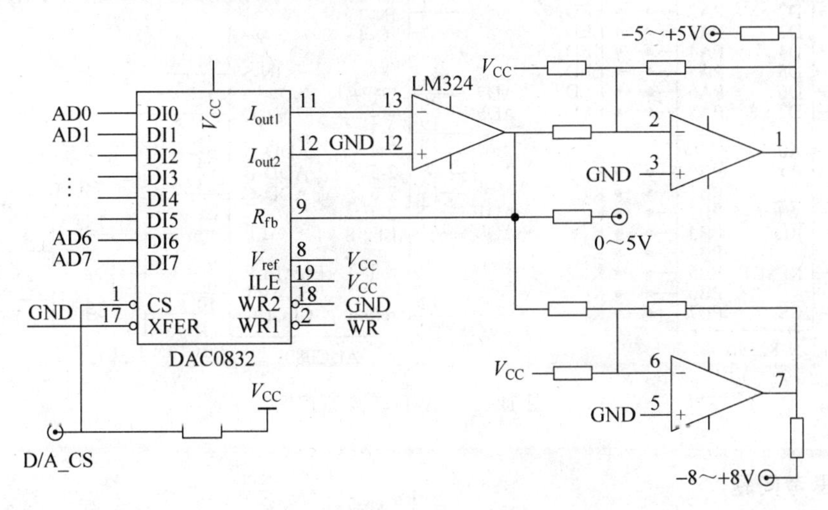

图 12-35　D/A 转换原理图

5. 思考问题

(1) 如何实现阶梯波形的输出？

(2) 计算输出方波的周期，如何改变输出方波的周期？如何实现占空比的调节？

实验九 A/D 转换器

1. 实验目的

(1) 掌握 A/D 转换器与单片机的接口方法；

(2) 了解 A/D 芯片 ADC0809 的转换性能及编程；

(3) 通过实验了解单片机如何进行数据采集。

2. 实验设备

PC 一台，Wave 6000 仿真软件，Lab 6000 仿真实验系统。

3. 实验内容

用 ADC0809 作为 A/D 转换器，实验板上的电位器提供模拟量输入。编制程序，将模拟量转换成数字量，用 8255 的 PA 口输出到发光二极管显示。

4. 实验步骤

(1) 启动计算机，打开 Wave 6000 仿真软件，进入仿真环境，按照前述步骤编辑程序并保存。设置为软件仿真模式，编译程序，检查是否有逻辑和语法错误。

(2) 在 Lab 6000 仿真系统中，参考图 12-36 所示电路连接，然后设置为硬件仿真模式，全速执行程序。

(3) 调节电位器并改变采样值，观察输出状态的变化。

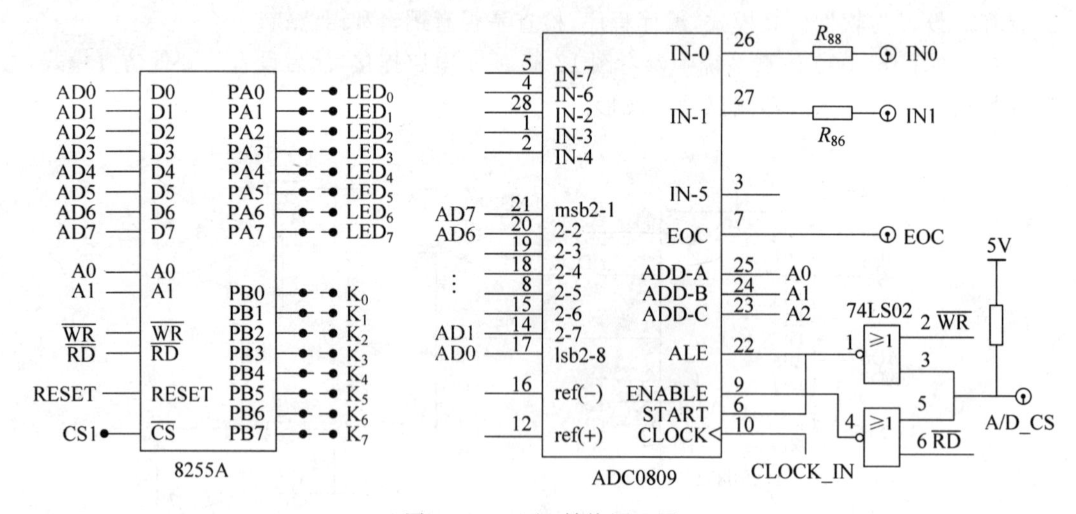

图 12-36 A/D 转换原理图

5. 思考问题

(1) A/D 转换程序有 3 种编制方法，即中断方式、查询方式和延时方式，本例中使用了延时方式，请用另两种方式改写程序。

(2) ADC0809 有 8 个模拟输入端，如何分配其端口地址？

实验十 点阵 LED 显示控制

1. 实验目的

(1) 熟悉点阵 LED 的显示原理；

(2) 掌握点阵 LED 显示控制程序的设计方法；

(3) 掌握 8×8 点阵 LED 扩展 16×16 的控制方法；

(4) 学习用 16×16 点阵 LED 显示字符、汉字程序的程序设计方法。

2. 实验设备

PC 一台，Wave 6000 仿真软件，Lab 6000 仿真实验系统。

3. 实验内容

用 4 块 8×8 点阵 LED 构成 16×16 点阵 LED，显示“单片机技术”。

4. 实验步骤

(1) 启动计算机，打开 Wave 6000 仿真软件，进入仿真环境，按照前述步骤编辑程序并保存。设置为软件仿真模式，编译程序，检查是否有逻辑和语法错误。

(2) 在 Lab 6000 仿真系统中按照图 12-37 所示连接，然后设置为硬件仿真模式，全速执行程序，观察显示内容。

参考程序见 Wave 6000 实验系统。

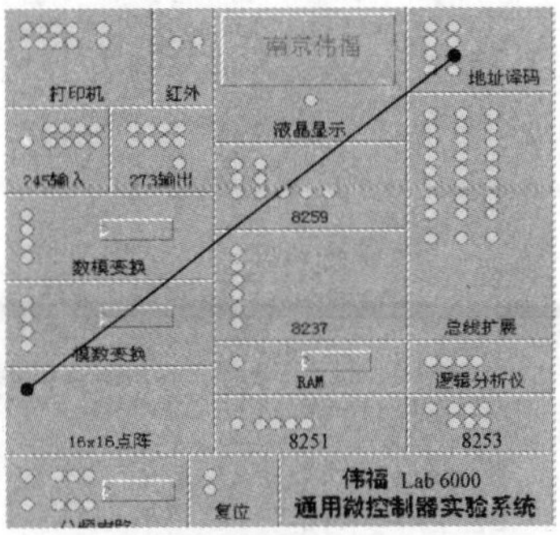

5. 思考问题

(1) 如何用点阵 LED 显示希望的各种图形？

(2) 如何实现字符的字幕显示控制？

图 12-37　点阵 LED 实验接线图

实验十一　步进电机控制

1. 实验目的

(1) 了解步进电机控制的基本原理；

(2) 掌握控制步进电机转动的编程方法；

(3) 了解单片机控制外部设备的常用电路。

2. 实验设备

PC 一台，Wave 6000 仿真软件，Lab 6000 仿真实验系统。

3. 实验内容

用 8255 扩展端口控制步进电机，编写程序输出脉冲序列到 8255 的 PA 口，控制步进电机正转、反转。

4. 实验步骤

步进电机驱动原理是通过对每相线圈中的电流的顺序切换来使电机作步进式旋转。切换是通过单片机输出脉冲信号来实现的。所以，调节脉冲信号的频率便可以改变步进电机的转速；改变各相脉冲的先后顺序，可以改变电机的旋转方向。步进电机的转速应由慢到快逐步加速。电机驱动方式可以采用双四拍(AB→BC→CD→DA→AB)方式，也可以采用单四拍(A→B→C→D→A)方式，或单、双八拍(A→AB→B→BC→C→CD→D→DA→A)方式。8255 的 PA 口输出的脉冲信号经 MC1413 或 ULN2003A 倒相驱动后，向步进电机输出脉冲信号序列。

(1) 启动计算机,打开 Wave 6000 仿真软件,进入仿真环境,按照前述步骤编辑程序并保存。设置为软件仿真模式,编译程序,检查是否有逻辑和语法错误。

(2) 在 Lab 6000 仿真系统中,按照图 12-38 所示连接,然后设置为硬件仿真模式,全速执行程序,观察步进电机的运行状态。

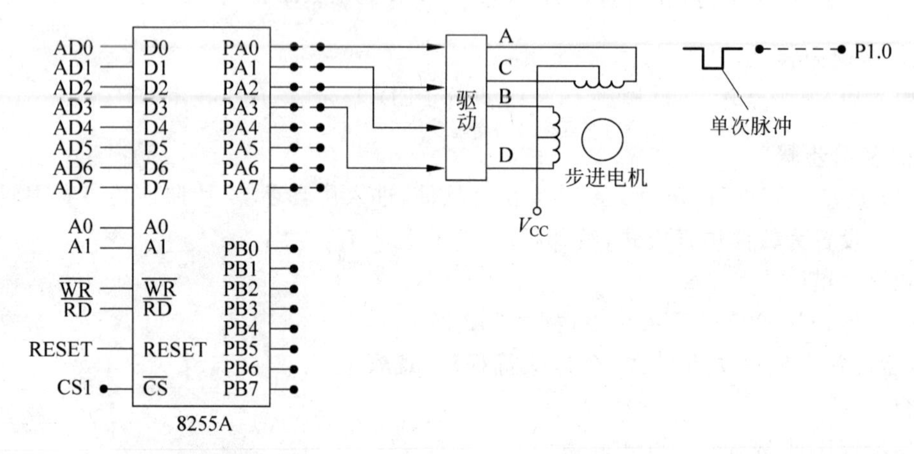

图 12-38 步进电机控制原理图

5. 思考问题

(1) 可否使用 8255A 的 B 口控制步进电机?

(2) 如何实现步进电机的调速?

如果读者没有 Lab 6000P 仿真器,可以在 Proteus ISIS 虚拟仿真系统中进行仿真,请参照教学资源中各实验项在 Keil C51 μVision2 环境下新建一个项目,参照第 11 章介绍的内容完成。

附录 A

MCS-51 指令表

MCS-51 指令系统所用符号和含义如表 A-1 所示，MCS-51 指令如表 A-2 所示。

表 A-1　MCS-51 指令系统所用符号和含义

符　号	含　　义
add11	11 位地址
add16	16 位地址
bit	位地址
rel	相对偏移量，为 8 位有符号数（补码形式）
direct	直接地址单元（RAM，SFR，I/O）
#data	立即数
Rn	工作寄存器 R0～R7
A	累加器
X	片内 RAM 中的直接地址或寄存器
Ri	i=0，1，数据指针 R0 或 R1
@	在间接寻址方式中，表示间接寄存器的符号
(X)	在直接寻址方式中，表示直接地址 X 中的内容；在间接寻址方式中，表示间址寄存器 X 指出的地址单元中的内容
→	数据传送方向
∧	逻辑与
∨	逻辑或
⊕	逻辑异或
×	对标志位不产生影响
√	对标志位产生影响

表 A-2　MCS-51 指令表

助 记 符	功　　能	十六进制代码	字节数	周期数	对标志的影响			
					P	OV	AC	CY
算术运算指令								
ADD A，Rn	A+Rn→A	28～2F	1	1	√	√	√	√
ADD A，direct	A+(direct)→A	25 direct	2	1	√	√	√	√
ADD A，@Ri	A+(Ri)→A	26，27	1	1	√	√	√	√

续表

助记符	功能	十六进制代码	字节数	周期数	对标志的影响			
					P	OV	AC	CY
ADD A,#data	A+data→A	24 data	2	1	√	√	√	√
ADDC A,Rn	A+Rn+CY→A	38～3F	1	1	√	√	√	√
ADDC A,direct	A+(direct)+CY→A	35 direct	2	1	√	√	√	√
ADDC A,@Ri	A+(Ri)+CY→A	36,37	1	1	√	√	√	√
ADDC A,#data	A+data+CY→A	34 data	2	1	√	√	√	√
SUBB A,Rn	A-Rn-CY→A	98～9F	1	1	√	√	√	√
SUBB A,direct	A-(direct)-CY→A	95 direct	2	1	√	√	√	√
SUBB A,@Ri	A-(Ri)-CY→A	96,97	1	1	√	√	√	√
SUBB A,#data	A-data-CY→A	94 data	2	1	√	√	√	√
INC A	A+1→A	04	1	1	√	×	×	×
INC Rn	Rn+1→Rn	08～0F	1	1	×	×	×	×
INC direct	(direct)+1→(direct)	05 direct	2	1	×	×	×	×
INC @Ri	(Ri)+1→(Ri)	06,07	1	1	×	×	×	×
INC DPTR	DPTR+1→DPTR	A3	1	2	×	×	×	×
DEC A	A-1→A	14	1	1	√	×	×	×
DEC Rn	Rn-1→Rn	18～1F	1	1	×	×	×	×
DEC direct	(direct)-1→(direct)	15 direct	2	1	×	×	×	×
DEC @Ri	(Ri)-1→(Ri)	16,17	1	1	×	×	×	×
MUL AB	A * B→BA	A4	1	4	√	√	×	0
DIV AB	A/B→AB	84	1	4	√	√	×	0
DA A	对 A 进行十进制调整	D4	1	1	√	√	√	√
逻辑运算指令								
ANL A,Rn	A∧Rn→A	58～5F	1	1	√	×	×	×
ANL A,direct	A∧(direct)→A	55 direct	2	1	√	×	×	×
ANL A,@Ri	A∧(Ri)→A	56,57	1	1	√	×	×	×
ANL A,#data	A∧data→A	54 data	2	1	√	×	×	×
ANL direct,A	(direct)∧A→(direct)	52 direct	2	1	×	×	×	×
ANL direct,#data	(direct)∧data→(direct)	53 direct data	3	2	×	×	×	×
ORL A,Rn	A∨Rn→A	48～4F	1	1	√	×	×	×
ORL A,direct	A∨(direct)→A	45 direct	2	1	√	×	×	×
ORL A,@Ri	A∨(Ri)→A	46,47	1	1	√	×	×	×
ORL A,#data	A∨data→A	44 data	2	1	√	×	×	×
ORL direct,A	(direct)∨A→(direct)	42 direct	2	1	×	×	×	×
ORL direct,#data	(direct)∨data→(direct)	43 direct data	3	2	×	×	×	×
XRL A,Rn	A⊕Rn→A	68～6F	1	1	√	×	×	×
XRL A,direct	A⊕(direct)→A	65 direct	2	1	√	×	×	×
XRL A,@Ri	A⊕(Ri)→A	66,67	1	1	√	×	×	×
XRL A,#data	A⊕data→A	64 data	2	1	√	×	×	×
XRL direct,A	(direct)⊕A→(direct)	62 direct	2	1	×	×	×	×

续表

助记符	功能	十六进制代码	字节数	周期数	对标志的影响			
					P	OV	AC	CY
XRL direct,#data	(direct)⊕data→(direct)	63 direct data	3	2	×	×	×	×
CLR A	0→A	E4	1	1	√	×	×	×
CPL A	$\overline{A}$→A	F4	1	1	×	×	×	×
RL A	A循环左移一位	23	1	1	×	×	×	×
RLC A	A带进位循环左移一位	33	1	1	√	×	×	√
RR A	A循环右移一位	03	1	1	×	×	×	×
RRC A	A带进位循环右移一位	13	1	1	√	×	×	×
SWAP A	A半字节交换	C4	1	1	×	×	×	×

数据传送指令

助记符	功能	十六进制代码	字节数	周期数	P	OV	AC	CY
MOV A,Rn	Rn→A	E8～EF	1	1	√	×	×	×
MOV A,direct	(direct)→A	E5 direct	2	1	√	×	×	×
MOV A,@Ri	(Ri)→A	E6,E7	1	1	√	×	×	×
MOV A,#data	data→A	74 data	2	1	√	×	×	×
MOV Rn,A	A→Rn	F8～FF	1	1	×	×	×	×
MOV Rn,direct	(direct)→Rn	A8～AF direct	2	2	×	×	×	×
MOV Rn,#data	data→Rn	78～7F data	2	1	×	×	×	×
MOV direct,A	A→(direct)	F5 direct	2	1	×	×	×	×
MOV direct,Rn	Rn→(direct)	88～8F direct	2	2	×	×	×	×
MOV direct1,direct2	(direct2)→(direct1)	85 direct2 direct1	3	2	×	×	×	×
MOV direct,@Ri	(Ri)→(direct)	86,87 direct	2	2	×	×	×	×
MOV direct,#data	data→(direct)	75 direct data	3	2	×	×	×	×
MOV @Ri,A	A→(Ri)	F6,F7	1	1	×	×	×	×
MOV @Ri,direct	(direct)→(Ri)	A6,A7 direct	2	2	×	×	×	×
MOV @Ri,#data	data→(Ri)	76,77 data	2	1	×	×	×	×
MOV DPTR,#data16	data16→DPTR	90 data16	3	2	×	×	×	×
MOVC A,@A+DPTR	(A+DPTR)→A	93	1	2	√	×	×	×
MOVC A,@A+PC	PC+1→PC (A+PC)→A	83	1	2	√	×	×	×
MOVX A,@Ri	(Ri)→A	E2,E3	1	2	√	×	×	×
MOVX A,@DPTR	(DPTR)→A	E0	1	2	√	×	×	×
MOVX @Ri,A	A→(Ri)	F2,F3	1	2	×	×	×	×
MOVX @DPTR,A	A→(DPTR)	F0	1	2	×	×	×	×
PUSH direct	SP+1→SP (direct)→SP	C0 direct	2	2	×	×	×	×
POP direct	(SP)→(direct) SP−1→SP	D0 direct	2	2	×	×	×	×
XCH A,Rn	A↔Rn	C8～CF	1	1	√	×	×	×
XCH A,direct	A↔(direct)	C5 direct	2	1	√	×	×	×
XCH A,@Ri	A↔(Ri)	C6,C7	1	1	√	×	×	×
XCHD A,@Ri	A0～3↔(Ri)0～3	D6,D7	1	1	√	×	×	×

续表

助记符	功能	十六进制代码	字节数	周期数	对标志的影响			
					P	OV	AC	CY
位操作指令								
CLR C	0→CY	C3	1	1	×	×	×	√
CLR bit	0→bit	C2 bit	2	1	×	×	×	
SETB C	1→CY	D3	1	1	×	×	×	√
SETB bit	1→bit	D2 bit	2	1	×	×	×	
CPL C	$\overline{\text{CY}}$→CY	B3	1	1	×	×	×	√
CPL bit	$\overline{\text{bit}}$→ bit	B2 bit	2	1	×	×	×	
ANL C,bit	CY∧bit→CY	82 bit	2	2	×	×	×	√
ANL C,/bit	CY∧$\overline{\text{bit}}$→CY	B0 bit	2	2	×	×	×	√
ORL C,bit	CY∨bit→CY	72 bit	2	2	×	×	×	√
ORL C,/bit	CY∨$\overline{\text{bit}}$→CY	A0 bit	2	2	×	×	×	√
MOV C,bit	bit→CY	A2	2	1	×	×	×	√
MOV bit,C	CY→bit	92 bit	2	2	×	×	×	×
控制转移指令								
ACALL addr11	PC+2→PC,SP+1→SP, PCL→(SP),SP+1→SP, PCH→(SP),addr11→PC10～0	*1	2	2	×	×	×	×
LCALL addr16	PC+3→PC,SP+1→SP, PCL→(SP),SP+1→SP, PCH→(SP),addr16→PC	12 addr16	3	2	×	×	×	×
RET	(SP)→PCH,SP−1→SP, (SP)→PCL,SP−1→SP, 从子程序返回	22	1	2	×	×	×	×
RETI	(SP)→PCH,SP−1→SP, (SP)→PCL,SP−1→SP, 从中断返回	32	1	2	×	×	×	×
AJMP addr11	PC+2→PC, addr11→PC10～0	*2	2	2	×	×	×	×
LJMP addr16	addr16→PC	02 addr16	3	2	×	×	×	×
SJMP rel	PC+2→PC,PC+rel→PC	80 rel	2	2	×	×	×	×
JMP @A+DPTR	A+DPTR→PC	73	1	2	×	×	×	×
JZ rel	PC+2→PC, 若 A=0,PC+rel→PC	60 rel	2	2	×	×	×	×
JNZ rel	PC+2→PC, 若 A≠0,PC+rel→PC	70 rel	2	2	×	×	×	×
JC rel	PC+2→PC,若 CY=1, 则 PC+rel→PC	40 rel	2	2	×	×	×	×
JNC rel	PC+2→PC,若 CY=0, 则 PC+rel→PC	50 rel	2	2	×	×	×	×

续表

助　记　符	功　　能	十六进制代码	字节数	周期数	对标志的影响			
					P	OV	AC	CY
JB bit,rel	PC+3→PC,若 bit=1,则 PC+rel→PC	20 bit rel	3	2	×	×	×	×
JNB bit,rel	PC+3→PC,若 bit=0,则 PC+rel→PC	30 bit rel	3	2	×	×	×	×
JBC bit,rel	PC+3→PC,若 bit=1,则 0→bit,PC+rel→PC	10 bit rel	3	2	×	×	×	×
CJNE A,direct,rel	PC+3→PC,若 A≠(direct),则 PC+rel→PC;若 A<(direct),则 1→CY	B5 direct rel	3	2	×	×	×	√
CJNE A,#data,rel	PC+3→PC, 若 A≠data,则 PC+rel→PC;若 A<data,则 1→CY	B4 data rel	3	2	×	×	×	√
CJNE Rn,#data,rel	PC+3→PC, 若 Rn≠data,则 PC+rel→PC;若 Rn<data,则 1→CY	B8～BF data rel	3	2	×	×	×	√
CJNE @Ri,#data,rel	PC+3→PC, 若 Ri≠data,则 PC+rel→PC;若 Ri<data,则 1→CY	B6～B7 data rel	3	2	×	×	×	√
DJNZ Rn,rel	Rn−1→Rn,PC+2→PC,若 Rn≠0,则 PC+rel→PC	D8～DF rel	2	2	×	×	×	×
DJNZ direct,rel	PC+2→PC,(direct)−1→(direct),若(direct)≠0,则 PC+rel→PC	D5 direct rel	3	2	×	×	×	×
NOP	空操作	00	1	1	×	×	×	×

注：*1　机器码 a10a9a810001a7a6a5a4a3a2a1a0,其中 a10a9a8…a7a6a5a4a3a2a1a0 是 addr11 的各位。

*2　机器码 a10a9a800001a7a6a5a4a3a2a1a0。

附录 B

ASCII(美国信息交换标准码)表

ASCII 码如表 B-1 所示，ASCII 码特殊字符的意义如表 B-2 所示。

表 B-1 ASCII 码表

高位 低位		0	1	2	3	4	5	6	7
		000	001	010	011	100	101	110	111
0	0000	NUL	DLE	SP	0	@	P	、	p
1	0001	SOH	DC1	!	1	A	Q	a	q
2	0010	STX	DC2	"	2	B	R	b	r
3	0011	ETX	DC3	#	3	C	S	c	s
4	0100	EOT	DC4	$	4	D	T	d	t
5	0101	ENQ	NAK	%	5	E	U	e	u
6	0110	ACK	SYN	&	6	F	V	f	v
7	0111	BEL	ETB	'	7	G	W	g	w
8	1000	BS	CAN	(	8	H	X	h	x
9	1001	HT	EM	)	9	I	Y	i	y
A	1010	LF	SUB	*	:	L	Z	j	z
B	1011	VT	ESC	+	;	K	[	k	{
C	1100	FF	FS	,	<	L	\	l	|
D	1101	CR	GS	—	=	M	]	m	}
E	1110	SQ	RS	.	>	N	↑	n	~
F	1111	SI	US	/	?	O	←	o	DEL

表 B-2 ASCII码特殊字符的意义表

字符	意 义	字符	意 义	字符	意 义
NUL	空	FF	走纸控制	CAN	作废
SOH	标题开始	CR	回车	EM	纸尽
STX	正文结束	SQ	移位输出	SUB	减
ETX	本文结束	SI	移位输入	ESC	换码
EOT	传输结果	DLE	数据链换码	FS	文字分隔符
ENQ	询问	DC1	设备控制 1	GS	组分隔符
ACK	承认	DC2	设备控制 2	RS	记录分隔符
BEL	报警符(可听见的信号)	DC3	设备控制 3	US	单元分隔符
BS	退一格	DC4	设备控制 4	SP	空间(空格)
HT	横向列表(穿孔卡片指令)	NAK	否定	DEL	作废
LF	换行	SYN	空转同步		
VT	垂直制表	ETB	信息组传送结果		

参考文献

1　李全利，仲伟峰，徐军. 单片机原理及应用. 北京：清华大学出版社，2006

2　李群芳，肖看. 单片机原理、接口及应用. 北京：清华大学出版社，2005

3　江力. 单片机原理与应用技术. 北京：清华大学出版社，2006

4　胡汉才. 单片机原理及其接口技术. 第 2 版. 北京：清华大学出版社，2006

5　刘守义. 单片机应用技术. 西安：西安电子科技大学出版社，2002

6　张洪润，张亚凡. 单片机原理及应用. 北京：清华大学出版社，2005

7　潘新民，王燕芳. 微型计算机控制技术. 北京：电子工业出版社，2005

8　林敏，丁金华，田涛. 计算机控制技术及工程应用. 北京：国防工业出版社，2005

9　王用伦. 微机控制技术. 重庆：重庆大学出版社，2004

10　俞光昀，陈战平，季菊辉. 计算机控制技术. 北京：电子工业出版社，2002

11　何希才. 常用集成电路应用实例. 北京：电子工业出版社，2007

12　陈有卿. 通用集成电路应用与实例分析. 北京：中国电力出版社，2007

13　伟福 Lab 6000 仿真实验系统使用说明书. 江苏：南京伟福实业有限公司，2006

14　王效华. 单片机原理及应用. 北京：北京交通大学出版社，2007

15　汪德彪. MCS-51 单片机原理及接口技术. 北京：电子工业出版社，2003

16　周润景. 基于 Proteus 的 AVR 单片机设计与仿真. 北京：北京航天大学出版社，2007

17　马忠梅. 单片机的 C 语言程序设计. 第 4 版. 北京：北京航空航天出版社，2007

18　张道德. 单片机接口技术(C51 版). 北京：中国水利水电出版社，2007

19　吕凤翥. C 语言程序设计. 北京：清华大学出版社，2006

20　徐爱钧. Keil Cx51 V7.0 单片机高级语言编程与 μVision2 应用实践. 北京：电子工业出版社，2004